Ed McBain

Priester, Tod und Teufel

Ed McBain

Priester, Tod und Teufel

Ein Roman aus dem 87. Polizeirevier

Aus dem Amerikanischen von
Bernd W. Holzrichter

Ullstein Kriminalroman

Deutsche Erstausgabe

Ullstein Kriminalroman
Ullstein Buch Nr. 10695
im Verlag Ullstein GmbH,
Frankfurt/M – Berlin
Titel der amerikanischen
Originalausgabe:
Vespers

Printed in Germany 1991
Gesamtherstellung: Ebner Ulm
ISBN 3 548 10695 1

September 1991

Die Deutsche Bibliothek –
CIP-Einheitsaufnahme

MacBain, Ed:
Priester, Tod und Teufel: ein Roman aus dem
87. Polizeirevier / Ed McBain. Aus dem
Amerikan. von Bernd W. Holzrichter. – Dt.
Erstausg. – Frankfurt/M; Berlin: Ullstein, 1991
(Ullstein-Buch; Nr. 10695:
Ullstein-Kriminalroman)
ISBN 3-548-10695-1
NE: GT

Für
Anne Edwards und Steve Citron

Die hier geschilderte Stadt existiert nicht. Die Personen und Schauplätze sind frei erfunden. Die Darstellung der Polizeiarbeit allerdings basiert auf authentischen Ermittlungsmethoden.

1

Er hatte die Gewohnheit, während des abendlichen Gebetes über weltliche Probleme nachzusinnen, mechanisch die Litanei zu rezitieren, so daß die Worte einen gemurmelten Kontrapunkt zu seinen Gedanken bildeten.

Der Priester.

In solchen Momenten nannte er sich in Gedanken selbst Der Priester. Mit großem D – Der Priester. Als ob er auf diese Weise, indem er auf Distanz zu seinem eigenen Ich ging, indem er von sich in der dritten Person sprach, als wäre er jemand anders . . .

. . . eine Figur in einem Roman oder einem Film, vielleicht . . .

. . . jemand außerhalb seines Körpers, jemand, der erhaben war und unnahbar, den man in Gedanken voller Ehrfurcht ausschließlich als Der Priester bezeichnete. Indem er auf diese Art über sich nachdachte, indem er die Probleme Des Priesters als die Probleme einer anderen Person einstufte, konnte Father Michael . . .

Denn, man muß das so sehen . . .

Er, Father Michael, war es, der in den abendlichen Gebeten Trost finden konnte, er, der zu seiner Labsal die Vesper flüstern konnte, während die Schatten in dem kleinen gepflasterten Garten hinter dem Pfarrhaus länger wurden. Aber es war Der *Priester,* der mit all den Problemen zurechtkommen mußte, die ihn seit Mitte März bedrängten, mehr Problemen, als er zu bewältigen vermochte, mehr als man mit bloßem Gebet lösen konnte – doch das war Blasphemie.

Die Vesper war die sechste der sieben kanonischen Stunden.

Im Priesterseminar hatte er sich die Reihenfolge der Gebete mit Hilfe eines Knittelverses eingeprägt:

In aller Früh'
Die Matutin.
Die Prim, um sechs,
Ist Tagbeginn.

Die Terz, sie folgt
Drei Stunden drauf.
Schlag zwölf die Sext:
Der Sonne Höhenlauf.

Dann die None;
Der Sonne Nest
Neigt sich drei weit're
Stunden West.

Die Vesper ist
Des Abends Gebet.
Dann die Komplet.
Es geht zu Bett ...

Der Priester war jetzt zweiunddreißig Jahre alt.

Die sanften, heiteren Tage des Seminars schienen hundert Jahre her.

Gott, stehe mir bei. Herr, eile mir zu Hilfe. Ehre sei Gott in der Höhe.

Die Liturgie der Stundengebete war so komplex und strikt wie der Zeitplan für den Start einer Weltraumrakete. Es gab nicht nur die täglichen Gebete für die sieben kanonischen Stunden, sondern auch besondere Gebete für den Advent und die Weihnachtszeit, für die Zeit vor und nach der Karwoche und die Zeit vor und nach Christi Himmelfahrt. Und selbstverständlich gab es noch Feiertage wie das Dreifaltigkeitsfest, Fronleichnam, Herz Jesu und Christ König, vom Vier-Wochen-Psalter ganz zu schweigen – wie beim Start einer Weltraumrakete eben. Eine Millisekunde Abweichung, und man verpaßte sein Fenster. Der Priester fragte sich, ob ein solcher Vergleich an sich schon eine Blasphemie darstellte, doch er hörte seine Stimme unbeeinträchtigt die Vesper ins Dämmerlicht flüstern.

Seine Gedanken wirbelten ohne Unterlaß. Er suchte Lösungen, wo es keine zu geben schien. Mechanisch sagte seine Stimme die Vesper auf, doch seine Gedanken schlugen wilde Purzelbäume ... gäbe es nur einen Weg ... einen umfassenden Plan ... könnte man sich nur, zum Beispiel, an den Tag eines Heiligen halten, zum Beispiel, den einundzwanzigsten Januar, meinetwegen, den Tag der heiligen Agnes, Jungfrau und Märtyrerin, und dort das Morgengebet finden ... *Mein Herr Jesus Christus hat mich durch Seinen Ring erwählt; gekrönt hat Er mich wie eine Braut* ... und dann die Anleitungen, die Psalmen und das Hohelied des Sonntags der ersten Woche auf Seite 556 zu sprechen, so einfache Worte ... *O Gott, Du bist mein Gott, nach Dir geht mein Streben* ... doch nein, einen solch irdischen Plan gab es nicht, man nahm seine Probleme, wie sie kamen, und versuchte sie in eine Ordnung zu bringen, während man über Steine schritt, die vor mehr als einem Jahrhundert in einem Teil der Stadt gesetzt wurden, der jetzt der Zerstörung anheimgefallen war ...

... die haßerfüllten Drohungen im Pfarrhaus ...

... das ist Erpressung, Erpressung ...

... das Hämmern am Hauptportal ...

... der schwarze Junge, der auf der Suche nach Zuflucht in die Kirche gerannt kam, hey, Mann, hilf mir, die bringen mich um!

Blut lief ihm übers Gesicht.

... der Zerstörung anheimgefallen, alles zerstört.

Graffiti auf den massiven Mauersteinen der Kirche, Barbaren auf Ponys, gegen die Tore anstürmend. Beinahe sechs Wochen seit all dem – heute war der vierundzwanzigste Mai, Christi Himmelfahrt –, so lange Zeit, beinahe sechs Wochen, und er war noch immer auf den Knien, um ...

Ich bin vom Vater ausgegangen und gekommen in die Welt; wiederum verlasse ich die Welt und gehe zum Vater, Halleluja.

Die Abendluft trug den süßen Duft von Rosen.

Die Rosen waren seine Freude und sein Laster, er hütete sie so, wie er die Herde des Herrn hütete.

Dieser Abend barg etwas Stilles, Stummes. Ein Donnerstag. Der Name des Tages hatte etwas Dunkles. Dunkel, und doch so weich und samten wie ein Sonnenuntergang. Donnerstag.

Gott ist reich in seiner Gnade; ob seiner großen Liebe zu uns ...

... Ich werde es sagen, ich werde alles sagen ...

Das Blut des Jungen, das auf den Marmorboden vor dem Altar tropfte.

Die rachsüchtigen Schreie, die in der Kirche widerhallten.

Noch immer auf den Knien.

... werdet Ihr durch diese Gunst errettet. Er hat uns mit und in Jesus Christus großgezogen und uns einen Platz im Himmel gegeben.

Hinter der hohen Steinmauer des Gartens konnte Der Priester die rußgeschwärzten oberen Stockwerke der Gebäude auf der anderen Straßenseite sehen und noch darüber, hinter ihnen, den vom Sonnenuntergang gefärbten Frühlingshimmel. Der Duft der Rosen war überwältigend. Als er an dem großen Ahorn vorbeikam, der, von einer kreisförmigen Steinbank umfaßt, exakt in der Mitte des Gartens stand, verspürte er eine plötzliche Liebe ... für die Rosen, für den herrlichen Sonnenuntergang, für die Kraft der Worte, die stumm in seinen Gebeten emporstiegen – *Gott, unser Vater, laß die Himmelfahrt Deines Sohnes Jesus Christus uns mit Freude erfüllen; mögen wir Ihm folgen in die neue Schöpfung, denn Seine Himmelfahrt ist unser Stolz, ist unsere Hoffnung. Wir bitten ...*

... und bemerkte sofort, daß das Tor in der Mauer offen war.

Weit offen.

Die untergehende Sonne fiel darauf, so daß es einen langen, gebogenen Schatten warf, der fast bis zu dem Ahorn reichte.

Er hatte gedacht ...

Oder Martha hätte doch bestimmt ...

Mit raschen Schritten ging er zum Tor, das ein Priester mit schlechtem Geschmack vor langer Zeit giftgrün hatte streichen lassen, das seit kurzem aber auf der Außenseite mit roten Graffiti versehen war. Das Tor war aus Holz und gut zehn Zentimeter dick. Die Spitze des Torbogens überragte die Steinmauer um mehr als dreißig Zentimeter, ein architektonisches Detail, das dem pedantischen Auge Des Priesters weiteres Mißfallen bereitete. Der schmale Goldstreifen der Sonne auf dem Erdboden wurde noch schmaler, als er das Tor in seinen alten schmiedeeisernen Angeln schloß ... schmaler ... schmaler ... um dann ganz zu verschwinden.

Halleluja! Kommt, lasset uns Jesus Christus, den Herrn, lobpreisen, wenn Er gen Himmel aufsteigt, Halleluja!

Das Schloß an dem Tor war höchst modern.

Er drehte den Arretierriegel.

Ein sattes, zufriedenstellendes Klicken war zu hören.

Ehre dem König der Könige! Lobsinget unserem Gott, Halleluja!

Mit gesenktem Kopf wandte er sich um und ging zum Pfarrhaus zurück, vorbei an dem in Schatten gehüllten Ahorn, als das Messer . . .

Zuerst spürte er nur sengenden Schmerz.

Begriff nicht, bis der zweite scharfe Hieb . . .

Wußte dann, daß auf ihn eingestochen wurde . . .

Drehte sich um . . .

Fing an, sich umzudrehen . . .

Und spürte das Messer erneut eindringen, tiefer diesmal, in seinem Kreuz . . .

O lieber Gott . . .

Und wieder, wieder und wieder in entfesselter Wut . . .

O Jesus, Jesus Christus . . .

Und völlige Dunkelheit nahm von dem Garten Besitz.

Kein Tag verging, ohne daß Willis erwartete, jemand werde ihr auf die Spur kommen. Im zwölften Stock eines renovierten Hauses, das in Eigentumswohnungen aufgeteilt werden sollte, fand an diesem Abend die »Offene-Tür-Party« statt. Sehr viele Fremde kamen hier zusammen, und Fremde waren gefährlich. Fremde stellten Fragen. Was machen Sie, Mr. Willis? Und Sie, Miss Hollis? Willis und Hollis, das hörte sich an wie eine Anwaltskanzlei. Oder ein Tanzpaar vielleicht. Und nun, Ladies und Gentlemen, soeben zurück von ihrer Tournee durch die Glitzermetropolen Europas, präsentieren wir Ihnen: *Willis* . . . und . . . *Hollis*!

Die Fragen, die ihn selbst betrafen, waren bloß lästig. Er fragte sich, warum jedermann in Amerika immer sofort erfahren wollte, was jeder andere in Amerika *machte.* Manchmal war er versucht zu antworten, er verkaufe Crack an unschuldige Schulkinder. Was für eine Reaktion würde er wohl *darauf* erhalten? Sagte man ihnen, man sei ein Cop, musterten sie einen mit hochgezogenen Augenbrauen. Ach, wirklich? Scherz beiseite, und nun sagen Sie uns, was Sie *wirklich* tun. Wirklich, ich schwöre bei Gott, ich bin ein Cop, Detective Harold O. Willis, das bin ich, meinen Eid darauf. Sie betrachten dich von Kopf bis Fuß. Denken bei sich, du wärst zu klein, um ein Cop zu sein, ein Detective gar, und mit dem schwarzen Lockenhaar und den feuchten braunen Augen außerdem häßlich, wir würden gern Ihre Dienstmarke sehen. Du zeigst ihnen dein Blechschild. Mannomann, ich habe noch nie einen leibhaftigen Polizei-Detective kennengelernt, arbeiten Sie in einem der scheußlichen Reviere, über die man immer liest, tragen Sie eine Waffe, haben Sie schon mal jemanden erschossen? Die Fragen. Lästig, aber nicht gefährlich.

Die Fragen, die sie Marilyn stellten, waren gefährlich.

Weil es so viel zu verbergen gab.

Nein, nicht die Tatsache, daß sie zusammenlebten, schließlich waren das schon die neunziger Jahre, Mann, über solche Sachen dachte man nicht einmal mehr nach. Man heiratete aus eigener Entscheidung, und entschied man sich dagegen, dann lebte man eben zusammen. Hatte gemeinsam Kinder, wenn man konnte, tat, was man wollte, es waren die neunziger Jahre. Und vielleicht . . . in einem derartigen Klima der Toleranz . . . konnte man sogar . . . nun, vielleicht . . . aber es war äußerst unwahrscheinlich. Aber wer, zum Teufel, wußte das schon? Vielleicht konnten sie doch einfach vortreten und sagen: *Also hört mal,* Leute, Marilyn war mal Nutte.

Wieder die hochgezogenen Augenbrauen.

Ach, wirklich? Scherz beiseite, und nun sagen Sie uns, was sie *wirklich* gemacht hat.

Nein, wirklich, das hat sie wirklich gemacht, ich schwöre bei Gott, sie war mal Nutte. Etwa ein Jahr lang ist sie in Houston auf den Strich gegangen, dann ist sie wegen Drogenbesitz in einem mexikanischen Gefängnis gelandet und dann wieder in Buenos Aires in ihr altes Gewerbe eingestiegen, wo sie fünf Jahre die Beine breit gemacht hat. Wirklich, genau so war es.

Doch wer würde das glauben?

Denn wenn man Marilyn anschaute, sah man diese Frau, die im August erst sechsundzwanzig wurde, schlank und groß, mit langen blonden Haaren und Kornblumenaugen und einem Teint so makellos wie eine Schöpfkelle Milch, und man dachte: Nein, keine Nutte. Als Nutte überlebte man nicht. Man macht nicht sechs Jahre lang die Beine breit – von der Zeit in dem mexikanischen Rattenloch ganz zu schweigen – und sieht danach so aus wie sie. Das ging einfach nicht. Es sei denn, man war Marilyn. Dann ging es. Marilyn war eine Überlebenskünstlerin.

Und sie war eine Mörderin.

Genau darum ging's.

Man öffnete die Erbsendose mit dem Etikett »Nutte«, und alles andere wurde mit ausgeschüttet.

Die Cocktailparty fand in einer Eckwohnung im zwölften Stock statt, der Penthouse-Wohnung, wie die Maklerin ständig betonte, doch in Willis' Augen sah sie für eine solche Bezeichnung nicht luxuriös genug aus. Er war den ganzen Tag bei Gericht gewesen und eigentlich gegen seine Überzeugung hergekommen. Auf Einladung von Bob O'Brien, der gesagt hatte, es gebe gut zu trinken und reichlich zu essen, und außerdem laufe keiner von ihnen Gefahr, beschossen zu werden – was sonst durchaus im Bereich des Möglichen lag, wenn man einen Pechvogel-Cop wie O'Brien als Partner zugeteilt bekam.

Er hatte Marilyn angerufen, um ihr zu sagen, daß O'Briens Freundin Maizie – ein einfältiges Dummchen, wie sich herausstellte – mitkomme, und vielleicht könnten sie später zu viert essen gehen, und Marilyn hatte gesagt, klar, warum eigentlich nicht? Und nun waren sie hier, kurz nach Sonnenuntergang, und hörten der Maklerin zu, wie sie renovierte Wohnungen mutmaßlich interessierten Kunden wie O'Brien anpries, der – wie Willis an diesem Abend erstmals entdeckte – vorhatte, Maizie in nicht allzu ferner Zukunft zu heiraten. Viel Glück, Kumpel!

Maizie sah aus wie eine Nutte.

Sie war keine. Sie arbeitete als Schreibkraft im Büro des Bezirksstaatsanwalts.

Aber sie trug einen rosa Pulli mit V-Ausschnitt über gewagt freischwebenden Brüsten, einen engen, glänzend schwarzen Rock, der wie ein dünner Film Rohöl aussah, und hochhackige schwarze Lacklederpumps mit Knöchelriemchen – ganz und gar Nutte eben, nur daß sie eine piepsige Kleinmädchenstimme hatte und ständig davon redete, daß sie in Calm's Point die High-School zur Mutter Maria Magdalena oder so was ähnliches besucht habe.

Die Maklerin erzählte Willis, die Penthouse-Wohnung – diejenige, in der sie gerade standen – sei für nur dreifünfzig, Verhandlungsbasis, bei einer Festzinshypothek von achteinviertel Prozent, ohne Courtage und Vertragsabschlußgebühren, zu haben. Willis überlegte, ob er ihr verraten sollte, daß er im Moment in einem Uptown-Stadthaus wohnte, für das Marilyn 750 000 Dollar bezahlt hatte. Und er fragte sich, ob in diesem feinen renovierten Gebäude ehemalige Nutten wohnten.

Maizie erzählte jemandem mit ihrer hohen Piepsstimme, eine Nonne namens Schwester Leticia habe ihr immer mit dem Lineal auf die Hände geschlagen.

O'Brien sah so aus, als erwarte er, jeden Moment beschossen zu werden.

Marilyn drückte lauthals ihre Verwunderung darüber aus, wie in diesen Zeiten ein derart erschwinglicher Hypothekenzinssatz angeboten werden könne.

Die Maklerin erwiderte ihr, der Anbieter sei eine Bank in Minnesota, eine Feststellung, die Willis gar nichts sagte.

Dann fragte sie: »Was machen *Sie* denn, Mrs. Willis?«

»Hollis«, korrigierte Marilyn.

»Ich dachte . . .« Sie wandte sich an Willis. »Sagten Sie nicht, Ihr Name sei Willis?«

»Ja, aber meiner ist Hollis«, sagte Marilyn. »Wir sind nicht verheiratet.«

»Oh.«

»Die Namen klingen allerdings ziemlich ähnlich«, sagte Willis vermittelnd.

»Und arbeiten Sie auch bei der Polizei, Miss Hollis?«

»Nein, ich studiere«, sagte Marilyn.

Was die Wahrheit war.

»Meine Ausbildung wurde unterbrochen.«

Sie vermied nähere Erläuterungen.

»Was studieren Sie?«

Ganz Lächeln, ganz beflissenes Interesse; immerhin handelte es sich um potentielle Kunden.

»Nun, nach dem Studium möchte ich Sozialarbeiterin werden«, antwortete Marilyn, »aber im Moment gehe ich erst mal meinen Magister an.«

»*Ich* wollte den Doktor machen«, sagte die Maklerin und sah Willis an. »Aber dann habe ich geheiratet«, fügte sie hinzu, als gebe sie ihm die Schuld für ihr Mißgeschick.

Willis lächelte entschuldigend. Dann wandte er sich an O'Brien und sagte: »Bob, falls du noch ein bißchen bleiben willst – ich denke, Marilyn und ich, wir machen uns auf den Weg, okay?«

O'Brien schien den warmen Weißwein und die kalten Canapés zu genießen.

»Wir sehen uns morgen«, sagte er.

»War nett, Sie kennengelernt zu haben«, sagte Maizie zu Marilyn.

Im Kirchgarten drängten sich jetzt zwei Rettungssanitäter, drei Techniker von der mobilen Spurensicherung, ein medizinischer Assistent, zwei Detectives vom Morddezernat, eine Frau von der Fotodokumentation und ein uniformierter Deputy Inspector vom Hauptquartier. Der D.I. war präsent, weil die Polizeibehörde dieser Stadt weitgehend irisch-katholisch und das Opfer ein Priester war.

Detective Stephen Louis Carella betrachtete die Ansammlung von Gesetzesvertretern und versuchte sich zu erinnern, wann er das letzte Mal eine Kirche betreten hatte. Die Hochzeit seiner Schwester, oder? Jetzt befand er sich in einer Kirche. Jedoch nicht zum Beten. Strenggenommen nicht einmal *in* einer Kirche, auch wenn das Pfarrhaus durch einen holzgetäfelten Korridor, der zur Sakristei und dann in das alte Steingebäude führte, mit der Kirche verbunden war.

Er blickte durch die offene Tür des Pfarrhauses in den Garten hinaus, wo die Rosen in mittelalterlicher Pracht blühten. Eine wunderbare Nacht! Auf dem gepflasterten Gartenweg lag, wie in ein Trauergewand gekleidet, der Priester in seiner schwarzen Amtstracht, die nun mit zahllosen Hieb- und Stichwunden verziert war, gegen die die Rosenbeete vor den alten Steinmauern verblaßten. Carella gestattete sich ein leichtes Stirnrunzeln. Auf diese Weise zu enden, dachte er. Als Abfall. In einer so wunderbaren Nacht. Er wandte den Blick nicht vom Garten, wo sich die Ansammlung aus Anzügen und Uniformen um die Leiche versammelt hatte und an ihr herumfuhrwerkte.

Carella stand zwar reglos und mit den Händen in den Taschen dabei, wirkte aber dennoch wie ein durchtrainierter Sportler, ein Mensch, dessen hochgewachsener, schlanker Körper auf jede Herausforderung graziös und mühelos zu reagieren vermochte. Die äußere Erscheinung trog. Jeder hat offenbar vergessen, daß »mittleres Alter« in Wirklichkeit Dreißig und ein paar Zerquetschte bedeutet. Fragt man einen Mann von Mitte bis Ende Dreißig, ob er sich zum mittleren Alter zählt, so antwortet er: Sei nicht albern! Bis er mit seinem elfjährigen Sohn nach draußen zur Garage geht und versucht, Basketball gegen ihn zu spielen. Auf Carellas Gesicht lag jetzt ein Ausdruck von Schmerz; vielleicht, weil er schlimme Kopfschmerzen hatte, vielleicht auch, weil er immer nahe an der Schmerzgrenze reagierte, wenn er das nackte Ergebnis brutaler Gewalt sah. Der Schmerz schien seine dunklen, schrägstehenden Augen noch weiter nach unten zu ziehen, was ihm ein übertrieben orientalisches Aussehen gab. Stellte man ein Gruppenfoto auf den Kopf, konnte man Carella stets an den schrägstehenden Augen identifizieren – das genaue Gegenteil von fast allen anderen auf dem Bild.

»Steve?«

Er wandte sich von der offenen Tür ab.

Cotton Hawes führte die Haushälterin wieder herein.

Sie hieß Martha Hennessy, und vor noch nicht einmal fünf Minuten war ihr übel geworden. Das heißt, sie hatte sich übergeben. Carella hatte einen der Sanitäter gebeten, sie zur Seite zu nehmen und sich um sie zu kümmern. Jetzt war sie zurück, und der stechende Geruch des Erbrochenen hing noch immer im Pfarrhaus und kämpfte mit dem von draußen hereinwehenden Duft der Rosen um die Oberherrschaft. Ihr schien es besserzugehen. Ein bißchen blaß, doch Carella erkannte, daß dies ihre natürliche Hautfärbung war. Hellrotes Haar, weiße Haut, eine Frau, die in der Sonne krebsrot wurde. Grüne Augen. Von Kopf bis Fuß Irland. Fünfundfünfzig Jahre, in etwa, ein schlichtes blaues Kleid und Schuhe mit praktischen flachen Absätzen. Sie hatte ihm gesagt, daß sie Father Michael im Garten gefunden hatte, als sie nach draußen gegangen war, um ihn zum Essen hereinzuholen. Das war kurz nach sieben gewesen, fünfzehn Minuten bevor sie sich übergeben hatte. Jetzt war es zwanzig vor acht; die Polizei war seit zehn Minuten präsent.

»Ich habe einen der Blauen um Kaffee geschickt«, sagte Hawes. »Mrs. Hennessy meint, sie hätte gern etwas Kaffee.«

»Eigentlich«, sagte sie, »habe ich Mr. Hawes gefragt, ob ich Kaffee *machen* soll. Wir haben einen sehr guten Herd . . .«

»Ja, aber . . .«

»Ja«, sagte Carella fast im selben Augenblick, »aber dort drinnen wird die Spurensicherung arbeiten.«

»Das hat Mr. Hawes mir auch gesagt, aber ich sehe nicht ein, wieso ich mir meinen Kaffee nicht selber machen kann. Ich sehe nicht ein, wieso wir Kaffee *holen* lassen müssen.«

Hawes sah sie an.

Zweimal hatte er ihr erklärt, daß die gesamte Anlage Schauplatz eines Verbrechens sei. Daß der Täter sich vor dem Mord überall in der Kirche oder im Pfarrhaus hätte aufhalten können. Daß der Täter vielleicht sogar in dem kleinen Büro des Priesters gewesen war, wo eine der Schubladen des Aktenschranks offenstand und Papiere, die vermutlich aus der Schublade stammten, über den ganzen Fußboden verteilt waren. Jetzt fragte die Frau – zum *dritten* Mal –, wieso sie die Küche des Priesters nicht benutzen könne – wo es neben anderen Utensilien viele große Messer gab. Er wußte, er hatte ihr einleuchtend erklärt, *warum* sie die Küche oder Gegenstände *in* der Küche nicht benutzen konnte. Wo also hatte sein Kommunikationsvermögen versagt?

Da stand er nun, rotgesichtig und verblüfft, ein ein Meter achtundachtzig großer, fünfundachtzig Kilogramm schwerer, kräftig gebauter Mann, neben dem die Haushälterin wie eine Zwergin wirkte, und suchte nach Worten, warum sie die Küche nicht benutzen durfte. Über seiner linken Schläfe war eine widerborstige weiße Haarsträhne, das Souvenir an eine Messerattacke vor Jahren, als er bei einem Einbruch ermittelt hatte. Die Strähne verlieh seiner Haarpracht ein etwas furchterregendes Aussehen, ein bißchen wie Frankensteins Braut, wodurch er – in Verbindung mit seinem verblüfften Gesichtsausdruck – so wirkte, als könne er die kleine Haushälterin innerhalb der nächsten Sekunden erdrosseln, ein Eindruck, der meilenweit von der Wahrheit entfernt war. Die beiden Rotschöpfe standen nebeneinander, der eine riesig und scheinbar drohend, der andere winzig und möglicherweise verwirrt – eine aufflammende Fackel und ein glimmender Scheit.

Carella betrachtete das ungleiche Paar, ohne zu wissen, daß Hawes ihr – zweimal! – die Unantastbarkeit der Küche erläutert hatte, ohne zu wissen, warum Hawes sie so eigenartig ansah. Und er kam sich ein bißchen begriffsstutzig vor, weil er nicht verstand, was hier eigentlich vorging. Draußen im Garten lag der Priester auf blutbefleckten Steinen, und sein Blut sickerte noch immer aus dem zerfleischten Rücken. Es war so ein wunderbarer Abend.

Hawes ließ das vermaledeite Thema Küche auf sich beruhen und fragte: »Wann haben Sie Father Birney zum letzten Mal lebend gesehen?«

»Father Michael«, sagte sie.

»Aber er heißt doch Michael *Birney*, oder?« sagte Hawes.

»Ja«, bestätigte Mrs. Hennessy, »aber man kann einen Priester nicht einfach . . . nehmen Sie zum Beispiel Father O'Neill, der früher hier Pfarrer war. *Sein* Name war Ralph O'Neill, aber jeder nannte ihn Father O'Neill. Wogegen Father Michaels Name Michael Birney lautet, aber *ihn* nennt jeder Father *Michael*. Genau das ist das Rätsel.«

»Ja, genau das ist das große Rätsel«, pflichtete Hawes ihr bei.

»Wann haben Sie ihn denn nun zum letzten Mal lebend gesehen«, fragte Carella sanft. »Father Michael, meine ich.«

Langsam und locker, mahnte er sich im stillen. Sich aufzuregen hilft weder ihr, noch dient es der Situation, wenn sie tatsächlich eine einfältige Frau ist. Ist sie bloß verängstigt, hält man ihr besser das Händchen. Draußen im Garten liegt ein Toter.

»Wann haben Sie ihn das letzte Mal lebend gesehen?« wiederholte er. »Die Uhrzeit. Wieviel Uhr war es?«

»Kurz nach sieben«, antwortete sie. »Als ich ihn zum Abendessen holen wollte.«

»Ja«, sagte Carella, »aber da war er schon tot, oder habe ich Sie da falsch verstanden?«

»Ja, Gott sei seiner Seele gnädig«, sagte sie und machte ein hastiges Kreuzzeichen.

»Wann haben Sie ihn das letzte Mal *lebend* gesehen? Davor.«

»Als Krissie gegangen ist«, sagte sie.

»Krissie?«

»Ja.«

»Wer ist Krissie?«

»Seine Sekretärin.«

»Und wann ist sie gegangen?«

»Um fünf. Sie geht um fünf.«

»Und heute ist sie auch um fünf gegangen?«

»Ja.«

»Und da haben Sie Father Michael zum letzten Mal lebend gesehen.«

»Ja, als Krissie ging. Er hat ihr einen schönen Abend gewünscht.«

»Wo war das, Mrs. Hennessy?«

»In seinem Arbeitszimmer. Ich bin reingegangen, um das Teegeschirr abzuräumen ... nachmittags trinkt er Tee, nach dem Drei-Uhr-Gebet. Krissie ging gerade, und er sagte, bis morgen früh.«

»Krissie wie weiter?« fragte Hawes.

»Krissie, die seine Sekretärin ist«, antwortete Mrs. Hennessy.

»Ja, ich weiß, aber wie ist ihr vollständiger Name?«

»Kristin.«

»Und ihr Nachname?«

»Lund. Kristin Lund.«

»Arbeitet sie ganztags hier?«

»Nein, nur dienstags und donnerstags. Zweimal die Woche.«

»Und Sie? Wie oft sind Sie ...«

»Wer kriegt den Kaffee?« fragte ein uniformierter Cop.

»Hier ist Ihr Kaffee, Mrs. Hennessy«, sagte Hawes und nahm ihm die Pappschachtel aus den Händen.

»Danke«, sagte sie. Und fügte plötzlich an: »Der Teufel hat das getan.«

Das einzige Problem war, daß Willis sie unsterblich liebte.

Ihn quälte es Tag und Nacht, daß er eine Frau liebte, die jemanden umgebracht hatte. Einen Zuhälter, gewiß – einen miesen, erbärmlichen Zuhälter –, aber nichtsdestoweniger ein menschliches Wesen, falls man einen Zuhälter als menschlich ansehen konnte. Ihm war, was das anging, noch nie ein Zuhälter begegnet, den er mochte, aber andererseits war ihm auch noch nie eine Nutte mit einem Herz aus Gold begegnet. Als er Marilyn begegnete, war sie keine Nutte mehr gewesen – sie zählte also nicht.

Allerdings war sie eine Nutte gewesen, als sie Alberto Hidalgo umbrachte – einen Zuhälter in Buenos Aires, der bis zum Zeitpunkt seines gewaltsamen Todes fast fünfzig Jahre lang von Einnahmen aus der Prostitution gelebt hatte. Außer Marilyn hatte er sechs weitere Huren in seinem Stall gehabt. Jede einzelne von ihnen haßte ihn, aber keine so inbrünstig wie Marilyn, die er ganz beiläufig zu einer Abtreibung und dann zu einer Totaloperation gezwungen hatte. Beide Eingriffe waren von demselben Hinterhofmetzger durchgeführt worden.

Hier hätten wir also Willis – einen Polizeibeamten, der einen Eid darauf abgelegt hatte, die Gesetze der Stadt, des Bundesstaats und der Nation durchzusetzen –, der eine ehemalige Nutte liebte, nach eigenem Eingeständnis eine Mörderin und eine Diebin dazu. Die Reihenfolge spielte eigentlich keine Rolle. In der ganzen Stadt wußten nur zwei andere Menschen, daß Marilyn einmal Prostituierte gewesen war: Lieutenant Peter Byrnes und Detective Steve Carella. Willis wußte, daß das Geheimnis bei beiden gut aufgehoben war. Doch wußte keiner von beiden, daß sie auch eine Mörderin und Diebin war. Nur Willis hatte dieses Geständnis gehört, nur er war derjenige, dem sie ...

»Doch. Ich habe ihn umgebracht!«

»Ich will es nicht hören. Bitte! Ich will es nicht hören.«

»Ich dachte, du wolltest die Wahrheit.«

»Ich bin ein Cop! Wenn du einen Menschen umgebracht hast ...«

»Ich habe keinen Menschen *umgebracht, ich habe ein* Ungeheuer *umgebracht. Er hat mir einen Teil meines Körpers herausgerissen, ich kann keine Kinder bekommen, verstehst du das? Er hat mir ...«*

»Bitte, bitte, bitte, Marilyn ...«

»Ich würde ihn wieder umbringen. Auf der Stelle!«

Sie hatte Zyankali genommen. Eigentlich nicht die Handlungsweise eines Menschen mit einem Herz aus Gold. Zyankali. Gegen Ratten.

Und dann . . .

»Und dann bin ich in sein Schlafzimmer gegangen und habe die Kombination seines Safes gesucht, weil ich wußte, daß mein Paß da drin liegen mußte. Ich habe die Kombination gefunden. Ich habe den Safe geöffnet. Mein Paß lag drin. Und an die zwei Millionen Dollar in argentinischer Währung.«

An dem Abend, an dem sie Willis all das gestanden hatte, einem Abend, der jetzt sehr lange zurückzuliegen schien, hatte sie gefragt: »Und nun? Sperrst du mich ein?«

Er hatte nicht gewußt, was er sagen sollte.

Er war ein Cop.

Er liebte sie.

»Wissen die, daß du ihn umgebracht hast?« hatte er gefragt.

»Wer? Die argentinischen Cops? Was sollten die sich um einen toten Zuhälter kümmern? Aber klar, ich bin die einzige, die aus dem Stall raus ist, klar, und der Safe stand offen, und eine Menge Kies war verschwunden, und deshalb war ihnen wahrscheinlich klar, daß ich die Tat begangen habe. So sagt ihr doch, oder?«

»Gibt es einen Haftbefehl auf dich?«

»Ich weiß es nicht.«

Und dann hatte Stille zwischen ihnen geherrscht.

»Was wirst du jetzt tun?« hatte sie gefragt. »In Argentinien anrufen? Sie fragen, ob es einen Haftbefehl auf Mary Ann Hollis gibt – eine Frau, die ich überhaupt nicht mehr kenne? Was denn, Hal? Um Gottes willen, ich liebe dich, ich will immer mit dir zusammenleben, ich liebe dich, mein Gott, ich *liebe* dich, was willst du jetzt tun?«

»Ich weiß es nicht«, sagte er.

Er war noch immer ein Cop.

Und er liebte sie noch immer.

Doch jedesmal, wenn das Telefon klingelte, brach ihm der kalte Schweiß aus, und jedesmal hoffte er, daß es kein Polizeiinspektor in Buenos Aires war, der ihm sagte, sie hätten die Spur eines Mords bis in die Stadt verfolgt und wollten eine Frau namens Marilyn Hollis ausliefern lassen.

An einem Abend wie diesem war es leicht, seine Ängste zu vergessen.

Es war leicht zu vergessen, daß manche Probleme vielleicht nie vergehen würden.

Kurz nach zweiundzwanzig Uhr loderte die Stadt im Licht. Für Willis hätte das der Frühling in Paris sein können – er war noch nie dort gewesen. Aber es fühlte sich an wie Paris, und ganz bestimmt fühlte es sich an wie Frühling, der mildeste Frühling, an den er sich erinnern konnte. Als er und Marilyn aus dem Restaurant kamen, wehte ein mild aromatischer Duft aus Richtung Grover Park. Er und Marilyn lächelten. Er winkte einem Taxi und sagte dem Fahrer, er solle die Parkstraße nach Uptown fahren. Sie lächelten immer noch. Die Fenster waren geschlossen. Sie hielten Händchen, wie Teenager.

Harborside Lane, wo Marilyns Stadthaus lag, befand sich innerhalb des 87. Reviers; nicht ganz so begehrt wie Silvermine Oval, aber dennoch ein recht gutes Viertel – zumindest, wenn man den Rest des Bezirks in Betracht zog. Hausnummer 1211 lag zwischen langen Zeilen von Reihenhäusern mit unentzifferbaren Kritzeleien aus der Farbsprühdose. Ein schmiedeeisernes Tor rechts von dem Haus versperrte die Zufahrt zu der Garage, die knapp zwanzig Meter vom Bürgersteig entfernt lag. Ein Kettenschloß sicherte das Tor. Die Fenster im Erdgeschoß und im ersten Stock wurden durch schmiedeeiserne Gitter geschützt, und auf dem Dach über dem obersten Geschoß waren Stacheldrahtrollen. Neben dem Klingelknopf befanden sich zwei Namensschilder: M. Hollis und H. Willis.

Willis bezahlte den Fahrer und gab ihm ein exorbitantes Trinkgeld – der Abend war eben so. Marilyn schloß die Haustür auf, als das Taxi anfuhr. Es bog um die Ecke, und das Motorgeräusch wurde immer leiser, bis es schließlich ganz erstarb. Einen Moment lang waren die Straße und der Park gegenüber dem Haus völlig still. Willis atmete tief ein und blickte zum Himmel empor. Ein Pinocchio-Abend. Jeden Augenblick würde Jiminy Cricket über den Gehsteig hüpfen.

»Hal?«

Er wandte sich um.

»Kommst du nicht mit rein?«

»Es ist so wunderschön«, sagte er.

Später würde er sich daran erinnen, daß dies die letzten Worte waren, die er sagte, bevor das Telefon klingelte. Die letzten Worte, bevor der Schrecken begann.

Er ging ins Haus, zog die Tür zu und schloß sie ab. Die Diele und das Wohnzimmer dahinter waren mit Mahagoniholz getäfelt. Dicke alte Holzbalken stützten die Decke. Während sie die Treppe mit dem Walnußgeländer zum ersten Stock hinaufging, begann Marilyn, ihre Bluse aufzuknöpfen. Willis durchquerte das Wohnzimmer, zog seine Krawatte vom Hals und knöpfte den obersten Hemdknopf auf, als das Telefon läutete.

Automatisch sah er auf seine Armbanduhr, ging zu dem Telefon auf dem Couchtisch und nahm den Hörer ab.

»Hallo?« sagte er.

Ein kurzes Zögern.

Dann sagte eine Männerstimme: *»Perdóneme, señor.«*

Und dann folgte ein hohles Klicken.

Der Altar war nackt.

Der Altar war eine sechsundzwanzigjährige Frau. Sie lag rücklings auf einem erhöhten trapezförmigen Podest, das mit schwarzem Samt bezogen war. Ihr Kopf lag auf dem schmalen Ende des Trapezes, ihr langes blondes Haar floß über ein schwarzes seidenbezogenes Kissen. Weiß auf Schwarz, lag sie mit gespreizten Beinen, die von dem breiten Trapezende herabbaumelten. Ihre Arme waren weit ausgestreckt, so daß ihr Oberkörper ein Kreuz bildete.

Zwischen ihren nackten Brüsten lag eine silberne Scheibe an einer schweren Silberkette. Das Relief in der Scheibe zeigte das heilige Zeichen von Baphomet, dem schwarzen Ziegenbock, dessen Bild an der Wand hinter der Frau hing. Mit Hörnern, Gesicht und Bart in der Mitte bildete es die fünf Spitzen eines umgedrehten Pentagramms:

Rauch von den Fackeln, die das Teufelssymbol beleuchteten, wirbelte zur gewölbten Decke der ehemaligen Kirche hoch. Rauch von den Kerzen in der Hand der Frau, die der Altar war, stieg zu den alten Holzbalken empor, die vor langer Zeit einen Altar überspannt hatten, der aus Marmor und nicht aus Fleisch gewesen war.

Punkt Mitternacht hatte die Messe begonnen.

Jetzt, kurz nach ein Uhr, stand der Priester mit dem Gesicht zur Gemeinde zwischen den gespreizten Beinen des Altars. Er trug ein schwarzes Baumwollgewand, in dessen schwarzer Seidenstikkerei Kiefernzapfen ein phallisches Muster bildeten. Das Gewand war an beiden Seiten bis zur Hüfte geschlitzt und ließ die muskulösen Waden und Schenkel des Priesters sehen.

Die Gemeinde war versammelt, den Tag der Verstoßung zu begehen. Zwanzig Minuten vorher, während des Kanons, hatte jeder Gläubige von dem Kelch getrunken, den der Priester gereicht hatte. Heute nacht hatte der Kelch nicht den dunklen Rotwein enthalten, der üblicherweise das Blut Christi symbolisierte, sondern eine Substanz namens Ecstasy, eine halluzinogene Droge, die aus einer potenten Mischung aus Meskalin und Speed bestand. Eine Kapsel Ecstasy wurde für zwanzig Dollar gehandelt. Heute nacht waren mindestens zweihundert Menschen versammelt, die meisten jüngeren Alters, und jeder einzelne von ihnen hatte direkt nach dem Abschluß des dritten Teils der Messe eine Kapsel X geschluckt.

Der Priester hatte den weiblichen Altar auf das Geschlechtsteil geküßt und dabei die zeitlosen Worte rezitiert: »Satan ist Herr des Tempels, Herr der Welt , er bringet mir freudige Jugend, gelobt sei Satan, gegrüßet sei Satan!« Und die Gläubigen hatten geantwortet: »Gelobt sei Satan!« Und die junge Ministrantin war an den Altar getreten, hatte vor dem Priester das Gewand gehoben und ihren nackten Körper darunter entblößt. Der ebenso junge Ministrant hatte ein Silbergefäß gehalten, um ihren Urin aufzufangen, und der Priester hatte einen phallusförmigen Weihwasserwedel in den Behälter getaucht und die Gemeindemitglieder mit dem Urin des kleinen Mädchens benetzt. *Habt ihr Durst, dann tretet vor zu Satan, dem Herrn. Wollt ihr teilhaben am Wasser des Lebens, so bietet der Herr der Hölle es euch dar.* Und dann hatte er den Kelch mit den Ecstasy-Kapseln weitergereicht, und sie hatten die Kapseln mit dem dickflüssigen Rotwein hinuntergespült, den der Diakon und einer der Subdiakone reichten – einundsechzig Menschen, zwanzig Dollar pro Nase, das waren knapp über zwölfhundert Dollar.

Die kleine Ministrantin stand jetzt rechts neben dem Altar.

Sie war ein süßes blondes Mädchen, gerade acht Jahre alt, und ihre Mutter diente heute nacht als Altar. Sie war ganz in Schwarz gekleidet, genau wie ihr Vater, der zwischen den anderen berauschten Teilnehmern der Messe saß und ungeheuren Stolz darüber empfand, daß seine Frau und seine Tochter im Ritual dieser Nacht zwei wichtige Rollen spielten. Der kleine Ministrant war erst sieben. Er stand links vom weiblichen Altar und starrte mit großen Augen auf das blonde Haarbüschel über der Stelle, wo sich ihre Beine trafen. Der Priester war im Begriff, den fünften und letzten Teil der Messe einzuleiten; er hieß »Die Verstoßung« und besaß an jenem vierundzwanzigsten Mai besondere Bedeutung, weil die Christen den Tag als Himmelfahrt bezeichneten, weil an diesem Tag der Leib von Jesus Christus angeblich gen Himmel aufgestiegen war, doch innerhalb dieser Mauern wurde er als Tag der *Vertreibung* Jesu aus der Hölle begangen.

Der Priester war im Besitz einer Hostie, die in einer Kirche in einem anderen Teil der Stadt geweiht und während einer Messe am Morgen von einer Frau gestohlen worden war, deren Mund man vorher mit Alaun bestrichen hatte, um die Oblate vor ihrem Speichel zu schützen. Jetzt hielt er die Hostie zwischen Daumen und Zeigefinger seiner linken Hand, machte eine tiefe, spöttische Verbeugung über ihr und sagte: »Ich zeige euch den Leib Jesu, des Vergessenen, Prätendent auf den Thron Satans, Monarch der Sklaven, Verwirrer der Speichellecker, die in die Verdammnis taumeln.«

Er drehte sich zu dem weiblichen Altar um, den Rücken der Gemeinde zugewandt, die rechte Hand zum Zeichen der Hörner erhoben, in der linken Hand die Hostie vor dem Ziegenbocksymbol auf der Wand.

»Gelobt sei Satan!« sagte er.

»Gelobt sei Satan!« erwiderten die Teilnehmer der Messe.

»Preis und Ehre den herrlichen Brüsten, die den Körper Jesu säugten«, sagte er spöttisch und berührte mit der Hostie zuerst die rechte und dann die linke Brustwarze der Frau. Zwischen ihren Beinen kniend, legte er die Hand mit der Hostie auf ihren Venushügel und sagte, so spöttisch wie zuvor: »Gebenedeit sei der üppige Leib, der den Körper Jesu zeugte«, und strich die Oblate über die Schamlippen.

Jetzt begann die eigentliche Verstoßung.

Er hob den Saum seines Umhangs, befestigte ihn unter dem schwarzen Seidenband, das um seine Taille geschlungen war, befeuchtete die Finger seiner rechten Hand und berührte mit ihnen die Spitze seines erigierten Penis. »Jesus Christus, Botschafter des Untergangs, Dich biete ich Wurm und Made an . . .« sagte er, führte die Hostie auf die befeuchtete Spitze seines Glieds, wo sie entweiht haften blieb, bewegte sich näher zu den weitgespreizten Beinen des Altars, während der Ministrant erregt und verwundert zuschaute, »stoße Dich nieder mit Skorpion und Schlange . . .« näherte sich dem Altar, der ihn weit geöffnet erwartete, »zeige Dir Sturm und wilde Aufruhr, verfluche Dich mit Hungersnot und Schmutz, verbrenne Dich in ewigem Feuer, gebe Dir immerwährenden Tod bis zum Ende der endlosen Zeit und belohne Dich mit der andauernden Wut unseres Herrn, Satan!«

»Gelobt sei Satan!« intonierten die Gläubigen. »Gepriesen sei Satan!«

Der Priester warf sich auf den Altar, stieß in die Frau hinein, so daß Hostie und Glied in sie eindrangen, und sagte: »Erneut steige ich hinab, und für immer steige ich empor, sagt der Herr der Hölle. Mein Fleisch ist dein Fleisch . . .«

»Mein Fleisch ist dein Fleisch«, murmelte die Frau.

»Mein Fleisch ist unser Fleisch . . .«

»Dein Fleisch ist unser Fleisch«, stimmte die Gemeinde an.

»Im Fleisch lasset uns die Herrlichkeit Satans finden!«

»Im Fleisch die Herrlichkeit Satans finden!«

»In der Lust lasset uns die Güte Satans erkennen!«

»In der Lust die Güte Satans erkennen!«

»In Fleisch und Lust lasset uns alle Satan preisen!«

»In Fleisch und Lust preisen wir Satans Namen!«

»Gesegnet sei Satan!«

»Gesegnet sei Satan!«

»Gelobt sei Satan!«

»Gelobt sei Satan!«

Das war vier Blocks entfernt von der Stelle, wo die Polizei in dem kleinen Pfarrgarten mit Kreide Father Michaels Umrisse auf die blutbefleckten Steine gemalt hatte.

2

Die beiden Männer unterhielten sich ausschließlich auf spanisch.

Der eine war äußerst gutaussehend. Groß und schlank und mit straff nach hinten gekämmten schwarzen Haaren sah er aus wie Rudolph Valentino. Er wußte nicht, wer Rudolph Valentino war, deshalb schmeichelte es ihm nicht, wenn Leute ihm sagten, er sehe aus wie Rudolph Valentino. Doch nahm er an, daß Rudolph Valentino ein *verdammt* gutaussehender *hombre* sein mußte, denn wenn Ramon Castaneda eines sicher wußte, dann dies, daß er schön wie die Sünde war.

Der Mann, der neben ihm saß, hieß Carlos Ortega und war außerordentlich häßlich. Er hatte schiefe Zähne, eine Nase, die bei Straßenkämpfen immer mal wieder gebrochen worden war, und durch die rechte Braue eine Narbe, die sein rechtes Auge teilweise schloß. Darüber hinaus war er kahlköpfig und massig und erinnerte an einen entflohenen Insassen eines Hospitals für geisteskranke Verbrecher – ein solcher war er jedoch nicht. Doch die männliche Eitelkeit ging so weit, daß auch er sich für gutaussehend hielt. Tatsächlich hatten ihm zahlreiche Frauen gesagt, daß er gut aussehe. Er glaubte ihnen, auch wenn es ausnahmslos Prostituierte waren.

An diesem fünfundzwanzigsten Tag im Mai, wieder einem herrlichen Frühlingsmorgen, saßen die beiden Männer in einem Coffeeshop in der Nähe ihres Hotels und sprachen über den Grund ihrer Anwesenheit in der Stadt. Es war noch früh am Morgen, kurz nach sieben Uhr. Überall an den Tischen saßen Leute, die auf dem Weg zur Arbeit ein schnelles Frühstück einnahmen. Die beiden Männer hatten es nicht eilig. Der Gutaussehende, Ramon, hatte als Frühstück Steak mit Eiern bestellt. Carlos – der Häßliche, der bloß glaubte, gut auszusehen – hatte Pfannkuchen mit Sirup bestellt. Sie schlürften plaudernd an ihrem Kaffee, während sie auf ihr Essen warteten.

Ramon sagte auf spanisch, es sei schade, daß am Vorabend ein

Mann den Anruf entgegengenommen habe. Ein Mann könne die ganze Sache komplizieren.

Carlos sagte auf spanisch, er könne jeden verdammten Knochen im Körper des Manns brechen, egal, wer er sei, wieso mache es da einen Unterschied, ob sie mit einem Mann, einer Frau oder einem Chihuahua zusammenlebe?

»*Falls* sie die richtige Frau ist«, sagte Ramon.

»Ja, sicher, wir müssen uns vergewissern, daß sie die richtige Frau ist«, sagte Carlos.

»Was ohne ein Foto nicht leicht sein wird.«

»Aber wir haben ihre Beschreibung von der deutschen Hure.«

Die deutsche Hure war eine dralle Blondine, die behauptete, auf offener Straße in München entführt worden zu sein. Sie hieß Constantia. Während sie auf ihr Essen warteten, diskutierten die beiden darüber, ob sie zuverlässig sei. Ramon erwähnte, sie sei viele Jahre drogenabhängig gewesen. Carlos sagte, er kenne viele Menschen, die drogenabhängig seien und dennoch sehr verläßliche Zeugen abgäben. Sie verstiegen sich auf das Nebenthema, ob sie wohl ein guter Betthase sei. Als ihr Essen kam, verstummten sie eine Zeitlang. Ramon aß mit den superben Tischmanieren eines Mannes, der um sein verheerend gutes Aussehen wußte; Carlos aß wie ein Barbar, der wußte, daß ein gutaussehender Mann wie er jederzeit so essen konnte, wie er wollte.

»Meinst du, sie könnte so dumm sein?«

»Was meinst du damit?«

»Ihren Namen ins Verzeichnis einzutragen.«

»Da steht nur M. Hollis«, sagte Carlos. »Und in dem Buch stehen achtundzwanzig verschiedene Hollis.«

»Aber nur einmal M. Hollis.«

»Stimmt. Wie ist das Steak?«

»Unsere sind besser.«

Er meinte damit argentinisches Rindfleisch, ein Anflug von Nationalstolz, doch Carlos merkte, daß er sein Steak genoß. Die Pfannkuchen, die er für sich bestellt hatte, waren nur mittelprächtig. Überhaupt fragte er sich, wieso er Pfannkuchen bestellt hatte – er mochte Pfannkuchen gar nicht.

»Wir müssen also einen Blick auf sie werfen«, sagte Ramon.

»Sie kann ihr Aussehen verändert haben«, sagte Carlos.

»Ja, Frauen können das«, bejahte Ramon müde – eine Anmerkung, die ein gutaussehender Mann, der mit den eigenartigen und wunderbaren Verhaltensweisen der Frauen vertraut war, absolut gelangweilt vorbringen konnte.

»Sie könnte mittlerweile ein Rotschopf sein«, sagte Carlos. »Oder eine Brünette. Die Blondine kannst du vergessen, sie ist vielleicht längst passé.«

»Wir können ihr immer noch unter den Rock gucken«, sagte Ramon mit zuversichtlichem Lächeln.

»Da könnte sie es auch geändert haben. Oder sich glatt wie ein Baby rasiert haben. Mittlerweile könnte sie eine völlig andere Frau sein.«

»Die blauen Augen kann sie nicht verändern«, sagte Ramon.

»Sie kann Kontaktlinsen tragen, um sie grün, braun oder lila zu färben. Eine Frau kann alles an sich verändern. Wir könnten uns dort hinbegeben, sie könnte dieselbe Frau sein, und wir würden sie nicht erkennen.«

»Worauf willst du eigentlich hinaus?« fragte Ramon. »Sollen wir uns *nicht* hinbegeben?«

»Wir sollten hingehen, auf jeden Fall. Aber wir sollten nicht enttäuscht sein, wenn wir sie uns angucken und sie nicht der Beschreibung der deutschen Hure entspricht. Die könnte außerdem eine Lügnerin sein.«

»Warum hätte sie lügen sollen?«

»Wegen des Gelds. Wir haben ihr Geld gegeben.«

»Mit dem Versprechen, ihr mehr zu geben.«

»*Falls* wir die Hollis aufspüren. Falls sie überhaupt so heißt.«

»Die deutsche Hure sagt, sie heißt so. Mary Ann Hollis.«

»Und wieso steht dann nur ein ›M‹ im Telefonbuch?«

»Weil man sofort weiß, daß es sich um eine Frau handelt«, sagte Ramon, »wenn sie ein ›M. A.‹ ins Telefonbuch eintragen läßt.«

»Das heißt also, wenn du J. F. Kennedy ins Telefonbuch eintragen läßt, dann ist es eine Frau. Korrekt?« fragte Carlos.

»Na gut, ich weiß eben nicht, wieso sie nur ein ›M‹ ins Telefonbuch eingetragen hat«, räumte Ramon ein. »Vielleicht ist es in diesem Land billiger, als wenn man zwei Buchstaben nimmt.«

Carlos sah ihn an.

»Was meinst *du*, warum sie nur ein ›M‹ genommen hat?« fragte Ramon.

»Weil es, erstens, die falsche Frau sein kann . . .«

»Ja, natürlich, aber . . .«

»Oder es könnte, zweitens, der *Mann* sein, der das Telefon abgehoben hat und im Telefonbuch eingetragen ist – es ist ein *Mister* Hollis . . .«

»Nein, nur Frauen benutzen Anfangsbuchstaben«, sagte Ramon.

»Oder, drittens, sie könnte ihren Namen geändert haben«, sagte Carlos.

»Das stimmt. Aber wieso nimmt sie dann ein ›M‹? Warum ändert sie ihn nicht vollständig?«

»Selbst mit einem ›M‹ könnte er vollständig geändert sein«, entgegnete Carlos. »Von Mary Ann könnte sie ihn vollständig in Magdalena, Mercedes oder Marta geändert haben . . .«

Er war Argentinier, daher waren all diese Namen natürlich spanisch.

». . . oder in Matilda oder Maurita oder Mirabella oder Miranda oder Modesta oder . . .«

»Ich glaube, ich hab's begriffen«, sagte Ramon.

»Ich will damit sagen«, sagte Carlos, »wir fahren hin und finden einen rothaarigen Lockenkopf mit Riesentitten, einem dicken Hintern und braunen Augen, und die Perle heißt Margarita, und wir glauben, wir haben die falsche Nummer, aber in Wirklichkeit ist es Mary Ann, die früher einmal groß und schlank war und blaue Augen und glatte blonde Harre hatte. Das will ich damit sagen.«

»Wir müssen also aufpassen. Das willst du damit sagen.«

»Nein, ich will damit sagen, daß wir sie windelweich prügeln müssen«, sagte Carlos.

»Ja, versteht sich«, sagte Ramon, als bedürfe es gar keiner Erwähnung, daß man *alle* Frauen ab und zu windelweich prügeln mußte.

»Falls sie uns sagt, sie ist nicht diejenige, für die wir sie halten«, sagte Carlos.

»Ja«, sagte Ramon.

»Um herauszufinden, wer sie *wirklich* ist. Das will ich damit sagen«, sagte Carlos.

»Ich bin völlig deiner Meinung.«

»Also, wann wollen wir los?«

»Laß mich erst mein Steak zu Ende essen«, sagte Ramon.

»Du ißt langsamer als jeder andere, den ich kenne.«

»Weil ich reich zur Welt gekommen bin«, sagte Ramon. »Nur die Armen essen schnell. Aus Angst, jemand reißt ihnen das Essen weg, bevor sie fertig sind.«

»Du und reich zur Welt gekommen, ha!« sagte Carlos.

»Genau, ich und reich zur Welt gekommen, ha!« äffte Ramon ihn nach.

»Was ich vorhabe«, sagte Carlos, »ist, draußen zu warten, wenn sie aus dem Haus kommt. Wir gehen es ganz langsam und locker an. Folgen ihr, passen auf, wohin sie geht, was sie tut. Wir ergreifen die Initiative, wenn wir bereit sind. Und nicht in der Nähe eines Hauses, in dem ein Mann ans Telefon geht.« Er betrachtete das restliche Stück Fleisch auf Ramons Teller. »Jetzt beeil dich und komm zum Ende, reicher Mann!« sagte er. »Denn du wirst noch reicher sein, wenn sie uns das Geld gibt.«

»Sin duda«, sagte Ramon.

Kristin Lund sah genauso aus, wie sie hieß. Blonde Haare und blaue Augen, ein voller, leidenschaftlicher Mund und eine Figur, die Hawes an die sanft gerundeten Berge Schwedens erinnerte, auch wenn er noch nie dort gewesen war. Kristin Lund. Krissie klang häuslicher und ebenso schön. Krissie Lund. Er rollte es über die Zunge wie ein Balalaika-Riff. An diesem herrlichen Frühlingstag trug sie einen pastellblauen Rock, hochhackige Schuhe im selben Farbton und eine zitronengelbe Strumpfhose, die zu ihrem zitronengelben Pulli paßte. Krissie. Sie sah aus wie der Frühling. Und sie roch wie der Frühling. Wenn Hawes sich nicht irrte, hatte sie *Poison* aufgelegt.

Sie war nicht überrascht, die beiden Detectives so früh am Morgen vor ihrer Tür vorzufinden, hatte sie doch am späten

Abend im Fernsehen vom Mord an Father Michael erfahren. Sie hatte sogar sofort Notruf 911 angerufen, um sich zu erkundigen, wie sie mit den Polizisten Kontakt aufnehmen könne, die den Fall untersuchten. Die Frau am anderen Ende der Leitung hatte gesagt: »Wo ist der Notfall, Miss?« Als Krissie ihr sagte, es sei *kein* Notfall, hatte die Frau gefragt: »Wollen Sie ein Verbrechen melden?« Krissie hatte verneint, sie wolle kein Verbrechen melden, aber sie arbeite für den Mann, der, wie sie gerade im Fernsehen gehört habe, ermordet worden sei, und sie wolle wissen, wer den Fall untersuche, damit sie Kontakt mit ihm aufnehmen könne. Die Frau am anderen Ende der Leitung hatte gesagt: »Einen Moment, bitte, ich gebe Ihnen meinen Vorgesetzten.« Praktisch im selben Moment meldete sich der Vorgesetzte und sagte: »Sie sind also Zeuge eines Mords gewesen«, worauf Krissie aufgelegt hatte, auch wenn sie nicht in dieser Stadt groß geworden war.

»Aber ich *habe* versucht, Kontakt mit Ihnen aufzunehmen«, sagte sie und lächelte so strahlend, daß Hawes beinahe in Ohnmacht fiel.

»Wann war das?« fragte Carella.

»Wann?«

»Als Sie versucht haben, Kontakt mit uns aufzunehmen.«

»Ach so. Direkt nach den Elf-Uhr-Nachrichten. Erst wollte ich die Kirche anrufen, doch dann habe ich die 911 gewählt. Und dann, nachdem ich mit diesem Vorgesetzten gesprochen habe, wußte ich nicht mehr, was ich tun sollte. Deshalb bin ich schlafen gegangen. Ich dachte, früher oder später kämen Sie ohnehin zu mir.«

»Ja«, sagte Hawes.

»Und hier sind Sie ja«, sagte sie und lächelte wieder.

»Miss Lund«, sagte Carella, »Father Michaels Haushälterin . . .«

»Ja, Martha Hennessy.«

»Ja. Sie hat uns gesagt, sie habe ihn zum letzten Mal lebend gesehen, als er sich von Ihnen verabschiedete.«

»Da habe ich ihn auch zum letzten Mal gesehen.«

»Gestern, etwa um fünf Uhr nachmittags.«

»Ja.«

»Wohin sind Sie danach gegangen?«

»Direkt hierher.«

Sie waren in der Küche ihrer kleinen Wohnung im vierten Stock eines Hauses mitten im Quarter, weit entfernt von ihrem Revier. Der Kaffee kochte in einer Kaffeemaschine, deren Stecker in einer Steckdose über der Küchenplatte aus Hartholz steckte. Krissie stand mit verschränkten Armen an die Arbeitsplatte gelehnt und wartete darauf, daß das Wasser zu brodeln begann. Neben der Kaffeemaschine hatte sie drei Tassen und Untertassen bereitgestellt. Die Detectives standen neben dem offenen Fenster. Ein milder Wind wehte durch die reinweißen Vorhänge vor dem Fenster. Sonnenlicht tanzte auf der Arbeitsplatte und ließ die weißen Tassen und Untertassen glitzern. Krissie nahm die Kanne und füllte die drei Tassen. Einzeln trug sie sie zu dem kleinen runden Tisch bei dem Fenster. Auf dem Tisch waren Kaffeelöffel, Papierservietten, Milchkännchen und eine kleine Schale mit rosa Süßstofftütchen vorbereitet.

»Haben Sie vor der Kirche jemanden gesehen, der verdächtig wirkte?« fragte Carella. »Als sie gestern nachmittag gegangen sind?«

»Tja, was meinen Sie damit: Jemand, der verdächtig wirkte? Ich meine . . . ich schätze, wissen Sie, es ist ein ziemlich heruntergekommenes Viertel. Ich meine, nichts gegen Ihre Arbeit, Sie tun bestimmt Ihr Bestes, aber für mich sieht jeder dort verdächtig aus.«

»Ich dachte an jemanden, der vielleicht herumschlich . . .«

Bei dieser Formulierung kam er sich idiotisch vor.

». . . jemand, der dort vielleicht nicht ganz hinzupassen schien . . .«

Bei dieser Formulierung auch.

». . . jemand, der dort einfach nicht hingehörte«, sagte er.

»Bloß die üblichen Leute«, sagte Krissie achselzuckend. Hawes liebte die Art, wie sie die Achseln zuckte. »Kaffeesahne?« fragte sie. »Es ist Magermilch.«

»Die üblichen Leute?« fragte Hawes.

»Eben die üblichen Leute«, sagte sie, erneut mit einem Achselzucken. »Sie wissen doch bestimmt, wie es dort aussieht. Die übliche Straßenmixtur. Crackhändler, Crackkäufer, Stricherinnen,

Ganoven. Die übliche Mischpoke.« Sie hob die Tasse und nippte an ihrem Kaffee.

»Und gestern nachmittag, als Sie gingen . . . Nichts außer der üblichen Mischpoke?«

»Bloß die übliche Mischpoke.«

»Und *in* der Kirche?« fragte Carella. »Haben Sie dort etwas Auffälliges gesehen? Etwas, das nicht normal war?«

»Nein.«

»Als Sie das Büro verließen – das war um fünf, sagen Sie?«

»Fünf. Kurz danach.«

»War da einer der Aktenschränke offen?«

»Sie sind nie abgeschlossen. Wir haben zwar Schlüssel, aber . . .«

»Nein, ich meine, stand eine der Schubladen offen?«

»Nein. Offen? Warum sollte sie?«

»Oder lagen Papiere auf dem Fußboden?«

»Nein. Natürlich nicht.«

»Alles sauber und ordentlich.«

»Ja.«

»Miss Lund«, sagte Hawes, »die Haushälterin von Father Michael hat erwähnt, daß er in den letzten Wochen eine ziemliche Auseinandersetzung mit . . .«

»Sie glauben doch nicht etwa, daß *das* etwas mit dem Mord zu tun hat, oder?«

»Wovon sprechen Sie?«

»Vom Zehnten.«

»Vom was?« fragte Carella verblüfft.

»Vom Zehnten«, antwortete sie. »Der Zehnte. Von der Gemeinde wird erwartet, daß sie zehn Prozent ihrer Einkünfte an die Kirche gibt. Als den Zehnten. Sind Sie mit dem Wort nicht vertraut? Zehnter?«

»Nun ja, wissen Sie . . .«

Er dachte, das Wort klinge mittelalterlich. Er dachte, es klinge nicht wie ein Wort, das im Hier und Jetzt herumschleichen sollte, ein Wort, das fehl am Platze schien, ein Wort, das einfach nicht in diese Zeit gehörte. Zehnter. Absolut archaisch. Wie ein Keuschheitsgürtel. Aber er sprach es nicht aus.

»Was war mit diesem . . . Zehnten?« fragte er.
»Nun, wahrscheinlich hat sie die Predigten gemeint.«
»Welche Predigten?«
»Einige ziemlich barsche Predigten darüber, daß die Kirche zu kurzgehalten wurde.«
»Zu kurzgehalten?«
»Daß nicht genug in den Klingelbeutel geworfen wurde.«
»Verstehe. Wie viele dieser Predigten gab es?«
»Drei. Das weiß ich, weil ich diejenige war, die sie getippt hat. Ganz auf Hölle und Verdammnis abgestellt. Ungewöhnlich für Father Michael. Normalerweise war er . . .«
Sie zögerte.
»Ein sehr sanfter Mann«, sagte sie schließlich.
»Aber nicht in diesen Predigten«, sagte Hawes.
»Nein. Ich nehme an . . . nun, an der Kirche sind wirklich Reparaturen nötig, seit Jahren ist nichts mehr gemacht worden. Und wissen Sie, das Viertel rund um die Kirche mag ja kaputtgehen, aber viele der Gemeindemitglieder kommen aus Teilen der Stadt, die fünf oder sechs Blocks entfernt sind und wo es viel besser aussieht. Sie kennen die Stadt ja, da hat man einen Slum direkt neben Wohnhäusern mit Portiers. Er hatte also wirklich das Recht, um den angemessenen Zehnten zu bitten. Denn ich glaube ganz ehrlich, das Viertel könnte mittlerweile noch schlimmer sein, wenn Father Michael hier nicht wirken würde. Nicht gewirkt *hätte*«, verbesserte sie sich.
»Was hat er gewirkt?« fragte Carella.
»Er hat versucht, Eintracht zu fördern«, sagte sie, »vor allem unter den Jugendlichen. Das Viertel hier besteht aus einer Mischung aus Italienern, Iren, Hispaniern und Schwarzen – aber das brauche ich Ihnen wohl nicht zu erklären. Father Michael hat bei den Jugendlichen Wunder bewirkt. Sie wissen ja sicher, was am Ostersonntag geschehen ist . . .«
Carella schüttelte den Kopf.
Hawes ebenfalls.
»Aber es ist doch *Ihr* Revier«, sagte Krissie. »Ich meine, wissen Sie nicht, was dort geschehen ist? Am Ostersonntag?«
»Nein. Was ist denn dort geschehen?« fragte Carella und ver-

suchte sich zu erinnern, wo er am Ostersonntag Dienst getan hatte.

»Es war spät am Nachmittag«, sagte Krissie. »Der schwarze Junge kam in die Kirche gerannt, den ganzen Kopf voller Blut. Ein halbes Dutzend weißer Jungen jagte ihn mit Baseballschlägern und Mülltonnendeckeln. Sie jagten ihn bis in die Kirche, den Mittelgang entlang zum Altar. Father Michael ist keinen Fußbreit gewichen. Er hat ihnen gesagt, sie sollen seine Kirche verlassen, ist mit ihnen den Gang bis zum Portal gegangen, hat sie nach draußen begleitet und ihnen gesagt, sie sollten erst wieder zurückkommen, wenn sie wüßten, wie man sich im Gotteshaus benimmt. Der Vorfall steht ganz bestimmt in Ihren Berichten, sehen Sie einfach unter dem Ostersonntag nach. Ganz gleich, das sind genau die Sachen, die ich meine. Father Michael war in diesem Viertel eine bedeutungsvolle Macht. Seine Gemeinde hätte sich das vor Augen führen müssen, anstatt sich so beleidigt zu fühlen. Durch seine Predigten, meine ich.«

»Die Geldpredigten«, sagte Carella.

»Die Predigten über den Zehnten, ja«, sagte Krissie.

»Einige Gemeindemitglieder fühlten sich dadurch beleidigt?«

»Ja. Weil er die Gemeindemitglieder als ... nun ja, praktisch als Geizkragen bezeichnete.«

»Verstehe.«

»Von der Kanzel.«

»Verstehe.«

»Einer der Kirchenvorsteher, ich habe seinen Namen vergessen, hat einen Brief verteilt, in dem stand, Jesus Christus hätte die Geldwechsler aus dem Tempel vertrieben, und nun wären sie wieder da ... damit hat er Father Michael gemeint. Und die Predigten über den Zehnten.«

»Das müssen sehr eindrucksvolle Predigten gewesen sein«, sagte Hawes.

»Nicht eindrucksvoller als die Predigten über den Kult. Die habe ich auch getippt.«

»Über welchen Kult?« fragte Carella.

»Über die Kirche des Ungeborenen.«

»Was ist die Kirche des Ungeborenen?«

»Wollen Sie damit sagen, Sie wissen nicht . . . ach was, Sie machen sich über mich lustig. Sie befindet sich mitten in Ihrem Revier. Nur vier Blocks entfernt von St. Catherine's.«

Hawes fragte sich, ob Krissie Lund jemals erwogen haben mochte, ein Cop zu werden.

»Ich unterstelle, bei der Kirche des Ungeborenen handelt es sich um einen Kult«, sagte er.

»Teufelsanbetung«, sagte Krissie.

»Und Sie sagen, Father Michael hat darüber gepredigt . . .«

»Darüber gepredigt, daß einen Steinwurf von St. Catherine's entfernt Satan angebetet wird, ja.«

»Das hat sie also gemeint«, sagte Hawes zu Carella. »Die Haushälterin.«

Carella nickte. Er griff in die Jackentasche, zog sein Notizbuch heraus und nahm ein Foto aus der Einbandklappe.

»Haben Sie das mal gesehen?« fragte er und reichte Krissie das Foto.

Ein Polizeifotograf hatte es am Vorabend mit einer Polaroidkamera geblitzt. Die automatische Belichtung funktionierte nicht richtig, deshalb war das Rot nicht so wie das tatsächliche Rot der Farbe, die der Graffitikünstler verwendet hatte, und auch das Grün des Tors war nicht ganz so giftig. Nichtsdestotrotz war es ein gutes Foto.

Krissie betrachtete es aufmerksam.

»Was soll das darstellen?« fragte sie.

»Waren Sie mal auf der Tenth Street, wo sie an der Kirche vorbeiführt?«

»Ja.«

»Am Tor zum Garten?«

»Ja.«

»Das da ist auf das Tor gemalt worden.«

»Tut mir leid, ist mir nie aufgefallen«, sagte sie und reichte das Foto zurück. »Bedeutet es irgend etwas?«

Carella dachte, es bedeutet, daß einen Steinwurf von der Kirche St. Catherine's entfernt Satan angebetet wird, einen Steinwurf weit von dem Gotteshaus, in dem am Ostersonntag ein junger Schwarzer Zuflucht vor einem wütenden weißen Mob gesucht hat und wo ein beleidigter Kirchenvorstand einen Brief über Geldwechsler in Umlauf gebracht hat. Er dachte, in der Welt des 87. Polizeireviers weiter oben in der Stadt könnte eines dieser Dinge durchaus als verständlicher Grund für einen Mord angesehen werden.

»Entschuldigen Sie, Miss Lund«, sagte Hawes, »aber ist das *Poison*?«

»Nein«, entgegnete Krissie, die offensichtlich genau wußte, wovon er sprach, »es ist *Opium*.«

Sie hatte sich darauf getrimmt, nie auf den Namen Mary Ann zu reagieren.

Als sie jetzt die spanisch sprechende Stimme hinter sich hörte, die den Namen benutzte, den sie in ihrer ersten Stunde in dieser Stadt abgelegt hatte, ging sie einfach weiter, ohne sie zu beachten. Sie war *nicht* Mary Ann. Und ganz gewiß war sie nicht Marianna für irgend jemanden, der spanisch sprach.

Und dann sagte die Stimme: »Ai, Mariucha«, die spanische Koseform für Maria. In dem mexikanischen Gefängnis hatte man sie Mariucha genannt. Der Kosename war ihr bis Buenos Aires gefolgt. Und offenbar auch bis in diese Stadt. Sie ging weiter. Ihr Herz pochte.

»Mariucha, *despacio*«, sagte die Stimme, und zwei Männer, jeder an einer Seite, fielen in Gleichschritt mit ihr.

»Gehen Sie weg!«, sagte sie sofort. »Oder ich rufe einen Cop.«

»Ach, Schätzchen«, sagte der Gutaussehende auf spanisch.

»Wir wollen dir nicht weh tun«, sagte der Häßliche auf spanisch.

Und das hieß, er *wollte* ihr weh tun und er *würde* ihr weh tun.

In ihrer Handtasche war ein Schnappmesser. Sie war darauf vorbereitet, es zu benutzen, wenn sie mußte.

Sie gingen die Concord hinauf und entfernten sich von der Ansammlung von Gebäuden, die in einer Stadt dieser Größe als Campus durchging. Im Volksmund hieß die Bildungsstätte die Bäckerei der tausend Fenster, eine historisch zu weit zurückführende Anspielung, als daß Marilyn sie verstehen konnte, doch insofern zutreffend, als der Universitätskomplex vollständig aus Glas zu bestehen schien. Er lag fast genau in der Mitte der Insel Isola, gleich weit von den Flüssen im Norden und Süden und nur ein bißchen näher zu dem alten Downtown-Deich als zu den Quellflußbrücken auf der entgegengesetzten Seite. Das Viertel war noch immer recht gut. Viele Geschäfte und Restaurants, Kinos, Apartmenthäuser mit Portiers und – direkt an der nächsten Ecke – zwei uniformierte Cops, die sich im Licht des Frühlings sonnten.

»Mach keine Dummheiten!« sagte der Gutaussehende auf spanisch.

Sie ging direkt auf die Polizisten zu.

»Diese Männer belästigen mich«, sagte sie.

Die Cops sahen die beiden Männer an.

Der Gutaussehende lächelte.

Der Häßliche zuckte mit den Schultern.

Keiner der beiden sagte ein Wort. Sie schienen zu erkennen, daß sie in ernsthafte Schwierigkeiten geraten würden, wenn sie in dieser Stadt den Mund aufmachten und entweder Spanisch oder ein gebrochenes Englisch heraussprudelten.

Marilyn wartete, daß die Cops etwas unternahmen.

Die Cops wandten den Blick nicht von den zwei Männern.

Beide waren gut gekleidet. Dunkle Anzüge. Weiße Oberhemden. Einer eine rote Krawatte, der andere eine blaue Krawatte. Beide trugen perlgraue Feodorahüte. Sehr korrekt. Sehr elegant. Zwei anständige Geschäftsleute, die einen schönen Frühlingstag genossen.

»Meine Herren«, sagte einer der Cops, »die Dame möchte nicht belästigt werden.«

Er sagte das in einem brüderlichen Ton, den sich Männer zulegen, wenn sie anderen Männern klarmachen, daß es sich hier um ein prächtiges Weibsstück handelt, und wir könnten alle bequem unseren Spaß an ihr haben, wenn uns der Sinn danach steht, aber aus Güte und Großzügigkeit unserer männlichen Herzen wollen wir die Dame nicht belästigen, wenn sie nicht belästigt zu werden wünscht, hmm? Marilyn wartete förmlich darauf, daß sie dem Gutaussehenden zuzwinkerten und den Häßlichen kameradschaftlich in die Rippen stießen.

Der Gutaussehende zuckte die Achseln, als wolle er sagen, wir alle sind Männer von Welt, die die Launen der Frauen verstehen.

Der Häßliche seufzte schwer, als wolle er sagen, wir alle tragen gelegentlich die Last dieser wunderschönen, unberechenbaren Geschöpfe, vor allem in gewissen Perioden des Monats. Dann nahm er den Gutaussehenden beim Arm, um ihn rasch und stumm fortzuführen.

»Okay?« fragte der Cop Marilyn.

Sie sagte nichts.

Der Häßliche blickte sich nach ihr um.

In seinen Augen lag eisige Verheißung.

Alle Fenster des Reviergebäudes standen offen. Die Gitterfenster im Erdgeschoß, die vergitterten Fenster in den oberen Stockwerken. Ganz plötzlich kam Carella der Gedanke, daß ein Reviergebäude wie ein Gefängnis aussah. Selbst mit offenen Fenstern sah es wie ein Gefängnis aus. Graue, verrußte Granitblöcke, auf dem Dach grüne Ziegel, gefleckt vom Taubendreck eines ganzen Jahrhunderts, grüne Kugeln neben der Eingangstreppe und verblichene Ziffern, die verkündeten, daß hier das Siebenundachtzigste war, mochte man es glauben oder auch nicht. Carella glaubte es nun schon eine stattliche Anzahl von Jahren.

Die Papiere des Priesters warteten auf seinem Schreibtisch.

Keine achtzehn Stunden nach der Entdeckung von Father Michaels Leiche waren seine verschiedenen Papiere – die, die verstreut auf dem Boden gelegen hatten ebenso wie jene in seinen Aktenschränken oder auf seinem Schreibtisch – bereits vom Labor untersucht und per Kurier ins Revier geschickt worden. Das war sehr schnelle Arbeit. Aber der Polizeipräsident persönlich – er war zufällig schwarz und besuchte regelmäßig eine Baptistenkirche im Diamondback-Bezirk der Stadt, wo er geboren und aufgewachsen war – hatte am Morgen seinen Fernsehauftritt in der *Today Show* gehabt und über Sender quasi der ganzen Nation verkündet, daß diese Stadt den heimtückischen Mord an einem sanftmütigen Gottesmann, ganz gleich, welcher Glaubensrichtung er angehörte, nicht dulden *konnte* und nicht dulden *würde*. Von den Cops der Tagschicht sahen nicht viele die Sendung, denn sie waren bereits unterwegs und stellten diskrete Fragen, um die ermittelnden Cops des 87. Reviers zu unterstützen und zugleich den erzürnten Polizeipräsidenten zu besänftigen. Im Siebenundachtzigsten verlief das Leben wie üblich; Priester oder nicht, es handelte sich bloß um einen neuen Kraut-und-Rüben-Mord in einem Stadtteil, der in Unkraut erstickte.

Im Wachraum war Lunchzeit.

Die Detectives saßen in Hemdsärmeln und mit umgeschnallten Waffen herum. Auf den Schreibtischen vor ihnen standen Sandwiches und Kaffee, Pizza und Cola. Als Carella eintrat, winkte nur Meyer ihm zu. Die anderen waren zu beschäftigt damit, Parker zu lauschen.

»Bei den Dallas-Morden wird's keinerlei Rätsel geben, das versprech ich euch«, sagte Parker.

»Es gibt *nie* irgendwelche Rätsel«, sagte Brown.

»Das weiß ich, aber ich meine, das wird noch weniger rätselhaft als üblich. Vor allem, weil es Texas ist.«

»Liebe oder Geld«, sagte Meyer. »Das sind die beiden einzigen Motive für Mord.«

»Deshalb gibt es keine Rätsel. Genau das meine ich«, sagte Brown.

»Erzählt, was ihr wollt«, sagte Parker, »aber *ich* sage, das einzige Rätsel hier ist, *wer* der Typ ist. *Was* er ist, ist einfach: Er ist verrückt.«

»Das ist der dritte Grund»«, sagte Kling. »Wahnsinn.«

»An keinem Wahnsinnigen in der ganzen Welt ist irgendwas Rätselhaftes«, sagte Parker. »Der Fall in Dallas wird sich als genau das rausstellen, was Zeitungen und Fernsehen heute schon sagen, da wett ich hundert Kröten drauf. Ein Verrückter, der durch die Gegend läuft und Blondinen umbringt. *Mehr* nicht. Wenn sie den Vogel schnappen, hat er mehr Dachschäden als 'ne löchrige Ruine, ihr werdet sehen.«

Carella war nicht sonderlich versessen darauf, die Papiere des Priesters in Angriff zu nehmen. Hawes war direkt, nachdem sie die Wohnung der Lund verlassen hatten, in die Innenstadt gefahren, um bei der Ballistikabteilung den Bericht über eine Schußwaffe loszueisen, die bei einem Raubüberfall benutzt worden war. Das jedoch hieß, daß Carella sich allein mit dem Zeug herumschlagen mußte. Die Papiere steckten in mehreren großen Umschlägen mit der Aufschrift BEWEISSTÜCKE. Die Papiere selbst jedoch waren *per se* keine Beweisstücke, da die von ihnen abgenommenen Fingerabdrücke bereits gekennzeichnet und archiviert worden waren. Ohne die Abdrücke waren es bloß *Papiere,* die vielleicht Informationen bargen, vielleicht aber auch nicht.

Aber die Polizei hatte eine Menge Umschläge unterschiedlicher Größe, die alle den Aufdruck BEWEISSTÜCKE hatten, und ein Cop griff höchstwahrscheinlich nach einem dieser Umschläge, wenn er etwas verschicken oder irgendwohin mitnehmen wollte, selbst wenn dieses Etwas ein Schinkensandwich war, das er als Mittagsmahlzeit einplante. Wer immer die Papiere im Labor untersucht hatte, hatte sie anschließend in sieben große BEWEISSTÜCKE-Umschläge gestopft, dann ein EILT aufgestempelt und dann noch PER KURIER, weil in dieser Stadt mit einer irisch-katholischen Polizeibehörde ein Priester umgebracht worden war, und dann hatte er die dünnen roten Bindfäden um die kleinen roten Knöpfchen gewickelt, und nun lagen sie auf Carellas Schreibtisch – neben einem weiteren BEWEISSTÜCKE-Umschlag, der tatsächlich ein Schinkensandwich enthielt, das er zum Lunch essen wollte.

Er haßte Papierkram.

Auf seinem Schreibtisch hatte er einen verdammten Berg Papierkram.

Die Uhr an der Wand zeigte zehn Minuten vor eins an.

»Wir haben hier«, sagte Brown, »einen Burschen, dessen Mutter eine Blondine war, und sie hat ihn jeden Tag in den Schrank gesperrt, weil er ins Bett machte, und jetzt hat er was gegen Blondinen. Er hält alle Blondinen für seine Mutter. Deshalb muß er jede Blondine auf der Welt töten, bevor eine ihn wieder in den Schrank sperrt.«

»Ganz mein Reden«, sagte Parker.

»Meine Mutter ist blond«, sagte Kling.

»Hat sie dich jeden Tag in den Schrank gesperrt?«

»Sie hat mich im Keller angekettet.«

»Weil du ins Bett gemacht hast?«

»Ich mache immer noch ins Bett.«

»Er glaubt, er macht Witze«, sagte Parker.

»Bei der Sache in Texas«, sagte Kling, »geht es um einen Kerl, der eine blonde Ehefrau hat, die er haßt. Zuerst bringt er also die beiden Blondinen um, die er schon erledigt hat, und die nächste wird seine Frau sein, und danach bringt er noch zwei Blondinen um, und jeder wird denken, es ist ein verrückter Blondinenhasser, der die Morde begeht. Aber in Wirklichkeit ist es dieser kleine Bursche, Buchhalter oder so was, und seine Frau ist eine dicke Blonde, mit der er seit vierzig Jahren verheiratet ist. Er kann sie nicht ausstehen, und er muß sie sich vom Hals schaffen.«

»Nein, ich glaub nicht, daß das ein Ablenkungsmanöver ist«, sagte Parker.

Carella malte sich aus, daß er sich früher oder später in den Berg auf seinem Schreibtisch hineinwühlen mußte. Er sah bloß so *bedrohlich* aus. Die ganzen Umschläge voller Papiere. Um Zeit zu schinden, nahm er das Telefon und wählte die Nummer des Lieutenants.

»Wie fühlen Sie sich?« fragte Byrnes.

»Wieso?«

»Ihre Kopfschmerzen.«

»Völlig verschwunden.«

»Der PP war heute morgen im Fernsehen«, sagte Byrnes.

»Ja, ich weiß.«

»Eine Ansprache für jede Gelegenheit, richtig? Was meinen Sie also? Schon irgendwelche Hinweise?«

»Noch nicht. Ich habe gerade die Papiere des Priesters bekommen, eine Menge Zeug.«

»Was für Papiere?«

»Briefe, Predigtmanuskripte, Rechnungen.«

»Ein Terminkalender dabei?«

»Jedenfalls nicht laut Laborverzeichnis.«

»Zu schade«, sagte Byrnes. Der Lieutenant zögerte und sagte: »Steve . . .« Wieder zögerte er und sagte schließlich: »Ich würde dem Polizeipräsidenten gerne sehr bald etwas sagen können.«

»Ich verstehe.«

»Geben Sie mir also sofort Bescheid, wenn sich etwas auftut.«

»Das werde ich.«

»Wahrscheinlich war es eine Art Bazillus«, sagte Byrnes, »die Kopfschmerzen.«

Und legte auf.

Carella legte den Hörer auf die Gabel und betrachtete erneut all die Umschläge. Der Stapel war kein bißchen kleiner geworden. Er beschloß, auf eine Tasse Kaffee ins Schreibbüro zu gehen. Als er zu seinem Schreibtisch zurückkam, redeten sie noch immer über die Mordfälle in Dallas.

»Wollt ihr wissen, was *ich* glaube?« fragte Genero.

»Was denn, Genero?«

»Es ist der Vollmond und sonst nichts.«

»Ja, Genero, vielen Dank«, sagte Parker. »Geh doch bitte mal den Flur runter zum Pinkeln, okay?«

»Es ist eine bekannte Tatsache, daß bei Vollmond . . .«

»Was hat der Vollmond mit Blondinen zu tun?«

»Nichts. Aber . . .«

»Was redest du dann für dämliches Zeug?«

»Ich sage bloß, in ein und derselben Woche hat es zwei tote Blondinen gegeben, das sag ich. Und zufällig ist in dieser Woche Vollmond.«

»Es gibt keinen Vollmond, der eine ganze *Woche* dauert«, sagte Parker. »Und was bringt dich auf den Gedanken, daß ein Vollmond hier in dieser Stadt bedeutet, daß es auch in Dallas, Texas, wo dieser verdammte Irre Blondinen umbringt, einen Vollmond gibt?«

»Es ist eine bekannte Tatsache«, sagte Genero, »daß an dem Montag, als die erste Blondine gefunden wurde, Vollmond war. Und *letzte* Nacht, als die *zweite* Blondine gefunden wurde, war der Mond immer noch ziemlich voll.«

»Bitte, geh pinkeln, ja?«

Carella betrachtete all die Umschläge und überlegte, welchen er zuerst öffnen sollte. Er sah zur Uhr hoch. Fast Viertel nach eins. Ihm fiel nichts mehr ein, das ihn davon abhalten konnte, mit dem lästigen Papierkram anzufangen. Also öffnete er den Umschlag mit dem Schinkensandwich.

Während er abwechselnd sein Sandwich kaute und von seinem Kaffee trank, blätterte er langsam – sinnlos, sich mit einem Sprung in eiskaltes Wasser zu stürzen – durch die Papiere im ersten Umschlag. Laut der handgeschriebenen Liste auf der Außenseite des Umschlags – geschrieben von jemandem im Labor, dessen Initialen R. L. waren – und laut seiner eigenen Bestätigung der Liste enthielt der erste Umschlag nur Rechnungen, entwertete Schecks und Scheckabschnitte. Die Schecks trugen den Aufdruck *St. Catherine's Roman Catholic Church Corporation* und darunter *Michael Birney,* PSCCA. Alle Rechnungen betrafen Ausgaben, die Father Birney als Priester der Gemeinde geleistet hatte. Da waren Rechnungen und die dazugehörigen Schecks für Strom ...

... und Heizöl ...

... und Schneeräumung ...

... und Lebensmittel ...

... und Porto ...

... und Gehälter ...

Martha Hennessy, beispielsweise, bekam nach Abzug von 21,02 Dollar für die Sozialversicherung und von 34 Dollar Lohnsteuer jede Woche einen Scheck über 224,98 Dollar. Kristin Lund bekam nach Abzug von 21,63 Dollar für die Sozialversicherung und von 25 Dollar Lohnsteuer jede zweite Woche einen Scheck über 241,37 Dollar ...

»Wollt ihr wissen, was es ist?« sagte Meyer. »Es ist ein Kerl, der mit dieser Blonden ausgegangen ist – Mary, Marie, oder wie sie hieß ...«

»Matilda«, sagte Parker. »Die erste.«

»Matilda. Und es war sein erstes Rendezvous, und er hat versucht, sie rumzukriegen, aber sie hat ihn abblitzen lassen. Das hat ihn so auf die Palme gebracht, daß er sie umgebracht hat. Und letzte Nacht . . .«

»Wie kommst du auf Mary oder Marie«, fragte Brown, »wenn die Frau Matilda hieß?«

»Was macht das schon, wie sie heißt? Sie ist tot. Der Punkt ist . . .«

»Ich bin nur neugierig, wie du von Matilda auf Mary kommst.«

»Hab ich mir so ausgedacht, okay?«

»Mußt du wohl.«

. . . und Telefonrechnungen, und Rechnungen von einem Copyshop und einer Tankstelle, und Rechnungen für die Meßbücher der Kirche, Hypothekenrechnungen, Rechnungen für Pflege der Kirchengrundstücke, Rechnungen der Krankenversicherung, Rechnungen für Zeitungsabonnements, Rechnungen für Altarblumen und Dutzende weiterer Rechnungen, die Father Michael präzise wie ein Uhrwerk am Ersten und Fünfzehnten jeden Monats beglichen hatte. Es gab nur wenige Rechnungen für persönliche Kleidung, und diese lauteten über relativ geringe Beträge. Die höchste bezog sich auf einen neuen daunengesteppten Parka für 227 Dollar. Es war ein strenger Winter gewesen.

»Was ich sagen will«, sagte Meyer, »letzte Nacht war der Kerl *immer noch* auf der Palme, wenn er nur dran dachte. Deshalb zieht er los und sucht sich die nächste Blondine, um sie umzubringen.«

»Und wie lange bleibt er auf der Palme, der Kerl?«

»Ich wette, letzte Nacht war Schluß damit.«

»Bis wieder Vollmond ist«, sagte Genero.

»Hör endlich mit deinem dämlichen Vollmond auf!« sagte Parker.

»Wegen einem bin ich froh«, sagte Brown.

»Morgen hast du frei«, sagte Parker.

»Deswegen auch. Aber ich bin froh, daß dieser Verrückte *hier* nichts anstellt.«

»Amen«, sagte Parker.

Alle drei Monate schickte der Priester einen Scheck an die Erzdiözese, der letzte war am 31. Mai ausgestellt. Auf dem Abschnitt war als Verwendungszweck »Kathedralum« angegeben. Carella hatte keine Vorstellung, was das sein mochte. Am Tag von Father Michaels Tod waren sechs Schecks ausgeschrieben worden:

Ein Scheck über den Betrag von 37,50 Dollar an Bruce Macauley Baumpflege Inc. für »Spritzen am 19. 5.«.

Ein Scheck über den Betrag von 176,80 Dollar an US Sprint für »Leistungen bis 17. 5.«.

Ein Scheck über den Betrag von 1480,75 Dollar an die Isola Bank und Trust für »Hypothek Juni«.

Ein Scheck über den Betrag von 580 Dollar an die Versicherungsgesellschaft Alfred Hart für »Honda Accord LX, Police Nr. HR 9872724«.

Ein Scheck über den Betrag von 36,50 Dollar an die Orkin Schädlingsbekämpfung für »Leistungen Mai«.

Ein Scheck über 100 Dollar an The Wanderers für »Anzahlung Band«.

Das war alles.

Jeden Monat pendelte sich der Saldo im Scheckbuch der Kirchengemeinde St. Catherine's bei etwa eintausend Dollar ein. An Father Michaels Konto schien nichts Ungewöhnliches.

Der nächste Umschlag enthielt seine Korrespondenz.

Der erste Brief, den Carella aus dem Päckchen zog, war auf blauem Briefpapier geschrieben und in weiblicher Handschrift an *Father Michael Birney, Pfarrhaus St. Catherine's* adressiert. Er schaute auf den Absender. Mrs. Irene Brogan. Der Stempel auf dem Umschlag stammte aus San Diego und war vom 19. Mai. Er öffnete den Umschlag und nahm den Brief heraus:

Mein liebster Bruder,
gerade erhalte ich Deinen Brief vom 12. Mai; und ich kann Dir gar nicht sagen, mit welch kummervollem Herzen ich . . .

»Ich bin zurück«, sagte Hawes von der Klapptür in der Holzabsperrung. »Hast du den Fall schon gelöst?«

3

»An was für einem Fall arbeitest du überhaupt?« fragte Parker, als er sich zu Carella umdrehte.

Carella antwortete ihm, sie hätten den gewaltsamen Tod eines Priesters, Schnitt- und Stichverletzungen, Waffe unbekannt, Haushälterin und Sekretärin anscheinend die Letzten, die ihn lebend gesehen hätten, jede Menge Fingerabdrücke überall in Kirche und Pfarrhaus, ein paar Abdrücke auf den Papieren hier, aber die stammten höchstwahrscheinlich von der Sekretärin. Außerdem sagte er Parker, die Haushälterin sei überzeugt, der Teufel habe den Priester umgelegt, und der Priester habe nicht nur den Teufel, sondern auch ein paar einheimische Halbstarke und zusätzlich auch noch seine Gemeinde gegen sich aufgebracht.

Parker hielt das für sehr komisch. Er fing zu lachen an. Genero stimmte ein.

»Das hier ist seine Korrespondenz«, sagte Carella zu Hawes. »Stürz dich einfach mal rein.«

»Ihr werdet 'ne Menge Spaß haben«, sagte Parker, »wenn ihr die Post von 'nem Priester lest.« Erneut brach er in Lachen aus. Auch Genero fing wieder zu lachen an. Beide Männer saßen da und kicherten wie Teenager. Hawes nahm an, es waren die Launen des Lenz.

Carella wandte seine Aufmerksamkeit wieder dem Brief von Father Michaels Schwester zu:

Mein liebster Bruder,
gerade erhalte ich Deinen Brief vom 12. Mai; und ich kann Dir gar nicht sagen, mit welch kummervollem Herzen ich mich sofort an die Antwort mache. Michael, wie ist es Dir nur gelungen, Dir einen solchen Turm des Zweifels zu errichten? Und hast Du nicht das Gefühl, Du solltest Deine Ängste dem Bischof Deiner Diözese offenbaren? Ich weiß einfach nicht, wie ich Dir raten oder beistehen kann.
Ich wünschte, ich könnte in dieser schwierigen Zeit in Deiner Nähe sein. Was es noch schlimmer macht, ist, daß Roger und ich am Sams-

tag nach Japan abreisen und wir vor dem 10. Juni nicht zurück sein werden. Ich werde versuchen, Dich vor unserer Abreise anzurufen, damit wir uns zumindest am Telefon ausführlich unterhalten können. Vielleicht hat sich der Himmel über Dir bis dahin schon gelichtet.
In der Zwischenzeit laß mich nur eines feststellen: Ich weiß, daß Du ein ergebener und treuer Diener Gottes bist, und ganz gleich, welche Sorgen Dich zur Zeit quälen, wirst Du durchs Gebet den Weg zu Erleuchtung und Errettung finden.

Deine Dich liebende Schwester
Irene.

Erneut drehte Carella den Umschlag in der Hand.

Er zog das Telefon heran, nahm den Hörer ab, fragte die Zentrale nach der Vorwahl von San Diego, wählte 1-619-555-1212 für die Auskunft und bekam die Telefonnummer eines Roger Brogan mit der Adresse, die auf der Rückseite des Briefumschlags stand. Er wählte die Nummer und ließ es zwanzigmal läuten, bevor er auflegte.

»Hier ist was«, sagte Hawes.

Sie hielt sie nicht für Polizeibeamte. Wären sie Polizeibeamte, hätten sie sich den Streifenpolizisten, die sie angesprochen hatte, sofort zu erkennen gegeben. Die Marke aufblitzen lassen, sich als Teil der großen Bruderschaft von Recht und Ordnung offenbaren. Also nein, Cops waren sie nicht.

Sie sprachen spanisch. Das machte ihr angst. Sie kannten den Namen Mary Ann und sie kannten darüber hinaus den Kosenamen Mariucha. Das machte ihr noch mehr angst. Die Mary Ann hätten sie aus Houston haben können, aber nicht die Mariucha. Der Name mußte entweder aus *La Fortaleza* oder aus Buenos Aires kommen. Also hatten sie entweder im Gefängnis Fragen gestellt, oder sie hatten in B. A. herumgeschnüffelt. So oder so, sie waren hier. Schlimmer noch, sie hatten sie an der Hochschule aufgespürt. Was wahrscheinlich bedeutete, daß sie auch wußten, wo sie wohnte.

Sie wußte, sie sollte es Willis sagen, doch sie hatte solche

Angst, ihn zu verlieren. Und sie hatte Angst, der Ärger, den diese Männer darstellten, könnte sich auf ihn übertragen, ihm Probleme in seinem Job bereiten. Dafür liebte sie ihn zu sehr. Nein, sie konnte es ihm nicht sagen. Sie hatte sich diesen Ärger selbst zugezogen, ganz gleich, wie er sich noch entwickeln mochte, und sie mußte selbst damit fertig werden. Und deshalb mußte sie sich eine Schußwaffe beschaffen. Das Schnappmesser erschien als Verteidigungswaffe plötzlich unangemessen, vor allem gegen den Großen, Häßlichen. Aber wie? Und wo?

Die Waffengesetze in diesem Bundesstaat waren streng. Man benötigte eine Lizenz, bevor man in ein Geschäft spazieren und sich eine Schußwaffe vom Regal nehmen durfte. Und man brauchte einen verdammt guten Grund, um diese Lizenz überhaupt zu beantragen. Wie weit würde sie fahren müssen, um eine Pistole zu kaufen? Mußten nicht auch die Geschäftsinhaber in den angrenzenden Bundesstaaten Polizeiformulare ausfüllen, bevor sie einen Kunden mit einer Pistole aus dem Laden spazieren ließen? Wo gab es denn die lockeren Waffenerwerbsgesetze? Wie weit über den Fluß, wie weit in den Busch hinein? Wie weit nach Norden, Osten, Süden oder Westen? Wo in den angrenzenden Vereinigten Staaten konnte eine Frau ganz legal eine Pistole kaufen, um ihren Mann oder ihre Mutter zu töten – oder, noch besser, zwei spanisch sprechende Schlägertypen, die sie bei ihrem Gefängnisnamen, ihrem Straßennamen aus Buenos Aires genannt hatten?

Wo?

Sie lebte mit einem Cop zusammen und kannte in dieser Stadt mindestens drei Dutzend Cops persönlich, war mit ihnen zum Abendessen ausgegangen, war in ihren Wohnungen gewesen, aber es gab unter ihnen keinen einzigen, den sie danach fragen konnte, wie man ... nun doch, vielleicht ... das war eine Möglichkeit. Eileen Burke. Sie anrufen, eine Verabredung zum Lunch anregen. Eileen war Cop; ganz beiläufig konnte man auf das Thema kommen, wie und wo eine Frau eine nicht registrierte Waffe bekommen ... nein, nein, sie war zu clever, würde sofort darauf kommen, würde im selben Augenblick wissen, daß Marilyn selbst es war, die sich nach einer Waffe erkundigte. Außerdem war sie sich nicht sicher, ob Eileen sie überhaupt mochte. War sich nicht einmal sicher, ob *irgendeiner* von Willis' Freunden sie mochte. Eine Nutte. Eine ehemalige Nutte.

Nutten kannten Leute, die wußten, wo man an Schußwaffen kam. In Houston hätte sie gewußt, wie sie an eine Pistole kommen konnte, in Buenos Aires hätte sie gewußt, wie sie an eine Pistole kommen konnte.

Aber jetzt war hier und hier war jetzt, und sie war zu lange aus dem Leben fort gewesen.

Oder?

»Falls du ein Motiv suchst, hier könnte eins sein«, sagte Hawes und reichte ein Blatt über den Tisch. Es war die Art Rundschreiben, die man vor Jahren zuerst mit Schreibmaschine aufgesetzt und dann vervielfältigt hatte. Heute fing so etwas als Computerausdruck an, um anschließend fotokopiert zu werden, wobei mehrere Kopierstreifen quer über der Seite der einzige Hinweis auf die Vervielfältigung waren. Carella fragte sich, wie viele davon verteilt worden sein mochten. Und er fragte sich, wie die Leute zurechtgekommen waren, bevor das Xerokopieren erfunden wurde. Xerokopieren? Das war bereits Steinzeit. Das *wahre* Wunder war das neue Faxgerät des Schreibbüros.

Sehr verehrte Gemeindemitglieder,

Während der vergangenen Wochen hat Father Michael Birney, dem es als Pfarrer obliegt, die Herde von St. Catherine's zu geleiten, mehr als eine Gelegenheit für angemessen gehalten, die Kanzel als Anklageplattform...

»Was ist eine Anklageplattform?« fragte Carella.

»Lies nur weiter«, sagte Hawes, »es erklärt sich von selbst.«

"...als Anklageplattform gegen unsere Gemeinde zu benutzen. Bei diesen Gelegenheiten hat er es für richtig erachtet, die braven und anständigen Menschen dieser Gemeinde zu tadeln, zu schelten, zu rügen, zu schmähen und zu verunglimpfen...

»Siehst du, was ich meine?« fragte Hawes.

»Hmm«, sagte Carella.

...weil sie es verabsäumten, ihren finanziellen Verpflichtungen in Form des wöchentlichen Zehnten an den Herrn, unseren Gott, nachzukommen. Er hat betont, daß es in der Heiligen Schrift nicht weniger als 48 Hinweise auf den Zehnten gebe. Er hat es für angebracht gehalten, viele der Passagen aus dem Alten Testament zu zitieren, deren jüngste er zu einer Zeit im Jahr, in der geistliche Themen besser anstünden, in seine letzte Sonntagspredigt aufnahm. Ich zitiere an dieser Stelle erneut:

"Ihr seid von eurer Väter Zeit immerdar abgewichen von meinen Geboten und habt sie nicht gehalten. So bekehret euch nun zu mir, so will ich mich zu euch auch kehren, spricht der Herr Zebaoth.
So sprecht ihr: 'Worin sollen wir uns bekehren?' Ist's recht, daß ein Mensch Gott täuscht, wie ihr mich täuschet?
So sprecht ihr: 'Womit täuschen wir dich?' Am Zehnten und euren Opfergaben! Darum seid ihr auch verflucht, denn ihr täuschet mich allesamt!
Bringet aber die Zehnten ganz in mein Kornhaus, auf daß in meinem Hause Speise sei!"

Und dies von einem geistlichen Führer, der von den braven Menschen dieser Gemeinde nichts als Güte und Großzügigkeit erfahren hat. Meine verehrten Gemeindemitglieder, ich möchte Ihnen gerne mein Zitat aus der Heiligen Schrift anbieten. Dies stammt aus dem Evangelium des Johannes, Kapitel 1, Vers 14 bis 16:

"Und fand er im Tempel sitzen, die da Ochsen, Schafe und Tauben feil hatten, und die Wechsler.
Und er machte eine Geißel aus Stricken und trieb sie alle zum Tempel hinaus samt den Schafen und Ochsen und verschüttete den Wechslern das Geld und stieß die Tische um.
Und sprach zu denen, die die Tauben feil hatten: 'Traget das von dannen, und machet nicht meines Vaters Haus zum Kaufhause!'"

Father Michael Birney macht aus dem Haus unseres Vaters ein Kaufhaus!
Wir alle sind uns unserer Verpflichtung dem Herr gegenüber sehr wohl bewußt. Wir wissen sehr wohl, daß fünf Prozent unseres Jahreseinkommens in Form einer wöchentlichen Opfergabe an die Kirche erwartet werden. Aber wir lehnen es ab, in eine Gemeinde von Buchhaltern verwandelt zu werden. Mag Father Michael die Opfergaben noch einmal und dann noch einmal zählen. Und dann mag er ebenfalls zählen, was ihm wohlbekommt. Ein ehrenwerter Gottesmann könnte dann gut daran tun, sich von der Kanzel aus dafür zu entschuldigen, daß er die Mitglieder seiner Gemeinde bezichtigt, Gott, den Herrn...

»Lies den letzten Satz!« sagte Hawes.

```
...Gott, den Herrn zu täuschen! Stolz
geht der Vernichtung voran, und Hochmut
kommt vor dem Fall.

                        Der Eure im
Herrn
                        Arthur L. Farnes
```

»Nun, ja«, sagte Carella und gab Hawes den Brief zurück.

»Ich weiß, einen Spinner schließt du von vornherein aus, weil du glaubst, niemand verschickt einen solchen Brief an die ganze Gemeinde und geht dann *tatsächlich* hin und bringt jemand um. Aber einmal angenommen ...«

»Hmmhmm.«

»... einmal angenommen, dieser Typ war wirklich wütend genug, sich diesen Priester vorzuknöpfen. Ich meine, er hört sich schon ziemlich wütend an, oder? Ich bin nicht katholisch, deshalb ...«

»Ich auch nicht«, sagte Carella. Er betrachtete sich als abgefallenen Katholiken. »Schande über dich!« sagte seine Mutter.

»Okay. Ich weiß also nicht, wie weit jemand gehen kann, wenn er mit dem Priester im Streit liegt, dem die Gemeinde zugewiesen ist. Falls sie ihm wirklich zugewiesen ist – was ich nicht weiß.«

»Ich auch nicht.«

»Aber sagen wir mal, sie ist ihm zugewiesen, und du bist nicht glücklich mit der Art, wie er dir auf den Zeiger geht, weil du deine Abgaben nicht zahlst ...«

»Deinen Zehnten.«

»Das ist dasselbe. Also schreibst du einen Brief ... mit welchem Ziel? Damit er abberufen wird? Gibt es so etwas in der katholischen Kirche? Daß man einen Priester abberuft, der mit seiner Gemeinde nicht klarkommt? Ich weiß es wirklich nicht.«

»Ich auch nicht.«

»Oder schreibt man ihm, um ihn zu warnen, daß ihm der Schlips geradegerückt wird, wenn er nicht damit aufhört? Ganz im Ernst, Steve, vieles in dem Brief klingt nach einer Warnung.«

»Wo klingt er nach einer Warnung?«

»Meinst du nicht, daß der ganze Stuß über die Geldwechsler im Tempel nach einer Warnung klingt?«

»Nein.«

»Wirklich nicht?«

»Wirklich nicht. Wo siehst du sonst noch eine Warnung?«

»Wo *sonst*? Okay, wo sonst. Wie wär's hiermit, zum Beispiel? Dada-dada-dada . . . *hier.* ›Dann mag er zählen, was ihm wohlbekommt.‹ Klingt das nicht nach einer Warnung?«

»Nein.«

»Mag er zählen, was ihm *wohlbekommt*? Das klingt für dich nicht nach einer Warnung?«

»Nein, tut es nicht.«

»Mag er zählen, was ihm wohlbekommt, bevor es zu *spät* ist!«

»Wo steht das?«

»Steht was?«

»Bevor es zu spät ist?«

»Das steht nirgends. Ich extrapoliere.«

»Was heißt das, extrapolieren?«

»Das heißt, man schließt aus dem, was man bereits weiß.«

»Woher weißt du es?«

»Ich weiß es eben.«

»Trotzdem glaube ich nicht, daß es eine Warnung ist, wenn man einen Mann auffordert zu zählen, was ihm wohlbekommt.«

»Nicht?«

»Nein, ich glaube es nicht.«

»Okay. Und wie wär's mit dieser Stelle: ›Ein ehrenwerter Gottesmann könnte dann gut daran tun, sich von der Kanzel aus dafür zu entschuldigen, daß er die Mitglieder seiner Gemeinde bezichtigt, Gott, den Herrn, zu täuschen!‹ Denn *sonst* . . . oder?«

»Wo steht das: denn sonst?«

»Genau hier: ›Stolz geht der Vernichtung voran, und Hochmut kommt vor dem Fall.‹«

»Da steht nicht ›denn sonst‹.«

»Das ist der *Kode* für ›denn sonst‹. Also gut, du hast keine Lust, dich mit dem Mann zu unterhalten, also *werden* wir uns nicht mit dem Mann unterhalten. Vergiß es! Ich dachte bloß . . .«

»Er hört sich nur nach einem sehr religiösen Mann an, mehr nicht«, sagte Carella. »Menschen wie ihn gibt's auf der Welt.«

Wie mein Vater, dachte Hawes, sprach es aber nicht aus. Der mir den Namen Cotton gegeben hat. Nach dem Puritanerpriester.

»Möchtest du was wissen?« sagte er. »Auf dieser Welt gibt's eine Menge religiöser Menschen, die nicht bei Trost sind, hast du das gewußt? Und von einigen ist bekannt, daß sie Messer in andere Menschen stechen. Ich will ja nicht behaupten, daß dieser Arthur L. Farnes – was ja, wenn man ehrlich ist, der Name eines Wahnsinnigen ist – der Kerl ist, der den Priester abgemurkst hat, aber ich behaupte, wenn man einen Brief wie diesen kriegt, könnte es eine Todesdrohung sein, das behaupte ich, und wir wären sehr dumme Cops, wenn wir uns nicht sofort auf die Socken machen und bei diesem Burschen an die Tür klopfen, das sollten wir tun.«

»Ich bin ganz deiner Meinung«, sagte Carella.

Schuyler Lutherson wollte wissen, wer von seinen Jüngern das umgedrehte Pentagramm auf das Tor des Kirchhofs von St. Catharine's gesprüht hatte.

»Denn seht ihr«, sagte er, » ich will nicht, daß Polizisten hierherkommen.«

Schuyler Lutherson war nicht sein richtiger Name. Sein richtiger Name war Samuel Leeds, eigentlich ein ganz netter Name, nur daß Samuel sich wie ein Prophet im Alten Testament anhörte (und das war das Letzte auf Erden, wonach er sich anhören wollte), und das Leeds klang wie eine Industriestadt im Norden Englands. Tatsächlich war sein Ururgroßvater Eisenwarenhändler in Leeds gewesen, bevor er nach Amerika auswanderte, doch das war nur noch Geschichte, und Schuyler hatte beschlossen, sein Erbe etwas phantasievoller auszuschmücken.

Den Vornamen Schuyler hatte er nicht etwa ausgewählt, weil er in Holländisch »Scholar« oder »Gelehrter« bedeutete (die holländische Sprache war ihm ein Buch mit sieben Siegeln), sondern weil er wie das englische Wort »Sky« – Himmel – klang, und vom Himmel, dem Reich Gottes oben, war einstmals ein Engel herabgestürzt. Denn war es nicht Satan selbst gewesen, der brüsk aus dem Himmel gestoßen wurde, aus der oberen Stratosphäre in die glühenden Tiefen geschleudert? Und war Satan nicht zugleich unter dem Namen Luzifer bekannt? Ein Name, den Samuel Leeds sich aus verehrender Demut nicht zu eigen machen wollte, doch dessen Klang er zumindest widerhallen lassen konnte ... Luzifer, Luther ... und dann der ähnliche Wortrhythmus ... Luzifer, Lutherson ... und rückblickend gewann der Nachname an Erhabenheit, Lutherson, der Sohn Luthers, der Sohn Luzifers, Führer der Kirche des Ungeborenen, gepriesen sei Satan!

Nicht schlecht für einen Jungen von neunzehn – so alt war Schuyler gewesen, als er seine Kirche in Los Angeles ins Leben rief. Jetzt war er neununddreißig, es lag also zwanzig Jahre zurück, damals in der Zeit der Blumenkinder, weißt du noch, Maude? Als jeder nur Liebe predigte? Außer Schuyler Lutherson auf der Kanzel der Kirche des Ungeborenen, wo er, jede Woche zwischen den gespreizten Beinen eines anderen freiwilligen »Altars«, das Gegenteil von Liebe predigte. Er predigte Haß und versengte mit der glutweißen Verachtung seines Samens eine Vagina nach der anderen. Alles in der Anbetung Satans war eine Studie in Gegenteilen, eine Übung in Umkehrung und Widerparten. Durch Haß: Liebe. Durch Verneinung: Annahme. Durch Dunkelheit: Licht. Durch Böses: Gutes.

Selbst Schuylers sorgsam kultiviertes Erscheinungsbild unterstützte die Lehrsätze seines Glaubens. Ihm lag weder das imitierte Aussehen eines bärtigen Bösen mit gewölbten Augenbrauen noch das purpurrote Seidengewand und die spitze Kappe. War er ein wahrer und geweihter Priester einer Kirche, die dem Höllengott diente, oder nur eine Halloween-Karikatur? Würde der Teufel auf Erden sich dem Menschen als Teufel zeigen, oder würde er in seiner endlosen Bosheit und Tücke eine niedere Gestalt annehmen? Und würde gleichermaßen der *Sohn* Satans – Luzifers Sohn, *Lutherson*! – banal den Hosenaufschlag hochziehen, um einen haarigen Knöchel und einen Pferdefuß zu enthüllen?

Würde er seine gelben Augen Ungläubigen wie Leuchtfeuer vorführen? Würde er aus den Nasenlöchern fauligen Hauch nach Schwefel und Urin blasen, violetten Auswurf in die Gesichter der Narren erbrechen? Wäre dies ein angemessenes Verhalten und Auftreten für Gott Satans Sohn und Diener?

Schuyler Lutherson war blond.

Er hatte blaue Augen.

Er hatte mit Gewichtheben begonnen, als er kurze Zeit in einer Jugendstrafanstalt in Kalifornien verbracht hatte, damals, bevor er seinen Namen änderte, und auch jetzt trainierte er noch dreimal die Woche in einem Studio in der Nähe der Kirche. Daher hatte er den schlanken, geschmeidigen und sehnigen Körper eines Langstreckenläufers.

Seine Nase wäre von griechischer Vollkommenheit, hätte man sie ihm nicht in derselben Jugendstrafanstalt gebrochen, wo der blonde, flaumgesichtige und noch-nicht-ungeborene Schuyler Lutherson gezwungen war, seinen Arsch vor einem älteren, dunkleren Jungen zu schützen, der entschlossen war, um jeden Preis an eben diesen Arsch heranzukommen. »Um jeden Preis« hatte jedoch nicht den Milzriß beinhaltet, den er erlitt, nachdem er dem heranwachsenden Schuyler die Nase gebrochen und seine Absicht kundgetan hatte, ihn zu seiner »ganz persönlichen und privaten Muschi« zu machen. Der Schuyler Lutherson in spe benutzte, um ihn zu entmutigen, ein wuchtiges Kantholz, das er aus einem Holzstapel in der Schreinerei zog und wie einen Baseballschläger schwang. Der ältere Junge belästigte ihn nie wieder. Niemand belästigte ihn mehr.

Schuyler hatte einen breiten androgynen Mund mit der vollen Unterlippe einer schmollenden Leinwandsirene und der eher dünnen Oberlippe eines Politikers. Er hatte sogar weiße Zähne, damit ich dich besser fressen kann, mein Liebes. Daß sie überkront waren, war allenfalls von minderer Bedeutung. Wenn er lächelte, öffneten sich die Tore zu den Höllenkammern weit, und ewige Mitternacht lockte.

Jetzt lächelte er und wollte wissen, wer – genau – das Pentagramm auf das Kirchentor gemalt hatte.

Er sprach bedächtig und präzise.

»Wer genau hat das Pentagramm auf das scheißverdammte Tor gemalt?« fragte er.

Durch Obszönität: Reinheit.

Die drei sahen ihn an.

Zwei Frauen und ein Mann. Jede der Frauen hatte viele Male als Altar gedient. Mittels Satan kannte Schuyler sie aufs Intimste. Der Mann kannte sie ebenfalls intim durch die öffentlichen Riten satanischer Unzucht, die jedem rituellen Abschwören folgten. Eine der Frauen trug den Namen Laramie. Die andere trug den Namen Coral. Das waren nicht ihre richtigen Namen. Der Mann trug den Namen Stanley. Das war sein richtiger Name; wer wollte seinen Namen schon in Stanley verändern, es sei denn, er hatte vor, Zahnarzt zu werden? Stanley war Diakon und Gehaltsempfänger. Laramie und Coral waren Jüngerinnen und bezogen kein eigentliches Gehalt, doch blieb das Geld irgendwie an ihren Fingern haften. Laramie war schwarz, Coral war weiß, und Stanley war Hispanier – das hier waren geradezu die Vereinten Nationen. Gemeinsam überlegten sie, wer dumm genug sein konnte, das Kirchentor mit einem Pentagramm zu schmücken.

»Denn wißt ihr«, sagte Schuyler, »der Priester ist jetzt tot.«

Stanley schüttelte den Kopf; nicht bekümmert, sondern bestürzt: Der Priester war jetzt tatsächlich tot, und jemand hatte ein Pentagramm auf das Tor von St. Catherine's gemalt. Stanley hatte einen massigen Schädel mit langen, verfilzten gelbbraunen Haaren, die ihn wie einen Löwen in den besten Jahren aussehen ließen. Wenn er den Kopf schüttelte, war das eine monumentale Bewegung.

»Wir haben hier nichts zu verbergen, das stimmt«, sagte Schuyler.

Beide Frauen nickten, eine Sinfonie schwarz-weißer Zusammengehörigkeit. Coral trug einen Rock mit Paisleymuster und eine weiße Bauernbluse, keinen BH. Sie hatte lange blonde Haare, Augen so blau wie die Schuylers, und eine Stupsnase, die mit Sommersprossen gespenkelt war. Laramie trug hautenge Jeans, Stiefel und einen Sweater. Sie war groß und von eindrucksvoller Attraktivität, eine Massai-Frau, die auf wunderbare Weise in die große, böse Stadt versetzt worden war. Im Vergleich zu ihr sah Coral wie eine Provinzhausfrau aus – was sie zufällig auch war, bevor sie nach Osten zog, um sich Schuylers Kirche anzuschließen. Die Frauen dachten intensiv nach. Wer konnte dumm genug sein, ein Pentagramm auf das Tor zum Kirchgarten zu malen? Das war die brennende Frage des Tages.

»Aber seht ihr«, sagte Schuyler, »angenommen, die Polizei fängt an, dieselben Fragen zu stellen, die dieses Arschloch von Priester gestellt hat? Angenommen, sie kommen hierher und wollen dies und das wissen, zum Beispiel, ob wir während der Messe X einnehmen, eine illegale Substanz? Wir können dem Gesetz immer sagen, daß wir in unseren Messen weder Ecstasy noch sonst was zu uns nehmen, und außerdem handelt es sich um private Messen, die der Öffentlichkeit nicht zugänglich sind, das könnten wir dem Gesetz sagen. Aber dann haben wir die Polizeischeiße am Hals, seht ihr, die kommen mit Durchsuchungsbefehlen und sonst was hier herein, suchen dies und das, schleifen uns die Eier schon aus reinem Prinzip, und darauf verstehen die Cops sich sehr gut. Denn, seht ihr, in ihrer beschränkten Sichtweise denken die sich, daß jemand, der ein Pentagramm auf das scheißverdammte Tor malt, vielleicht diesselbe Person ist, die den Priester allegemacht hat. Und sie werden wie die Heuschrecken über uns herfallen.«

»Entschuldige bitte, Sky«, sagte Coral.

»Ja, Coral?«

Sanft. Seine Augen streichelten sie. Er würde sie bitten, am nächsten Samstagabend, dem sechsundzwanzigsten Mai, wieder als Altar zu dienen. Der Tag war im Kirchenkalender nicht durch irgendeine besondere Bedeutung ausgewiesen, außer daß er der hochheiligen Erhabenheit des Festtags der Verstoßung folgte. Die beiden bedeutendsten religiösen Feiertage waren natürlich die Walpurgisnacht und der Allerheiligenabend, doch waren dies Nächte wilder Hingabe, während das Fest der Verstoßung traditionell ruhiger begangen wurde. Daher sah man der Messe am darauffolgenden Samstag gewöhnlich als einer Gelegenheit größerer Freigabe und Erkenntnis entgegen. Coral würde einen vollkommenen Altar abgeben. Jedesmal wenn sie auf dem stoffbezogenen Trapezoid lag, die Beine gespreizt, die Hände um die Leuchter geklammert, war sie eine Frau in ständiger Bewegung, die sich in Erwartung zuckend wand. Selbst als sie jetzt vor ihm stand, trat sie von einem Fuß auf den anderen, während sie mit ihrer rechten Hand wie ein Schulmädchen ihren Rock knetete.

»Ich habe das Gefühl, Sky, wir sollten diese Frage der gesamten Gemeinde eröffnen und ihr darlegen, daß jemand aus unserer Mitte – vielleicht aus Übereifer oder vielleicht bloß aus schierer Einfalt – die Kirche in eine riskante Situation gebracht hat, Sky. Und wir sollten denjenigen, der das Pentagramm auf das Tor gezeichnet hat, auffordern vorzutreten und es zuzugeben, und dann sollte er oder sie persönlich und freiwillig zur Polizei gehen und sagen, was er oder sie getan hat. Dann hören die Ermittlungen genau dort auf, bei dem, der das Symbol tatsächlich auf dem Tor angebracht hat. Das ist meine Meinung, Sky.«

Kontrastarme Mittelweststimme, kleine Lücke zwischen den beiden Schneidezähnen. Knetet den Rock wie ein kleines Mädchen, das ein Gedicht aufsagen muß. Am liebsten würde ich die Messe gleich hier und jetzt mit ihr vollziehen, dachte er.

»Ich denke, Coral hat recht«, sagte Stanley mit einem Nicken seines Löwenschädels. »Es der Gemeinde am Samstagabend offen darlegen . . .«

Weit offen, dachte Schuyler.

». . . bevor die eigentliche Messe beginnt, bevor du zum Introitus anhebst. Ihr erklären, daß wir in einer prekären Lage sind, weil jemand in aller Unschuld etwas sehr Törichtes . . .«

»Es *sei* denn«, sagte Laramie.

Frau von wenigen Worten.

Sagte ihren Text auf, tanzte ihren kleinen Massai-Tanz und verließ die Bühne wieder.

»Es sei denn, derjenige, der den Stern aufgemalt hat, hat auch den Priester getötet.«

Schuyler sah sie an.

»Hältst du das wirklich für möglich?« fragte er.

»Nach dem, was der Priester gesagt hat?«

Sie zuckte die Achseln.

Ihr Achselzucken machte völlig klar, daß das, was der Priester gesagt hatte, in der richtigen Seele durchaus den Keim eines Mordmotivs sprießen lassen konnte.

»Ein absolutes Arschloch«, sagte Schuyler. »Hätte er bloß den Mund gehalten . . .«

»Hat er aber nicht.«

Der Einwand kam wieder von Laramie, die sich der Kunst verschrieben hatte, die meiste Zeit den Mund zu halten.

»Das stimmt«, sagte Schuyler, »er hat den Mund nicht gehalten. Deshalb befinden wir uns nun in einer Situation, die möglicherweise gefährlich ist. Ich kann euch sagen, ich will nicht, daß Polizisten hierherkommen. Ich will nicht, daß sie herumschnüffeln und entdecken, daß kleine Mädchen gewisse Teile des Rituals vollführen, entdecken, daß wir gelegentlich harmlose, wenn auch illegale Substanzen benutzt haben, um die Messe zu intensivieren, entdecken, daß wir gelegentlich während der Messe sogar kleine Tiere geopfert haben, obwohl ich mir nicht vorstellen kann, daß *das* gegen das scheißverdammte Gesetz verstößt, oder? Sehr ihr, der Punkt ist, daß der Priester von der Kanzel aus reichlich Stunk gemacht und reichlich Aufmerksamkeit auf uns gelenkt hat. Er hat uns – wie war das noch, Stanley? – einen Dorn im Fleisch Christi genannt, könnt ihr das glauben? Natürlich illustriert das, welch eine Bedrohung unsere Kirche wirklich ist, es illustriert ganz klar, wie versessen die Jesus-Jünger darauf sind, uns in die Nichtexistenz zu treiben, die noch junge Kirche in ihrer Wiege zu ermorden. Aber . . .«

»Sky.«

Das war Coral. Leise.

»Ich meine, wir selber sollten in Kontakt mit der Polizei treten«, sagte sie, »und zwar *vor* der Messe morgen abend, praktisch sofort, um ihnen zu sagen, daß uns bewußt ist, was auf das Tor gemalt worden ist, und um sie wissen zu lassen, daß wir selber eine interne Untersuchung anstellen . . .«

Die *Worte*, die sie verwandte.

». . . und daß wir uns bemühen herauszufinden, wer den Stern dort aufgebracht hat, damit er oder sie vortreten und seine oder ihre Identität offenbaren kann, Sky. Auf diese Weise lassen wir die Polizei unmittelbar wissen, daß wir alles in unserer Macht

Stehende tun, mit ihr zusammenzuarbeiten. Damit sie nicht meint, eine mit unserer Kirche verbundene Verschwörung hätte das heilige Zeichen auf das Tor des Priesters praktiziert und ihn anschließend getötet.«

»Es *sei* denn«, sagte Laramie.

Die anderen drei blickten sie an.

»Es sei denn, genau dies ist geschehen«, sagte sie.

Arthur Llewellyn Farnes war ein großer, langgliedriger Weißer mit der Sprechweise eines geborenen Großstadtbewohners und dem Aussehen eines wettergegerbten Farmers aus New England. Sein Herrenbekleidungsgeschäft lag am Stem, zwischen Carson und Coles, und er war gerade vom Lunch zurück, als die Detectives um zwei Uhr nachmittags zu ihm kamen. Den größten Teil seiner Mittagsmahlzeit schien er auf Krawatte und Weste verkleckert zu haben. Carella nahm an, daß er der einzige Westenträger außerhalb des Morddezernats war. Und er wäre zu jeder Wette bereit gewesen, daß er auch einen Feodora trug.

Die Detectives wiesen sich aus und informierten ihn, daß sie wegen des Mords an Father Michael Birney ermittelten. Farnes setzte zu einer langen und scheinbar von Herzen kommenden Lobesrede auf den Priester an, den er erst kürzlich in seinem offenen Brief herausgefordert hatte, aber nun einen ergebenen Mann Gottes nannte, einen treuen Diener des Herrn, einen freundlichen und milden Hirten der Kirchenherde und einen wunderbaren Menschen, den jedermann schmerzlich missen werde.

All dies mit unbewegtem Gesicht.

»Mr. Farnes«, sagte Hawes, »wir haben Father Michaels Korrespondenz untersucht und sind dabei auf den Brief gestoßen, den Sie an die Gemeindemitglieder geschickt haben.«

»Ja«, sagte Farnes, lächelte und schüttelte den Kopf.

»Sie wissen doch, welchen Brief ich meine, nicht?«

»Ja. Der Brief, den ich als Antwort auf seine Predigt über den Zehnten geschrieben habe.«

»Ja«, sagte Hawes.

»Ja«, sagte Farnes.

Er lächelte noch immer. Aber jetzt nickte er. Ja, bestätigte sein Kopf. Ja, ich habe diesen Brief abgeschickt. Ja. Als Reaktion darauf, daß er uns mit Blick auf unsere Verpflichtungen getadelt hat. Ja, ich bin derjenige, der Widerspruch geäußert hat. Ja. Ich. Nikkend, nickend.

»Was ist zu diesem Brief zu sagen, Mr. Farnes?«

»Was soll dazu zu sagen sein?« entgegnete Farnes.

»Nun ja, ich würde sagen, es war ein recht zorniger Brief, meinen Sie nicht?«

»Nur *recht* zornig? Ich würde sagen, er war *kolossal* zornig.«

Die Detectives sahen ihn an.

»Tatsächlich, Mr. Farnes«, sagte Hawes, »haben Sie in dem Brief einige Dinge geschrieben ...«

»Ja, ich war fuchsteufelswild.«

»Hmhm.«

»Auf diese Art und Weise Geld zu verlangen! Als spendeten wir nicht schon unseren angemessenen Anteil! Der Mann brauchte uns bloß zu vertrauen! Aber nein! Statt dessen zerreißt er sich auf der Kanzel das Maul. Woche für Woche eine Feuer-und-Schwefel-Predigt, die besser nach Salem Village als in diese Gemeinde gepaßt hätte! Er hat uns einfach nicht vertraut! Entschuldigen Sie mich«, sagte er und ging mit schnellen Schritten zu einem Mann, der eine Hose vom Ständer nahm. »Kann ich Ihnen helfen, Sir?« fragte er.

»Ich schaue mich nur um«, sagte der Mann. »Sind das alle 42er Längen, die Sie haben?«

»Ja, von hier bis zum Ende des Ständers.«

»Danke«, sagte der Mann.

»Lassen Sie mich wissen, wenn ich Ihnen irgendwie behilflich sein kann«, sagte Farnes und ging zu den beiden Detectives zurück. Mit gesenkter Stimme sagte er: »Der Mann ist ein Ladendieb. Vor Weihnachten ist er hier mit einem kompletten Anzug unter seinem alten rausspaziert. Ich habe das erst gemerkt, als er schon fort war. Verzeihen Sie mir, wenn ich ein Auge auf ihn habe, aber den Hundesohn würde ich gern erwischen.«

»Wir auch«, sagte Carella.

»Sie sagten gerade etwas über Vertrauen«, sagte Hawes.

»Ja«, sagte Farnes. Seine Augen folgten dem Mann, während dieser an dem Kleiderständer entlangging. »In vielerlei Hinsicht ist die Kirche wie ein Geschäft – das soll keine Gotteslästerung sein. Deshalb wird in der Bibel ein Zehnter definiert, damit es kein Mißverständnis über das *Geschäft* gibt, das zu betreiben die Kirche gezwungen ist. Um zu überleben, verstehen Sie? Zehn Prozent, ohne Wenn und Aber. Fünf jede Woche im Klingelbeutel, die anderen fünf als Spenden an wohltätige Einrichtungen. Können Sie mir bis hierhin folgen?«

»Ja, wir können Ihnen folgen«, sagte Carella.

»Okay. Woher wissen Sie, daß Sie fünf Prozent in den Klingelbeutel bekommen? Anstatt zwei oder dreieinhalb Prozent? Die Antwort ist: Sie wissen es nicht. Sie vertrauen der Gemeinde. Indem Sie ihr vertrauen, regen Sie sie an, umgekehrt auch Ihnen zu vertrauen, und Sie werden feststellen, daß Sie statt eines zu knapp bemessenen Betrages jede Woche sogar noch mehr Einnahmen für die Kirche erreichen. Jeder Einfaltspinsel müßte ...«

»Entschuldigen Sie, aber ist das der Ankleideraum?«

»Ja«, sagte Farnes. »Dort, durch den Vorhang. Ich rolle die Hosenaufschläge für Sie auf, Sir.«

»Schon gut. Das kann ich ...«

»Kein Problem, Sir«, sagte Farnes, nahm die drei Hosen vom Arm des Mannes, rollte die Aufschläge auf und sagte: »Schon erledigt, Sir.«

»Danke«, sagte der Mann.

»Lassen Sie mich wissen, wenn Sie Hilfe benötigen«, sagte Farnes und trat wieder zu den Detectives. Erneut die Stimme senkend, sagte er: »Er geht mit drei Hosen rein. Mal sehen, mit wie vielen er wieder rauskommt.«

»Sie sprachen von Vertrauen«, sagte Hawes.

»Ja«, sagte Farnes. »Ich sagte, jeder Einfaltspinsel müßte wissen, daß man im Geschäft – selbst wenn das Geschäft darin besteht, Seelen für Jesus Christus zu bewahren – nirgendwohin kommt, wenn man den Menschen nicht traut, mit denen man zu tun hat. Das habe ich in meinem Brief Father Michael, möge seine Seele in Gott ruhen, zu erklären versucht.«

»Es klang nicht so, als handle Ihr Brief von Vertrauen«, sagte Hawes.

»Ach, wirklich? Ich dachte, doch.«

»Nun, würden Sie zum Beispiel sagen, Mr. Farnes«, begann Hawes, der das schon mit Carella diskutiert hatte und sich jetzt als Experten ansah, »daß diese Worte hier von Vertrauen handeln? Hier, dieser Satz«, sagte er, faltete den Brief und fand die gesuchte Stelle. »Hier, Mr. Farnes, ›und verschüttete den Wechslern das Geld und stieß die Tische um‹. Geht es dabei um Vertrauen, Mr. Farnes?«

»Es geht darum, daß man eine Stätte des Gebets nicht in einen Ort des Handels umwandeln soll.«

»Oder hier«, sagte Hawes, der allmählich in Fahrt kam, »genau hier, Mr. Farnes. ›Mag Father Michael die Opfergabe noch einmal und dann noch einmal zählen. Und dann mag er ebenfalls zählen, was ihm wohlbekommt.‹ Was haben Sie damit gemeint: und dann mag er zählen, was ihm wohlbekommt?«

»Er sollte sich vor Augen führen, daß er mit einer braven und großzügigen Gemeinde gesegnet ist.«

»Und dies hier? Was bedeutet das? ›Stolz geht der Vernichtung voran, und Hochmut kommt vor dem Fall.‹ Geht es dabei um Vertrauen?«

»Es geht darum, dem Herrgott zu vertrauen, daß er den Pfad weist, der wegführt von Stolz und Hochmut.«

»Nun, Sie haben allerdings eine sonderbare Art, Ihre eigenen Worte zu interpretieren«, sagte Hawes. »Haben Sie die Aussagen mit Father Michael *persönlich* diskutiert?«

»Ja. Und wir haben uns köstlich darüber amüsiert.«

»Sie haben *was*?«

»Wir haben uns amüsiert. Ich und Father Michael.«

»Sie haben sich über diesen Brief amüsiert?«

»Aber ja. Wissen Sie, weil ich so erbost war.«

»Und das hat er komisch gefunden? Daß Sie so erbost waren, daß ...«

»Ja.«

». . . Sie wegen seiner Predigten ...«

»Ja.«

». . . einen Brief geschrieben haben, den Sie selbst soeben als ›kolossal zornig‹ charakterisiert haben. Das fand er . . .«

»Ja, das fanden wir beide.«

». . . urkomisch.«

»Nun . . .«

»Zwerchfellerschütternd komisch.«

»Nein, aber wir haben es wirklich lustig gefunden. Daß ich so wütend geworden war. Daß ich diesen selbstgerechten, empörten Brief an die Gemeinde schrieb, während ich eigentlich doch nur persönlich zu Father Michael hätte gehen müssen – was ich schließlich ja tat –, um ein angenehmes Gespräch zu führen und die ganze Sache aus der Welt zu schaffen.«

»Also haben Sie die ganze Sache aus der Welt geschafft?«

»Ja.«

»Wann?«

»Ostersonntag. Nachmittags habe ich bei ihm vorbeigeschaut und bin mit ihm ins Pfarrhaus gegangen. Wir hatten ein langes, gutes Gespräch.«

»Wie haben Sie es schließlich bereinigt?«

»Father Michael sagte, er wolle jedes Mitglied der Gemeinde bitten, ihm anzuvertrauen, welchen Betrag er oder sie jeden Sonntag problemlos aufbringen könne, und dann würde er darauf vertrauen, daß sie diesen Betrag ehrlich beisteuerten. Sie sehen, es war alles nur eine Frage des Vertrauens. Das konnte ich ihm während unseres Gesprächs vermitteln. Daß er nur ein wenig Vertrauen haben müsse.« Er blickte zu dem Vorhang. Der Mann, der mit drei Hosen nach hinten gegangen war, kam gerade in den Verkaufsraum zurück. Jetzt hatte er nur zwei Hosen über dem Arm liegen.

»Einen Moment, Sir!« rief Farnes.

»Ach, da sind Sie ja«, sagte der Mann. »Ich nehme die, die ich anhabe. Kann ich sie bitte abmessen lassen?«

»Wie . . . Wieso, ja, Sir, gewiß, Sir«, sagte Farnes. »Bitte dort entlang, der Schneider ist am anderen Ende des Ladens.«

»Ich habe meine Hose im Ankleideraum hängen lassen«, sagte der Mann. »Ist sie dort sicher?«

»Haben Sie nur ein wenig Vertrauen, Sir«, sagte Hawes.

Den Anruf bei der Erzdiözese legte Carella auf Viertel nach vier am selben Nachmittag. Der Mann, der den Anruf entgegennahm, stellte sich als der Sekretär von Erzbischof Quentin vor und sagte ihm, im Moment sei Seine Eminenz außer Haus, doch vielleicht könne er behilflich sein. Carella sagte ihm, es ginge um den Mord, den er untersuche . . .

»Oh, mein Gott . . .«

»Ja, der Mord an dem Priester hier in der Stadt . . .«

»Ach, ja.«

»Father Michael Birney.«

»Ja.«

»Und ich rufe an, weil ich versuche, seine Schwester ausfindig zu machen, aber bei der Nummer, die ich wähle, hebt niemand ab, und . . .«

»Seine Eminenz hat sich dessen bereits angenommen«, sagte der Sekretär.

»Wessen angenommen?«

»Father Michaels Schwester in Kenntnis zu setzen.«

»In Japan? Wie kann er . . .«

»Die dienstliche Nummer ihres Ehemanns befindet sich in unseren Unterlagen hier. Seine Eminenz konnte von Mr. Brogans Sekretärin den Namen ihres Hotels in Erfahrung bringen und hat Mrs. Brogan dort angerufen. Sie wird am Sonntag hier sein, rechtzeitig zur Beerdigung.«

»Nun gut«, sagte Carella. »Wissen Sie zufällig, ob es noch andere Verwandte gibt? Ich würde gern . . .«

»Ich glaube, da war nur die Schwester.«

»Und am Sonntag ist sie hier, sagen Sie?«

»Sie hat sich bereits auf den Weg gemacht, Sir.«

»Also gut, und haben Sie vielen Dank.«

»Keine Ursache.«

Carella legte den Hörer auf die Gabel.

Bereits auf den Weg gemacht, dachte er.

Das hieß, was immer den guten Priester beunruhigt haben mochte, mußte bis Sonntag warten.

Der Mann, der Marilyn gegenübersaß, war ein Weißer von Anfang Fünfzig. Er hieß Shad Russel, und er wußte, warum sie hier war, trotzdem wandte er seine taktischen Spielchen an, weil er dachte, es könnte nie schaden zu versuchen, ein bißchen mehr herauszuholen. Früher war Shad Zocker in Las Vegas gewesen, doch dann war er in den Osten gezogen und hatte sich in mehreren kleinen Geschäftszweigen engagiert. Aus jungen Jahren hatte er ein pockennarbiges Gesicht, und er trug einen Schnurrbart, der aussah, als könne er etwas Kunstdünger vertragen; er war so dünn und lang wie Abraham Lincoln, und er glaubte, ein umwerfendes Lächeln zu haben. In Wirklichkeit glich er, wenn er lächelte, einem Krokodil.

»Der alte Joe hat dir also meine Nummer gegeben, hm?« sagte er.

»Ja«, sagte Marilyn.

»Der alte Joe Seward«, sagte er und schüttelte den Kopf.

Sie waren in seinem Zimmer im zweiten Stock des alten Raleigh Hotel an der St. Sebastian Avenue, dort, wo früher das Warringer Theater gestanden hatte. Marilyn war mit dem Taxi ins Diamondback-Viertel gekommen. Sie trug Jeans und eine Lederjacke über einem hellbraunen Pulli. Ihr Haar war unter einer Wollmütze hochgesteckt. Für eine weiße Frau war es schon arg genug, allein in ein rein schwarzes Viertel zu fahren, um sich mit jemandem zu unterhalten, den ein texanischer Züchter empfohlen hatte. Noch ärger war es, das mit auffallend blondem Haar zu tun.

»Wie geht's ihm?« fragte Shad.

»Ich habe ihn seit Jahren nicht gesehen«, sagte sie.

»Woher kennst du ihn?«

»Er hat gesagt, Sie könnten mir helfen, eine Pistole aufzutreiben.«

»Aber das beantwortet meine Frage nicht, oder?« sagte Shad und setzte sein Krokodillächeln auf. Plötzlich hatte Marilyn das Gefühl, es würde schwerer, als sie gedacht hatte.

»Wenn Sie denken, ich bin ein Cop oder . . .« sagte sie.

»Nein, ich . . .«

». . . können Sie Joe auf meine Kreditkarte anrufen und ihn fragen, ob . . .«

»Das hab ich schon.«
Das Krokodillächeln.
»Wenn auch nicht auf deine Kreditkarte.«
Das Lächeln wurde breiter.
»Auf eigene Rechnung. Sofort, nachdem du aufgelegt hast. Um ihn zu fragen, wer diese Mary Ann Hollis ist, die so dringend 'ne Knarre braucht.«
»Und was hat er Ihnen gesagt?«
»Er hat mir gesagt, daß du vor acht, neun Jahren für ihn gearbeitet hast. Als du noch in den Windeln warst. Er hat gesagt, du hast vorher einen Klavier spielenden Zuhälter unten in Houston gehabt, der sich in 'ner Bar hat erstechen lassen, und das war der Moment, in dem Joe in dein Leben getreten ist. Er hat mir auch gesagt, daß du im reifen Alter von siebzehn eingelocht worden bist, und daß er die Geldbuße mit fünf Scheinen bezahlt hat. Und daß er dich aus seinem Stall hat laufenlassen, weil du ihn so nett gefragt hast und er zufällig ein feiner Mensch ist. Also nein, ich mach mir keine Sorgen, daß du ein weiblicher Bulle bist.«
»Warum fragen Sie mich dann Dinge, die Sie schon wissen?«
»Ich wollte sehen, ob du lügst.«
»Das hätte ich.«
»Hab ich mir gedacht. Warum brauchst du die Knarre?«
»Ich werde von ein paar Leuten belästigt.«
»Wirst du diese Leute umnieten?«
»Wenn ich muß.«
»Und dann?«
»Und dann was?«
»Wem wirst du erzählen, woher du die Knarre hast?«
»Nicht mal meinem Beichtvater«, sagte Marilyn.
»Ja, ich wette, du hast 'n Beichtvater«, sagte Shad und setzte wieder sein Krokodillächeln auf. »Bist du immer noch in derselben Branche?«
»Nein.«
»Zu schade. Wahrscheinlich könnt ich sonst 'n paar Top-Kunden für jemand wie dich finden.«
»Danke, ich suche keine Top-Kunden . . .«
»*Echte* Top . . .«

». . . und auch keine anderen. Ich brauche eine Waffe. Können Sie mir eine verkaufen? Wenn nicht, *adiós*.«

»Denk mal 'ne Minute drüber nach.«

»Nicht mal eine Sekunde.«

»Denk drüber nach«, sagte er und lächelte. »Schadet's irgendwas, drüber nachzudenken?«

»Allerdings.«

»Auf wen willst du mit der Knarre schießen?«

»Das geht Sie nichts an.«

»Wenn die Knarre auf mich zurückfällt, geht's mich sehr wohl was an.«

»Keine Sorge, sie wird nicht auf Sie zurückfallen.«

»Sind diese Leute Zuhälter? Hat's was mit Prostitution zu tun?«

»Nein. Ich habe Ihnen doch schon gesagt, daß ich nicht mehr . . .«

»Weil ich keine Lust habe, daß ein wütender Lude hier reinstürmt und rumbrüllt, seine Fotze hätte versucht . . .«

»Auf Wiedersehen, Mr. Russel«, sagte Marilyn, stand auf, nahm ihre Tasche und ging zur Tür.

»Was hab ich gemacht?« fragte Shad. »Hab ich dich beleidigt? Zu schade, wirklich schade. Ich muß hier meine eigene Haut schützen. Ich will nicht, daß 'ne Kanone von mir in einen Familienstreit verwickelt wird. Wenn du Zoff mit deinem Alten hast, dann erledige das in Ruhe, dafür brauchst du keine Knarre von mir.«

»Danke, ich verstehe Ihre Einstellung. War nett, Sie kennenzulernen.«

»Sieh sie dir an! Rundum beleidigt und auf dem hohen Roß! Ich hab den Nagel auf den Kopf getroffen, nicht? Du willst die Knarre, um deinen Zuhälter abzuservieren.«

»Exakt, auf den Kopf. Auf Wiedersehen, Mr. Russel. Und ganz bestimmt werde ich Joe erzählen, wie hilfsbereit Sie waren.«

»Setz dich, wieso die verdammte Eile? Wenn's kein Zuhälter ist, was dann? Dope?«

»Nein.«

»Du sagst, 'n paar Leute belästigen dich. Weswegen belästigen sie dich? Hast du vergessen, denen ihr Kokain zu bezahlen?«

»Haben Sie eine Pistole für mich oder nicht? Diesen Mist brauche ich mir wirklich nicht anzuhören.«

»Eine Pistole kostet dich was«, sagte er.

»Wieviel?«

»Eine Schande, daß du nicht mehr im Gewerbe bist«, sagte er und lächelte sein Krokodillächeln. »Weil, ich hab da diesen kolumbianischen Top-Händler, der am Wochenende in der Stadt ist. Ich bin sicher, wir könnten uns auf ein Tauschgeschäft einigen, das . . .«

Plötzlich sah er, was in Marilyns Augen war.

»Schon gut, schon gut, schon gut«, sagte er. »Vergiß es! Okay?«

Und ebenso plötzlich war er nur noch Geschäftsmann.

»An was für eine Waffe hast du gedacht?« fragte er.

4

Die drei, die am Sonntagmorgen in aller Frühe – um genau zu sein, drei Minuten vor acht – ins Revier kamen, sahen entweder aus wie eine Gruppe fahrender Sänger aus dem zwölften Jahrhundert oder wie eine Zigeunertruppe aus *Carmen* – je nach Perspektive. Die Perspektive von Cotton Hawes' Schreibtisch aus war sonnenüberflutet und ein wenig dunstig: Das Licht fiel schräg durchs geöffnete Fenster und schuf einen fast prismatischen Effekt goldener Luft, in der die Staubkörnchen tanzten. Aus dieser lichtbrechenden Masse heraus erschien das zaudernde Trio. Hawes blinzelte, als sehe er entweder eine Fata Morgana oder eine religiöse Wundererscheinung.

Es waren zwei Frauen und ein Mann.

Der Mann war zwischen und einen Schritt vor den Frauen, die Spitze einer Keilformation sozusagen, denn genau so sah es aus, als die drei durch die Klapptür in der Holzabsperrung kamen und direkt den nächsten Schreibtisch ansteuerten, der, wie der Zufall es wollte, Hawes' Arbeitsplatz war. Vielleicht war sein rotes Haar wie ein Leuchtfeuer. Oder vielleicht strahlte er eine Autorität aus, die auf natürliche Weise jeden Hilfesuchenden anzog. Oder vielleicht orientierten sie sich in seine Richtung, weil er zu dieser unchristlich frühen Zeit der einzige Mensch in der Wachstube war.

Der Mann trug eine blaue Polyesterhose und ein Rugby-Trikot mit weißem Kragen und rot-blauen Streifen unterschiedlicher Breite. Er war ein behaarter Riese mit langen gelbbraunen Zöpfen und einer muskulösen Gestalt. Eine der beiden Frauen neben ihm war groß und schwarz, und die andere war blond und nicht ganz so groß, und beide Frauen waren so gekleidet, als seien sie auf das synthetische Glitzern des behaarten Riesen abgestimmt.

Die Blonde trug einen weiten flammroten Rock und ein Rollkragenhemd (keinen BH, bemerkte Hawes) in der gleichen Farbe wie die Polyesterhose des Mannes. Außerdem trug sie Sandalen, obwohl noch nicht Sommer war. Die Schwarze trug einen ebenso weiten leuchtenden Rock (ihrer war grün) und ein Rollkragenhemd (ebenfalls keinen BH, stellte Hawes fest) in der Haarfarbe der Blonden. Auch sie trug Sandalen.

»Da ist ein Schild«, sagte Hawes.

Alle drei blickten sich um.

Hawes wies die Richtung.

Auf dem Schild direkt rechts von der Tür in der Absperrung stand:

NENNEN SIE VOR BETRETEN
DES WACHRAUMES
IHR ANLIEGEN

»Oh, tut mir leid«, sagte der Mann. »Das haben wir nicht gesehen.«

Leicht hispanischer Akzent.

»Der Sergeant hat gesagt, wir sollen hochgehen«, sagte die Blonde. Winzige Stimme. Beinahe ein Wispern. Aber sie zog Aufmerksamkeit auf sich. Augen so blau wie der Himmel, der sich hinter den Fenstern des Wachraums erstreckte. Eine Stimme so flach wie die Ebenen von Kansas. Hawes sah Maisfelder vor seinem geistigen Auge. »Ich heiße Coral Anderson«, sagte sie.

Hawes nickte.

»Ich bin Stanley Garcia«, sagte der Mann.

»Laramie Forbes«, sagte die Schwarze.

»Dürfen wir eintreten?« fragte Coral.

»Sie sind bereits drin«, sagte Hawes. »Setzen Sie sich, bitte.«

Stanley nahm den Stuhl neben dem Schreibtisch. Ein richtiger Kavalier, dachte Hawes. Die Frauen zogen sich Stühle heran. Im Hinsetzen legten sie die Beine unter voluminösen Röcken übereinander. Die Bewegung erinnerte Hawes an die Zeiten, als Hippies über den Erdball streiften.

»Womit kann ich Ihnen helfen?« fragte er.

»Ich bin der Erste Diakon der Kirche der Ungeborenen«, sagte Stanley.

Die Kirche der Ungeborenen. *Teufelsanbetung,* hatte Kristin Lund gesagt. Hawes war gespannt, ob Coral und Laramie dementsprechend zweiter und dritter Diakon wären. Und er fragte sich, wie sie wirklich hießen.

»Wir sind Jüngerinnen«, sagte Laramie mit einem kurzen Seitwärtsnicken zu der Blonden.

Sie hatte eine heisere Stimme. Hawes fragte sich, ob sie im Kirchenchor sang. Er fragte sich, ob es in Kirchen, in denen der Teufel angebetet wurde, Chöre gab.

»Wir sind wegen des toten Priesters hier«, sagte Stanley.

Hawes rückte einen Block zurecht.

»Nein, nein«, sagte Stanley sofort. »Nicht so was.«

»Was nicht so was?« fragte Hawes. Sein Bleistift schwebte wie eine Guillotine über dem Block.

»Mit dem Mord hatten wir nichts zu tun«, sagte Stanley.

»Deshalb sind wir hier«, sagte Coral.

»Kommen wir erst mal zu den Klarnamen«, sagte Hawes.

Sie starrten ihn verständnislos an.

»Ihre richtigen Namen«, sagte er.

»Coral *ist* mein richtiger Name«, sagte die Blonde gekränkt.

Hawes nahm an, daß sie log. *Niemandes* richtiger Name war Coral.

Und für Laramie galt dasselbe.

»Und was ist mit Ihnen?« fragte er die andere Frau.

»Ich bin dort geboren«, sagte sie.

»Wo ist dort?«

»Laramie, Texas«, sagte sie. Leise Herausforderung in ihrer heiseren Stimme. Dunkel aufblitzende Augen.

»Wird es dadurch Ihr richtiger Name?« fragte Hawes.

»Wie würde es *Ihnen* gefallen, Ihr ganzes Leben Henrietta zu sein?«

Cotton war schon schlimm genug, dachte Hawes. Das Vermächtnis eines religiösen Vaters, der der Überzeugung anhing, Cotton Mather sei der größte der Puritanerprediger gewesen. Er zuckte die Achseln, schrieb »Henrietta Forbes« auf den Block, betrachtete den Namen kurz, nickte zustimmend und fragte unvermittelt die Blonde: »Wie buchstabieren Sie Anderson?«

»Mit ›o‹«, sagte sie.

»Von wo stammen Sie, Coral?«

»Indiana.«

»Eine Menge Corals da draußen, wette ich.«

Sie zögerte, schien kurz davor, rot anzulaufen, lächelte statt dessen und zeigte dabei eine schmale Lücke zwischen ihren oberen Schneidezähnen. »Nun, ich schätze, es war Cora Lucille«, sagte sie immer noch lächelnd, und sah dabei ziemlich grau wie eine Cora Lucille aus. Hawes stellte sich Zöpfe vor, die von gepunkteten Stoffbändern zusammengehalten wurden. Er nickte, schrieb »Cora Lucille Anderson« auf den Block und fragte: »Und Sie, Stanley?«

»Stanley«, sagte Stanley. »Aber auf spanisch.«

»Und das heißt wie?«

»Estaneslao.«

»Danke«, sagte Hawes. »So, was ist nun mit dem Priester?«

»Eigentlich sind wir wegen des Tors hier«, sagte Coral, stellte die Beine nebeneinander und beugte sich mit ernstem Ausdruck vor, den Rock gespannt, die Hände gefalten, die Ellbogen auf die Schenkel gestützt – es waren wieder die munteren Sechziger. Eine plötzliche Welle der Nostalgie spülte Hawes mit sich.

»Was für ein Tor?« fragte er.

»Das Tor zum Kirchhof.«

»Was ist damit?«

»Was auf das Tor gemalt ist«, sagte Coral. »Das Pentagramm.«

»Der Stern«, sagte Stanley.

»Umgedreht«, sagte Laramie.

»Hmm«, sagte Hawes.

Lassen wir sie einfach kommen, dachte er.

»Wir wissen, was Sie denken müssen«, sagte Stanley. Sein Akzent klang jetzt ausgeprägter. Hawes fragte sich, ob er nervös wurde. Er sagte nichts.

»Wegen des Sterns«, sagte Laramie.

»Und seine Verbindung mit dem Satanismus«, sagte Coral.

»Hmm«, sagte Hawes.

»Den viele Leute natürlich mißverstehen«, sagte Coral und lächelte wieder ihr Zahnlückenlächeln.

»Inwiefern?« fragte Hawes.

»Das Pentagramm mißverstanden wird?«

»Ja.«

»Insofern, als es auf dem Kopf steht«, sagte Stanley.

»Umgedreht«, sagte Laramie.

»Darf ich Ihren Stift ausleihen?« fragte Coral.

»Sicher«, sagte er und reichte den Stift über den Schreibtisch.

»Und ich brauche ein Blatt Papier.«

Er riß ein Blatt von der Rückseite des Blocks ab und reichte es ihr.

»Danke«, sagte sie.

Er bemerkte, daß sie den Stift in der linken Hand hielt. Er fragte sich, ob Linkshändigkeit irgend etwas mit Teufelsanbetung zu tun hatte. Er fragte sich, ob sie *alle* Linkshänder waren.

»So sieht ein Stern aus«, sagte sie und begann zu zeichnen. »Der Stern, den wir auf der amerikanischen Flagge sehen, ein Sheriff-Stern, sie alle sehen so aus.«

Hawes sah zu, wie der Stern Gestalt annahm.

»So«, sagte sie.

»Hmm«, sagte er.

»Und so sieht ein Stern aus, wenn man ihn auf den Kopf stellt«, sagte sie.

»Wenn man ihn umdreht«, sagte Laramie.

»Ja«, sagte Coral, den Kopf über das Blatt Papier gebeugt, während ihre linke Hand sich bewegte. Nebeneinander sahen die Sterne aus wie zwei radschlagende Bodenturner:

»Hmm«, sagte Hawes.
»Sehen Sie den Unterschied?«
»Ja, selbstverständlich.«
»Was ist der Unterschied?« fragte Coral.
»Der Unterschied ist, daß der linke . . .«
»Ja, das sogenannte *reine* Pentagramm . . .«
»Egal, er hat nur *eine* Spitze oben, wogegen der andere *zwei* hat.«
»Ja«, sagte Coral. »Und während das reine Pentagramm auf *zwei* Spitzen steht, steht das Symbol Baphomets . . .«
»Der *umgedrehte* Stern . . .«
». . . nur auf *einer* Spitze.«
»Und zeigt in Richtung Hölle«, sagte Laramie.
»Verstehe«, sagte Hawes. Obwohl er es eigentlich *nicht* verstand.
»Wenn Sie das *reine* Pentagramm betrachten . . .«, sagte Coral.
»Das linke«, sagte Stanley.
»Ja«, sagte Hawes.
»Sie können es sich vorstellen, nicht wahr?« sagte Coral. »Ein Mann, der mit weit gespreizten Beinen steht – das sind die beiden unteren Spitzen des Sterns – und mit ausgestreckten Armen – das sind die beiden mittleren Spitzen. Sein Kopf wäre die Spitze ganz oben.«
»Ich verstehe«, sagte Hawes und gab sich Mühe, in dem aufrecht stehenden Stern einen Mann zu erkennen.
»In uralten Zeiten . . .« sagte Coral.
»Oh, vor Jahrhunderten«, sagte Stanley.
». . . benutzten die *weißen* Magier . . .«
»Das hat nichts mit ihrer *Hautfarbe* zu tun«, sagte Laramie.
»Nein, nur mit der Art der Magie, die sie ausübten«, sagte Coral. »*Weiße* Magie.«
»Ja«, sagte Hawes.
»Im Gegensatz zur *schwarzen* Magie«, sagte Stanley.
»Ja.«
»Diese *weißen* Magier«, sagte Coral, »benutzten das Pentagramm, um das Gute des Menschen zu symbolisieren . . .«
». . . weil es ihn aufrecht stehend zeigt«, sagte Laramie.

»Aber in der Kirche des *Gegensatzes* . . .« sagte Coral.
»Wo gut böse und böse gut ist . . .«
»In der Kirche des *Gegenteils* . . .« sagte Coral.
»Wo Wollust Streben ist . . .«
»Und die Befriedigung alles Fleischlichen das Ziel . . .«
». . . ist das Pentagramm auf den Kopf gestellt worden«, sagte Coral.
»Umgedreht«, sagte Laramie.
»So daß die Hörner des Ziegenbocks . . .«
». . . das satanische Symbol der Wollust . . .«
». . . genau in die beiden oberen Spitzen passen . . .«
». . . und das Gute und das Böse darstellen . . .«
». . . die universelle Dualität im ewigen Konflikt . . .«
»Und die drei anderen Spitzen«, sagte Coral, »stellen in ihrer umgedrehten Form die *Verneinung* der Dreifaltigkeit dar . . .«
». . . Vater, Sohn und Heiliger Geist«, sagte Stanley.
». . . verdammt dazu, auf ewig in den Flammen der Hölle zu schmoren . . .« sagte Laramie.
». . . wie es die einzelne Spitze zeigt, die direkt abwärts weist«, sagte Stanley.
»Ein auf den Kopf gestellter Stern«, sagte Coral.
»Umgedreht«, sagte Laramie, und alle drei fielen in Schweigen.
»Was soll das?« fragte Hawes.
»Detective Hawes«, sagte Coral, »uns ist bewußt . . .«
Er fragte sich, woher sie seinen Namen kannte.
». . . daß der Stern, der aufs Tor von St. Catherine's gemalt ist, uns in den Augen der Polizei . . .«
Wahrscheinlich hatte ihr Sergeant Murchison unten seinen Namen genannt.
». . . mit dem Mord an dem Priester in Verbindung bringt.«
»*Aber*«, sagte Laramie.
»*Aber*«, sagte Coral, »Sie sollen wissen, daß wir vorhaben, heute abend unsere Gemeinde zu befragen und herauszufinden, ob jemand aus unserer Mitte den Stern auf das Tor des Kirchhofs gemalt hat.«
»Und wenn es so war . . .« sagte Stanley.

». . . werden wir ganz sicher dafür sorgen, daß der- oder diejenige auf der Stelle hierherkommt, um es Ihnen persönlich mitzuteilen. Dann können Sie die Person befragen und feststellen, daß wir nichts damit zu tun hatten. Mit dem Mord. Auch wenn jemand aus unserer Mitte schuldig sein *sollte,* das Tor bemalt zu haben.«

»Schuld ist Unschuld«, sagte Laramie.

»Wir werden Sie informieren«, sagte Stanley, und die drei standen in vielfarbiger Pracht auf und verschwanden im Sonnenlicht durch die Tür, in der sie sich ursprünglich materialisiert hatten.

Hawes fragte sich, womit Carella da draußen auf der Straße beschäftigt sein mochte.

An einem strahlenden Frühlingsmorgen war es schwer, sich die Straße als Slum vorzustellen. Hier gab es offenbar kein Anzeichen von Armut. Die Menschen, die gemächlich vorbeischlenderten, waren nicht in Lumpen gekleidet. Auf den Feuertreppen und Fenstersimsen standen Blumentöpfe und Pflanzen. Die Vorhänge, die in der frühen Morgenbrise wehten, schienen ebenso frisch und sauber wie die Wäsche auf den Leinen im Hinterhof. Die Müllwagen hatten früh ihre Runde gedreht, und die Mülltonnen standen leer in Reih und Glied an den Eisenzäunen, die sich neben den erst kürzlich gefegten Eingangstreppen erstreckten. Als Carella die Straße entlangkam, spülte ein Reinigungswagen die Rinnsteine aus und überzog den schwarzen Asphalt mit einem Belag glitzernder Regenfrische. Das konnte kein Slumviertel sein.

Doch es war eines.

Der endlose Druck des Winters war gewichen, und an seiner Stelle gab es jetzt die falsche Hoffnung des Frühlings. Aber die Menschen, die in diesen Mietshäusern lebten – sicher, die roten Ziegel wirkten im Sonnenlicht heller als unter einem grauen Bleihimmel –, wußten, daß Hoffnung ein Ding mit Federn war, so flüchtig und rar wie Glück. Dieser Abschnitt im Bezirk des 87. Reviers war fast ausschließlich schwarz. Und hier herrschten trotz der Illusion von Frühling in der Tat drückende Armut, Analphabetentum, Drogenabhängigkeit, Unterernährung und Verzweiflung. Der Schwarze in Amerika wußte, wo das Leben abging. Und es ging nicht hier ab, nicht in diesen armseligen Straßen. Es ging irgendwo in Uptown ab, so weit in Uptown, daß der Schwarze nie dort gewesen war, es sich nicht einmal vorstellen konnte, bloß wußte, daß Uptown eine leuchtende Stadt irgendwo hoch auf einem Berg war, ein gelobtes Land, wo jeder nach Choate und Yale ging und in jeder Getreideschale tausend Lichtpunkte glitzerten.

Lest's mir von den Lippen ab, dachte Carella.

Nathan Hooper lebte in einem Mietshaus zwei Blocks südlich vom Stem.

Um halb neun am Samstagmorgen fand Carella ihn schlafend in einem Hinterzimmer, das er mit seinem älteren Bruder und seiner dreizehnjährigen Schwester teilte. Hooper war sechzehn. Der Bruder, bereits angezogen und aus dem Haus, war achtzehn. Die Schwester trug einen weißen Baumwollslip. Hooper trug weiße Jockeyshorts und ein weißes Unterhemd. Er war wütend, weil seine Mutter die Polizei hereingelassen hatte, während er noch schlief. Seiner Schwester sagte er, sie solle sich etwas überziehen, ob sie denn nicht sehe, daß jemand hier sei? Mit einem Achselzucken zog die Schwester einen Morgenmantel über und tapste in die Küche, wo ihre Mutter den Morgenkaffee trank. Sie hatte Carella bereits gesagt, daß sie um neun bei der Arbeit sein müsse; samstags und sonntags putzte sie in Downtown Büros. Den Rest der Woche putzte sie in den Uptown-Häusern der Weißen.

Hooper zog Jeans an und ging, von Carella gefolgt, barfuß in den schmalen Flur. Das Badezimmer war ein zwei mal zweieinhalb Meter großes Rechteck und enthielt ein Waschbecken, eine uralte, vergilbende Badewanne mit Klauenfüßen und einer wakkeligen Duschvorrichtung und eine ständig gurgelnde Toilette. Ein Plastikvorhang war vor der Wanne halb zugezogen, über der anderen Hälfte der Vorhangstange hingen Bikinihöschen. Hooper ging hinein und schloß hinter sich die Tür. Im Flur stehend konnte Carella hören, wie er zuerst urinierte und sich dann über dem Becken wusch. Als die Tür sich wieder öffnete, trocknete Hooper sich die Hände an einem pfirsichfarbenen Handtuch.

Wortlos und mit finsterem Blick ging er wieder in das Schlafzimmer, noch immer gefolgt von Carella. Er zog die mittlere Schublade der einzigen Kommode im Zimmer auf, nahm ein schwarzes T-Shirt heraus und streifte es sich über den Kopf. Er setzte sich auf die Bettkante, zog weiße Socken an und schnürte dann die schwarzen Sneaker. Er trug die Haare in einer Frisur, die derzeit unter den jungen Schwarzen in der Stadt der letzte Schrei war. Sie ähnelte einem Fez, der oben auf dem Kopf saß; die unteren Partien des Schädels waren fast kahlgeschoren, und die Frisur brauchte zur Erhaltung nur einen gelegentlichen Heckenschnitt. Hooper strich mit einem Kamm durch seine Haare und ging in die Küche, immer noch wortlos, immer noch mit finsterem Blick, immer noch gefolgt von einem geduldigen Carella. Hoopers Schwester saß, einen Becher mit Kaffee zwischen den Händen, am Tisch. Sie starrte durch das offene Küchenfenster auf die Kleidungsstücke, die an der Wäscheleine im Wind flatterten, und beobachtete sie fasziniert, als wären es bunte Vögel. Hoopers Mutter war im Aufbruch begriffen. Carella schätzte sie auf Anfang Fünfzig. Er griff damit um zehn Jahre zu hoch.

»Biete dem Mann Kaffee an!« sagte sie im Hinausgehen.

»Wollen Sie Kaffee?« fragte Hooper zähneknirschend.

»Ich könnte welchen gebrauchen«, sagte Carella.

»Kommen Sie immer mitten in der Nacht zu den Leuten?« fragte die Schwester.

»Tut mir leid, daß ich so früh hier bin«, sagte Carella und lächelte.

Das Mädchen erwiderte das Lächeln nicht. Hooper stöberte in dem Hängeschrank über dem Ablauf, offenbar auf der Suche nach sauberen Tassen. Er machte eine großartige Vorstellung daraus, knallte schließlich zwei Tassen, die auf wunderbare Weise unbeschädigt blieben, auf den Tisch und goß sie zu drei Vierteln voll. Ein Milchbehälter stand bereits auf dem Tisch. Er goß Milch in seine Tasse und schob den Behälter dann Carella zu, der den Stuhl neben dem Mädchen genommen hatte.

»Zucker?« fragte das Mädchen und offerierte Carella die Schale.

»Danke, nein«, sagte Carella. »Wie heißt du?«

»Warum?« fragte sie.

»Warum nicht?« sagte er und lächelte.

»Seronia«, sagte sie.

»Schön, dich kennenzulernen.«

»Wann sperren Sie die Scheißtypen ein, die Nate verprügelt ham?« fragte sie.

»Darüber würde ich gerne reden«, sagte Carella.

»Da wär'n Sie der erste, seit's passiert ist«, sagte Seronia und zuckte die Achseln.

»Das stimmt doch nicht ganz, oder?« sagte Carella. »*Ich* bin durch ein Protokoll in unseren Akten darauf gestoßen, folglich muß schon jemand . . .«

»Ja, ja, die Blauen«, sagte Hooper. »Aber Detectives ham sich später nich blicken lassen, das meint sie.«

»Tja, hier ist nun ein Detective«, sagte Carella.

»Sie sehn nich wie die Detectives aus, die *ich* gesehn hab«, sagte Seronia. »Mama sagt, Sie ham Ihre Marke gezeigt, aber Mann, für mich sehn Sie nich wie 'n Detective aus.«

»Wie sieht ein Detective denn aus?« fragte er.

»Wie 'n Stück Scheiße«, sagte sie.

Carella war nicht auf Streit aus. Und er war sich nicht einmal sicher, ob das Mädchen einen Streit vom Zaun brechen wollte. Er war hier, um Informationen zu bekommen. Ein Priester war ermordet worden. Ein Priester, der am Ostersonntag diesen Jungen beschützt hatte.

»Laut dem Protokoll . . .«

»Das Protokoll is voller Scheiße«, sagte Hooper. »Das einzige, was die wollten, war, ganz schnell aus dieser Kirche rauszukommen, bevor se gelyncht wurden. Die hatten mehr Angst als ich. So schnell ham Sie noch nie zwei Cops schreiben sehn.«

»Sie ham ihn nich mal ins Krankenhaus gefahren«, sagte Seronia. »Sie hätten mal sehn solln, wie er geblutet hat. Der *Priester* hat ihn schließlich in die Notfallstation gebracht.«

»Wo war das?«

»Greer General.«

»Und du sagst, Father Michael hat dich dorthin gefahren?«

»Hat mich *zu Fuß* hingebracht, Mann«, sagte Hooper. »So wie

Jesus, der mit dem Kreuz überm Buckel losging, und alle ham ihn beschimpft. Das war ich, Mann. Ich blute aus dem Kopf, an der Stelle, wo einer der Ärsche mich mit dem Schläger getroffen hat . . .«

»Fang ganz vorne an«, sagte Carella.

»Was soll'n das bringen?« fragte Hooper.

»Was kannste schon verlieren«, sagte Seronia mit einem erneuten Achselzucken.

Ostern war dieses Jahr auf den fünfzehnten April gefallen, doch selbst in seinen Todeszuckungen weigerte der Winter sich hartnäckig, seinen Griff zu lockern; der Wind heulte und kündigte neuen Schneefall an. Ein düsterer, aufgewühlter Himmel hing über der Stadt und verlieh ihr selbst in Vierteln, die nicht völlig hispanisch waren, den Anstrich eines Gemäldes von El Greco. In diesem Schachbrettrevier, in dem mit einem Wimpernschlag schwarze zu weißen Quadraten wurden, wohnte Nathan Hooper in einem Bezirk, der zu neunzig Prozent schwarz, acht Prozent hispanisch und zwei Prozent asiatisch war. Keine zwei Blocks entfernt war ein völlig weißes Viertel, bestehend aus Italienern, Iren und ein paar vereinzelten Juden. Der Schmelztiegel dieses Reviers war nie richtig zum Sieden gekommen. An diesem windkalten Ostersonntag steht er kurz vor dem Überkochen.

Hooper geht selten zur Kirche, aber heute trifft er zufällig einen Freund, den er Harold Jones nennt und den die anderen Jungs nach der Bill-Cosby-Serie Fat Harold nennen. In Wirklichkeit ist Fat Harold überhaupt nicht fett, er ist im Gegenteil ziemlich mager und spindeldürr. Außerdem ist er cracksüchtig und an diesem Ostersonntag auf dem Weg zur Kirche, wo er darum beten will, seine Sucht zum Teufel jagen zu können und ein reicher, berühmter schwarzer Fernsehstar wie Bill Cosby zu werden. Hooper beschließt, mit ihm zu gehen. Viel zu kalt und windig, um sich herumzutreiben, ebensogut kann er sich Fat Harold anschließen.

Die Kirche, zu der sie gehen, liegt an der Ecke Ainsley und Third und heißt Erste Baptistische Abessinierkirche von Isola. Hooper ist froh, daß es in der Kirche warm ist, aber der Rest ist für ihn blanker Unsinn. Die Schule hat er verlassen, weil er nicht gut lesen kann – keiner seiner Lehrer hatte auch nur vermutet, daß er Legastheniker ist –, aber aus den Geschichtsbüchern, durch die er sich geackert hatte, wußte er zumindest, daß die meisten Kriege, die sich auf diesem Planeten ereigneten, deshalb entstanden waren, weil eine Religion einer anderen klarzumachen versuchte, sie sei der einzig wahre Weg zu Gott. Was der Prediger an diesem Morgen in der Kirche darlegt – das ganze Zeug, wie Jesus von den Römern oder den Juden oder sonstwem gekreuzigt wurde –, ist für ihn nur ein Haufen Quatsch. Diese Leute wollen Märchen über Jungfrauen glauben, die schwanger werden, ohne daß jemand sie bumst. Hooper dagegen war nur hier, um sich aufzuwärmen.

Kurz nach Mittag sind sie aus der Kirche. Fat Harold will zu dem Crackhaus, das er kennt, um sich eine Billigration zu kaufen und die Zeit totzuschlagen, indem er etwas Dope raucht. Aber Hooper sagt ihm, was soll der Quatsch, wenn er gerade zur Kirche gegangen ist und zum Gotterbarmen um Erlösung gebetet hat und im nächsten Moment wieder an der Pfeife hängt, macht das einen Sinn, Mann? Er fragt Fat Harold, wieso er die fünf Kröten nicht nimmt, um sich einen Film anzusehen und Popcorn zu kaufen? Fat Harold meint, er würde lieber etwas Dope rauchen. Also trennen sie sich an der Ainsley – es ist jetzt vielleicht zehn nach zwölf, höchstens Viertel nach zwölf –, und Fat Harold geht in Richtung Crackhaus, wo er Hoffnung in einer Pfeife finden wird, und Hooper nimmt den Stem in Richtung Uptown zu dem Kino, das einen neuen Film mit Eddie Murphy zeigt.

Uptown.

Dort, wo das Kino ist.

Uptown.

Wo Eddie Murphy und Bill Cosby wohnen.

Hooper weiß, er begibt sich in weißes Revier, schließlich ist er nicht von gestern. Aber, Mann, es ist Ostersonntag, und er ist doch bloß auf dem Weg zu einem scheißverdammten Kino, vor dem Hunderte von Weißen Schlange stehen und darauf warten, einen Schwarzen da oben auf der Leinwand zu sehen. Eine Handvoll Schwarzer steht auch verstreut in der Schlange. Sie sind herausgeputzt, um bei ihren Mädchen Eindruck zu schinden, Mann, es ist Ostersonntag, wird 'ne tolle Tour, kein Streß, Mann.

Hooper wünscht sich, er hätte auch ein Mädchen dabei. Aber er hat letzten Monat mit seiner Alten Schluß gemacht, weil sie wütend war, daß er die Schule hingeschmissen hat, was wahrscheinlich so am besten war, weil wenn sie nicht begriff, daß er in dieser scheißverdammten Schule nirgendwohin kam, welchen Sinn hatte es dann, mit ihr seine *Zeit* zu vergeuden? An einer Straßenecke lernst du in zehn Minuten mehr als in einem Jahr auf der Schule. Doch an Tagen wie heute, wenn die Typen ringsherum alle ihre Mädchen dabeihaben, vermißt er sie. Er kommt sich beinahe wie ein Blödmann vor, weil er alleine ins Kino geht.

Doch auch darum kümmert Eddie Murphy sich.

Eddie Murphy bessert seine Stimmung.

Du siehst da oben einen gutaussehenden Schwarzen, der schlau wie nur was ist und keinen weißen Mist redet, und das macht dir wirklich gute Laune. Wahrscheinlich wohnt Eddie Murphy in einem großen Haus mit Meerblick. Wahrscheinlich rennen ihm weiße Mädchen die Bude ein, um ihm den Schwanz zu lutschen und ihm die Füße mit ihren Haaren zu waschen, so wie der Prediger an dem Morgen über Jesus' Füße geredet hat. Wärst du Eddie Murphy, könntest du dir alles kaufen, was du willst, könntest alles haben, was du möchtest. Ganz egal, ob du schwarz bist. Mann, du bist Eddie *Murphy*! Wenn Hooper im dunklen Kino zwischen den überwiegend weißen Leuten sitzt, könnte er sich vor Lachen in die Hose pissen, wenn Eddie Murphy seine Faxen macht. Die Weißen ringsherum lachen auch. Nicht wieder ein dummer *Nigger*, sondern ein dummer *Charlie*, dem der Nigger zeigt, wo's langgeht. Hooper begreift überhaupt nicht, warum all die Weißen über sich lachen, aber er weiß, es macht ihm verdammt gute Laune.

Er ist immer noch guter Stimmung, als er so um halb drei aus dem Kino kommt. Es schneit noch nicht, macht aber den Eindruck, als könne es jede Minute zu schneien anfangen. Immer noch windig, vom Harb blasen heftige Böen und schneiden dir bis ins Mark. Er hat die Auswahl zwischen zwei Wegen nach Hause. Er kann den Stem bis zur North Fifth gehen und drei Blocks bis zu seinem Haus an der Culver, wo vielleicht ein paar von den Jungs herumhängen, oder er kann direkt auf der Eleventh, an der das Kino liegt, bis zur Culver und dann weiter nach Downtown gehen; beide Strecken nehmen sich nichts, nur führt die Eleventh Street ihn direkt durch ein rein italienisches Viertel.

Hooper gehört keiner der Straßengangs an. Weder nimmt er Dope, noch handelt er Dope für einen von den Myriaden von Crackdealern, die die Zeitungen »einen Schandfleck in der Stadtlandschaft« nennen. Er ist kein guter Schüler, aber das macht ihn nicht zu einem schlechten Menschen. Auch seine Hautfarbe macht ihn nicht zu einem schlechten Menschen. Er ist schwarz. Er weiß, daß er schwarz ist. Aber nie in seinem Leben hat er eine kriminelle Handlung begangen. Nie. (Erregt wiederholt er vor Carella jetzt das Wort: *Nie!*) Das ist in einem Viertel, wo das Wort »böse« oft mit Stolz gebraucht wird, keine geringe Leistung. Ich bin ein *bööööser* Nigger, Mann. Wenn Hooper überhaupt ein Nigger sein will, dann will er ein *guter* sein. Wie Eddie Murphy. (Auch das sagt er zu Carella und unterstreicht die Feststellung, indem er sich mit geballter Faust auf die Brust klopft.)

Die Italo-Amerikaner an der Eleventh Street sind von ihrem Ursprung in Neapel oder Palermo in Zeit, Raum und Einstellung so weit entfernt, daß sie, wenn sie wollten, den Bindestrich problemlos aufgeben könnten. Es sind *Amerikaner,* Punkt, geboren und groß geworden in dem Stück der Stadt, das sie jetzt mit verwirrtem und verwirrendem ethnischen Stolz bewohnen. Es sind Kinder, deren Ur-*Ur*-Großeltern um die Jahrhundertwende als Einwanderer kamen. Kinder, deren *Ur*-Großeltern Amerikaner der ersten Generation waren. Kinder, deren Großeltern im Zweiten Weltkrieg gegen Italien kämpften, deren Eltern in den Sechzigern Teenager waren und die jetzt selbst Teenager sind, die kein Italienisch sprechen und auch, nein, danke, kein Interesse daran haben. Sie sind Amerikaner. Und es ist amerikanisch, Heim und Familie hochzuhalten, amerikanisch, sein Viertel vor böser Infiltration zu schützen, amerikanisch, Gott und Vaterland hochzuhalten und zu verhindern, daß irgendwelche Nigger eure Schwestern vögeln.

Hooper bemerkt sie sofort.

Er ist vielleicht eineinhalb Blocks vom Stem entfernt, als er sie auf der Eingangstreppe des Hauses sieht. Sie sind zu sechst. Es ist

Ostersonntag, sie sind alle mit ihrem neuen Osterzwirn herausgeputzt, stehen herum, reißen Witze und lachen. Er sagt sich, sie stehen nur so herum und reißen Witze und lachen, dennoch sträuben sich warnend seine Nackenhaare. Er sollte sich hier nicht aufhalten. Er hätte den Stem bis zur Fifth Street gehen sollen, es war dumm gewesen, die Eleventh zu nehmen, wo vor ihm ganz plötzlich die Alberei aufhört, das Lachen verstummt und eisiges Schweigen sich breitmacht – sie haben ihn entdeckt.

Er denkt, er sollte auf die andere Straßenseite gehen.

Würde Eddie Murphy auf die andere Straßenseite gehen?

Scheiße, Mann, *nein*! Hooper hat dasselbe Recht wie diese Typen, sich dort aufzuhalten, wo er will, verdammt – doch sein Herz hämmert. Er weiß, es wird Ärger geben. Er kann ihn in der Luft riechen, kann ihn im Wind spüren, kann spüren, wie er mit dem Wind herbeiweht, Mann, und seine schwarze Haut berührt wie jemand, der ihn mit einem Kälberstock stößt . . . Schwierigkeiten . . . Gefahr . . . *renn*!

Aber würde Eddie Murphy rennen?

Er rennt nicht.

Er geht nicht auf die andere Straßenseite.

Er geht auf die sechs zu, die jetzt von der Treppe heruntergekommen sind und in lockerer Phalanx auf dem Bürgersteig stehen. Ihre Hände baumeln herab, als wollten sie jeden Moment Revolver ziehen, auf ihren Gesichtern steht ein schmales Lächeln. Sag was Schlaues, denkt er, sag was Cooles, sei Eddie Murphy, Mann! Aber nichts Schlaues kommt. Nichts Cooles kommt.

Er lächelt.

»Hey, Mann«, sagt er zu dem ersten.

Und der Baseballschläger kommt wie aus dem Nichts gesaust.

»Weißt du, wer den Schläger benutzt hat?« fragte Carella.

»Nein«, sagte Hooper.

»Sie hatten *alle* Schläger«, sagte Seronia.

»Das war später«, sagte Hooper. »Als sie mich gejagt ham. Alle auf einmal, sie hatten *alle* Schläger. Oder Mülltonnendeckel. Aber zuerst hat mich der Schläger am Kopf getroffen. Weil's mich überrascht hat. Es muß einer von denen gewesen sein, die weiter hinten standen, der den Schläger versteckt hielt, wissen Sie. Als ich da vor ihnen stand, war ich wie zum Abschuß frei. Ich setz mein Scheißefressergrinsen auf, sag höflich, ›Hey Mann‹, und *wumm*, kommt der Schläger von irgendwo hinten und knallt mir auf den Schädel.«

»Was ist dann passiert?«

»Ich bin gerannt, Mann, was meinen Sie denn? Die zu sechst, alle mit Baseballschlägern, brüllen ›Nigger‹ und sonst was, Mann, ich weiß, wenn ich 'ne Lynchmeute seh. Ich hab die Beine in die Hand genommen. Aber damit war's für die noch längst nich vorbei. Die warn direkt hinter mir, alle sechs, ham geflucht, gebrüllt und mich aus ihrem Revier gejagt. Ich dachte, wenn ich zur Culver komm, bin ich okay, ich könnte weiter auf der Culver rennen, nix wie weg von der Eleventh . . .«

»War verrückt, überhaupt dorthin zu gehen«, sagte Seronia.

»Es war Ostern«, sagte Hooper mit einem Schulterzucken.

»Also gut, sie jagen dich«, sagte Carella.

»Ja, und ich denk, ich verdrück mich von der Straße, denn wenn ich hier auf der Straße bleibe, bringen die mich um. Ich muß irgendwohin, wo Zeugen sind, ein Restaurant, irgendwas, wo Leute sind, die *sehen* können, was passiert, wenn's soweit kommen sollte. Weil es so *klingt*, als ob's so weit geht, Mann, es klingt so, als ob die drauf aus sind, mich umzubringen.«

»Und dann?«

»Auf einmal seh ich die Kirche vor mir. Ich bin in meinem Leben noch nie da dringewesen, aber da ist sie, und ich denk mir, da müssen Leute in der Kirche sein, es ist doch Ostersonntag. Irgendwie hab ich mein Zeitgefühl verloren, mir ist gar nicht klargewesen, daß es um halb drei oder drei oder wie spät das war keinen Gottesdienst gibt. Aber die vordere Tür war auf . . .«

»Stand sie auf?«

»Nein, nein, sie war nich verriegelt. Ich hab's probiert, und sie war nich abgeschlossen. Die warn direkt hinter mir, Mann, es ist verdammt gut, daß sie nich abgeschlossen war, sonst wär ich noch auf der Kirchentreppe tot gewesen. Ich bin also mit aufgeschlagnem Schädel reingelaufen. Das Blut ist getropft, die Typen schrein hinter mir, und von irgendwo in der Kirche hör ich noch mehr Schreien, und ich denk sofort, die ham mich umzingelt, Mann, hinter mir Geschrei und vor mir Geschrei, und ich bin tot.«

»Was meinst du damit: Geschrei vor dir?«

»Von hinter den Säulen. Zwei Leute ham geschrien.«

»Hinter was für Säulen?«

»Wir sind auf der rechten Seite der Kirche, okay? Da sind die Säulen und wahrscheinlich ein kleiner Raum dahinter, weil . . .«

»Kam das Schreien von dort? Aus dem kleinen Raum hinter den Säulen? Auf der rechten Seite der Kirche?«

»Ich *sag* bloß, es war ein Raum, ich war nie da drin. Aber die Tür ging auf, und ein Priester kam raus . . .«

»Aus dem Raum?«

»Aus dem, was hinter der Tür war. Sehn Sie, er hat das ganze Geschrei in der Kirche gehört. Hat gehört, wie sie ›Nigger‹ geschrien ham, und daß sie mich umbringen wolln, und ich hab geschrien: ›Hilfe, helft mir!‹ Da ist er rausgekommen, und er hat überrascht und ängstlich ausgesehn, und da sieht er das Blut aus meiner Wunde tropfen, und er sagt: ›Was ist, was ist das?‹, als ob er nich glauben kann, daß da ein Nigger blutend auf seinem Boden ist und sechs weiße Kerle ihn jagen. Ich schrei also: ›Hey, Mann, Hilfe, die bringen mich um!‹, und jetzt sieht der Priester, was los ist, und da wird er wütend, Mann, und stellt sich zwischen sie und mich und sagt ihnen, sie solln sich schleunigst verkrümeln, das wär 'n Gotteshaus, und was sie sich rausnehmen würden und all den Mist. In der Zwischenzeit hat jemand die Cops gerufen, und als die gekommen sin, waren draußen jede Menge Leute, und alle schrein und brülln, auch wenn sie 'n Dreck wissn, was passiert ist. Der Priester hat mich zum Krankenhaus gebracht. Die Cops hatten zuviel Schiß. Wenn Sie 'n Protokoll schreibn . . .«

»Das werde ich.«

». . . dann schreibn Sie rein, daß die Armleuchter zuviel Angst hatten, mich in den Wagen zu setzen und sechs Blocks weit zum Greer zu fahrn. Ich mußte mit dem Priester zu Fuß gehen.«

»Ich schreibe es rein«, sagte Carella.

Das wird eine Menge ausrichten, dachte er. Die Polizei schützt sich gegenseitig. Das war eine schlichte, möglicherweise bedauerliche Tatsache. Aber er würde es erwähnen.

»Du sagst, der Priester hat mit jemandem gestritten, als du in die Kirche . . .«

»Ja.«
»Weißt du, mit wem?«
»Nein, das war hinter der Tür.«
»Ein Mann? Eine Frau?«
»Ein Mann, glaub ich. Da warn sechs Arschlöcher, die mich *umbringen* wollten, meinen Sie, ich hab . . .«
»Woher weißt du, daß sie gestritten haben?«
»Weil sie sich angeschrien ham.«
»Hast du etwas von dem, was sie gesagt haben, gehört?«
»Bloß die lauten Stimmen.«
»Zwei Stimmen? Oder mehr als zwei?«
»Weiß ich nich.«
»Nun . . . nachdem alles vorbei war . . . hast du da jemanden *gesehen*?«
»Wie meinen Sie das?«
»Jemanden, der aus dem Zimmer kam.«
»Ach so. Nein. Wir sind direkt zum Krankenhaus. Die Cops ham in der Menge draußen eine Gasse gebahnt, und ich und der Priester, wir sind durch. Sonst hab ich niemand in der Kirche gesehn.«
»Du weißt, daß Father Michael Donnerstag abend umgebracht worden ist, nicht?«
»Klar«, sagte Hooper. »Und ich weiß auch, wer's war.«
Carella schaute ihn an.
»Die Spaghettifresser«, sagte Hooper. »Die ham sich geschworen, daß sie mich *und* den Priester umlegen. Wegen dem, was Ostern passiert ist. Jetzt ham sie also den Priester gekriegt, und das heißt, ich bin als nächster dran. Und warum? Weil ich die Straße entlang bin und mich bloß um mein Scheiß gekümmert hab.«
»Weil du *schwarz* bist«, sagte Seronia.
Carella konnte nicht widersprechen.

»Das ist sehr nett von Ihnen, Miss Lund, daß Sie hierherkommen«, sagte Hawes. »Ich weiß, es ist Samstag, und ich stehle Ihnen nicht gern die Zeit.«

»Das macht gar nichts«, sagte sie. »Ich bin froh, wenn ich Ihnen behilflich sein kann.«

Die Wanduhr zeigte zwanzig Minuten nach elf an. Krissie trug Bluejeans, Lederstiefel, ein weißes T-Shirt und eine Lederweste mit Fransen. Kein Make-up außer Lippenstift und Eyeliner. Lange blonde Haare, hinten zu einem Pferdeschwanz zusammengebunden. Sie duftete nach Frühlingsblumen.

»Wie ich Ihnen schon am Telefon sagte, hat das Labor die ganzen Stapel Briefe, Rechnungen und alles Mögliche hergeschickt, lauter Papiere von Father Michael, und ich bin gerade damit fertig geworden, sie alle durchzusehen. Der Punkt ist, das Labor hat ein paar sehr gute Abdrücke gefunden, und wir . . .«

»Abdrücke?«

»Father Michaels, natürlich, aber auch ein paar unidentifizierte Fingerabdrücke, die möglicherweise vom Mörder stammen. Falls er in dem Büro war und in den Unterlagen etwas gesucht hat, was wegen der offenen Schublade und den Papieren auf dem Fußboden durchaus möglich ist. Soweit alles klar?«

»Ja«, sagte Krissie und lächelte.

»Wir versuchen nun, aus den unidentifizierten Fingerabdrükken – die Abdrücke, von denen wir sicher wissen, daß sie nicht von Father Michael stammen – diejenige zu eliminieren, die von Personen stammen, die berechtigt waren, die Papiere in die Hand zu nehmen. Eine der logischen . . .«

»Ja, seine Sekretärin«, sagte Krissie und lächelte.

»Ja, das wäre logisch. Schreiben, archivieren und so weiter.«

»Ja.«

»Sie sehen heute früh sehr hübsch aus«, sagte er.

Die Bemerkung verblüffte sie. Sie verblüffte auch ihn. Er hatte nicht erwartet, daß er sie laut aussprach. Eine Sekunde vorher hatte er sie nur *gedacht*.

»Oh, danke«, sagte Krissie.

»Tut mir leid«, sagte er.

»Nein, nein.«

»Aber Sie sehen wirklich hübsch aus.«

»Danke.«

Verlegenes Schweigen. Nebeneinander standen sie in dem

Lichtbündel, das durchs Fenster hereinfiel. Der Wachraum war an diesem Morgen ungewöhnlich still. Irgendwo im Gebäude läutete ein Telefon. Draußen auf der Straße hupte ein Auto.

»Es geht darum«, sagte er und räusperte sich, »wenn der Mörder die Papiere berührt hat – und es besteht die Möglichkeit, daß er die Hände zumindest auf den Sachen hatte, die er über den Boden verstreut hat –, dann ist später vielleicht eine Identifizierung schneller möglich, wenn wir vorher möglichst viele Abdrücke eliminieren. Falls wir einen Verdächtigen finden. Den wir bislang noch nicht haben. Aber für den Fall, daß . . .«

»Ja.«

»Deshalb habe ich Sie gebeten, vorbeizukommen und sich die Abdrücke abnehmen zu lassen, falls es keine Umstände macht.«

»Überhaupt nicht«, sagte sie.

»Es dauert zehn, höchstens fünfzehn Minuten.«

»Ich habe mich schon immer gefragt, wie es wohl sein würde, wenn meine Fingerabdrücke abgenommen werden.«

»Wirklich? Jetzt haben Sie die Chance, es herauszufinden.«

»Ja«, sagte sie.

»Ja«, sagte er und räusperte sich wieder.

»Bekommen Sie eine Erkältung?« fragte sie.

»Nein, ich glaube nicht.«

»Weil Sie sich ständig räuspern, wissen Sie . . .«

»Nein, das ist eine nervöse Reaktion«, sagte Hawes.

»Ach«, sagte sie.

»Ja.«

»Ach.«

Sie sahen einander an.

»Also, wie geht das nun?« fragte sie.

»Also . . . wenn Sie an diesen Tisch treten würden . . .«

»Genau wie im Film, hm?«

»So in etwa.«

»Mir sind noch nie Fingerabdrücke abgenommen worden«, sagte sie.

»Ja, ich weiß.«

»Habe ich Ihnen das gesagt?«

»Ja.«

»Oh, dann muß es stimmen«, sagte sie.

»Ja.«

»Zuerst«, sagte er, »muß ich meine Waffe in die Schreibtischschublade dort einschließen, denn es ist mal passiert – ich weiß gar nicht, wie lange das her ist –, daß irgendwo in der Stadt ein Polizeibeamter einem Ganoven die Fingerabdrücke abgenommen hat, und der Kerl hat nach der Waffe gegriffen und ihn erschossen.«

»O mein Gott!« sagte Krissie.

»Ja«, sagte Hawes. »Deshalb ist es jetzt Vorschrift, daß wir die Waffe immer ablegen müssen, wenn wir jemand die Fingerabdrücke abnehmen.«

Er ging zu seinem Schreibtisch, legte die Waffe in eine der tiefen Schubladen auf der rechten Seite, verschloß die Schublade und trat wieder zu dem Tisch. Krissie sah ängstlich zu, als er aus einer Tube schwarze Tinte auf eine Glasplatte quetschte.

»Das Zeug ist mit Wasser und Seife leicht abzuwaschen«, sagte er.

»Gott sei Dank«, sagte sie.

»Aber sicher, keine Sorge.«

»Sie müssen Experte drin sein«, sagte sie.

»Nun ja, es wird einem zur zweiten Natur. Obwohl wir es kaum noch machen. Jetzt wird das alles bei der Zentralkartei erledigt. Downtown. Im Hauptquartier.«

»Erkennungsdienst«, sagte sie. »So heißt das doch, oder?«

»Ja.«

»Erkennungsdienst«, wiederholte sie.

»Ja.«

Jetzt rollte er die Tinte auf dem Glas aus und verteilte sie gleichmäßig. Mit großem Interesse sah sie ihm zu.

»Sie müssen sie verteilen, hm?« sagte sie.

»Ja.«

»Wie Brombeermarmelade«, sagte sie.

»Daran hab ich noch nie gedacht«, sagte er und legte die Rolle beiseite. »Los geht's! Nun nehme ich eine dieser Karten . . .«

Er nahm eine Fingerabdruckkarte aus dem Ständer an der Rückseite des Tischs.

»Und wenn Sie mir zuerst Ihre rechte Hand geben würden ...«
Sie streckte ihm ihre Hand entgegen.

»Ich muß ... äh ... wissen Sie ... äh ... wenn Sie die Hand einfach locker ... äh ... runterhängen lassen ... Ich muß erst jeden Finger einzeln auf dem Glas abrollen ...«

»Ich hoffe, das Zeug läßt sich wirklich abwaschen«, sagte sie.

»Aber ja, mit Wasser und Seife, ich verspreche es Ihnen. So, jetzt geht's.«

Irgendwie stand sie so, daß sich ihre rechte Hüfte irgendwie an ihn drückte, und irgendwie hatten seine Arme ihren Arm untergegriffen, und er hielt ihre Hand in beiden Händen, als er die Finger nacheinander auf dem Glas und dann auf der Fingerabdruckkarte abrollte ...

»Jetzt der Daumen«, sagte er.

»Mach ich's richtig?« fragte sie.

»Lassen Sie mich nur machen«, sagte er. »Seien Sie ganz entspannt, so geht's ...«

... irgendwie standen sie in dem stillen, sonnendurchfluteten Wachraum ganz eng beieinander, er nahm den Duft ihres blumigen Parfüms wahr ...

»Jetzt die andere Hand«, sagte er.

... führte irgendwie jeden Finger auf das Glas, rollte ihn ab, hob ihn, rollte ihn über die Karte, irgendwie bewegten sie sich jetzt gemeinsam in einem besonderen Rhythmus, ihre Hand in seiner, ihre Hüfte irgendwie mit seinem Körper verschmolzen ...

»Irgendwie lustig«, sagte sie.

»Ja«, sagte er. »Gehen Sie heute abend mit mir essen?«

»Liebend gern«, sagte sie.

Schließlich hatte sie sich für die Walther PPK entschieden, eine kleine Automatik vom Kaliber .32 mit acht Schuß. Shad Russell hatte ihr einige Pistolen mit fünf oder sechs Schuß gezeigt, aber sie malte sich aus, wenn es hart auf hart käme, könnte sie die zusätzlichen Patronen gut gebrauchen. Sieben im Magazin, hatte er ihr gesagt, und eine im Verschluß. Er hatte ihr auch Pistolen vom

Kaliber .22 gezeigt, aber sie bestand auf größerer Feuerkraft. Shad sagte ihr, das Kaliber spiele keine Rolle, manchmal könne man mit einer 22er mehr Schaden als mit einer 45er anrichten. Sie glaubte ihm nicht. Wenn man einen Riesen fällen mußte, jagte man ihn nicht mit einer Erbsenpistole.

Sie war sich nicht einmal sicher, ob *diese* Waffe ausreichen würde, doch alle seine Pistolen von größerem Kaliber schienen entweder zu klobig oder zu schwer. Die Walther hatte einen dreizölligen Lauf bei einer Gesamtlänge von nur fünfeinhalb Zoll, und das Leichtmodell, für das sie sich entchied, wog nur rund 350 Gramm. Sie paßte bequem in ihre Handtasche, direkt neben das Päckchen mit den Kleenextüchern. Shad hatte für die Pistole sechshundert Dollar verlangt. Sie schätzte, allein dieses eine Geschäft würde ihm einen Urlaub am Comer See finanzieren.

Sie hatte herausgefunden, daß jemand, der ohne Waffenschein eine Pistole mit sich herumtrug, kein unachtsamer Fußgänger mehr war. Und sie nahm an, daß nicht viele solcher Pistolenbesitzer die Höchstgeschwindigkeit überschritten. Oder auf den Gehweg spuckten. Oder auf öffentlichen Plätzen auch nur die Stimme hoben. Sie brach das Gesetz. Und würde es auch weiterhin brechen, wenn sie müßte. Ihre Tasche fühlte sich mit der Pistole schwerer an. Das Gewicht wirkte beruhigend.

Sie hatte den Samstagvormittag beim Einkaufsbummel im Zentrum verbracht und um zwanzig nach zwei eine graffitibemalte U-Bahn in Richtung Uptown genommen. Es gehörte nicht zu ihren Angewohnheiten, teure Taxifahrten quer durch die Stadt zu unternehmen, und sie hatte nicht vor, ihre Gewohnheiten jetzt zu ändern. Außerdem hatte sie das Gefühl, daß es an belebten Orten Sicherheit gab; gestern hatten sie sich verdrückt, nachdem sie sie geradewegs zu einem Cop geführt hatte.

Der Zug ratterte durch die unterirdische Dunkelheit.

Marilyn fragte sich, ob es etwas wie leidenschaftliche, poetische Männer gab, die wie Löwen aussahen und in U-Bahn-Höhlen lebten. Sie fragte sich, ob es Alligatoren in der Kanalisation der Stadt gab. Sie fragte sich, ob es so etwas wie »und lebten glücklich bis an ihr Lebensende« gab.

Der Zug kam in einem Bahnhof zum Stehen.

Zischend öffneten sich die Türen.

Sie betrachtete die einsteigenden Fahrgäste. Sie erwartete im Zug niemanden, der ihren beiden Hispaniern auch nur entfernt ähnelte.

Zischend schlossen sich die Türen wieder. Der Zug setzte sich in Bewegung.

Es war fünf nach halb drei, als sie am Stem aus dem Zug stieg und nördlich in Richtung Fluß ging. Sie war sicher, die beiden wußten, wo wie wohnte, da sie ihr zweifellos von der Hochschule aus gefolgt waren. Als sie sich jetzt dem Silvermine Oval näherte, suchte sie mit Blicken beide Seiten der Straße vor sich ab. Ihre Handtasche hing über ihrer linken Schulter. Ihre Hand lag auf der offenen Tasche, schwebte über dem Kolben der Walther.

Nichts.

Sie ging weiter.

Betrat das Oval, ging herum. Ein Kindermädchen schob einen Kinderwagen in der hellen Sonne. Ein wunderschöner Tag. Das Gewicht der Pistole in ihrer Tasche. Um das Oval herum und auf die Harborside. Der kleine Park gegenüber von ihrem Haus. Potentielle Gefahr dort. Ein Mann, der auf der Parkseite der Straße näher kam. Kleiner Mann mit einer beigen Sportjacke. Kleiner Schnurrbart unter der Nase. Ein bißchen wie Charlie Chaplin. Ging, in Gedanken vertieft, weiter. Sie nahm den Parkeingang in Augenschein.

Nichts.

Harborside Nummer 1211 war direkt vor ihr auf der linken Seite. Auf beiden Straßenseiten kein Mensch, keine Anzeichen von Aktivität im Park. Ein Taube flatterte über ihr, flog über den Parkzaun und landete auf dem Weg dahinter. Sie näherte sich dem Haus. Als sie in der Tasche nach den Schlüsseln tastete, strich ihr Handrücken über die Walther. Sie fand die Schlüssel, öffnete beide Schlösser der Haustür, trat in die Diele und schloß die Tür hinter sich. Sie trug ein Chanel-Imitat, einen blauen Rock und eine blaue Jacke mit blauer Halskrause. Knöpfte die Jacke auf, ging zum Anrufbeantworter, sah, daß drei Anrufe registriert waren und drückte die Wiedergabetaste.

»Honey, ich bin's.«

Willis' Stimme.

»Hast du für heute abend einen Tisch bestellt? Denn *ich* hab's nicht getan, und es ist Samstag, und so spät wird's ziemlich eng werden. Ich hätte Lust auf einen Italiener, du auch? Kannst du's vielleicht beim Mangia Bene versuchen? Ich bin im Labor und müßte so um halb fünf zu Hause sein. Bis dann – und ich liebe dich.«

Sie sah auf die Uhr.

Zehn vor drei.

»Hallo, Miss Willis, hier ist Sylvia Bourne. Ich bin die Maklerin, mit der Sie Donnerstag abend gesprochen haben, beim offenen Haus? Oliphant Vermögensverwaltung? Die Eigentumswohnung? Ob Sie und Mr. Hollis schon Gelegenheit hatten, sich über das Penthouse-Apartment Gedanken zu machen? Ich bin sicher, der Investor würde über die dreifünfzig mit sich reden lassen, falls Sie ihm ein Angebot unterbreiten. Geben Sie mir Bescheid, was Sie davon halten, ja? Es ist Verhandlungsbasis. Ich weiß, ich habe Ihnen meine Karte gegeben, aber hier ist meine Nummer noch mal.«

Während sie die Telefonnummer herunterleierte – nicht weniger als zweimal – wunderte sich Marilyn, wieso niemand ihre Namen auseinanderhalten konnte. Das wäre fast schon eine Heirat wert, damit sie sich nur noch mit *einem* Namen herumplagen mußten.

»Hallo, Marilyn?«

Eine Frauenstimme.

»Eileen hier.«

Eileen?

»Eileen Burke. Könntest du mich anrufen, wenn du einen Moment Zeit hast? Hier ist die Nummer.«

Marilyn schrieb die Nummer mit und dachte dabei, dies müsse ein Fall von Telepathie sein. Gestern hatte sie überlegt, Eileen wegen einer Pistole anzurufen, und jetzt rief Eileen *sie* an. Allerdings hatte sie mittlerweile schon eine Pistole. Und sie war sich noch immer nicht sicher, ob Eileen sie sonderlich mochte. Warum ruft sie mich also an? Und umgekehrt, mag *ich* sie so gern, daß ich zurückrufe?

Eins nach dem anderen, dachte sie.

Mangia Bene.

Sie fand die Nummer in ihrem Adressenverzeichnis, wählte, sagte, sie rufe im Auftrag von Detective Willis an – wieso sollte man für den Samstagabend nicht ein bißchen die Polizeimuskeln spielen lassen? – und fragte, ob sie für acht Uhr zwei Plätze reservieren könnten. Automatisch sah sie auf die Uhr. Genau drei. In eineinhalb Stunden würde er zu Hause sein. Sie wartete, während der Kellner zungenschnalzend im Reservierungsbuch nachschaute. Schließlich sagte er: »*Sí, Signora* Willis, zwei Personen um acht. Wir freuen uns auf Ihren Besuch.«

Schon wieder Willis.

Sie legte den Hörer auf, überlegte, ob sie Eileen sofort anrufen sollte, und beschloß, erst einmal ein Bad zu nehmen. Während sie nach oben in den zweiten Stock ging, nahm sie ihre Tasche von der Schulter.

Sie warteten im Schlafzimmer auf sie.

5

Sie griff nach der Pistole.

Sofort, ohne einen Moment zu zögern. Ihre rechte Hand fuhr in die offene Tasche, ihre Finger schlossen sich um den Griff, die Pistole kam aus der Tasche, der Zeigefinger am Abzugbügel, der Daumen legte die Sicherung um, die Pistole hob sich gegen . . .

Im Nu war er bei ihr.

Der Große.

Schnell bewegte er sich über die Perserbrücke auf dem Parkettfußboden, vorbei an dem Baldachinbett und der Zweisitzercouch, die mit königsblauem Knittersamt bezogen war. Er war ein erfahrener Straßenkämpfer, er griff nicht nach der Pistole – die Pistole war dort, wo die Gefahr war. Statt dessen tauchte er an ihrer linken Seite auf und warf sich geduckt mit der Schulter gegen ihre Brust, bevor sie abdrücken konnte. Sie taumelte nach hinten. Seine geballte Riesenfaust traf sie voll im Gesicht. Sie spürte den Schmerz sofort und brachte ihre linke Hand hoch, vergaß die Pistole angesichts des schrillenden Schmerzes, fühlte nach ihrer Nase und spreizte die blutbefleckte Hand. Er nahm ihr die Pistole aus der Hand, wie man einem ungezogenen Kind ein Spielzeug wegnimmt. Sie wußte, daß er ihr die Nase gebrochen hatte. Der Schmerz war entsetzlich. Blut lief auf ihre Hand, Blut tropfte durch ihre Finger, Blut befleckte ihre Bluse und die Vorderpartie ihrer Jacke, Blut spritzte auf die Perserbrücke, und sie überlegte abrupt, ob die Flecken rausgehen würden, der Schmerz, wo war die Pistole?

Er grinste.

Der verdammte Gorilla stand grinsend da, während sie das Schreien zurückhielt, das in ihrer Kehle gurgelte, und hielt die kleine Pistole in seiner riesigen Hand, King Kong auf dem Empire State Building, der nach Flugzeugen wie nach Fliegen schlug.

»Das reicht«, sagte er grinsend auf spanisch.

Der andere, der Gutaussehende, ging ins Bad. Sie hielt ihre

Augen auf den Häßlichen gerichtet, auf den, er ihr weh getan hatte. Er wußte nicht, daß in ihrer Tasche auch noch ein Schnappmesser war. Sobald sie die Gelegenheit hatte, würde sie ihm die Kehle aufschlitzen. Der Gutaussehende kam aus dem Bad.

»Hier«, sagte er auf spanisch und reichte ihr eins ihrer guten Badetücher. Weiß. Weiß mit Initialen MH, schnörkelig gestickte Buchstaben wie für ein Königshaus. Gold auf Weiß. Sie wollte keine Flecken auf ihrem guten Badetuch. Aber ihr Blut lief auf den Fußboden. Sie hielt das Badetuch an die Nase.

»Nasen bluten reichlich«, sagte der Häßliche auf spanisch, als mache er eine Bemerkung zum Wetter.

Der andere nickte bloß.

»Hast du eine Lizenz für die Pistole?« fragte der Häßliche auf spanisch und lachte.

Sie sagte nichts.

Hielt das Badetuch an ihre Nase und versuchte, den Blutfluß zu stoppen. Gegen den Schmerz konnte sie nichts unternehmen. Der Schmerz schrillte unaufhörlich. Sie biß die Zähne zusammen, um sich am Schreien zu hindern. Sie wollte nicht schreien. Sie wollte ihr Entsetzen nicht offenkundig machen. Sie wollte auf den richtigen Augenblick warten und dann nach dem Messer greifen. Auf ihn einstechen. Ihm so weh tun, wie er ihr weh getan hatte. Und dann den anderen, den Gutaussehenden, angreifen.

»Antworte ihm!« sagte er.

Auf spanisch. Sie sprachen beide Spanisch, weil sie annahmen, daß sie die Sprache verstand; wenn sie tatsächlich Marilyn Hollis war, dann würde sie Spanisch sprechen. Sie hatte Spanisch in dem verdammten mexikanischen Höllenloch gelernt und es in Buenos Aires, auf den Knien, verbessert. Sie tat so, als verstehe sie nicht. Dummheit, ging ihr auf. Die Initialen MH waren auf jedem Handtuch im Badezimmer.

»Hast du mich nicht gehört?« sagte der Gutaussehende. »Antworte ihm!«

»Ich verstehe Sie nicht«, sagte sie auf englisch.

»Sie versteht uns nicht«, sagte er auf spanisch, »also schlag ihr sämtliche Zähne aus.«

Der Große trat auf sie zu, drehte die Pistole in seiner Hand, so daß er mit dem Griff zuschlagen konnte. Er grinste wieder.

»Nein«, sagte sie.

»Was nein?« fragte der Gutaussehende.

Auf spanisch.

»Nein, schlagen Sie mich nicht«, sagte sie.

Auf englisch.

»Ich verstehe dich nicht«, sagte er auf spanisch.

»*No me pegues, por favor*«, sagte sie.

»Muy bien«, sagte der Gutaussehende. »Jetzt sprechen wir nur noch Spanisch, *comprendes*?«

»*Sí*«, sagte sie, »*solo español.*«

Bis ich an das Messer rankomme, dachte sie.

»Weißt du, warum wir hier sind?« fragte er.

»Nein.«

»Weißt du, wer wir sind?«

»Nein.«

»Mein Name ist Ramon Castaneda. Mein Kollege ist Carlos Ortega.«

Sie nickte.

»Hältst du das für tollkühn von uns? Daß wir dir unsere Namen nennen?«

Sie sagte nichts.

»Wir vertrauen dir, daß du ihn niemandem nennst, wenn wir fort sind«, sagte Ramon.

»Oder wir kommen zurück und bringen dich um«, sagte Carlos und grinste.

Die Pistole befand sich nicht mehr in seiner Hand. Hatte er sie in die Jackentasche gesteckt? Sie hätte besser darauf achten sollen, aber sie hatte sich so intensiv mit ihrer Spanischlektion beschäftigt, weil sie zuviel Angst hatte, der Große, Carlos, würde die Pistole tatsächlich gegen ihre Zähne benutzen. Sie hatte sich einschüchtern lassen. Sie hatten die erste kleine Schlacht gewonnen, nein, nicht einmal eine Schlacht, ein winziges Scharmützel, indem sie sie sosehr geängstigt hatten, daß sie ihre Spanischkenntnisse offenbarte. Aber das hatten sie schon gewußt. Ebenso wie sie gewußt hatten, daß sie Marilyn Hollis war, oder genauer:

Mary Ann Hollis. Gestern auf der Straße hatten sie sie zuerst Marianna und dann Mariucha genannt. Sie kannten sie als Mary Ann Hollis. In diesem Fall könnte sie behaupten . . .

»Was wollen . . .« begann sie auf englisch und wechselte sofort ins Spanische. »Was wollen Sie hier?«

»Das Geld«, sagte Ramon.

Direkt auf den Punkt, dachte sie.

»Welches Geld?«

»Das Geld, das du Alberto Hidalgo getohlen hast«, sagte Carlos.

Noch direkter auf den Punkt.

»Vierhundert Millionen argentinische Australes«, sagte Ramon.

»Zwei Millionen amerikanische Dollar«, sagte Carlos.

»Wir wollen es wiederhaben.«

Zwei internationale Bankiers, die auf spanisch Fragen der Hochfinanz diskutierten.

»Ich weiß nicht, wovon Sie reden«, sagte sie.

Noch immer auf spanisch. Eine gemütliche kleine Gesprächsrunde unter hochgeborenen, Spanisch sprechenden Menschen. Eine Teeparty auf dem Rasen der Herzogin. Die Herzogin hatte zwei Bankiers eingeladen, um sie mit der atemberaubenden internationalen Reisenden Mary Ann Hollis bekanntzumachen, deren Nasenblut noch immer in ein Handtuch floß.

»Sie müssen mich mit jemandem verwechseln«, sagte sie auf spanisch.

Alle sprachen Spanisch. Wie angenehm, wenn man eine Fremdsprache beherrscht.

»Nein, das ist keine Verwechslung«, sagte Ramon.

»Wir wissen, wer du bist, und wir wissen, daß du das Geld gestohlen hast«, sagte Carlos.

»Und wir werden dich umbringen, wenn du es uns nicht zurückgibst«, sagte Ramon schlicht; ein leichtes Zucken seiner schmalen Schultern, das war bloß eine der Regeln des internationalen Bankgeschäfts.

»*Marilyn* Hollis?« fragte sie. »Suchen Sie jemanden namens *Marilyn* Hollis?«

»Nein, wir . . .«

»So heiße ich nämlich, sehen Sie, und . . .«

»Sei still!« sagte der Häßliche.

Ganz leise.

Auf spanisch – *cállate* – klang es überhaupt nicht bedrohlich. Das Wort rollte klangvoll über seine Zunge, *cállate,* sei still.

»Du heißt Mary Ann Hollis«, sagte er.

Noch immer leise. Erklärungen für ein sehr junges und womöglich ziemlich dummes Mädchen.

»Ah, *bien*«, sagte sie. »Da haben wir die Ver . . .«

»Nein« sagte er.

No, das gleiche Wort auf englisch und auf spanisch.

No.

Leise.

Nein, wir haben niemanden verwechselt. Du bist Mary Ann Hollis. Und wir werden dich umbringen, wenn du uns nicht das Geld gibst, das du von Hidalgo gestohlen hast.

Alles in diesem einzigen Wort.

No.

Die Tasche hing noch über ihrer Schulter.

Das Messer war in der Tasche.

Die Uhr auf dem Sims zeigte Viertel nach drei.

Ich müßte so um halb fünf zu Hause sein. Bis dann – und ich liebe dich.

Sinnlos, sich die Kavallerie herbeizuwünschen. Handeln oder sterben. Nach dem Messer greifen oder . . .

Die Uhr tickte ins Zimmer hinein. Ihre Nase hatte zu bluten aufgehört. Sie warf das Badetuch beiseite und sah in dem Spiegel mit dem Schmuckrahmen gegenüber vom Bett ihr Abbild, zum Teil verdeckt von den Rücken der beiden Gentlemen aus Buenos Aires.

»Ich kann mich ausweisen«, sagte sie. »Mein Führerschein . . .«

Der Große war es, den sie attackieren mußte.

». . . meine Kreditkarten . . .«

Zuerst er.

»Wir brauchen keinen Ausweis«, sagte der Gutaussehende. Ramon. »Wir wissen genau, wer du bist.«

»Aber genau das ist es ja, verstehen Sie doch . . .«

Sie ging durchs Zimmer, hin zu dem Großen, der die Arme herabbaumeln ließ.

»Wenn ich beweisen kann, daß ich *nicht* diejenige bin, für die Sie mich halten . . .«

Im Gehen senkte sich ihre Hand in die Tasche.

». . . dann werden Sie einsehen, daß Sie sich geirrt haben, und Sie . . .«

»Es gibt keinen Irrtum«, sagte Ramon und schüttelte den Kopf.

»Aber ja doch. Ich würde Ihnen ja gern das Geld zurückgeben . . .«

»Dann gib's uns und sei still!« sagte Ramon.

Finger schlossen sich um den Griff des Messers.

». . . aber ich bin nicht die Frau, für die Sie mich halten. Ernsthaft. Ehrlich.«

»*Genug* von diesem Mist!« sagte Carlos.

Verdad, dachte sie und riß das Messer aus der Tasche.

Ihr Fehler war, daß sie hoch zielte.

Statt dessen hätte sie tiefer zielen müssen, auf die Eingeweide, hätte die Klinge tief hineinrammen und quer über seinen Bauch reißen müssen. Er hätte die Hände vor dem Körper kreuzen müssen, um den Hieb abzublocken, ein schwerfälliges, unnatürliches Manöver. Doch sie zielte auf seine Kehle. Den Arm steif und ausgestreckt, die rechte Hand um den Griff des Messers geklammert, fuhr die Klinge wie der Degen eines Matadors auf die Kehle zu, und das war ihr Fehler. Weil seine Hände in der instinktiven Abwehrbewegung eines Boxers hochzuckten, einen Sekundenbruchteil mit geballten Fäusten, und dann öffneten sich die Hände, als er im nächsten Sekundenbruchteil erkannte, was hier passierte, daß sie mit einem Messer attackierte, das da war ein Messer!

Seine Augen sagten: Ach ja?

Ah sí.

In diesem Fall zermalme ich dir das Gesicht.

Sie sah diese Augen sofort, begriff diese Augen, hatte die Botschaft in diesen Augen viele Male zuvor gesehen, als sie in dem mexikanischen Gefängnis wiederholt verprügelt und vergewaltigt worden war, und sie dachte: Nein, Mister, nie wieder, und hielt das Messer mitten in der Bewegung zurück, weil seine Hände oben waren und sie nicht wollte, daß diese kräftigen Finger sich um ihr Handgelenk schlossen.

Sie veränderte ihre Haltung, stand jetzt breitbeinig und wild entschlossen da, bewegte das Messer in kleinen Kreisen und wartete auf seinen Schritt. Er griff nicht nach der Pistole in seiner Tasche, oder wo immer er sie hingesteckt haben mochte. Das bedeutete, daß er Respekt vor dem Messer hatte. Man wird in B.A. nicht als Ganove groß, ohne wenigstens einmal eine Messerwunde davongetragen zu haben. Und man verbringt auch keine Haftzeit in einem mexikanischen Gefängnis, ohne Experte im Begreifen von Augen zu werden. Die Augen des Großen sagten, daß sie diejenige mit dem Messer war und er nicht verletzt werden wollte. *Ihre* Augen sagten: Wenn du nach der Pistole greifst, steche ich dir in die Augen. Ich mache dich blind. Mexikanisches Patt.

Sie hatte den Gutaussehenden vergessen.

Er bewegte sich so anmutig und rasch wie ein Flamencotänzer. Sie erkannte seine Bewegung beinahe einen Moment zu spät, sah ihn aus den Augenwinkeln und drehte sich sofort nach rechts, als er auf sie zustürzte. Erneut dachte sie: Nein, Mister, und schwang das Messer in einem schnellen, weiten Bogen. Er streckte die Hand aus, als wolle er den Hieb abwehren, und zog sie wieder zurück, als er daran dachte, daß dies kalter, harter Stahl war – doch es war zu spät. Das Messer traf ihn. Es schnitt direkt unterhalb des kleinen Fingers durch die fleischige Haut seiner Handkante, schlitzte sie horizontal auf und öffnete einen breiten, blutenden Spalt. Er schrie »Aiiii«, packte die Hand mit seiner freien Hand, der linken, zog beide Hände an den Körper. Sein Gesicht wurde kreidebleich, seine Augen wurden glasig vor Angst, das Blut floß ihm jetzt über beide Hände – sie griff erneut an.

Und traf ihn erneut.

Mit wilder Wut auf beide Hände gezielt, die er an den Bauch gepreßt hielt, schnitt die Klinge bis auf den Knochen über die Fingerknöchel der linken Hand. Er begann zu wimmern. Seine Nase lief. Seine Augen waren angstgeweitet, seine Nase lief, seine Hände bluteten, und er wimmerte wie ein Säugling. Jetzt hatte sie beide im Blick – der Gutaussehende wich wimmernd zu dem Großen zurück, die Pistole war noch immer nirgends in Sicht, und sie wunderte sich, daß der Große die Pistole nicht zog. Und dann wurde ihr in plötzlicher Erregung bewußt, daß die beiden sie nicht töten konnten; wenn sie sie töteten, würden sie nie das Geld bekommen, dessentwegen sie hier waren. In der Welt, in der sie lebten, tötete man einen säumigen Schuldner nicht, es sei denn als Exempel für andere Schuldner. Wollte man sein Geld, drohte und verstümmelte man – o ja, sie konnten ihr schlimme Schmerzen zufügen –, aber man tötete nicht. Nicht, wenn man sein Geld wollte. Sie konnten sie nicht töten!

Plötzlich fühlte sie sich unbesiegbar.

»Kommt doch!« sagte sie.

Das Messer kreiste vor ihr.

»Kommt doch, ihr Schwanzlutscher!«

Auf spanisch, damit sie genau wußten, was sie sagte.

Das Messer schnitt durch die Luft.

»Wollt ihr es? Kommt, holt es euch! Kommt doch!«

Der Gutaussehende wimmerte noch immer.

Er hielt die Hände an den Bauch gepreßt. Sein Hemd war blutbeschmiert.

In den Augen des Großen stand nackte Mordlust.

Sie brach fast in lautes Lachen aus. Er wollte sie umbringen, konnte es aber nicht. Wut verzerrte seine Gesichtszüge, die Enttäuschung ließ seine Lippen zittern. Seine Wut war monumental, eine sich auftürmende Wut, die ihn wie einen Vulkan kurz vor dem Ausbruch erbeben ließ. Sein Gesicht war wutverzerrt, die Zähne zusammengepreßt, sein Mund zuckte, die Augen spieen Feuer.

»Los, komm doch!« sagte sie.

Und hoffte, er würde tatsächlich kommen.

Wünschte sogar, daß er käme.

Dich blenden, dachte sie.

Die Augen ausstechen.

Doch er wich weiter zurück, lenkte den Gutaussehenden um sie herum, ohne den Blick von dem Messer zu wenden, wich vorsichtig rückwärts, weg von ihr, um sie herum zur Schlafzimmertür. Marilyn drehte sich, so daß das Messer immer zwischen ihnen blieb und ständig in die Luft stach. Der Gutaussehende konnte nicht aufhören zu wimmern. An der Tür flüsterte der Große: »*Volveremos*.«

Das hieß: »Wir kommen wieder.«

Niemand an der Eleventh Street wußte, was Ostersonntag geschehen war. Das hieß, *jeder* in dem Viertel wußte ganz genau, was geschehen war. Aber in dieser Gegend hatte niemand das Bedürfnis, überhaupt mit Cops zu reden. Wenn man von jemandem belästigt wurde, ging man zu Leuten, die etwas dagegen auszurichten vermochten. Cops konnten nur Strafzettel ausschreiben und mit dem Daumen im Arsch herumsitzen.

In dieser Gegend erzählte man sich die Geschichte von den vier Schwarzen, die eines Abends ins Capri Grot kamen. Das war ein Restaurant an der Ainsley, das eigentlich Il Grotto di Capri hieß, aber von allen nur Capri Grot genannt wurde, selbst von den Besitzern. Die vier Schwarzen spazieren also an einem belebten Freitagabend hinein, alle behangen mit gewaltigen Kanonen, 45er oder Magnums, das hing ganz davon ab, wer die Geschichte erzählte. Und sie schieben der Kassiererin die Kanonen ins Gesicht und verkünden, das sei ein Überfall, und der Oberkellner steht einfach da, die Arme vor der Brust verschränkt, und schüttelt den Kopf. Als könne er nicht glauben, was da vor sich geht, Mann! Vier scheißbekloppte Nigger spazieren in einen Laden, der das Wort Mafia wie mit Neonlichtern präsentiert, und ziehen ihr Ding durch. Erstaunlich! Sie plündern also die Kasse und spazieren in die Nacht hinaus, und der Oberkellner schüttelt über dieses Wunder immer noch den Kopf.

Am nächsten Tag kommt einer der Nigger in das Restaurant zurück. Sein Arm liegt in einer Schlinge, sein rechtes Auge ist halb geschlossen, und um seinen Kopf liegt eine Bandage, weil ihm jemand eins übergezogen hat. Er hat eine Aktentasche dabei. Er bittet darum, mit dem Besitzer zu sprechen, und dann sagt er ihm, einige Freunde hätten am Vorabend einen schrecklichen Fehler begangen, so wie sie hier hereingekommen seien, und, Mann, hier sei das ganze Geld zurück, lassen wir die Vergangenheit Vergangenheit sein, und behalten Sie die Aktentasche nur, es ist eine Mark Cross.

Die Leute in dieser Gegend konnten sich über diese Geschichte noch immer vor Lachen ausschütten.

Und deshalb ging niemand in dieser Gegend zu den Cops, wenn er ein Problem hatte, das einer Lösung bedurfte. Statt dessen ging man zu Leuten, die wußten, was zu tun war. Deshalb konnten die Besucher des Capri Grot an jedem beliebigen Freitagabend ihren Mercedes oder Jaguar draußen parken, und niemand würde auch nur im Traum daran denken, die Autos anzurühren. Und wenn die Wagen in einer deutlich gekennzeichneten Halteverbotszone parkten, dann war das auch okay, denn einige der Cops in der Gegend steckten ebenfalls in den Taschen der Leute, zu denen man ging, wenn man ein Problem hatte. Deshalb sagte man in dieser Gegend den Cops absolut gar nichts, selbst wenn sie jemanden fragten, ob seine Mutter vor ihrer Hochzeit Jungfrau gewesen sei.

Niemand an der Straße wußte, wer am Ostersonntag dem Nigger eins über den Schädel gezogen hatte.

Niemand an der Straße wußte, daß es an dem Tag überhaupt irgendwelchen Ärger gegeben hatte.

Außer Angelo Di Napoli.

Di Napoli war siebenunddreißig, ein Cop, dessen Familienname (er heißt, übersetzt, »aus Neapel«) einen kleinen Mann mit dunklen Locken verhieß, der aber in Wirklichkeit eins dreiundachtzig groß war, blonde Haare und blaue Augen hatte. Di Napoli war erst kürzlich von der CPEP-Einheit des Einundfünfzigsten in Riverhead zum Siebenundachtzigsten versetzt worden. CPEP stand als Kürzel für ein Polizeikonzept, das sich in groben Zügen an die Fußstreifenprogramme verschiedener anderer amerikanischer Großstädte anlehnte. Hier in dieser Stadt war das zentrale Notrufsystem 911 vor gut dreißig Jahren wirksam geworden; es hatte schnelle *motorisierte* Reaktion erforderlich gemacht und in der Folge die Anzahl der Fußstreifen vermindert. Dann waren, wie es so oft geschieht, wenn Geschwindigkeit mit Qualität gleichgesetzt wird, viele Polizeibeamte zu der Einstellung gekommen, motorisierte Streifen seien eine unterhaltsamere und interessantere Aufgabe, was wiederum zur Folge hatte, daß die armen Würstchen, die zur Fußstreife abkommandiert wurden, diesen Job mit weniger als der Maximalbegeisterung versahen. Es versteht sich beinahe von selbst, daß die Fußstreifen als Bestandteil polizeilicher Arbeit und Verbrechensvorbeugung in dieser Stadt nahezu gänzlich von der Bildfläche verschwanden.

CPEP war ins Leben gerufen worden, um zu korrigieren, was mittlerweile als Fehlentwicklung erkannt worden war. Der einzige Zweck des Programms bestand darin, den Streifenpolizisten als wesentlichen Bestandteil des Prozesses wesentlicher Kontakte zwischen Polizei und Bürgern wieder einzuführen. Di Napoli hatte der höchst effektiv arbeitenden Drogensonderkommission angehört, in der Uniformierte und Anzugträger kombiniert gegen Rauschgiftnester im 51. Revier vorgingen; als Folge der Einrichtung der Sonderkommission hatte es an die zehntausend Festnahmen von Dealern gegeben. Es war charakteristisch für den Mann, daß er es als Herausforderung ansah, in die neu gebildete CPEP-Einheit beim 87. Revier versetzt zu werden. Sie stand unter dem Kommando eines Sergeant, der im berüchtigten 101. Revier in Majesta die Operation Reinemachen initiiert hatte. Di Napoli war ein guter Cop, und er war gerne Cop. Wie jeder gute Cop hörte er zu. Und wie jeder Cop, der gerne Cop war, setzte er das Gehörte zu gutem Nutzen ein.

Er hätte nicht gewußt, daß Carella ein Kollege war, hätte Carella sich nicht vorgestellt. Di Napoli konnte sich nicht erinnern, ihn in der Nähe des Reviers gesehen zu haben, aber andererseits war er neu hier. Sie tauschten die üblichen Nettigkeiten aus.

»Wie läuft's?«

»Ein bißchen ruhig.«

»Abwarten, es ist Samstag.«

»Ja, warten fällt mir schwer.«

... und dann kam Carella ohne Umschweife zum Thema.

»Ich ermittle in dem Mord an dem Priester von St. Kate's«, sagte er.

»Ja, Donnerstag abend«, sagte Di Napoli.

»Genau der. Ich suche nach den Leuten, die Ostersonntag einen jungen Schwarzen in die Kirche gejagt haben.«

»Da war ich noch nicht hier«, sagte Di Napoli, »ich bin erst am Ersten versetzt worden.« Er zögerte und sagte dann: »Ich habe gehört, unsere Kollegen bekamen's mit der Angst zu tun, hm?«

»Sagen wir mal, sie haben sich schnell entfernt.«

»Die Leute in der Gegend hier lachen drüber.«

»Kann ich mir vorstellen.«

»Schlecht fürs Image, hm?« sagte Di Napoli und hob die Brauen. »Ich reiß mir hier Tag und Nacht den Arsch auf, und zwei Idioten geben Fersengeld, wenn's hart auf hart kommt.«

»Haben Sie irgendwas gehört, wer es sein könnte?«

»Wer den schwarzen Jungen überfallen hat?«

»Ja.«

»Wissen Sie«, sagte Di Napoli, »hier in der Gegend macht sich die Einstellung breit, daß man *stolz* darauf sein kann, wenn Sie wissen, was ich meine. Die Leute aus dem Viertel. Ihnen gefällt die Vorstellung, daß die Schläger den Schwarzen vermöbelt haben und ungeschoren davonkommen. Daß die Cops sich rausgehalten haben. Aus welchem Grund auch immer. Wer weiß das schon? Vielleicht hatten sie Angst, daß es eine Straßenschlacht gibt? Tatsache ist, der Junge ist verprügelt worden, und niemand hat dafür bezahlt. Niemand. Deshalb sagen sie hier in der Gegend: Ja, ist ihm ganz recht geschehen, er hätte in seinem eigenen Viertel bleiben sollen, warum ist er überhaupt hierher gekommen, und so weiter, das ist ein angenehmes Viertel, und wir brauchen keine Nigger, die . . .«

Di Napoli schüttelte den Kopf.

»Wissen Sie, ich bin Italiener«, sagte er. »Sie auch, nehme ich an, aber ich kann mich nicht damit abfinden, wie Italiener über die Schwarzen denken. Es ist eine verdammte *Schande,* daß sie so denken. Vielleicht wissen sie ja gar nicht, wie viele Vorurteile es über uns noch gibt. Über die Italiener. Vielleicht wissen sie nicht, daß man von jemand, den man als Italiener bezeichnet, annimmt, daß er ein Dieb oder ein Kanalarbeiter ist, oder ein Bursche, der *O Sole Mio* in einem Restaurant mit karierten Tischdecken und Flaschen mit Tropfkerzen singt. Ich bin nur ein Cop, damit meine ich, ich bin kein Manager oder Bankpräsident, aber es gibt Italiener, die *sind* Manager oder Bankpräsident, ist Ihnen das klar? Und da haben wir im Viertel diese dummen Spaghettifresser – genau das sind sie, entschuldigen Sie, beschissene Spaghettifresser –, und sie fallen über den schwarzen Jungen her und lachen später drüber, und *alle* Italiener leiden drunter. Wir alle. Ich hasse es. Mann, ich hasse es absolut.«

»Das hört sich an, als wüßten Sie, wer es war«, sagte Carella.

»Nicht vollständig. Aber ich habe die Ohren aufgesperrt, das können Sie mir glauben.«

»Und was haben Sie gehört?«

»Ich habe gehört, ein Typ um die Vierzig, er ist in der Baubranche, heißt Vinnie Corrente, und ich habe gehört, er gibt damit an, daß sein Sohn Bobby der war, der den Baseballschläger benutzt hat. Ich hab ihn das nicht selber sagen hören, sonst wär er schon längst im Revier gelandet, und ich würde ihm seine Rechte vorlesen, dem verdammten Spaghetti.«

»Andrerseits . . .«

»Andrerseits ermitteln *Sie* in einem Mordfall . . .«

»Mhm.«

»Vielleicht können Sie ihn also drankriegen.«

»Sagen wir mal, ich würde mich gern mit ihm unterhalten.«

»Sagen wir mal, er hat Wohnung Nummer 41 an der North 304.«

»Danke«, sagte Carella.

»Ach was, nicht der Rede wert«, sagte Di Napoli erfreut.

North Eleventh 304 war ein fünfstöckiger Ziegelbau in einer Reihe identischer Häuser, die zweifellos um die Jahrhundertwende, als das Viertel noch als attraktiv galt, vom selben Bauherrn hochgezogen worden waren. Um halb vier an diesem Nachmittag saßen mehrere alte Frauen in schwarzen Trauerkleidern und schwarzen Strümpfen, die man überall in Italien an Witwen sehen kann, in der späten Nachmittagssonne auf der Treppe zum Hauseingang und hielten ein Schwätzchen auf italienisch. Carella grüßte sie mit einem Nicken und ging an ihnen vorbei ins Haus. Er fand einen Briefkasten mit dem Namensschild *V. Corrente* für die Wohnung Nummer 41 und nahm die Treppe in Angriff.

Das Haus war makellos sauber.

Kochdüfte, die einem den Mund wäßrig machten, schwebten durch die Flure und das Treppenhaus. Oregano und Thymian. Süße Würstchen. Frisches Basilikum. Köstliches Fleisch, das in Olivenöl und Knoblauch brutzelte.

Carella stieg weiter.

Er fand Wohnung Nummer 41 im vierten Stock rechts vom Treppenhaus. Einen Moment lauscht er an der Tür, hörte nichts und klopfte dann.

»Wer ist da?« fragte eine Männerstimme.

»Polizei«, antwortete Carella.

Kurze Stille.

»Einen Moment«, sagte der Mann dann.

Carella wartete.

Er hörte, wie mehrere Schlösser entriegelt wurden, dann öffnete sich die Tür, von einer Vorhängekette gesichert, einen Spalt.

»Zeigen Sie mir Ihre Marke«, sagte der Mann.

Barsche Stimme, etwas rauh. Die Stimme eines Rauchers. Oder eines Trinkers.

Carella klappte das Lederetui auf, um das blauemaillierte goldene Abzeichen eines Detectives und einen Plastikpersonalausweis zu zeigen. »Detective Carella«, sagte er. »Siebenundachtzigstes Revier.«

»Worum geht's, Carella?« fragte der Mann. Er hatte die Vorhängekette noch nicht gelöst. In dem schmalen Spalt zwischen Tür und Türpfosten sah Carella vage einen schwergewichtigen Mann mit Bartstoppeln und schwerlidrigen Augen.

»Wollen Sie die Tür nicht öffnen?« fragte er.

»Erst, wenn ich weiß, worum es geht«, sagte der Mann.

»Sind Sie Vincent Corrente?«

»Ja.«

Überraschter Tonfall.

»Ich würde Ihnen gern ein paar Fragen stellen, Mr. Corrente, falls es Ihnen nichts ausmacht«, sage Carella.

»Wie ich schon sagte: Worum geht es?«

»Ostersonntag.«

»Was ist mit Ostersonntag?«

»Nun ja, ganz genau weiß ich das erst, wenn ich Ihnen einige Fragen stellen kann.«

Schweigen hinter der Tür. In dem Spalt glaubte Carella verkniffene Augen zu sehen.

»Was sagen Sie dazu?«

»Ich sage, erzählen Sie mir mehr«, sagte der Mann.

»Mr. Corrente, ich möchte Sie wegen eines Vorfalls befragen, der sich Ostersonntag an der Kirche St. Catherine's ereignet hat.«

»Ich geh nicht in die Kirche«, sagte Corrente.

»Ich auch nicht«, sagte Carella. »Mr. Corrente, ich untersuche einen Mord.«

Wieder Schweigen. Und dann, plötzlich und unerwartet – das Wort »Mord« bewirkte manchmal Wunder –, wurde die Kette rasselnd ausgehängt, und die Tür öffnete sich weit.

Corrente trug eine braune Hose und ein weißes Pullunder-Unterhemd. Er war ein dickwangiger, dickbäuchiger, ungekämmter Mann mit einer Zigarre im Mund und einem Lächeln auf dem Gesicht: He, kommen Sie rein, wie nett, einen Vertreter von Recht und Ordnung auf meiner Schwelle zu sehen, nur herein, nur herein, bitte stören Sie sich nicht dran, wie es in der Wohnung aussieht, meine Frau ist schon einige Zeit krank, kommen Sie herein, Detective, bitte.

Carella ging hinein.

Eine bescheidene Wohnung, trotz Correntes Protesten und Entschuldigungen makellos sauber. Kleine Küche rechts, Wohnzimmer direkt geradeaus, Türen auf beiden Seiten, wahrscheinlich zu Schlafzimmern. Hinter einer der geschlossenen Türen lief ein Fernsehgerät.

»Kommen Sie mit in die Küche«, sagte Corrente, »dann stören wir meine Frau nicht. Sie hat die Grippe, gestern mußte ich deswegen den Arzt holen. Wollen Sie ein Bier oder was?«

»Nein, danke«, sagte Carella.

Sie gingen in die Küche und setzten sich einander gegenüber an einen runden Tisch mit Kunststoffplatte. Das Fenster zum Lichthof stand offen. Aus dem Innenhof, vier Stockwerke tiefer, hörte Carella Kinder, die Ringelreihen spielten. Aus dem anderen Zimmer hörte er die unverständlichen Geräusche des Fernsehgeräts.

Corrente nahm eine offene Bierdose vom Tisch, trank einen satten Schluck und sagte dann: »Was war denn nun mit St. Catherine's?«

»Das sollen Sie mir erzählen.«

»Ich hab nur gehört, daß es da Ostern Zoff gegeben hat.«

»Das stimmt.«

»Aber was genau, weiß ich nicht.«

»Ein schwarzer Junge ist von einer Gang aus sechs weißen Jungen übel zugerichtet worden. Wir glauben, die Jungen waren aus . . .«

»In diesem Viertel gibt's keine Gangs«, sagte Corrente.

»Alles, was mehr als zwei hat, nennen *wir* eine Gang«, sagte Carella. »Haben Sie eine Vorstellung, wer möglicherweise dabei war?«

»Was ist für Sie so wichtig dran?« fragte Corrente. Seine Zigarre war ausgegangen. Er zog eine Streichholzschachtel aus der Hosentasche, zündete ein Streichholz an, hielt es an die Zigarre und füllte die Küche paffend mit Rauchschwaden. »Denn wissen Sie«, sagte er, »vielleicht hatte der Schwarze kein Recht, in dieses Viertel zu kommen. Verstehn Sie?«

»Ich verstehe, daß dies die vorherrschende Einstellung ist«, sagte Carella.

»Und es ist ja vielleicht nicht die falsche Einstellung, hmm?« sagte Corrente. »Ich weiß, was Sie denken. Sie denken, hier gibt's einen Haufen Menschen voller Vorurteile, die keine Farbigen mögen, das denken Sie. Aber vielleicht wäre dasselbe passiert, wenn der Junge weiß gewesen wäre. Können Sie mir folgen, Detective?«

»Nein«, sagte Carella, »ich fürchte, nicht.«

Er mochte diesen Mann nicht. Er mochte die Bartstoppeln in seinem Gesicht nicht, ebensowenig seinen über den Gürtel quellenden Bauch, den Gestank seiner Zigarre oder seine angebliche Prahlerei darüber, daß sein Sohn Bobby den Baseballschläger geschwungen hatte, der Nathan Hoopers Kopfverletzung verursacht hatte. Selbst die Art, wie er »Detective« sagte, wurmte ihn.

»Das ist ein nettes Viertel«, sagte Corrente. »Ein familiäres Viertel. Hart arbeitende Menschen, nette, saubere Kinder. Wir wollen, daß es so bleibt.«

»Mr. Corrente«, sagte Carella, »am Ostersonntag hat ein halbes

Dutzend netter, sauberer Kinder aus diesem Viertel einen jungen Schwarzen mit Baseballschlägern und Mülltonnendeckeln angegriffen und ihn über die Straße bis in . . .«

»Ja, der Hooper-Junge«, sagte Corrente.

»Ja«, sagte Carella, »der Hooper-Junge.«

Wie aus heiterem Himmel schien Corrente den Namen des Opfers vom Ostersonntag zu kennen. Wie aus heiterem Himmel schien er alles über die Prügelei zu wissen, die sich bei St. Catherine's abgespielt hatte, obwohl er vor nicht einmal zehn Minuten von überhaupt nichts gewußt hatte.

»Kennen Sie den Jungen?« fragte Corrente.

»Ich habe mich mit ihm unterhalten.«

»Was hat er Ihnen gesagt?«

»Er hat mir gesagt, was ihm hier in der Eleventh Street widerfahren ist.«

»Hat er Ihnen gesagt, was er hier in der Eleventh Street gemacht hat?«

»Er war auf dem Heimweg vom . . .«

»Nein, nein, lassen Sie diesen Mist weg«, sagte Corrente, nahm die Zigarre aus dem Mund und wedelte sie wie einen Taktstock. »Hat er Ihnen gesagt, was er hier *gemacht* hat?«

»Was hat er denn hier gemacht, Mr. Corrente?«

»Wissen Sie, wie er auf dem Schulhof genannt wird? An der Ninth Street? In der Grundschule? Wissen Sie, wie man ihn dort nennt?«

»Nein«, sagte Carella. »Wie nennt man ihn dort?«

»Sein Spitzname? Hat er Ihnen seinen Spitznamen genannt?«

»Nein, das hat er nicht.«

»Dann fragen Sie ihn, welchen Spitznamen er da unten auf dem Schulhof hat. Dann fragen Sie ihn, was er Ostersonntag hier gemacht hat. Na, los!«

»Warum ersparen Sie mir die Mühe nicht?« sagte Carella.

»Sicher«, sagte Corrente und inhalierte den Rauch der Zigarre tief. Eine Wolke ausstoßend, sagte er: »Mr. Crack.«

Carella sah ihn an.

»Genau das ist sein Spitzname«, sagte Corrente. »Scheiß Nigger Mr. Crack.«

Eine Art Zwang brachte ihn dorthin zurück.

Etwas Unerklärbares brachte ihn zum Ort eines jeden Mords zurück, den er untersuchte, immer wieder, und dann stand er allein in der Mitte eines Schlafzimmers, einer Diele, einer Küche, auf einem Dach oder – was jetzt der Fall war – in einem kleinen, weltabgeschiedenen Garten, überflutet vom Nachmittagsduft Hunderter Rosen in farbenprächtiger Blüte.

Alle Anzeichen, die auf ein Verbrechen hindeuteten, waren entfernt worden. Soweit es die Suche nach Beweisstücken anging, hatte die Polizei ihre Arbeit abgeschlossen. Doch Carella stand allein mitten im Garten unter dem verzweigten Astwerk des alten Ahornbaums und versuchte zu erspüren, was sich hier am Abend des letzten Donnerstag bei Sonnenuntergang ereignet hatte. Es war erst kurz vor fünf, der Priester war zwei Stunden später ermordet worden, doch Carella war nicht hier, um abzuwägen und zu bewerten, um Hinweise zu entdecken und Schlußfolgerungen daraus zu ziehen; er war hier, um diesen Garten und diesen Mord zu fühlen, um seine Essenz aufzunehmen, sie tief in seine Lunge einzuatmen, sie in seine Blutbahn einströmen zu lassen, damit sie ein Teil seiner selbst wurde, so lebenswichtig wie seine Leber oder sein Herz – nur dann konnte er hoffen, den Mord zu verstehen.

Mythisch, ja.

Ein Detective, der gewissermaßen seine Muse suchte.

Er erkannte die Absurdität seines Tuns, beugte sich ihr aber dennoch, stand dort in dem gesprenkelten Schatten, lauschte den Geräuschen der Frühlingsgroßstadt hinter der hohen Steinmauer, versuchte durch seine Haut die Geheimnisse aufzunehmen, die dieser Garten enthielt. Hatte sich nichts von der Wut des Mörders und der Angst des Opfers über diesen umgrenzten, stillen Ort entladen, um von einem Stein, einer Rose oder einem Grashalm aufgenommen und wie das Abbild eines Mörders im Auge des Toten für immer festgehalten zu werden? Und falls ja, falls es diese Möglichkeit tatsächlich gab, war es dann nicht auch möglich, daß die Angst und die Wut des letzten schrecklichen Augenblicks, als das Messer durch die Haut stach, jetzt all dem, was in diesem Garten hier stummer Zeuge gewesen war, wieder entnommen werden konnten?

Er stand allein, wagte kaum zu atmen.

Er war kein religiöser Mensch, doch vielleicht betete er.

Er stand dort eine scheinbar lange Zeit, etwa zehn, fünfzehn Minuten, den Kopf gebeugt, und wartete auf ...

Er wußte nicht, worauf.

Und schließlich atmete er tief ein, nickte und ging ins Pfarrhaus und das kleine Büro zurück, das in einen Winkel gequetscht war und – nach den überputzten Wänden zu urteilen – früher einem anderen Zweck gedient hatte – welchem, konnte er sich nicht vorstellen. Auch hier gab es Geheimnisse. Vielleicht gab es überall Geheimnisse.

Der Bericht der Fingerabdruckexperten hatte ihn davon in Kenntnis gesetzt, daß die Abdrücke von der offenstehenden Schublade des Aktenschranks zu verschmiert gewesen waren, um bei den Ermittlungen von Nutzen zu sein. Auf den verschiedenen Papieren, die verstreut auf dem Boden gelegen hatten, waren ebenfalls Abdrücke gefunden worden. Sie steckten in einem eigenen Umschlag mit der Aufschrift KORRESPONDENZ: FUSSBODEN, darunter die Initialen des R. L. vom Labor, wer immer das sein mochte. Einige Abdrücke waren identisch mit denen, die dem toten Priester abgenommen worden waren. Die übrigen waren unidentifiziert, wobei die Möglichkeit bestand, daß Kristin Lund einige Abdrücke auf den Briefen hinterlassen hatte.

Carella kniete neben dem Aktenschrank.

Auf der unteren Schublade – derjenigen, die offen gewesen war – stand:

KORRESPONDENZ
G–L

Er öffnete die Schublade. Das konnte er unbesorgt tun, denn die Leute vom Mobillabor hatten hier alles mit Staubsauger und Pinzette abgegrast. Er tastete die Innenflächen ab. Manchmal hefteten Leute Dinge mit Klebeband an die Innenseiten von Schubladen, dorthin, wo nur ein Cop oder ein Dieb auf die Idee käme nachzuschauen. Nichts. Korrespondenz G–L. Vermutlich hatte derjenige, der die Papiere im ganzen Zimmer verstreut hatte, etwas in dieser Schublade gesucht, etwas, das mit einem Buchstaben von G bis L anfing. Alles in allem sechs Buchstaben. Nur Gott mochte wissen, was der Vandale gesucht und ob er es gefunden hatte. Oder ob die Plünderung überhaupt etwas mit dem Mord zu tun hatte. Carella stand gerade wieder auf, als eine Stimme hinter ihm sagte: »Entschuldigen Sie, Sir.«

Er drehte sich um.

Zwei junge Mädchen standen in der Tür zum Büro.

Sie konnten nicht älter als dreizehn, höchstens vierzehn sein.

Eine blond und eine mit pechschwarzen Haaren.

Die Blonde war eine klassische Schönheit mit einem blassen, ovalen Gesicht, hohen Wangenknochen, einem großzügigen Mund und dunkelbraunen Augen, die ihr ein fast gelehrtes Aussehen gaben. Das andere Mädchen hätte ihr Zwilling sein können: das gleiche ebenmäßige Gesicht, das gleiche skulpturenhafte Aussehen, nur daß ihre Haare schwarz und ihre Augen von einem auffallenden, beinahe stählernem Blau waren. Beide Mädchen trugen die Haare so, daß sie glatt bis auf die Schultern fielen. Beide trugen Sweater, Rock und – eine Wiederholung der Fünfziger – Söckchen und Halbschuhe. Sie verströmten eine Frische, von denen Amerikaner arroganterweise annehmen, nur ihre eigenen gesunden jungen Mädchen besäßen sie, die aber in Wirklichkeit ein Vorzug der meisten weiblichen Teenager überall auf der Welt ist.

»Sir«, sagte die Schwarzhaarige, »arbeiten Sie für die Kirche?«

Dieselbe, die eben erst gesprochen hatte.

»Nein«, sagte Carella.

»Wir dachten, man hätte vielleicht jemand geschickt«, sagte die Blonde. »Einen neuen Priester.«

»Nein«, sagte Carella und zeigte ihnen seine Dienstmarke. »Ich bin Detective Carella, siebenundachtzigstes Revier.«

»Oh«, sagte die Schwarzhaarige.

Beide Mädchen rückten in der Tür zusammen.

»Ich untersuche den Mord an Father Michael«, sagte Carella.

»Wie schrecklich!« sagte die Blonde.

Die Schwarzhaarige nickte.

»Habt ihr Father Michael gekannt?« fragte Carella.

»O ja«, sagten beide Mädchen wie aus einem Mund.

»Er war ein wunderbarer Mensch«, sagte die Schwarzhaarige. »Entschuldigen Sie, ich bin die Vorsitzende der CYO. Mein Name ist Gloria Keely.«

»Ich bin Alexis O'Donnell«, sagte die Blonde, »ich bin nichts.«

Carella lächelte.

»Freut mich, euch beide kennenzulernen«, sagte er.

»Freut uns auch, Sie kennenzulernen«, sagte Alexis. »CYO ist die Abkürzung für unsere katholische Jugendgruppe.«

Nachdenkliche braune Augen in ihrem ebenmäßigen, ernsten Gesicht. Ich bin nichts, hatte sie gesagt. Womit sie sagen wollte, daß sie kein Amt in der Jugendgruppe bekleidete. Aber tatsächlich war sie etwas, und zwar dadurch, daß sie in ihrem scheuen und äußerst gewinnenden Verhalten die Attraktivere der beiden war. Er fragte sich, ob Eltern, die ihrer Tochter den Namen Alexis gegeben hatten, im voraus wissen konnten, daß aus ihr eine solche Schönheit würde.

»Danke«, sagte er und lächelte.

»Wir haben uns wegen der Beerdigung morgen Gedanken gemacht«, sagte Gloria. »Um welche Zeit sie stattfinden wird. Damit wir es den andern Kids sagen können.«

Eine Grimasse. Ein Achselzucken. Noch immer das kleine Mädchen im sich entwickelnden Körper einer Frau.

»Ich weiß es wirklich nicht«, sagte Carella. »Vielleicht könnt ihr die Erzdiözese anrufen.«

»Aber ja, eine gute Idee«, sagte sie. Stahlblaue Augen, in denen Intelligenz funkelte, nachtschwarze Haare bis auf die Schultern, ein Kopf, der zustimmend nickte und in dem sich bereits ein Entschluß bildete. »Sie haben nicht zufällig die Nummer?«

»Tut mir leid.«

»Wissen Sie, was man wegen der Messe morgen macht?« fragte Alexis.

Die gleiche sanfte, scheue Stimme.

»Ich weiß es wirklich nicht.«

»Ich würde die Messe nicht gern ausfallen lassen«, sagte sie.

»Wahrscheinlich können wir zu St. Jude's gehen«, sagte Gloria.

»Wahrscheinlich«, sagte Alexis.

Drückende Stille machte sich in dem Zimmerchen breit, als riefe sich plötzlich der Tod des Priesters unauslöschlich in Erinnerung. Father Michael würde am Sonntag nicht hier sein, um die Messe zu feiern. Sie könnten zu St. Jude's gehen, aber dort würde Father Michael auch nicht sein. Und dann – er wußte später nicht, welches Mädchen damit begonnen hatte – waren beide plötzlich in Tränen aufgelöst. Sie nahmen sich gegenseitig in den Arm. Hielten sich ungeschickt umfangen. Trösteten einander mit winzigen weiblichen Klagelauten.

Er fühlte sich völlig ausgeschlossen.

Die Zwillinge saßen im Familienzimmer am anderen Ende des Hauses vor dem Fernsehgerät. Teddy Carella saß allein im Wohnzimmer und wartete auf ihren Mann. Er hatte vom Büro aus angerufen und gesagt, es könne später werden, und er werde irgendwo einen Hamburger essen, so daß sie sich um das Abendessen nicht kümmern müsse. Sie fragte sich, ob er sich vielleicht wieder in Gefahr begebe, dort draußen gab es so viel Gefahr.

Es hatte eine Zeit gegeben, in der die Plakette etwas bedeutete.

Man sagte: »Polizei«, und zeigte die Plakette, und man *wurde* die Plakette, wurde alles, was die Plakette repräsentierte, der Arm des Gesetzes, die Macht des Gesetzes – das repräsentierte die Plakette. Die Plakette repräsentierte Zivilisation. Und Zivilisation bedeutete eine Gesetzesorganisation, die die Menschen sich über die Jahrhunderte selbst geschaffen hatten. Um sich vor anderen zu schützen, und auch, um sich vor sich selbst zu schützen.

Das bedeutete die Plakette früher.

Gesetz.

Zivilisation.

Heutzutage bedeutete die Plakette nichts. Heutzutage war das Gesetz von Graffiti überschrieben, die mit dem Blut von Polizisten gekritzelt wurden. Sie hatte das Bedürfnis, den Präsidenten anzurufen und ihm zu sagen, daß die Russen nicht vorhätten, morgen mit einer Invasion zu beginnen. Ihm zu sagen, daß der

Feind schon im Lande sei – und daß es nicht die Russen seien. Der Feind hier füttert unsere Kinder mit Rauschgift und tötet Cops auf der Straße.

»Hallo, Mr. President?« würde sie sagen. »Hier ist Teddy Carella. Wann werden Sie etwas *unternehmen*?«

Könnte sie doch nur sprechen.

Doch das konnte sie nicht.

Sie wartete darauf, daß Carella heimkam, und als sie endlich sah, wie der Knopf der Haustür sich drehte, sprang sie auf und war bei der Tür, als sie sich öffnete. Die Erleichterung stieß sie in seine Arme und warf ihn beinahe um.

Sie küßten sich.

Sanft, verharrend.

Sie kannten sich schon so lange.

Sie fragte ihn, ob er einen Drink wolle ...

Finger tanzten in der Zeichensprache, die er so gut kannte ...

... und er sagte, er hätte gern einen Martini, und ging dann den Flur entlang, um die Kinder zu begrüßen.

Als er ins Wohnhimmer zurückkam, reichte sie ihm den Martini, den sie gemixt hatte, und sie setzten sich gemeinsam auf das Sofa vor den drei Bogenfenstern am anderen Ende des Zimmers. Das Haus war in einem Stil gebaut, den Stephen King vielleicht bewundert hätte, ein großer, viktorianischer Elefant in einem Teil von Riverhead, der sich einst zahlreicher ähnlicher Häuser gerühmt hatte, jedes umgeben von einem hektargroßen Grundstück, doch nun waren sie alle fort, alle Vergangenheit. Das Haus der Carellas war die mahnende Erinnerung an eine längst vergangene Ära, eine kultiviertere, freundlichere Zeit in Amerika, ein weißes Giebelhaus, auf allen Seiten von einem Gußeisenzaun umgeben, ein großes, baumbeschattetes Eckgrundstück, natürlich schon lange keinen Hektar mehr groß, diese Zeiten von Land und Luxus waren Teil einer vagen, entfernten Vergangenheit.

Er trank seinen Gin-Martini.

Sie trank ihren Verdauungs-Cognac.

Sie fragte ihn, wo er gegessen habe – das Glas hatte sie einen Moment abgestellt, um ihre Hände unbehindert benutzen zu können –, und er beobachtete ihre tanzenden Finger und antwortete in einer Kombination von Wort- und Zeichensprache, sagte, er sei zu dem kleinen chinesischen Lokal an der Culver gegangen, und dann verstummte er, trank von seinem Glas, den Kopf gebeugt. Er sah so müde aus. Sie kannte ihn so gut. Sie liebte ihn so sehr.

Dann sagte er ihr, welche Probleme ihm der Mord an dem Priester bereitete.

Nicht, daß er religiös war . . .

»Ich meine, Teddy, du weißt, daß ich seit der Hochzeit meiner Schwester nicht mehr in einer Kirche war, ich *glaube* einfach nicht mehr an diese Sachen . . .«

. . . doch irgendwie war der Mord an einem Gottesmann . . .

»Ich glaube nicht einmal mehr daran, daß Menschen sich der Religion widmen, ihr Leben der Aufgabe widmen, Religion auszubreiten, ganz gleich, welche, ich glaube nichts mehr davon, Teddy, tut mir leid. Ich weiß, du bist religiös. Ich weiß, du betest. Verzeih mir. Es tut mir leid.«

Sie nahm seine Hände zwischen ihre.

»Ich wünschte, ich *könnte* beten«, sagte er.

Und verstummte wieder.

Und sagte dann: »Aber ich habe zu viel gesehen.«

Sie drückte seine Hände.

»Teddy . . . mir geht das wirklich nahe«, sagte er.

Sie machte das Zeichen für ein einziges Wort: *Warum*?

»Weil . . . er ein Priester war.«

Verwirrt sah sie ihn an.

»Ich weiß. Das klingt widersprüchlich. Warum sollte der Tod eines *Priesters* mich belasten? Ich habe mit keinem Priester mehr gesprochen, seit . . . wann hat sie geheiratet? Angela? Wann war ihre Hochzeit?«

Teddys Finger bewegten sich:

An dem Tag, als die Zwillinge zur Welt kamen.

»Vor fast elf Jahren«, sagte er und nickte. »Das war das letzte Mal, daß ich mit einem Priester gesprochen habe. Vor elf Jahren.«

Er sah seine Frau an. Vieles war in diesen elf Jahren geschehen. Manchmal kam ihm die Zeit elastisch vor, ein Medium, das willkürlich gestreckt und verdreht werden konnte, um es den sich ständig ändernden Erfordernissen anzupassen. Wer konnte sagen, daß die Zwillinge jetzt nicht *dreißig* Jahre alt statt elf waren? Wer konnte sagen, daß er und Teddy nicht noch immer die Jungvermählten von damals waren? Zeit. Ein Begriff, so verwirrend wie der Begriff, den Carella von . . . von Gott hatte.

Er schüttelte den Kopf.

»Lassen wir Gott da raus«, sagte er, als hätte er seine Gedanken vorher laut ausgesprochen. »Vergessen wir, daß Father Michael ein Gottesmann war, was immer das heißen mag. Vielleicht gibt es gar keine Gottesmänner mehr. Vielleicht ist die ganze Welt . . .«

Wieder schüttelte er den Kopf.

»Sehen wir ihn bloß als jemanden, der . . . okay, nicht *rein*, niemand ist rein, aber der zumindest *unschuldig* war.«

Er sah die Verwirrung auf ihrem Gesicht und merkte, daß sie entweder von seinen Lippen oder von seinen schludrigen Fingerzeichen falsch abgelesen hatte. Er buchstabierte das Wort Zeichen für Zeichen, sie nickte, bestätigte es mit Fingerzeichen, und er sagte: »Ja, betrachten wir ihn auf diese Weise. Unschuldig. Und, ja, rein, warum nicht? Jedenfalls reinen Herzens. Ein Mann, der in seinem ganzen Leben nie einem anderen Menschen Schaden zugefügt hätte. Der nicht einmal im Traum daran gedacht hätte, jemandem Schaden zuzufügen. Und urplötzlich, aus dem Abend heraus, aus dem Sonnenuntergang, kommt ein Mörder mit einem Messer in seinen friedvollen Garten.«

Er trank sein Glas leer.

»Das geht mir nahe, Teddy. Am Silvesterabend hatte ich einen Säugling, in seinem Bettchen erstickt, das war erst vor fünf Monaten, was haben wir heute, Teddy, den sechsundzwanzigsten Mai, nicht einmal volle fünf Monate. Wenn Menschen wie . . . wie . . . wenn *solche* Menschen umgebracht werden . . . wenn der . . . wenn selbst der . . . wenn keiner sich mehr drüber aufregt . . . wenn man einen Säugling töten kann, einen Priester, eine neunzigjährige Großmutter, eine Schwangere . . .«

Und plötzlich vergrub er sein Gesicht in den Händen.

»Es gibt einfach zu viel davon«, sagte er.

Und sie bemerkte, daß er weinte.

»Zu viel«, sagte er.
Sie nahm ihn in den Arm.
Und sie dachte: Lieber Gott, hol ihn aus dieser Arbeit heraus, bevor sie ihn umbringt.

Seronia und ihr Bruder aßen Pizza in einer Kneipe am Stem. Sie hatten eine große Pizza mit Extrakäse und Pepperoni bestellt und verschlungen und machten sich jetzt über die kleinere Pizza her, die sie anschließend bestellt hatten. Seronia lehnte sich über den Tisch. Ein langer Faden Mozzarella zog sich von ihren Lippen zu dem zusammengeklappten Pizzastück in ihrer Hand, und sie aß sich an dem Faden entlang bis zu dem Pizzastück. Hooper sah ihr zu, als balanciere sie dreißig Meter über der Erde auf einem Drahtseil.

Sie biß den Käse zusammen mit einem Happen Pizza ab, kaute, schluckte und spülte mit Diet-Coke nach. Sie war sich der Tatsache bewußt, daß der Weiße, der hinter der Theke Pizzas hochwarf, sie beobachtete. Sie trug einen äußerst kurzen Mini aus einem Material, das wie schwarzes Leder aussehen sollte. Rote Seidenbluse mit U-Ausschnitt. Baumelnde rote Ohrringe. Schwarze Lacklederpumps. Dreizehn Jahre alt und von Kopf bis Fuß von einem Weißen beäugt, der Pizza in einen Backofen schob.

»Du hättst ihn nich anlügen solln«, sagte sie zu ihrem Bruder. »Wenn er rausfindet, warum du in der 'leventh Street gewesen bist, kommt er wieder.«

»Du hast doch gesagt, daß ich nix zu verliern hab«, sagte Hooper.

»Das is kein Grund zum Lügen.«

»Ich hab ihm doch eigentlich die Wahrheit gesagt«, sagte Hooper.

»Nein, über Fat Harold hast du gelogn.«

»Na und? Wen interessiert schon der magere kleine Arsch?«

»Zu sagen, daß er Crack nimmt. Scheiße, Mann, er is 'n Mamasöhnchen und kann Crack nich von 'nem Kekskrümel unterscheidn.«

Hooper lachte.

»Zu sagen, daß er ins Crackhaus geht und sich 'ne Billigration kauft. Und stellst dich selber dar wie . . .«

»Aber es stimmt, daß wir zusammen zur Kirche sin, ich und Harold«, sagte Hooper.

»Ich nehm kein Dope«, sagte Seronia in einer Parodie dessen, was ihr Bruder Carella erzählt hat, »und ich handel kein Dope für kein von den ekligen Dealern, die hier rumlaufen und versuchen, kleine Kinder zu verführen.«

»Das war das *Gesetz*, mit dem wir geredet ham«, sagte Hooper. »Was, meinst du, hätt ich ihm sagen solln?«

»In meinem ganzen Leben hab ich noch nix Kriminelles gemacht«, sagte Seronia, noch immer den tieferen Tonfall ihres Bruders imitierend. »Nie!« sagte sie, ballte die Faust und schlug sie gegen ihre kleine, knospende Brust.

»Ganz genau, was ich dem Gesetz erzählt hab«, sagte Hooper und grinste.

»Ich hätt mir beinah in die Hose gemacht, als ich das gehört hab«, sagte Seronia und schüttelte den Kopf vor Stolz und Bewunderung. »Wenn ich ein Nigger sein will, dann will ich ein *guter* Nigger sein«, äffte sie ihn nach. »Wie Eddie Murphy.« Erneut schüttelte sie den Kopf und verdrehte ihre großen braunen Augen himmelwärts.

»Eddie Murphy, genau«, sagte Hooper.

»Du wirst dir wünschen, wirklich Eddie Murphy zu sein, wenn er wieder auftaucht«, sagte Seronia. »Denn für mich hat er ausgesehn wie einer, der sich nix vormachen läßt, Bruderherz. Und er wird mit den Leuten an der 'leventh Street reden, und dann erzählt ihm jemand Sachen, die du ihm *nich* erzählt hast. Und dann findet er raus, was zwischen dir und dem Priester passiert is, und dann sitzt du tief in der Scheiße, Bruderherz.«

»Zwischen mir und dem Priester is gar nix passiert.«

»Außer, daß du dein Stoff in der Kirche versteckt hast«, sagte Seronia und biß in ihre Pizza.

6

Willis kam an dem Samstagabend erst kurz vor acht ins Haus an der Harborside zurück. Sobald er die große Diele betrat, rief er ihren Namen.

Er bekam keine Antwort.

»Honey?« rief er. »Ich bin zurück.«

Und wieder kam keine Antwort.

Er war Polizist, darauf trainiert, das Unerwartete zu erwarten. Vor allem war er ein Polizist, der von dem Moment an, da er sich an Marilyn Hollis band, am schmalen Grat der Erwartung lebte. Ganz plötzlich kamen ihm die Worte in Erinnerung, die er am Donnerstag am Telefon gehört hatte – *Perdóneme, señor* –, und ebenso plötzlich schrillten in seinem Kopf die Alarmglocken.

»Marilyn!« schrie er, rannte, zwei Stufen auf einmal nehmend, die Treppe hinauf, machte auf dem ersten Treppenabsatz eine scharfe Wendung nach rechts und wollte weiter ins zweite Stockwerk, als er ihre Stimme von irgendwo am Flur hörte.

»Hier drin, Hal.«

Sie war in der Küche. Saß an dem Holztisch, hinter sich den graumetallischen Vorhang aus Backofen, Kühlschrank und Herd. Sie drückte ein Geschirrtuch an ihre Nase. Auf dem Tisch stand eine leere Eiswürfelschale.

»Ich bin gefallen«, sagte sie.

Die Hand, die das Geschirrtuch an ihre Nase hielt, die Augen darüber weit geöffnet, die Haut unter den Augen schon verfärbt.

»Die Treppe runter«, sagte sie. »Ich glaube, ich habe mir die Nase gebrochen.«

»Herrgott, wieso hast du nicht angerufen oder . . .«

»Es ist erst vor ein paar Minuten passiert«, sagte sie.

»Ich rufe den Arzt an«, sagte er und ging zum Telefon.

»Ich glaube nicht, daß er bei einer gebrochenen Nase was ausrichten kann«, sagte sie. »Ich glaube, sie muß ganz von selbst heilen.«

»Man kann sie richten«, sagte er und fing an, in ihrem Rufnummernverzeichnis zu suchen, das unter dem Wandtelefon auf dem Schrank lag. Rubenstein, der Arzt hieß Rubenstein. Unvermittelt wurde Willis bewußt, daß er auf irrationale Weise gereizt war. Wie ein Vater, der sich ärgert, wenn ein Kind etwas getan hat, was sein eigenes Wohlergehen bedroht. Er war erleichtert, daß Marilyn sich nicht schlimmer verletzt hatte, ärgerte sich jedoch, daß sie sich überhaupt verletzt hatte.

»Wie hast du's bloß geschafft, die gottverdammte *Treppe* runterzufallen?« fragte er kopfschüttelnd.

»Ich bin gestolpert«, sagte sie.

»Steht die Nummer nicht hier drin?« fragte er ungeduldig.

»Versuch's unter A«, sagte sie. »A wie Arzt.«

Noch ärgerlicher schlug er die A-Seite des Verzeichnisses auf und überflog ein Dutzend Namen und Nummern in Marilyns Handschrift, bis er die Eintragung fand: Rubenstein, Marvin, Arzt. Er wählte die Nummer. Es läutete viermal, dann meldete sich eine Frauenstimme. Der Auftragsdienst des Doktors. Die Frau informierte Willis, daß der Doktor sich einige Tage außerhalb der Stadt aufhielt, und fragte, ob sie seinen Vertreter, einen Dr. Gerald Peters, benachrichtigen solle. Willis reagierte mit einem schroffen »Schon gut« und hängte den Hörer des Wandtelefons wieder ein.

»Komm«, sagte er, »wir fahren ins Krankenhaus.«

»Ich glaube wirklich nicht . . .«

»Marilyn, *bitte*«, sagte er.

Er drängte sie zur Eile, und als sie schließlich im Wagen saßen, überlegte er, ob er die Sirene einschalten sollte, entschied sich aber dagegen. Seine Vorgesetzten würden einen Anfall bekommen, wenn er die Sirene bei einer Privatangelegenheit einsetzte. Das nächste Krankenhaus war das Morehouse General an der Culver/North Third, gerade noch innerhalb der Westgrenze des Reviers. Er fuhr, als reagiere er auf einen Notruf, Bleifuß auf dem Gas, ignorierte alle Verkehrsvorschriften außer den roten Ampeln, steuerte auf der Third scharf nach rechts und jagte den Wagen mit quietschenden Reifen über die Auffahrt zur Unfallstation.

Es war Samstagabend.

Erst achtzehn Minuten nach acht, aber das Wochenende hatte schon ernsthaft begonnen, und die Ambulanz ähnelte einem Feldlazarett. Zwei schwarze Cops mit den Abzeichen des 87. an ihren Uniformkragen mühten sich, zwei weiße Schlägertypen voneinander getrennt zu halten, die mit Erfolg versucht hatten, sich gegenseitig mit dem Messer zu zerfetzen. Ihre T-Shirts, vormals weiß, klebten jetzt in Fetzen an blutenden Hautstreifen. Einer der Männer hatte dem anderen das Gesicht von der Schläfe bis zum Kiefer aufgeschlitzt. Der andere hatte dem einen einen Schnitt von dem schwellenden Bizeps über den Unterarm bis zum Handgelenk beigebracht. Die beiden Männer schrien sich noch immer gegenseitig an. Ihre Hände waren in Handschellen auf dem Rücken gefesselt, und mit den Schultern voran rempelten sie die Cops, die versuchten, sie auseinanderzuhalten.

Ein Assistenzarzt, der wie ein Inder aussah und zweifellos einer war – in dieser Stadt gab es mehr indische Mediziner als im gesamten Bundesstaat Rajasthan –, wiederholte in aller Geduld immer wieder die Frage: »Wünschen Sie medizinische Behandlung, oder möchten Sie sich wie Idioten benehmen?« Die beiden Schläger ignorierten diesen Dauerkommentar, denn sie hatten sich schon wie Idioten benommen und hatten nicht vor, damit aufzuhören, sich wie Idioten zu benehmen, nur weil ein Ausländer sie zu beruhigen trachtete. Also verteilten sie ihr Blut im ganzen Ambulanzraum, während die beiden schwitzenden schwarzen Cops sich mühten, mit zwei wütenden Männern fertig zu werden, die doppelt so groß wie sie selbst waren, und dabei ihre Uniformen sauberzuhalten. Daneben wartete mit Wattetupfern, einer Flasche Antiseptikum und einem Verbandspäckchen eine lammfromme Krankenschwester, die versuchte, *ihre* Uniform sauberzuhalten, und ein gereizter Pfleger umkreiste die Gruppe vorsichtig und versuchte, den verdammten Fußboden zu wischen, während Blut überall durch die Luft spritzte.

Anderswo in dem Raum, auf einer Bank sitzend, sich im Schwesternzimmer drängend oder in unterschiedlichen Zuständen von Schmerzen und Unbehagen herumstehend, befanden sich, wie Willis mit Bestürzung registrierte:

Ein zwölf Jahre altes hispanisches Mädchen, dessen Bluse aufgerissen war und einen BH über einem winzig knospenden Busen enthüllte. Blut lief über die Innenseite ihres rechten Beins. Willis nahm an, daß sie vergewaltigt worden war.

Ein vierzigjähriger Weißer, der von einem weiteren Polizisten sowie einem weiteren indischen Assistenzarzt gestützt wurde, der den Mann zu einer der Kabinen führte, damit der Doktor die Wunde an der linken Schulter untersuchen konnte, die für Willis nach einem glatten Durchschuß aussah.

Ein schwarzer Jugendlicher auf der Bank mit einem Turnschuh in der Hand. Sein rechter Fuß war zu Melonengröße angeschwollen. Willis nahm an, daß er nicht Opfer eines Verbrechens war, doch in diesem Revier konnte man nie wissen ...

Dann war da noch ...

Dann war da *Marilyn*, basta.

»Entschuldigen Sie, Doktor«, sagte Willis, und ein rothaariger Assistenzarzt, der neben der Schwesternstation stand und ein Diagramm studierte, blickte auf, als frage er sich, wer die unerhörte Kühnheit besäße, in diesem Tempel hier seine Stimme zu erheben. Auf seinem Gesicht stand der hochmütige, verächtliche Ausdruck eines Menschen, der ohne jeden Zweifel wußte, daß seine Berufung göttlicher Natur war. Ein Gesichtsausdruck, der Widerwillen und Mißbilligung miteinander vermischte, als sei sein Träger schon auserwählt und nun bereit dazu, jeden zu bestrafen, der es wagte, in seiner Gegenwart zu furzen.

Aber Willis' Frau hatte ein gebrochenes Nasenbein.

Unbeeindruckt ließ er seine Dienstmarke aufblitzen, verkündete seinerseits seine göttliche Berufung – »Detective Harold Willis!« – und klappte das Lederetui zusammen, als werfe er einen Fehdehandschuh. »Ich ermittle in einem Mordfall, diese Frau braucht sofort medizinische Versorgung.«

Was ein Mordfall mit dem gebrochenen Nasenbein dieser Frau – für die Diagnose genügte ihm ein einziger Blick – zu tun haben konnte, vermochte sich der rothaarige Assistenzarzt einfach nicht vorzustellen. Doch der Gesichtsausdruck des Detective besagte, daß die Angelegenheit äußerst dringend sei, ja sogar von entscheidender Bedeutung, und daß Köpfe rollen würden, wenn das gebrochene Nasenbein dieser Frau in einer verpfuschten Morduntersuchung resultierte. Der Assistenzarzt ignorierte folglich all die anderen Leute, die in der Samstagabendhölle der Notaufnahme Behandlung verlangten, und kümmerte sich sofort um die Verletzung der blonden Frau, stellte fest (was er ohnehin sofort gewußt hatte), daß die Nase tatsächlich gebrochen war, gab ihr eine schmerzstillende Spritze, richtete dann das Nasenbein, legte einen Gipsverband auf (was für ein schönes Gesicht) und verschrieb ein Schmerzmittel, falls sie Probleme haben sollte, die Nacht durchzustehen. Erst dann fragte er, wie es zu der Verletzung gekommen war, und Marilyn erzählte ihm, ohne zu zögern, daß sie gestolpert und die Treppe hinuntergefallen sei.

Erst jetzt ging Willis vollständig auf, was er von dem Moment an, als er sie mit dem Eispäckchen auf der Nase in der Küche gefunden hatte, schon teilweise wußte.

Marilyn log.

»Aber warum hast du sie angelogen?« fragte Sally Farnes.

Es war halb neun, und die beiden saßen auf dem kleinen Balkon vor ihrem Wohnzimmer und schauten auf die Lichter der sonnabendlichen Stadt und in den prächtigen Himmel über ihnen. Vor eineinhalb Stunden hatte der Sonnenuntergang den westlichen Horizont gefärbt. Sie hatten früh gegessen, dann ihren Kaffee mit auf den Balkon genommen und auf das prachtvolle Farbenspiel gewartet, das ihnen während der letzten Wochen zur besonderen Freude geworden war. Heute abend war das Spektakel keineswegs enttäuschend gewesen, ein Kaleidoskop aus roten, orangen, lila und dunkelblauen Tönen war zu funkelnden Sternen kulminiert, die jetzt vor einem tiefschwarzen Himmel kreisten.

»Ich habe nicht gelogen«, sagte er.

»Ich würde sagen, wenn man sie in dem Glauben läßt, du und der Priester, ihr hättet alle Meinungsverschiedenheiten beigelegt . . .«

»Das haben wir«, sagte Farnes.

Sally verdrehte die Augen.

Sie war eine hochgewachsene Frau mit braunem Haar, vollen

Brüsten und breiten Hüften, eine Frau, die sich paradoxerweise entschlossen hatte, kinderlos zu bleiben, obwohl sie mit einem Körper ausgestattet war, der wie geschaffen schien, Kinder zu gebären. In einem Land, in dem es der doppelte Ehrgeiz jeder Frau nach der Pubertät war, dünn zu sein und jung zu bleiben, rümpfte Sally Farnes im Alter von dreiundvierzig die Nase über all die Models in *Vogue* und bezeichnete sich selbst als üppig, obschon sie nach den Tabellen in Wirklichkeit zwanzig Pfund Übergewicht hatte.

Sie war immer ein bißchen übergewichtig gewesen, schon als Teenager, aber sie hatte nie dick gewirkt. Sie hatte immer nur saftig ausgesehen und glaubte bis zum heutigen Tag, das Wort bedeute *üppig*, weil ein jüdischer Junge, der später die Abschlußrede der Klasse hielt, es ihr gesagt hatte, während er sie auf dem Rücksitz des Oldmobile ihres Vaters befingerte. Dabei hatte der Junge eigentlich eher an *geil* oder *naß* gedacht. Jedenfalls hatte Sally sowohl üppig als auch saftig ausgesehen, angenehm gerundet zudem, und in ihren blauen Augen funkelte damals eine sexuelle Ausstrahlung, die die Begierden vieler pickelgesichtiger Jünglinge geweckt hatte.

Sie wirkte noch immer ausgesprochen begehrenswert. Selbst als sie nun allein mit ihrem Mann im Dunkeln auf dem Balkon saß, hatte sie die Beine auf provokative Weise übereinandergelegt, und die drei obersten Knöpfe ihrer Bluse standen offen. Auf ihrer Oberlippe lag ein dünner Schweißfilm. Sie fragte sich, ob ihr Mann Father Michael umgebracht hatte.

»Du weißt, daß du Streit mit ihm hattest«, sagte sie.

»Nein, nein«, sagte er.

»Ja, ja. Du bist Ostersonntag zu ihm gegangen . . .«

»Ja, und wir haben uns die Hand geschüttelt und uns versöhnt.«

»Arthur, du hast mir was anderes erzählt. Du hast mir erzählt . . .«

»Vergiß einfach, was ich dir erzählt habe«, sagte Farnes. »Wir haben uns die Hand geschüttelt und uns versöhnt. Das erzähle ich dir jetzt.«

»Warum lügst du?« fragte sie.

»Ich will dir mal was erklären«, sagte er. »Diese Detectives . . .«

»Du hättest sie nicht belügen sollen. Und du solltest jetzt *mich* nicht belügen.«

»Falls es dir recht ist«, sagte er, »du hast mir eine Frage gestellt.«

»Also gut«, sagte sie.

»Willst du eine Antwort, oder willst du mich weiter unterbrechen?«

»Also gut, habe ich gesagt.«

»Die Detectives waren bei mir, weil ein Priester umgebracht worden ist, verstehst du das? Ein Priester. Weißt du, wer die Polizeibehörde in dieser Stadt leitet?«

»Wer?«

»Die katholische Kirche. Und wenn die Kirche den Cops sagt, sie sollen denjenigen finden, der den Priester umgebracht hat, dann werden die Cops ihn finden.«

»Das erklärt immer noch nicht . . .«

»Schon gut, unterbrich mich nur«, sagte Farnes.

Im Licht, das aus dem Wohnzimmer auf den Balkon fiel, trafen sich ihre Blicke. In seinen Augen war etwas Grimmiges, Unnachgiebiges. Sie erinnerte sich, wie sie ihn das letzte Mal herausgefordert hatte. Und erneut fragte sie sich, ob er Father Michael getötet hatte.

»Den *wirklichen* Mörder zu finden ist nicht wichtig für sie«, sagte er. »Hier zählt nur, daß sie *irgendeinen* Mörder finden. Sie sind ins Geschäft gekommen, um aus meinen Differenzen mit Father Michael eine große Sache zu machen. Sollte ich ihnen etwa sagen, daß wir am Ostersonntag Streit hatten? Bestimmt nicht. Wir haben uns die Hand geschüttelt und uns versöhnt.«

»Aber das habt ihr *nicht*.«

»Das haben wir. Basta.«

Von der Straße weit unten drang der Verkehrslärm gefiltert nach oben. Fern, irgendwie unwirklich klangen die Hupen und die Sirenen der Krankenwagen, wie auf Tonband festgehaltene Hintergrundgeräusche einer Fernsehserie. Sie saßen dort und lauschten dem Murmeln der Stadt. Am Himmel blinkten die Positionslichter eines Flugzeugs. Sie überlegte, ob sie das Thema weiter verfolgen sollte. Sie wußte, was geschehen konnte, wenn er die Beherrschung verlor.

»Weißt du«, sagte sie so sanft wie möglich, »ich meine nur, es war dumm, wegen einer so unbedeutenden Sache zu lügen.«

»Du mußt damit aufhören, Sally. Zu sagen, daß ich lüge.«

»Denn die Polizei«, sagte sie, immer noch sanft, immer noch ruhig, »würde bestimmt nicht annehmen, daß ein alberner Streit . . .«

»Aber genau das haben sie geglaubt. Genau deshalb sind sie ins Geschäft gekommen und haben mit dem verdammten Brief gewedelt, den ich geschrieben habe. In jedem Absatz haben sie eine Drohung gefunden! Was also sollte ich ihnen sagen? Was, meinst du, hätte ich ihnen sagen sollen, Sally? Daß der Brief nur der Anfang war? Daß wir, kurz nachdem ich ihn geschrieben habe, eine heftige Auseinandersetzung hatten? Hättest du gewollt, daß ich das sage?«

»Ich weiß nur, daß Polizisten merken, wenn jemand lügt.«

»Unsinn!«

»Es stimmt. Sie haben den sechsten Sinn. Und wenn sie denken, du lügst über die Auseinandersetzung . . .«

Sie ließ den Satz ausklingen.

»Ja?« sagte er.

»Nichts.«

»Nein, sag's mir! Wenn sie denken, ich hätte über die Auseinandersetzung gelogen, was dann?«

»Dann könnten sie nach anderen Dingen suchen.«

»Was für andere Dinge?«

»Du weißt, was ich meine«, sagte sie.

Hawes erfuhr einiges über Krissie Lund.

Zuerst einmal erfuhr er, daß sie aus einer Kleinstadt in Minnesota in diese Stadt gekommen war . . .

»Mir gefällt es hier«, sagte sie. »Gefällt es Ihnen hier auch?«

»Manchmal.«

»Waren Sie schon mal in Minnesota?«

»Noch nie«, sagte er.

»Kalt«, sagte sie.
»Bestimmt.«
»Im Winter bleiben alle drinnen. Wissen Sie, man kann draußen in Schnee und Eis erfrieren. Deshalb verkriechen sich alle in den Bunkern, schließen hinter sich ab und warten bis zum Frühling, bevor sie die Nase wieder rausstecken. Eine Art Belagerungsmentalität.«

Es schien sonderbar, über den tiefsten Winter zu sprechen, wenn überall ringsum Frühling herrschte, was absolut nicht zu übersehen war. Sie waren kurz nach zehn aus dem Restaurant gekommen, und jetzt war es fast halb elf, und sie schlenderten über die Hall Avenue in Richtung des Tower Building an der Midway. In Nächten wie dieser konnte man unmöglich glauben, daß in dieser Stadt jemals ein Mensch überfallen wurde. Männer und Frauen spazierten Hand in Hand, schauten in hell erleuchtete Schaufenster, kauften Brezeln oder Hotdogs, Eiskrem oder Joghurt, Suvlaki oder Bratwürstchen von der Vielzahl der Verkaufswagen an fast jeder Ecke, stöberten in den Buchläden, die bis Mitternacht geöffnet blieben, betrachteten die Bürgersteigauslagen der nächtlichen Straßenhändler, blieben stehen, um dem schwarzen Tenorsaxophonisten zuzuhören, der eine inbrünstige Version von *Birth of the Blues* spielte und die satten, runden Töne aus seinem goldenen Instrument in die linde Luft entschweben ließ. Es war eine Nacht für Liebespaare.

Sie waren noch kein Liebespaar, Hawes und Krissie, und vielleicht würden sie nie eins werden. Aber sie lernten einander kennen. Das war die schwierige Phase. Man begegnet jemandem, was man sieht, gefällt einem, und dann hofft man, daß es einen Sinn ergibt, was man über ihn oder sie erfährt, daß es auf rätselhafte Weise mit dem Menschen in Einklang steht, der man selbst in dieser speziellen Lebensphase ist. Nach Hawes' Ansicht hing alles davon ab, wo und wer man zu einem bestimmten Zeitpunkt war. Hätte er Krissie vor einem Jahr kennengelernt, wäre er zu sehr mit Annie Rawles befaßt gewesen, um eine andere Beziehung anzuknüpfen. Vor fünf Jahren, vor zehn Jahren, fand er es schwierig, sich zu erinnern, welche Frau zu welchem Zeitpunkt in seinem Leben eine Rolle gespielt hatte. Es hatte einmal eine Krissie gegeben – eigentlich Christine. Christine Maxwell. Sie hatte einen Buchladen. Oder? Mai war der Monat für Erinnerungen. Oder zum Vergessen.

»Wie sind Sie an die Stellung in Uptown gekommen?« fragte er.

»Durch eine Annonce in der Zeitung«, sagte sie. »Ich habe einen Teilzeitjob gesucht, und die Stelle bei der Kirche klang besser als Kellnerin.«

»Warum Teilzeit?«

»Ja, wissen Sie, ich nehme Unterricht, und ich muß vorsprechen . . .«

O Gott, dachte er, eine Schauspielerin.

»Was für Unterricht?« fragte er hoffnungsvoll.

»Schauspiel, Stimmausbildung, Tanz . . .«

Natürlich, dachte er.

»Und dreimal die Woche gehe ich ins Fitneß-Studio . . .«

Klar doch, dachte er.

»Die Stelle bei der Kirche bringt mich nur über die Runden . . .«

»Mhm«, sagte er.

». . . bis ich in irgendwas eine Rolle kriege . . .«

»Richtig, eine Rolle«, sagte er.

Jede Schauspielerin, die er in seinem Leben kennengelernt hatte, war völlig egozentrisch und abgehoben gewesen, nur auf der Suche nach einer *Rolle* in irgend etwas.

»Deshalb bin ich auch hierher gezogen«, sagte sie. »Wir haben da draußen natürlich das Guthrie und so, aber trotzdem ist es nur Provinzbühne, nicht wahr?«

»Ich denke, so kann man's nennen«, sagte Hawes.

»Ja, und genau so ist es auch«, sagte Krissie.

Er hatte sich einmal mit einer Schauspielerin getroffen, die in einem kleinen Downtown-Theater in einer Musikrevue mit dem Titel *Torfköpfe* auftrat, geschrieben von einem Mann, der Bücher rezensierte, während er lernte, ein zweiter Stephen Sondheim zu werden. Wenn er Bücher so gut reszensierte, wie er Musikrevuen schrieb, dann steckten sie Schriftsteller dieser Welt in ernsten Schwierigkeiten. Die Schauspielerin hieß Holly Tree, und sie versicherte hoch und heilig, dies sei ihr richtiger Name, auch wenn in ihrem Führerschein (den Hawes – ganz großer Detective – in Augenschein nahm, als sie am Morgen nach ihrer Verabredung noch nackt in seiner Wohnung schlief) Marie Trenotte stand, was, wie er später erfuhr, *Drei Nächte* hieß, das Trenotte, nicht das Marie. Drei Nächte waren auch genau der Zeitraum, den sie mit ihm verbrachte, bevor sie sich größeren und besseren Dingen zuwandte, beispielweise dem Buchrezensenten, der die Show komponiert hatte.

Eine andere Schauspielerin, die er gekannt hatte, lebte mit einem Heroindealer zusammen, den er hopsgenommen hatte – das war, bevor Kokain und dann Crack Modedrogen wurden –, und sie hatte ihm gesagt, sie sei für die Rolle eines weiblichen Cop in *Hill Street* vorgesehen, und ob es ihm sehr viel ausmachen würde, wenn sie bei ihm einzöge, solange ihr Freund weg sei, so daß sie aus erster Hand Informationen bekommen könne, und daß ihr Freund mit Drogen deale, habe sie ohnehin nicht gewußt. Ihr Name war Alyce (tatsächlich, mit einem Y) Chambers, und sie war eine rothaarige Schönheit, die einmal erwähnte, wenn sie Kinder hätten, wären sie rothaarig, weil ihre beiden Eltern rotes Haar hatten, und ob ihm je aufgefallen sei, daß viele Schauspielerinnen und vor allem auch Stripperinnen einen Cop als Freund hätten? Ihm war das nie aufgefallen. Die Rolle in *Hill Street* bekam sie nicht. Auch keine der anderen Rollen, um die sich sich bewarb – das war dieser Hundesohn im Knast, informierte sie Hawes, der selbst von dort seine Beziehungen spielen ließ. Die ganze Zeit, die sie mit ihm zusammenlebte, sprach sie über nichts anderes als über sich selbst. Allmählich war er sich wie ein Spiegel vorgekommen.

Dann lernte sie eines Tages einen Mann mit einem Nikolausbart, funkelnden blauen Augen und einem Diamantring von der Größe Antiguas kennen, und er sagte ihr, er produziere eine kleine Show in Los Angeles, und wenn sie Lust habe, ihn dorthin zu begleiten, könne sie eine Zeitlang mit ihm in dem kleinen Haus wohnen, das er am Strand von Malibu besitze ... nicht in der *Colony*, aber ganz in der Nähe ... direkt südlich, genaugenommen ... näher bei Santa Monica, genaugenommen ... wenn sie Lust habe. Am nächsten Tag zog sie aus. Sie schrieb Hawes immer noch Weihnachtskarten, aber irgendwie schien sie zu denken, er heiße *Corry* Hawes.

Und er hatte eine andere Schauspielerin gekannt, die wusch ihre Schlüpfer in . . .

»Einen Penny für Ihre Gedanken«, sagte Krissie.

»Ich dachte gerade: Wie nett, eine Schauspielerin«, sagte Hawes.

»In Wirklichkeit«, sagte sie, »ist es alles andere als nett.«

Er wappnete sich innerlich für die Greuelstory Marke Schauspielerin. Produzent fordert sie auf, sich für eine Nacktszene in einem Film auszuziehen, der sich als Pornostreifen entpuppt. Schauspieler küßt sie lüstern, während sie für ein Theater voller potentieller Arbeitgeber vorspielen . . .

»Eigentlich«, sagte sie mit stockender Stimme, »fange ich an zu glauben, daß ich gar nicht so toll bin, falls Sie wissen, was ich meine.«

Er blickte sie erstaunt an.

»Nein«, sagte er. »Was meinen Sie damit?«

»Keine so gute Schauspielerin«, sagte sie und lächelte blaß. »Kein Talent.«

Er sah sie unverwandt an.

»Aber ich will nicht den ganzen Abend nur von mir reden«, sagte sie und nahm seine Hand. »Erzählen Sie mir, wie Sie zur Polizei gekommen sind.«

Sie hatte versucht, die Blutflecken aus der Brücke zu bekommen, aber Willis war ein Cop und erkannte behandelte Flecken auf eine Meile Entfernung. Ebenso hatte sie versucht, das Blut aus dem monogrammverzierten Badetuch zu entfernen, eine viel schwierigere Aufgabe, weil es weiß war, wogegen der Perserteppich zahlreiche Rottöne enthielt. Sie hatte es bei dem Badetuch mit Clorox versucht und es dann mit nach unten genommen und zusammen mit vielen anderen Handtüchern in die Waschmaschine gesteckt, doch der Fleck war immer noch zu erkennen. Blut war zäh. Er hatte Mörder gekannt, die tagelang versucht hatten, Blutflecken vom Holzgriff eines Messers oder sogar von der

Klinge eines Beils zu entfernen, so im Fall Lizzie Borden, die er nicht persönlich gekannt hatte. Blut war Blut. Blut war beredt.

Und jetzt auch Marilyn.

Es war fünf nach elf.

Immer noch Samstag abend.

In einem anderen Teil der Stadt wollte Cotton Hawes Krissie gerade fragen, ob sie Lust hätte, zu einem Gutenachtdrink mit in seine Wohnung zu kommen.

In der Kirche des Ungeborenen an der Ninth, Ecke North End band Schuyler Lutherson eine schwarze Seidenschnur um sein schwarzes Baumwollgewand, während er laut die Worte für den Introitus probte, den er zu Beginn der Mitternachtsmesse aufsagen wollte.

Sie berichtete Willis von der ersten Begegnung mit den beiden Männern.

Ramon Castaneda und Carlos Ortega.

»Sie haben dir ihre Namen genannt?« sagte er.

»Da noch nicht«, sagte sie. »Heute nachmittag.«

Sie berichtete ihm alles, was sich am Nachmittag in diesem Schlafzimmer ereignet hatte. Er hatte das Fenster gefunden, das sie im zweiten Stock aufgehebelt hatten, und hörte jetzt aufmerksam zu. Sein Herz schlug heftig, sie hätte umgebracht werden können. Aber nein, er stimmte ihr zu, sie konnten sie nicht umbringen, wenn sie Geld von ihr erwarteten. Bei einer Toten kann man nicht kassieren.

»Gib ihnen, was sie wollen«, sagte er. »Damit du sie los wirst.«

»Wie?« sagte sie.

»Verkauf das Haus, mir ist egal, wie. Beschaff das Geld und gib es ihnen, schick sie zurück nach Argentinien.«

»Auf der Stelle, was? Du wirfst ein Haus im Wert von siebenfünfzig auf den Markt und hoffst, es auf der Stelle zu verkaufen.«

»Dann nimm einen Kredit darauf. Hypotheken bis zum Dachstuhl. Mach alles flüssig, was du besitzt, ruf deinen Börsenmakler an . . .«

»Da ist nicht viel, Hal.«

»Du hast Buenos Aires mit zwei Millionen Dollar verlassen!«

»Fünfhundert habe ich für das Haus angezahlt, weitere dreihundert hat die Ausstattung gekostet. Ich habe ein paar schlechte Geldanlagen gemacht, eine Goldmine in Papua-Neuguinea, eine Elektronikfirma in Dallas, ein paar üppige Darlehen an Freunde, die nie was zurückgezahlt haben . . .«

»Schon gut. Wieviel kannst du aufbringen?«

»Wenn ich sämtliche Wertpapiere verkaufe, vier-, fünfhundert. Plus dem, was ich als zweite Hypothek bekommen kann. Es sei denn, jemand kauft morgen das Haus. Aber selbst dann . . .«

»Vielleicht geben sie sich damit zufrieden«, sagte Willis.

»Das glaube ich nicht.«

»Denn wenn nicht . . .«

Sie sah ihn an.

»Ich kann nicht zulassen, daß dir etwas geschieht«, sagte er. »Ich liebe dich zu sehr.«

Die Gläubigen waren informiert worden, daß die Versammlung vor der Mitternachtsmesse, um halb zwölf, anfangen sollte, und sie hatten sich zehn Minuten vorher allmählich in der alten Steinkirche eingefunden. Im heiligen Schwarzen Buch stand geschrieben, daß alle Kirchenangelegenheiten vor Mitternacht abgeschlossen sein mußten, und weiterhin war bestimmt, daß darauf der Introitus gesprochen und die Messe begonnen wurde. Bei den meisten Anlässen gab es nur wenige Kirchenangelegenheiten zu diskutieren. Heute ging es darum, ob jemand aus der Gemeinde – und wer – das Zeichen Baphomets auf das Tor des ermordeten Priesters gemalt hatte.

Die Versammlung umfaßte 51 Menschen . . .

Wenn durch zwei teilbar: Unrein . . .

. . . unter denen neun waren, die das Ritual der Messe leiten und an ihm teilhaben würden.

Wenn durch drei teilbar: Erhaben.

Die übrigen zweiundvierzig waren Gläubige, denen gesagt worden war, die nächtliche Messe werde von den Freuden des Satanismus mehr ausdrücken als die getragenere Messe der Verstoßung zu Anfang der Woche. Doch im Gegensatz zum verkündeten Zweck der nächtlichen Feier erschien die Kleidung, die sie trugen, konservativ und schmucklos. Die Farben Schwarz, Grau und Graubraun vermittelten einheitliche Tristheit, der kantige, uninspirierte Schnitt drückte eine fast uniforme Strenge aus.

Erst wenn man näher hinsah ...

Ein Mann, der weit hinten stand, schien über einer schwarzen Lederhose die lange Schürze eines Schmieds zu tragen. Doch wenn er sich seitwärts drehte, um einen Neuankömmling zu begrüßen, wurde erkennbar, daß die Hose in Wirklichkeit hohe Stiefel waren, und daß zwischen dem Rand der Stiefel und dem Saum der Schürze nackte Haut und schwellendes Fleisch waren.

Durch Vermutung: Überraschung.

Eine rothaarige Frau saß drei Reihen vom Altar entfernt mit übereinandergeschlagenen Beinen, die rostroten Zöpfe von einem schweren schwarzen Haarnetz gehalten, was ihnen scheinbar die Last der Trauer verlieh. Sie trug eine schwarze Seidenbluse, eine klassisch geschnittene graue Hose und hohe Schnürschuhe aus schwarzem Leder. Doch als sie die Beine nebeneinanderstellte und sich vorbeugte, um dem Mann in der Reihe vor ihr etwas zuzuflüstern, wurde offenbar, daß die Hose im Schritt offen war und sie nichts darunter trug. Der Busch ihres flammroten Schamhaars und die mit Lippenstift gefärbten Schamlippen standen in direktem Kontrast zu dem gebundenen Haar auf ihrem Kopf und der Schlichtheit ihres ungeschminkten Munds.

Überall in diesem heiligen Gewölbe fand sich das Unerwartete ...

Durch Unwissenheit: Wissen ...

... aufblitzende nackte Haut der Gläubigen, die heute nacht die Messe feiern wollten. In Satans Namen enthüllten sie sich diskret und posierten aufreizend. Während sie sich flüsternd unterhielten, wie es der Heiligkeit der Versammlungsstätte des Herrn angemessen war, trafen sich ihre Blicke offen, Augen, die nicht schweiften noch schwankten, Gesichter, die nie andeuteten, daß eine verheißene spätere Opfergabe an Satan jetzt in flüchtiger Vorausschau gezeigt wurde:

Das schlichte schwarze Gewand einer Frau, den Hals und die Fußknöchel bedeckend, mit einem kleinen Kreisausschnitt, der ihre linke, blutrot geschminkte Brustwarze sehen ließ ...

Die selbstgewebte graue Hose eines Schwarzen, der dazu ein langärmliges schwarzes Hemd und eine Scharfrichterkapuze trug. Sein Penis ragte durch die Öffnung in der Hose und wurde von den weißen Seidenbändern in aufrechter Position gehalten, die um das Glied gewickelt und um seine Hüfte geschnürt waren ...

Eine Chinesin von exquisiter Schönheit in einem locker gehäkelten schwarzen Kleid, durch das überall blasse Diamanten von Haut zu sehen waren, bis auf die Stelle, wo dichtgewebte schwarze Flicken Venushügel und Brüste bedeckten ...

Durch Verbergen: Offenbaren.

In vielerlei Hinsicht war dieser Auftakt vor Beginn der Messe in Stil und Erscheinungsform nicht sehr anders als die kleinen Partys und Versammlungen, die in dieser Nacht überall in der Stadt stattfanden. Außer, daß hier, in dieser Gruppe, unter diesen Menschen, die ganz offen den Teufel anbeteten, in Umkehrung ihrer Konfession eine Ehrlichkeit lag, die Schuyler Lutherson als weniger heuchlerisch betrachtete. Als er jetzt durch den schwarzen Vorhang an der Rückwand der Kirche trat, dachte er ernsthaft über den Eifer jener nach, die höchst rechtschaffen für den Gott sprachen, den zu bewundern sie vorgaben – sei es Jesus, Mohammed, Buddha oder Zeus –, und er fragte sich, ob jene Menschen hier, in der Kirche des Ungeborenen, keine bessere Heimstatt finden könnten. Denn ihm schienen diejenigen, welche die sündigen Handlungen der Ungläubigen am heftigsten anprangerten, genau dieselben zu sein, die diesen Handlungen insgeheim am eifrigsten nachgingen. Und diejenigen, die ihre Religion gegen vermeintliche Angriffe der Ungläubigen verteidigten, waren dieselben, die im Namen des Gottes, dem zu dienen sie sich bekannten, am häufigsten die heiligen Lehren eben dieses Gottes verleumdeten.

Kommt zu Satan, dachte Schuyler, und machte zum Gruß das Zeichen des Ziegenbocks, ging dann direkt zu dem lebenden Altar, stellte sich, das Gesicht zu ihr gewandt, vor sie, leckte mit der Zunge über Zeige- und Mittelfinger seiner linken Hand, der Teufelshand, befeuchtete seine Finger und strich mit ihnen über Corals Schamlippen, von meinen Lippen zu deinen Lippen, und sagte auf lateinisch: »Mit Deiner Billigung, geliebter Herr, beschwöre ich Dich.« Das war nichts anderes als vor dem Altar Satans eine

Bitte an den Ungeborenen, noch einen Moment länger Geduld zu haben, während die Gemeinde sich dieser leidigen Kirchenangelegenheit annahm.

Die Gläubigen verstummten, als Schuyler vortrat. Direkt hinter ihm war der lebende Altar, Coral, mit gespreizten Beinen und angewinkelten Knien, bloße Füße flach auf dem samtbezogenen Trapezoid, ausgestreckte Arme, die Hände um die phallusförmigen Kerzenhalter geklammert, in denen die noch nicht entzündeten schwarzen Kerzen steckten. Der Beginn der Messe würde durch das Entzünden dieser Kerzen angezeigt, gefolgt von der Rezitation des Introitus und dann der Beschwörung. Im Moment standen die Diakone und Subdiakone in Bereitschaft hinter dem Altar aufgereiht.

Die vier Ministranten (vier statt der üblichen zwei, weil es sich um eine besondere Messe handelte, die auf das heilige Fest der Verstoßung folgte) standen ernst und gemessen, jeweils ein Junge und ein Mädchen, auf beiden Seiten des Altars. Zwei achtjährige Mädchen, von denen eines für sein Alter recht groß war, ein Junge, der ebenfalls acht war, und ein zweiter, der neun war, alle barfuß und mit schwarzen Seidentuniken bekleidet, unter denen sie nackt waren. Corals lange blonde Haare fielen in Kaskaden über das spitze Ende des Trapezoids und berührten fast den kalten Steinboden.

Ohne Einleitung sagte Schuyler: »Der Tod dieses Priesters ist lästig. Er kann unerwünschte, überflüssige Besucher in die Kirche führen. Er kann unseren Orden in Verdacht bringen und zu Belästigungen durch die Polizei führen. Oder vielleicht zu noch ernsteren Maßnahmen, ich weiß es nicht. Worum ich heute jeden hier unter uns bitte: Wer verantwortlich dafür ist, daß das umgedrehte Pentagramm auf das Tor der Kirche von St. Catherine's gemalt wurde, soll vortreten und sagen, daß er oder sie es getan hat. Wenn du es getan hast, dann weißt du, wer du bist, und ich will, daß du vortrittst und sagst, *warum* du es getan hast. Damit wir es bereinigen können.«

In der Gemeinde herrschte Schweigen.

Zögern.

Und dann stand ein blonder Hüne von Mann auf und trat in

den Gang. Er war Anfang Zwanzig, sonnengebräunt, muskulös und schlank, trug verschlissene graue Jeans, ein T-Shirt, das in verschiedenen Schwarztönen batikgefärbt war, blaues Stirnband und schwarze Ledersandalen. Zum weiteren Einklang mit dem erklärten Zweck der nächtlichen Messe war eine Handbreit unter dem Schritt ein schwarzer Lederriemen fest um seinen linken Oberschenkel geschnürt. Niemand schaute auf diesen Riemen, niemand schien zu bemerken, daß er ...

Durch Fesselung: Freiheit ...

... einen nach allen Maßstäben enormen Penis an das Bein des Mannes schnürte, einen Penis, natürlich unter dem Stoff der Jeans verborgen ...

Durch Verkleidung: Entdeckung ...

... doch in seinen Umrissen klar erkennbar.

»Ich habe es getan«, sagte er. »Ich habe das Tor des Priesters bemalt.«

»Komm herauf«, sagte Schuyler freundlich, doch sein zürnender Blick strafte ihn Lügen. Vielleicht, weil er selbst blond war und ziemlich gut aussah, ebenso wie der junge Mann, und er mochte fühlen, daß dies eine Bedrohung seiner Führerschaft darstellte. Oder vielleicht spürte er, noch bevor der junge Mann den Altarraum erreichte und obwohl er ihn erst elf kurze Worte hatte sprechen hören, daß sich hier in der Kirche des Ungeborenen noch einer von Dorothys Freunden befand, von denen in jüngster Zeit verdammt zu viele von der Messe angezogen wurden.

»Sag uns deinen Namen«, sagte Schuyler, noch immer freundlich. Doch in ihm brodelte es.

»Andrew Hobbs«, sagte der junge Mann. »Ich komme seit März hierher.«

Etwas Südliches in seiner Sprechweise. Der singende Tonfall. Die Betonung. Und noch etwas anderes. Ein vertrauter Ton.

»Jeremy Sachs hat mich hier eingeführt.«

Sachs. Jeremy Sachs. Schuyler suchte in seinem Gedächtnis nach einem Bild, das sich mit diesem Namen verband. Nach einem Gesicht. Einem Charakterzug. Einer sprachlichen Eigenart. Nichts kam.

»Ja?« sagte er.

»Ja.«
»Und das Tor?«
»Das war ich«, sagte er.
Durch Bekenntnis: Verdammnis.
»Warum?«
»Ihretwegen.«
»Wer ist sie?«
Sollte es möglich sein, daß er *keiner* von Dorothys Freunden war? Und doch, sein Aussehen, die Raffinesse des Riemens, die darin liegende Untertreibung. Doch hatte er »ihren« Namen noch nicht genannt. Und unter jenen, die durch Oz streiften, war das weibliche Pronomen oft Ersatzwort für . . .
»Sie«, sagte Hobbs. »Meine Mutter.«
Das also.
»Was ist mit ihr?« fragte Schuyler.
Oft hegten sie einen langfristigen Groll gegen Mama.
»Sie ist zu ihm gegangen.«
»Zu wem?«
»Zu dem Priester. Und hat es ihm erzählt.«
»Hat ihm was erzählt?«
Wenn er ihm nur nicht alles aus der Nase ziehen müßte.
»Daß ich hierher komme. Daß Jeremy mich mitgenommen hat. Daß wir hier . . . Sachen gemacht haben . . .«
Jeremy. Sachs. Und nun nahm der Name visuelle Dimensionen an, Jeremy Sachs, ein stämmiger, affenartiger junger Homosexueller – zweifelsohne einer von Dorothys Freunden, ein Langzeitreisender unter den Munchkins –, der dem Teufel seine Treue erklärte, indem er seine natürlichen Vorlieben umkehrte und sich Hals über Kopf und wohl oder übel über jede nackte Möse hermachte, die Satan ihm innerhalb dieser geheiligten Mauern darbot.

Schuyler konnte sich nicht erinnern, seinen jungen blonden Freund bei einer der Messen vor der heutigen Nacht gesehen zu haben, aber oft gab es massive Konfusion und daraus resultierende Unübersichtlichkeit. Jetzt jedenfalls war er hier, der junge Freund eines Freundes von Dorothy, vielleicht selbst homosexuell, und er hatte soeben bekannt, daß er seiner gottverdammten

Mutter wegen das Tor des toten Priesters geschändet hatte. Alle Mütter sollten gezwungen werden, einen Pferdepimmel zu lutschen, dachte Schuyler, den meinen eingeschlossen.

»Aber warum hast du das Tor bemalt?« fragte er.

»Als Mitteilung«, sagte Hobbs.

Schuyler nickte. Sie hatten hier also bloß den Fall eines Jungen, der seiner Mama mitteilte, sie solle sich aus seinem Leben heraushalten. Absolut verständlich. Das war niemand, der einen Groll gegen den Priester hegte. Hier lag keine böse Absicht vor. Nur jemand, der eine persönliche Familienmitteilung abgab. Nichtsdestotrotz ...

»Die Mitteilung, die du *jetzt* machen mußt«, sagte Schuyler, »gilt der Polizei. Du mußt sie informieren, daß du das Pentagramm nicht als Warnung oder so aufgemalt hast. Siehst du, dieser Priester ist umgebracht worden, und wir wollen nicht, daß dieser Mord in irgendeiner Weise mit dieser Kirche in Verbindung gebracht wird. Daher schlage ich vor, daß du in dieser Minute von hier fortgehst, dich nach Hause begibst, deine Kleidung wechselst ...«

»Was stimmt mit meiner Kleidung nicht?« fragte Hobbs.

»Nichts«, sagte Schuyler. »Was du trägst, kleidet dich bemerkenswert gut und ist der Zeremonie heute nacht angemessen. Aber siehst du, von der Polizei könnte es mißverstanden werden, also zieh etwas an, das sie zu der Meinung bringt, du arbeitest in einer Bank.«

»Ich arbeite in einer Bank«, sagte Hobbs.

In der Versammlung brach Gelächter aus. Lachen der Erleichterung vielleicht. Es entwickelte sich doch nicht so schlimm, wie es anfangs ausgesehen hatte. Der junge Homosexuelle hier hatte sich mit seiner Mutter gestritten, war wütend davongerannt und hatte vor lauter Trotz das Wahrzeichen seines Glaubens auf das Tor des Feindes gemalt. Das alles würde er der Polizei erklären, und die würde es verstehen und ihn nach Hause schicken, und jeder könnte auch in Zukunft die von ihm gewählte Religion in Freiheit ausüben, dies ist ein wunderbares Land, die U.S. of A.

Es war vier Minuten vor Mitternacht.

Hobbs fragte, wo die nächste Polizeistation sei, und von seiner

Position hinter dem lebenden Altar erklärte ihm Stanley Garcia – der erst gestern früh dort gewesen war – den Weg zum 87. Polizeirevier. Hobbs fragte, ob er zur Messe wiederkommen könne, *nachdem* er mit der Polizei gesprochen habe, aber Schuyler wies darauf hin, daß die Tore Punkt Mitternacht – bis dahin waren es jetzt nur noch drei Minuten – verschlossen würden, und Hobbs möge sich jetzt vielleicht besser auf den Weg machen. Hobbs schien gekränkt, als er die Kirche verließ. Einer der Gläubigen verschloß die Tür hinter ihm und senkte dann den schweren Holzriegel.

Es war eine Minute vor Mitternacht.

Erwartungsvolle Stille machte sich breit.

Die Rothaarige in der grauen Hose saß mit eng zusammengepreßten Knien und gebeugtem Kopf in der Bank.

»Die Stunde ist da«, sagte Schuyler und gab seinen Subdiakonen das Signal, vorzutreten und die Kerzen anzuzünden. Die Subdiakone heute nacht waren zwei neunzehnjährige Mädchen, die wie Schwestern aussahen, aber nicht einmal Cousinen waren. Beide brünett und mit braunen Augen, trugen sie das gebräuchliche schwarze Kirchengewand und waren darunter nackt, denn es war Ritual, daß nach der Weihe des Altars durch den Priester die Subdiakone (traditionell weiblich) nacheinander vom Diakon geweiht wurden.

Gemessen und stumm gingen die Mädchen – sie hießen Heather und Patrice – zum Altar, machten eine ehrerbietige Kniebeuge davor, teilten sich dann, so daß eine nach links, die andere nach rechts ging, wo Corals Hände die dicken phallischen Kerzenhalter umklammerten. Sie entzündeten beide schwarzen Kerzen und gingen dann hinter den Altar, wo Stanley Garcia mit einem oxidierten, geschwärzten Weihrauchfaß in jeder Hand stand. Die Mädchen entzündeten den Weihrauch und nahmen die Gefäße von Stanley entgegen. Indem sie sie an den kurzen schwarzen Ketten schwenkten, würzten sie zuerst den Altar und die umgebende Apsis mit Weihrauch und gingen dann den Mittelgang entlang, um das süßliche Aroma in der ganzen Kirche zu verbreiten. Dann kehrten sie zurück und postierten sich zu beiden Seiten ihres Diakons.

Zeit für den Introitus.

Das lateinische Wort bedeutet so viel wie »Eingang«, und in christlichen Kirchen ist der Introitus tatsächlich ein *Eingang*, der eigentliche Beginn des Gottesdienstes. In der wahren Kirche des Teufels war der Introitus ein kurzer und persönlicher Eröffnungsdialog mit dem Ziel, Unschuld zu rauben und den Teufel vorzustellen, der später auf ernsthafte Weise beschworen wurde. Die rituelle Gotteslästerung, die Schuyler und die vier jungen Ministranten begehen würden, war im Kern eine rüde Absage an Jesus und die Anerkenntnis Satans – *Daemon est Deus Inversus*: Der Teufel ist die andere Seite Gottes.

Schuyler nickte seinem Diakon zu.

Stanley läutete die schwarze Glocke neunmal, dreimal nach Süden, in Richtung des Altars, dann, mit Drehung im Uhrzeigersinn, je zweimal in jede weitere Himmelsrichtung.

Nun, da die Luft gereinigt war, trat Schuyler in den offenen Winkel, den die nackten Beine des Altars formten. Mit dem Gesicht zur Gemeinde hob er beide Arme und formte mit den Fingern beider Hände das Zeichen des Ziegenbocks. Auf dieses Signal traten die vier Ministranten vor ihn, auf jeder Seite ein Junge und ein Mädchen.

Auf lateinisch sagte Schuyler: »*In nomine magni dei nostri Satanas . . .*«

Im Namen unseres großen Gottes Satan.

». . . stehen wir vor Deinem lebenden Altar.«

Und mit piepsigen Stimmen antworteten die Ministranten im Gleichklang auf lateinisch: »Wir erflehen Deine Hilfe, Herr, erlöse uns von dem Übel.«

»Unserem Herrn, der Erde und Himmel erschuf, die Nacht und den Tag, das Dunkel und das Licht«, stimmte Schuyler an, »unserem Herrn der Hölle, der uns Grund zu frohlocken gibt . . .«

»O Herr, erlöse uns von dem Unrecht«, sagten die Kinder.

»Gott Satan, höre unsere Stimmen«, sagte Schuyler. »Zeige uns Deine schreckliche Macht auf . . .«

»Und gib uns Deine unermeßliche Größe.«

»*Dominus Infernus vobiscum*«, sagte Schuyler. »Der Herr der Hölle möge mit euch sein.«

Und die Kinder antworteten: »*Et tecum.* Und auch mit dir.«

Und die Gläubigen standen auf und schrien stürmisch triumphierend: »Gelobt sei Satan! Gelobt sei Satan!«

Detective Meyer war nur zufällig im Wachraum – er versuchte, ein halbes Dutzend Berichte aufzuholen, die schon seit Wochen überfällig waren –, als ein blonder junger Mann im dunklen Nadelstreifenanzug auf der anderen Seite der Holzabsperrung auftauchte.

»Entschuldigen Sie«, sagte er.

»Ja?« sagte Meyer und blickte von seiner Schreibmaschine auf.

»Ich suche jemanden, der in dem Mord an dem Priester ermittelt. Der Sergeant unten hat mir gesagt, im Wachraum wäre möglicherweise jemand.«

»Keiner, der mit dem Fall des Priesters zu tun hat«, sagte Meyer und dachte gleichzeitig: Weise nie einen Freiwilligen ab. »Kommen Sie doch bitte rein«, sagte er. »Ich bin Detective Meyer. Vielleicht kann ich Ihnen ja behilflich sein.«

Hobbs öffnete die Klapptür und betrat den Wachraum. Seinem Blick nach konnte man schließen, daß er noch nie in einem Polizeirevier gewesen war. Er schüttelte Meyer die Hand, nahm den angebotenen Stuhl und sagte dann: »Ich bin derjenige, der das Gartentor bemalt hat.«

Was, wie sich herausstellte, der erste Schuß einer Salve war, die auf Andrews Mutter zielte, die – nahm man ihn beim Wort – die Ursache all seines Elends war. Sie war nicht nur schuld daran, daß er homosexuell war . . .

»Ich bin schwul, müssen Sie wissen«, sagte er.

»Wär ich nicht drauf gekommen«, sagte Meyer.

»Ja«, sagte er, »und das ist natürlich *Abbys* Schuld, weil sie mir die Kleider von kleinen Mädchen angezogen hat und mich gezwungen hat, meine Haare in einem langen Pagenschnitt zu tragen . . .«

An diesem Punkt wurde Meyer, der immer noch über das Gartentor rätselte, in die Schilderung der Greuelgeschichten einer Kindheit einbezogen, die kein bißchen entsetzlicher war als die meisten Greuelgeschichten, die er gehört hatte, abgesehen von der Tatsache, daß *diese* Geschichte darin resultierte, daß ein Mensch erzogen wurde, der, wie Hobbs es formulierte, »sich weder nach rechts, noch nach links bewegte« – ziemlich viele Homosexuelle kannten Sondheim-Verse auswendig.

Hobbs nannte seine geliebte Mutter stets nur »Abby« und spie das Wort sarkastisch aus, als ständen sie auf bestem Fuße, obwohl er sie nicht mehr gesehen hatte, seit er vor sechs Monaten nach Calm's Point gezogen war, und er kannte weder ihre derzeitige Anschrift, noch ihre Telefonnummer, und beides interessierte ihn auch gar nicht. Es war offensichtlich, daß er sie verachtete und ausschließlich ihr die Schuld für seine derzeitige Lebensweise gab, die zufällig Teufelsanbetung einschloß. Deshalb hatte er, natürlich, ein umgedrehtes Pentagramm auf das Gartentor von St. Catherine's gemalt.

». . . um ihr mitzuteilen, daß ich verdammt noch mal da bete, wo ich will«, sagte er. »Es hat nichts mit dem Priester zu tun.«

»Wieso haben Sie dann *sein* Tor genommen?« fragte Meyer.

»Um es ganz klar zu machen«, sagte Hobbs.

»Was war so klar daran?« fragte Meyer. »Mir scheint das zu entgehen.«

»Klar war, daß sie zu dem Priester gegangen ist und sich darüber beklagt hat, daß ich zum Ungeborenen gehe . . .«

»Zum Ungeborenen?«

». . . zur Kirche des Ungeborenen gehe, obwohl sie kein Recht dazu hatte. Und auch er hatte kein Recht, vor seiner Gemeinde über unsere Kirche zu predigen. Niemand hat *seiner* Gemeinde vorgeschrieben, in welche Kirche *sie* gehen soll. Niemand aus der Ungeborenen ist rumgerannt und hat erzählt, Jesus wäre eine Bedrohung – was er übrigens ist, aber das behalten wir für uns.«

»Aber Father Michael hat *seine* Anschauung *nicht* für sich behalten, wollen Sie darauf hinaus?«

»Nur am Rande, verstehen Sie mich nicht falsch. Ich hatte überhaupt nichts gegen Father Michael. Auch wenn ich Ihnen sagen muß, nachdem *Abby* bei ihm herumgemeckert hat, hat er in mehreren scharfen Predigten die Teufelsanbeter angeprangert, die nur einen Block entfernt . . . nun, in Wirklichkeit *vier* Blocks entfernt sind, aber immer noch nah genug, damit sich jemand aus lauter Angst davor, daß Satan seine bekackte kleine Kirche niederbrennt, in die Hosen macht.«

»Sie haben also«, sagte Meyer, »das Zeichen des Teufels auf das Tor . . .«

»Ja.«

». . . zum Garten des Priesters gemalt.«

»Ja.«

»Aber nicht als Warnung an den Priester.«

»Nein.«

»Warum dann?«

»Um *Abby* mitzuteilen, sie soll ihr geschwätziges Maul halten.«

»Verstehe. Und jetzt wollen Sie uns begreiflich machen, daß Sie das Tor nicht in übler Absicht bemalt haben.«

»Korrekt. Und den Priester hab ich auch nicht umgebracht.«

»Wer hat behauptet, daß Sie das getan haben?«

»Niemand.«

»Warum sind Sie dann hier?«

»Weil Schuyler nicht will, daß Leute wie Sie uns wegen dieser Sache belästigen. Er hielt es für gut . . .«

»Schuyler?«

»Schuyler Lutherson, der die Kirche leitet.«

»Verstehe«, sagte Meyer.

Er dachte, daß er Carella oder Hawes von diesem netten Vormittagsschwätzchen berichten müsse, weil vielleicht der eine oder andere Schuyler Lutherson gern befragen würde, warum ihm die Belästigung durch die Polizei solches Kopfzerbrechen bereitete.

»Danke, daß Sie vorbeigekommen sind«, sagte er. »Wir wissen Ihre Offenheit zu schätzen.«

Hobbs fragte sich, was er damit meinte.

In der dritten Bankreihe beobachtete die Rothaarige in der grauen Hose die Kinder, die sich beeilten, Stanley zum Altar zu eskortieren, als er sich ihr mit einem Schwert auf einem schwarzen Samtkissen näherte. Schuyler ergriff das Schwert an dem mit Seidenquasten verzierten Griff. Die Beine der Rothaarigen öffneten sich ein wenig. Die Kinder befanden sich wieder beim Altar. Schuyler hob das Schwert über den Kopf, drehte sich plötzlich um, wies mit der Spitze auf das Zeichen Baphomets und rief mit vor Erregung heiserer Stimme: »Ungeborener, Dich beschwöre ich!«

»Der Du das Universum erschaffen hast«, sang die Gemeinde.

»Der Du Erde und Himmel erschaffen hast . . .«

»Das Dunkel und das Licht . . .«

»Der Du Samen und Frucht erschaffen hast«, sagte Schuyler. Auf das Stichwort traten zwei der Ministranten – das große achtjährige Mädchen und der kleinere achtjährige Junge – vor und wandten sich einander zu. Den Griff des Schwerts in der einen und die Spitze in der anderen Hand haltend, senkte Schuyler es waagerecht über ihre Köpfe. Die Rothaarige in der grauen Hose beugte sich erwartungsvoll vor.

Mit hoher, piepsiger Stimme sagte der kleine Junge: »Sehet! Mein Stab ist aufgerichtet!« und hob seine Tunika, um seinen kleinen Penis zu zeigen.

Und das Mädchen antwortete: »Sehet! Nektar tropft aus meiner Frucht!« und hob die Tunika, um die kleine, unbehaarte Scham zu zeigen.

»Mein Gift soll quellen und fluten!« sagte der kleine Junge.

»Mein Gift soll umfangen und ätzen!« sagte das kleine Mädchen.

»Meine Begierde ist unersättlich!« sagte der kleine Junge.

»Mein Durst ist unstillbar!« sagte das kleine Mädchen.

»Sehet die Kinder des Satans«, sagte Schuyler leise und ehrerbietig.

Symbolisch berührte er mit der Schwertspitze zuerst das Geschlechtsteil des Jungen und dann das des Mädchens. Er legte das Schwert zurück auf das Kissen. Stanley trug es zu der Stelle, wo die beiden neunzehnjährigen Subdiakone ihn erwarteten. Der Saum ihrer Gewänder war um ihre Hüften befestigt, ihre Hände lagen mit den zur Gemeinde hin geöffneten Flächen auf den entblößten Flanken.

Die Rothaarige in der dritten Reihe legte die Hände auf ihre Schenkel und öffnete ihre Beine ein Stück weiter.

Schuyler trat an den Altar.

»In Deinem Namen, o Ungeborener«, sagte er, »bringe ich mich auf dem Altar Deiner Kraft und Deines Willens dar.«

Er warf sein Gewand hoch.

»Ehre sei Gott«, sagte er, »Lob und Preis Satan. Ehre sei Satan«, sagte er, »den wir lieben und verehren. Lob und Preis Satan«, sagte er, »wir singen Deinem Namen Ruhm. Gesegnet sei Satan«, sagte er und brachte sich vor der Öffnung des Altars in Stellung, »wir beten Dich an, Großmächtiger Herr, wir danken Dir, Herr der Höllen, wir rufen Dich an, Lob und Preis Satan, Lob und Preis Satan, Lob und Preis Satan!«

Als er sich auf den Altar warf und in sie hineinstieß, ertönte dreimal der Gong, und die Gemeinde sang einstimmig auf lateinisch: *Ave Satanas, ave Satanas, ave Satanas*!«

Die Rothaarige in der dritten Reihe spreizte ihre Beine weit.

Jetzt begann die eigentliche Messe.

7

Am Sonntagmorgen, dem siebenundzwanzigsten Tag des Mai, um elf Uhr beerdigten sie Father Michael Birney auf dem Friedhof der Gebenedeiten Jungfrau Maria vom Mt. Carmel, Uptown in Riverhead, wo es noch ein Fleckchen Erde gab, um die Toten zu bestatten. Der Priester, der die Grabansprache hielt, war ein Mann namens Father Frank Oriella und von der Erzdiözese von Isola East vorübergehend als Pfarrer der katholischen Gemeinde St. Catherine's bestellt worden. Unter den Trauernden befand sich Detective Steve Carella vom 87. Polizeirevier. Father Oriella hatte für das Trauergebet Verse aus dem ersten Brief des Apostel Paulus an die Korinther gewählt:

»Der erste Mensch ist von der Erde«, las er, »und irdisch; der andere Mensch ist der Herr vom Himmel. Welcherlei der irdische ist, solcherlei sind auch die irdischen; und welcherlei der himmlische ist, solcherlei sind auch die himmlischen. Und wie wir getragen haben das Bild des irdischen, also . . .«

Carella musterte die kleine Trauergemeinde.

Father Michaels Schwester, Irene Brogan – die die beschwerliche Reise von Japan über Los Angeles gemacht hatte, um hier und heute beim Begräbnis zugegen zu sein – stand jetzt neben der Grabstätte und lauschte Father Oriellas sorgsam gewähltem Text. Martha Hennessy, die Haushälterin des Priesters, hatte sie mit Carella bei dessen Eintreffen bekanntgemacht. Eine kleine Frau mit reisemüden Augen, die ihm sagte, sie würde sich freuen, ihm bei seinen Ermittlungen in jeder erdenklichen Weise zu helfen. Carella hatte gesagt, er würde sich sehr gern mit ihr unterhalten, und sie gefragt, ob er nach der Beerdigung ihre Zeit etwas in Anspruch nehmen könne.

». . . Siehe, ich sage euch ein Geheimnis: Wir werden nicht alle entschlafen, wir werden aber alle verwandelt werden; und dasselbe plötzlich in einem Augenblick, zur Zeit der letzten Posaune . . .«

Die Wetterfrösche hatten für das gesamte Wochenende des

Memorial Day beständig gutes Wetter vorausgesagt. Jetzt schien eine gleißende Sonne erbarmungslos auf den schwarz glänzenden Deckel des Sargs, der über dem Grab hing. Ein gutes Dutzend junger Leute stand neben dem Grab und lauschte Father Oriella. In der Gruppe der Teenager erkannte Carella die beiden Mädchen, mit denen er sich gestern unterhalten hatte. Heute waren sie zurückhaltender gekleidet. Nicht in Schwarz – das war in der Garderobe junger Menschen eine weitgehend fremdartige Farbe , aber in dunklen Blautönen, die der Würde des Tags angemessen schienen. Sie standen nebeneinander, die eine mit den schwarzen Haaren (Gloria, so hieß sie doch?) und die Blonde, Alexis. Beide Mädchen weinten, wie die ganze Gruppe junger Leute. Er war ein vielgeliebter Mann gewesen, der Priester.

». . . dann wird erfüllet werden das Wort, das geschrieben stehet: ›Der Tod ist verschlungen in den Sieg. Tod, wo ist dein Stachel? Hölle, wo ist dein Sieg?‹ Aber der Stachel des Todes ist die Sünde; die Kraft aber der Sünde ist das Gesetz. Gott aber sei Dank, der uns den Sieg gegeben hat durch unseren Herrn Jesus Christus . . .«

Wie Aasgeier kreisten am Rande der Trauergemeinde ein halbes Dutzend Reporter und ihre Fotografen, doch waren keine Fernsehteams zu sehen, was Carella überraschte. Der Mord an dem Priester hatte breite Publizität gehabt, vor allem im Fernsehen, seit er am letzten Donnerstag bekanntgeworden war. Carella war sich bewußt, daß nun bereits Sonntag war. Die Uhr tickte – und je älter der Fall wurde, desto größer wurde der Vorsprung des Mörders.

»Herr, erhöre unsere Gebete«, sagte Father Oriella. »Indem du Deinen Sohn von den Toten hast auferstehen lassen, hast Du uns Zuversicht gegeben. Stärke unsere Hoffnung, daß Michael, unser Bruder, an seiner Auferstehung teilhaftig wird.«

Hier, in der Sonne, erwiesen die versammelten Priester einem der ihren die letzte Ehre, indem sie in würdigem Schwarz am Rand des Grabs standen und Father Oriellas Abschiedsworten lauschten. Hochrangige Polizeioffiziere in betreßten Uniformen waren ebenfalls hier, um – mit Hilfe der Zeitungsleute – die Bürger dieser anständigen Stadt wissen zu lassen, daß die Polizei noch immer an dem Fall dran war, und wenn sie bloß dicke Krokodilstränen am Grab vergoß.

»Gott, unser Herr, Du bist die Herrlichkeit der Gläubigen und das Leben der Gerechten. Dein Sohn hat uns durch sein Sterben und seine Auferstehung erlöst. Unser Bruder Michael war gläubig und glaubte an unsere Wiederauferstehung. Gewähre ihm die Freuden und Segnungen des künftigen Lebens. Darum bitten wir Dich, o Herr. Amen.«

»Amen«, murmelten die Trauernden.

Stille machte sich über der Grabstätte breit.

Es mußte ein Signal gegeben haben, jemand mußte einen Knopf gedrückt haben, denn der Sarg an seinen Gurten begann sich hydraulisch zu senken, eine Fotogelegenheit, die sich die Paparazzi nicht entgehen lassen konnten und wollten; sie drangen nach vorn, als der Sarg, eine schwarze Silhouette vor dem strahlend blauen Hintergrund, zwischen Himmel und Erde hing. Vielleicht ein weiteres Signal, denn der Sarg hielt an, schwebte jetzt einige Zentimeter unterhalb der Kante des ausgehobenen Grabs, und Father Oriella sprach ein weiteres Gebet, beinahe eine private Kommunikation zwischen ihm und seinem ermordeten Bruder in Christus, flüsternd bewegten sich seine Lippen, und dann machte er das Kreuzzeichen über dem Grab und kniete nieder, um eine Handvoll feuchter Frühlingserde aufzunehmen und über den im Sonnenlicht glänzenden Sargdeckel zu verstreuen.

Jetzt traten die Trauergäste mit den Röschen vor, die das Bestattungsinstitut verteilt hatte, traten in einer letzten orchestrierten Bemühung nach vorn, dem Tod Würde zu verleihen, traten in einem inszenierten und feierlichen Abschied vor, jeder ging diesen Weg ein letztes Mal, blieb an dem Grab stehen, wo der schwarz glänzende Sarg darauf wartete hinabzusinken, warfen Rosen auf den Sarg, die Priester von Kirchengemeinden aus der ganzen Stadt, die Spitzen der Polizeibehörde, des Priesters Schwester Irene Brogan, etwa vierzig Gemeindemitglieder von St. Catherine's und das Dutzend Teenager von der katholischen Jugendgruppe der Gemeinde, sie alle defilierten, um zum Abschied ihre Rosen zu werfen, und jetzt das Paar von gestern, Gloria, ja, und Alexis.

Und dann war es vorbei.

Und sie gingen an dem Grab vorbei und fort von ihm, in dem klaren scharfen Licht, für das sich die Fotografen begeistern mußten, und es gab ein weiteres unsichtbares Signal, und der hydraulische Lift begann wieder zu summen, der Sarg senkte sich langsam in das Grab, tiefer und tiefer, bis er völlig außer Sicht war. Zwei Totengräber lösten die Segeltuchgurte. Sie begannen gerade, Erde auf den Sarg und in das Grab zu schaufeln, als Carella zu Irene Brogan ging, die bei Father Oriella stand und ihm sagte, daß es eine wundervolle Zeremonie gewesen sei.

Verlegen wartete er.

Schließlich wandte sie sich von dem Priester ab, der die Stelle ihres Bruders eingenommen hatte, und sagte: »Es tut mir leid, daß ich Sie warten ließ. Bitte verzeihen Sie mir.«

Verweintes Gesicht. Blaue Augen, in denen Tränen schimmerten. So nah, in diesem grellen Licht, sah sie aus wie Anfang Vierzig. Eine Frau, die beim Versuch, hübsch auszusehen, knapp gescheitert war, deren einzelne Teile sich irgendwie nicht zu einem völlig zufriedenstellenden Ganzen zusammenfügten. Gemeinsam gingen sie zur Straße, wo die in Reihe wartenden Limousinen des Bestattungsinstituts in der Sonne glänzten. Carella stand neben der Stoßstange der nächsten Limousine und beobachtete, wie die Trauergäste hinter Irene ihre Wagen oder die nächstgelegenen Nahverkehrsstationen ansteuerten. Riverhead lag weit weg von zu Hause.

»Mrs. Brogan«, sagte er, »ich habe nicht vor, in die Privatsphäre Ihrer Familie einzudringen . . .«

Verwirrt sah sie ihn an.

»Aber während der Ermittlungen – eigentlich ziemlich am Anfang der Ermittlungen – habe ich einen Brief gelesen, den Sie Ihrem Bruder geschrieben haben. Und danach habe ich versucht, Sie in San Diego anzurufen.«

»Ich glaube, ich weiß, welchen Brief Sie meinen«, sagte sie.

»Den Brief, der sich auf *seinen* Brief vom Zwölften bezieht.«

»Ja.«

»In dem er Ihnen mitgeteilt hat . . . Ich füge das aus dem zusammen, was Sie geschrieben haben, Mrs. Brogan. Aber anscheinend war er wegen irgend etwas zutiefst besorgt.«

»Das war er.«

»Und worum ging es?«

Irene Brogan seufzte tief.

»Mein Bruder war ein anständiger, gottesfürchtiger Mann«, sagte sie.

»Daran habe ich keinen Zweifel«, sagte Carella.

Und wartete.

»Aber selbst Christus war in der Wüste der Versuchung ausgesetzt«, sagte sie.

Und Carella wartete weiter.

»Wir ... können wir uns in den Wagen setzen?« fragte sie.

Er öffnete die hintere Tür der Limousine für sie und folgte ihr dann ins Wageninnere, das die Abgeschlossenheit eines Beichtstuhls hatte. Hinter ihnen schloß sich die Tür mit einem satten, behaglichen Klicken. Und jetzt, in der schattigen Isoliertheit der getönten Fenster und schwarzen Ledersitze, schien Irene Brogan die Zurückgezogenheit zu finden, die sie brauchte, um die Geschichte ihres Bruders zu erzählen. Zuerst schilderte sie, wie sie den Brief erhielt ...

»Er war am Zwölften abgestempelt, aber ich bekam ihn an der Küste erst am Donnerstag darauf, dem Siebzehnten. Mein Mann und ich wollten am Samstag nach Japan abreisen. Er verkauft Fertigungsmaschinen, es war eine Geschäftsreise – er ist immer noch dort. Ich ... ich habe meinen Bruder am Freitag angerufen. Und als er ... als er mir sagte, was ihn *wirklich* quälte ... der Brief ... wissen Sie, der Brief hat es nur angedeutet ... aber als ich ihn an dem Freitag anrief ...«

Anfangs zaudert er, darüber zu sprechen, Der Priester.

Er sagt ihr, wirklich, es ist nichts, er hätte den Brief gar nicht schreiben sollen, jetzt ist alles bestens, und wegen der Reise nach Japan ist sie bestimmt sehr aufgeregt, hm?

Doch Irene kennt ihn zu gut. Sie war dreizehn, als er zur Welt kam, was heißt, daß sie jetzt fünfundvierzig ist, und sie hat ihn fast wie ihr eigenes Kind großgezogen, denn ihre Mutter war eine Geschäftsfrau, die jeden Tag zur Arbeit rannte und dann das ganze Wochenende über völlige Erschöpfung klagte. Sie kennt ihren Bruder nur zu gut, und sie weiß, er verbirgt jetzt etwas, also wirklich, und aufgeregt wegen der Reise nach Japan! In den letzten sechs Jahren hat sie ihren Mann bei jeder Geschäftsreise nach Japan begleitet! Also wartet sie auf den richtigen Moment und hört geduldig zu, als er über jemanden aus dem Gemeindevorstand spricht, der an seinen Predigten über den Zehnten Anstoß genommen hat . . .

»Er hat Arthur Farnes erwähnt, nicht?«

»An den Namen des Mannes erinnere ich mich nicht. Aber, ja, das war eins der Dinge, die ihn beunruhigten . . .«

. . . und über eine Mutter, die Trost und einen Rat suchte, weil ihr homosexueller Sohn sich als Teufelsanbeter, ausgerechnet, engagierte . . . und etwas wegen . . .

»Inzwischen spulte er alles herunter«, sagte Irene, »Sie wissen ja, wie Menschen manchmal sind. Wenn sie zu umschiffen versuchen, was ihnen *wirklich* Probleme bereitet. Ich will nicht behaupten, daß diese Fragen ihm nicht nahegingen . . . der Zehnte . . . und die Drogen . . . und . . .

»Die *was?*« sagte Carella.

»Nun, ja . . . Drogen. Mein Bruder schien der Meinung zu sein, daß jemand die Kirche als Depot benutzte. Für Drogen. Am Wochenende hatte er alles auf den Kopf gestellt und gesucht, was dort versteckt war, aber . . .«

»Sprechen Sie von Rauschgift? Von verbotenen Substanzen?«

»Ja, gewiß, ich bin sicher, das hat er gemeint.«

»Hat er in der Kirche *Drogen* gefunden?«

»Nein, das hat er nicht. Aber ganz bestimmt hat er danach *gesucht.* Zumindest hat er mir das erzählt. Wie gesagt, er wurde mittlerweile ein bißchen hysterisch. Weil er zu dem *eigentlichen* Problem kam, und das hatte absolut nichts mit den Kleinigkeiten zu tun, von denen er bisher gesprochen hatte. Es ging um . . .«

Eine Frau.

Ihr Bruder hat ein Verhältnis mit einer Frau.

Er erzählt Irene nicht, wie es angefangen hat oder wie lange es schon geht, aber es quält ihn, daß er sein Keuschheitsgelübde gebrochen und sich in einer Situation verfangen hat, aus der es keinen ehrenhaften Ausweg gibt. Er liebt Jesus Christus, und er liebt diese Frau, und die beiden Lieben sind unvereinbar, unversöhnlich. Er erwähnt, daß er an Selbstmord gedacht hat . . .

»Das hat er Ihnen gesagt?«

»Ja. Am Telefon.«

»Hat er auch daran gedacht, wie er es tun will?«

»Was?«

»Hat er Ihnen gesagt, *wie* er vorhatte, sich umzubringen?«

»Nein, nein. Und was würde das schon für einen Unterschied machen?«

»Einen großen«, sagte Carella.

»Es hat mir Angst eingejagt, das können Sie mir glauben«, sagte Irene. »Fast hätte ich die Reise abgeblasen. Ich dachte, ich sollte besser meinen Bruder besuchen, ihm helfen, das durchzustehen . . .«

Aber er sagt ihr, sich das Leben zu nehmen wäre eine noch größere Sünde als der Bruch seines feierlichen Gelübdes. Er schwört ihr bei Gott, daß er solche Gedanken nicht einmal mehr *denken* wird, das schwört er ihr am Telefon. Auf Irenes Drängen schwört er auch, daß er dieser Frau sagt, er könne eine Beziehung nicht aufrechterhalten, die ihn zerreißt, könne nicht fortfahren, Gott auf diese Weise zu betrügen und zu zerstören, was ihm das Teuerste ist. Erneut wird er dem Fleisch abschwören, so wie er es vor langer Zeit gelobt hat, und im Gebet Gottes Hilfe erflehen, damit er in Zukunft ein züchtiges, vergeistigtes Leben führen kann.

Das verspricht er seiner Schwester.

»Und dann . . . als ich den Anruf von Bischof Quentin erhielt . . . wir waren gerade vom Dinner auf unser Zimmer gekommen . . . es war eine wunderschöne Nacht drüben in Tokio, die Kirschen standen noch in Blüte, die Luft war so mild . . . und er . . . er sagt mir, mein Bruder sei tot. Und . . . das erste, was ich dachte, war, daß er sich umgebracht hat. Daß er es getan hat. Sein Versprechen gebrochen.«

Im Wagen wurde es still.

»Aber das ist schlimmer, nicht wahr?« fragte Irene. »Daß jemand ihn auf diese Weise umbringt.«

Ja, dachte Carella, das ist schlimmer.

Nicht, um ihn zu töten, nein. Um mit ihm zu *sprechen.* Um ihn nach ihr zu befragen. Weil man niemanden verdammen kann, ohne zuerst seine Darstellung der Geschichte zu hören, das stimmt doch, oder? Man kann nicht einfach beginnen, jemanden zu *hassen,* bevor man den sicheren Beweis hat, daß es wirklich einen *Grund* gibt, ihn zu hassen. Denn er ist, nicht zu vergessen, ein Gottesmann, nicht einfach jemand wie du und ich, er ist ein Mann, der sein Leben Gott gewidmet hat. Und wenn er die Regeln auf diese Weise bricht, dann sollte er nicht das eine sagen und das andere tun. Die Regeln sollten für jedermann gelten. So funktionieren Regeln nun einmal. Jeder weiß, daß man anhalten muß, wenn eine Ampel auf Rot umspringt. Wenn man bei Rot nicht anhält, dann beachtet niemand die Regeln, und es kommt zu einem Unfall, und jemand könnte umkommen. Gerade *er* sollte die Regeln beachten, ganz besonders die Versprechen, die er Gott gegeben hat. Wenn jemand Gott ein Versprechen gibt, muß er es halten, oder Gott bestraft ihn mit dem Tode. Das steht in der Bibel: Die Rache ist mein, ich will vergelten, spricht der Herr. Sie küssen. Aber vielleicht gab es eine Erklärung. Auf die Lippen. Vielleicht hatte er eine Erklärung dafür, daß er das tat. Vielleicht gab es im Kirchenbrauch oder im Kirchengesetz etwas, daß man eine Frau auf die Lippen küssen mußte, um was auch immer zu tun. Sie zu segnen, vielleicht. Einander mit einem heiligen Kuß begrüßen, das steht in der Bibel. Daß es erlaubt ist zu küssen, steht in der Heiligen Schrift, das war ein üblicher Brauch. Welchen ich küssen werde, der ist es, und trat er alsbald zu ihm und sagte, Gegrüßet seist du, Herr, und küßte er ihn. Oder als er im Haus des Pharisäers am Tisch sitzt und der Sünder ein Alabasterbehältnis mit Salbe bringt und seine Füße mit Tränen benetzt und seine Füße küßt, das war Jesus, dessen Füße geküßt wurden. In der Bibel war es gebräuchlich, denkt nur an Salomon: Er küsse mich mit dem Kusse seines Mundes; denn deine Liebe ist lieblicher denn Wein; es riechen deine Salben köstlich; dein Name ist ausgeschüttete Salbe, darum lieben dich die Jungfrauen. Vielleicht war das also eine Erklärung, und wenn man zu ihm geht und ihn fragt, was der Grund ist, *falls* es einen Grund gibt, vielleicht kann er dann erklären, daß er nur einen heiligen Kuß zum Gruß erteilte, man sollte ein Buch nicht nach dem Einband beurteilen, frage und du wirst Antwort erhalten. So die Absicht. Zu fragen. Zu erkunden. Zu entdecken. Von seinen eigenen Lippen zu hören, daß dieser *Kuß* nicht das war, was er zu sein schien, nicht der Kuß zwischen einem *Mann* und einer *Frau*, einer wirklich schönen Frau, sondern daß er ein *Priester* war, ein heiliger Priester, der eine Zeremonie vollzog, um zu tun, was immer er tat. Ein heiliger Kuß, es steht in der Bibel, es gibt heilige Küsse, was in der Bibel steht, ist wahr, jedes Wort. Nicht, um ihn zu töten, nein. Um mit ihm zu *sprechen*. Um ihn nach ihr zu befragen. Aber wie konnte er seine Hand unter ihrem Rock erklären, ihren Schlüpfer um ihre Fußknöchel, das war kein heiliger Kuß, das konnte einfach kein heiliger Kuß gewesen sein, nicht bei ihrer offenen Bluse und den entblößten Brüsten, oh, laß deine Brüste sein wie Trauben am Weinstock und deiner Nase Duft wie Äpfel, und deine Küsse wie bester Wein, der meinem Freunde glatt eingeht, über Lippen und Zähne gleitet, hinabgleitet, hinab, nein, das war kein heiliger Kuß, ganz bestimmt nicht, nein.

Der Anruf kam zwanzig Minuten vor eins, keine fünf Minuten nachdem Willis die Sonntagszeitungen kaufen gegangen war. Im selben Moment, als Marilyn die Stimme hörte, wußte sie, daß sie das Haus beobachteten und mit dem Anruf gewartet hatten, bis er fort war.

Auf spanisch sagte die Stimme: »Guten Tag.«

Buenas tardes.

Sie erkannte die Stimme sofort. Der Gutaussehende. Der, den sie mit dem Messer verletzt hatte.

Auf spanisch antwortete sie: »Ich habe auf euren Anruf gewartet.«

»Ach, du hast gewußt, daß wir anrufen?«

Höflich. Auf spanisch. Sinnlos, jetzt noch zu taktieren. Sie wußten, wer sie war. Wenn sie ein Geschäft regeln wollten, war es besser, dies in ihrer Muttersprache zu tun. Von nun an nichts außer Spanisch.

»Ja, eigentlich habe ich *gehofft*, daß ihr anruft«, sagte sie. »Wir müssen übers Geschäft reden.«

»Aha.«

Ein Anflug sarkastischer Skepsis in dem winzigen Wort. Die Spanier verstehen es wunderbar, Bedeutungsnuancen allein durch den Tonfall zu übermitteln.

»Ja. Ich will euch auszahlen. Aber ich brauche Zeit.«

»Zeit. Ja.«

»Aber ich bin nicht sicher, ob ich die ganzen zwei Millionen aufbringen kann.«

»Ach, wie schade.«

»Denn selbst, wenn ich alles verkaufe, was ich besitze . . .«

»Ja, das mußt du ganz gewiß.«

». . . reicht es noch immer nicht.«

»Dann solltest du dich selbst vielleicht auch verkaufen.«

Ein Lächeln in seiner Stimme. Ein Kopfnicken zu der ehemaligen Nutte. Verkauf auch dich. Wir wissen sehr wohl, daß du dich gut darauf verstanden hast, dich selbst zu verkaufen.

»Ich glaube«, sagte sie, »ich kann eine halbe Million aufbringen, aber das ist alles. Mehr oder weniger.«

Más o menos.

In der Leitung blieb es still. Dann:

»Du schuldest uns eine Menge mehr als eine halbe Million. Mehr oder weniger.«

»Erstens schulde ich dir und deinem großen Freund *gar* nichts. Wenn das Geld *überhaupt* jemand gehört, dann gehört es . . .«

»Es gehört dem, der dich umbringt, wenn du es nicht zahlst.«

»Laß uns, bitte, vernünftig miteinander reden«, sagte sie. »Ihr werdet mich nicht umbringen.«

»Da irrst du.«

»Nein, ich irre nicht. Bringt ihr mich um, kriegt ihr *gar* nichts von dem Geld. An eurer Stelle würde ich mich mit den fünfhundert . . .«

»An deiner Stelle«, sagte er langsam und seidig, »würde ich erkennen, daß es schlimmere Dinge gibt, als tot zu sein.«

»Ja, das weiß ich«, sagte sie.
»Wir haben uns gedacht, daß du das wissen könntest.«
»Ich weiß es. Aber ich habe nur zwei Arme und zwei Beine . . .«
»*Y tu cara*«, sagte er.
Und schwieg bedeutungsvoll.
»*Y tus pechos*«, sagte er.
Und schwieg erneut.
»*Y así sucesivamente*«, sagte er.
Ihr Gesicht . . .
Ihre Brüste . . .
Und so weiter.
Und die drei letzten Worte, obschon leise und beiläufig ausgesprochen – *Y así sucesivamente* –, deuteten unaussprechliche Handlungen an.
Plötzlich hatte sie wieder Angst.
»Sicher, du hast recht«, sagte sie, »es stimmt, ich will nicht, daß mir etwas zustößt. Aber . . .«
»Dann solltest du lernen, nicht mit dem Messer auf Menschen loszugehen.«
»Wenn du sagst, ihr tut mir auch dann etwas, wenn ich das Geld herbeischaffe . . .«
»Ich sage, wir tun dir ganz bestimmt etwas, wenn du das Geld *nicht* herbeischaffst. Das sage ich.«
»Das verstehe ich.«
»Hoffentlich.«
»Aber ich sage, daß es unmöglich ist, das *ganze* Geld herbeizuschaffen. Das sage ich.«
»Wirklich zu schade.«
»Warte noch einen Moment.«
»Ich bin noch dran.«
»Wieviel Zeit habe ich?«
»Wieviel Zeit brauchst du?«
»Selbst um die fünfhundert zu beschaffen, brauche ich eine Woche, zehn Tage.«
»Das steht völlig außer Frage.«
»Wieviel Zeit dann? Nenn mir doch deine Scheißbedingungen!«

»Ah«, sagte er.

Tadelnd. Eine Rüge für ihre schlimmen Ausdrücke. Ts, ts. ts.

Einige Sekunden lang sagte sie nichts. Bekam sich wieder in Kontrolle. Beruhigte sich. Dann sagte sie: »Ich muß mit Leuten reden, die Vermögenswerte in Geld umwandeln können. Das erfordert Zeit. Ich muß wissen, wieviel Zeit ich genau habe.«

»Mittwoch«, sagte er, und sie hatte das Gefühl, er habe eine völlig willkürliche Frist gesetzt.

»Ich glaube nicht, daß ich das schaffen kann«, sagte sie. »Die Zeit reicht nicht.«

»Die Zeit *muß* reichen.«

»Ich glaube, du begreifst nicht.«

»Wir begreifen sehr wohl.«

»Nein. Kannst du mir mal eine Minute zuhören? Bitte. Ich will euch das Geld geben, das müßt ihr begreifen, ich will einen Schlußstrich unter dieser Geschichte. Aber . . .«

»Das wollen wir auch.«

»Aber ihr könnt nicht einfach bei mir anklingeln und erwarten, daß ich zwei Millionen Dollar in . . .«

»Sag du's mir«, sagte er.

»Wieviel Zeit ich brauche?«

»Ja. Sag's mir.«

»Du begreifst, daß ich nur eine halbe Million aufbringen kann. Es wäre unmög . . .«

»Nein, die vollen zwei Millionen. Wieviel Zeit?«

»Ich . . .«

»Sag's!«

»Kann ich zurückrufen?«

»Wir rufen dich an. Sag uns, wann.«

»Heute ist Sonntag . . .«

»Ja, ein Ruhetag.«

Sarkasmus in seiner Stimme. Dieser Hundesohn!

»Ich muß morgen einige Anrufe machen, um herauszufinden, wie lange es dauert.«

»Gut. Wann?«

»Könnt ihr mich um halb vier anrufen? Nicht später.«

»Wieso? Kommt dann dein Freund nach Hause?«

»Halb vier«, sagte sie. »Bitte. Aber ich denke, ihr solltet wirklich darauf vorbereitet sein . . .«

Und zögerte.

Schweigen.

Er wartete.

Das Schweigen zog sich hin.

»Weißt du . . . ich habe wirklich gemeint, was ich gesagt habe . . .«

Und wieder zögerte sie.

Weil sie wußte, was er erwidern würde, wenn sie ihm erneut sagte, daß es unmöglich sei, viel mehr als eine halbe Million aufzutreiben. Er würde ihr mit Bestrafung drohen, Angst vor Säure oder Stahl erzeugen, ihr Verstümmelung verheißen. Aber die Fakten mußten ausgesprochen werden.

»Hör zu«, sagte sie, »ich bin absolut ehrlich zu dir. Ich will nicht, daß mir etwas zustößt, aber es gibt keine Möglichkeit, daß ich mehr als eine halbe Million aufbringen kann. Nun gut, vielleicht ein *bißchen* mehr, ich bin ehrlich zu dir, ich hoffe, dir ist das klar, aber zwei Millionen sind völlig außer Frage, das schaffe ich einfach nicht, es gibt keine Möglichkeit, über Nacht eine halbe Million in *zwei* Millionen zu verwandeln.«

Wieder langes Schweigen.

Und dann überraschte er sie.

Er bedrohte sie nicht schon wieder.

Statt dessen offerierte er ihr eine Lösung.

»Es gibt eine Möglichkeit«, sagte er.

»Nein, es . . .«

»*Sí*«, sagte er. »*La cocaína.*«

Und legte auf.

Carella ging an dem Sonntagnachmittag erst kurz vor zwei Uhr aufs Revier zurück, nachdem er Irene Brogan das Versprechen abgenommen hatte, daß sie ihre Haushälterin in San Diego anrufen werde, sobald sie ins Hotel zurückkehrte. Vorher hatte er sie gefragt, ob sie den Brief ihres Bruders noch habe. Irene sagte, vermutlich sei er noch irgendwo in ihrem Schreibtisch. Sie sollte die

Haushälterin bitten, den Brief zu suchen. Wenn sie ihn fände, sollte sie ihn sofort per Expreß an Carella schicken. Irene schien zu verstehen, warum er den Brief selber lesen wollte: ein frisches Auge, unbeteiligte Gefühle, ein Verstand, der darauf trainiert war, Bedeutungsnuancen aufzuspüren. Aber sie versicherte ihm erneut, daß ihr Bruder weder in dem Brief noch in ihrem Telefongespräch den Namen der Frau genannt hatte, mit der er ein Verhältnis hatte.

Meyers Bericht wartete auf Carellas Schreibtisch.

Er war auf ein Protokollformular getippt, war aber eher eine längere Notiz als ein formeller Bericht. Informell und im Plauderton beschrieb er detailliert, wie Andrew Hobbs am späten Abend (eigentlich am frühen Morgen) das Revier aufgesucht hatte, um zu gestehen, daß er das Pentagramm auf das Tor gemalt hatte, und zu erklären, daß ihn »nicht der Teufel, sondern seine Mutter Abby dazu veranlaßt hatte«. Meyers Formulierung. Ein Hauch von Humor im alten Siebenundachtzigsten. Der Bericht endete mit der Empfehlung, daß entweder Carella oder Hawes sich in der Kirche des Ungeborenen mit Schuyler Lutherson unterhalten sollten.

Carella ging mit der Notiz zum Aktenschrank, suchte die Akte des Falles Birney heraus und steckte Meyers Blatt in den Umschlag. Erneut fiel ihm ein, daß es schon Sonntag war. Selbst der heißeste Fall wurde nach einigen Tagen ohne eine Spur kalt. Dieser Fall war von Anfang an kalt gewesen. Nichts Greifbares bis zu diesem Vormittag, als plötzlich eine Frau im Leben des Priesters auftauchte. Greifbar genug, nahm Carella an. Aber Motiv für einen Mord? In diesem Revier, in der ein schiefer Blick auf die Frau eines anderen zwei gebrochene Beine zur Folge haben konnte, vermochte ein *Priester,* der herumvögelte, sehr wohl einen Mord zu provozieren, o ja. Vielleicht konnten allein diese Worte – ein Priester, der herumvögelte – einen Aufstand entzünden.

Er vermutete, in der guten alten Zeit – als heitere Mönche die Röcke kichernder Bauernmädchen hochwarfen und ihre Liebchen im Heuschober kitzelten – war die Religion nicht ganz so ernst genommen worden wie heutzutage. Vielleicht war über die

Jahrhunderte etwas verlorengegangen. Vielleicht erwartete man von Priestern nicht, Götter zu sein, vielleicht erwartete man nur von Gott, Gott zu sein. Aber lächelte Gott denn nie? Würde Er es nicht vielleicht komisch finden, daß vier Häuserblocks entfernt von einer Gemeinde, die unverhohlen den Teufel anbetete, einer seiner ergebenen Diener – soll jemand anders eine andere Formulierung finden, dachte Carella, für mich hat er herumgevögelt.

Plötzlich ging ihm auf, daß Father Michaels Taktlosigkeit – was vielleicht eine bessere Formulierung war – ihn maßlos erboste.

Cherchez la femme, dachte er.

Aber zuerst einmal suchen wir Bobby Corrente auf und fragen ihn, was *er* über die Ereignisse vom Ostersonntag weiß.

Bobby Corrente war über eins achtzig groß, und er wog mindestens fünfundachtzig Kilo, jedes Gramm harter Muskel. Er hatte sandfarbene Haare und haselnußbraune Augen, und er sah seinem Vater so ähnlich wie eine Bohnenstange einem Feuerhydranten. Carella konnte sich vorstellen, daß seine Mutter die Queen beim Collegeball gewesen war. Ganz freundlicher Charme und einnehmendes Äußeres, erhob sich von der Treppe, auf der er mit zwei Mädchen gesessen hatte, die ungefähr ein Jahr jünger als er zu sein schienen, so um die fünfzehn, sechzehn.

»Nett, Sie kennenzulernen, Detective Carella«, sagte er und streckte die Hand aus.

Sie wechselten einen Händedruck. Die Mädchen schienen mehr Ehrfurcht vor Bobby als vor dem zugereisten Cop zu haben. Mit offenem Mund und weiten Augen blickten sie bewundernd zu dem gutaussehenden Jüngling hoch, der sich so locker und natürlich mit einem Detective unterhalten konnte, ihm sogar die *Hand* drücken konnte. Als Bobby sagte: »Ihr entschuldigt uns doch. Mädels?« und damit signalisierte, sie sollten sich möglichst elegant entfernen, dachte Carella, sie würden sich vor lauter Dankbarkeit ins Höschen machen. Lächelnd, ehrfurchtsvoll und kratzfüßig wie Leibdiener in einem Film übers historische China, gelang es ihnen, sich rückwärts von ihnen fortzubewegen, ohne über die eigenen Füße zu stolpern, rannten dann die Straße entlang, wobei sie sich noch oft zu dem strahlenden Jungkaiser umdrehten, der der einheimischen Polizei eine Audienz gewährt hatte. Bobby kombinierte ein verlegenes Achselzucken mit einem jungenhaften Grinsen, die zusammen ausdrückten: Was soll man machen, wenn man so gut aussieht? Carella nickte verständnisinnig, auch wenn er dieses Problem nie gehabt hatte.

»Ich bin froh, daß ich dich gefunden habe«, sagte er. »Ich würde dir gern ein paar Fragen stellen.«

»Klar. Was Sie wollen«, sagte Bobby.

»Nach dem, was dein Vater mir erzählt hat, hat Nathan Hooper versucht, am Ostersonntag hier Dope zu verkaufen, richtig?«

»Mr. Crack«, sagte Bobby und nickte.

»So nennen sie ihn auf der Straße, hm?«

»So nennen sie ihn in der Schule.«

»Mr. Crack.«

»Ja, die Kinder in der Grundschule. Und deshalb wollten wir ihn nicht in unserem Viertel haben. Schlimm genug, daß er in der Schule ist, hab ich nicht recht? Wir haben ihn gewarnt, haben ihm gesagt, er soll sich von der Schule und aus unseren Straßen fernhalten. Aber er ist trotzdem hierhergekommen.«

»Warum meinst du, hat er das getan?« fragte Carella.

»Ich kann's mir noch immer nicht vorstellen«, sagte Bobby kopfschüttelnd. »Ich denke, er wollte sich einfach Ärger einhandeln.«

»Erzähl mir, was passiert ist«, sagte Carella.

Passiert ist, daß es halb drei oder drei Uhr nachmittags am Ostersonntag ist und alle Jungen und Mädchen draußen vor dem Haus von Danny Peretti herumhängen. Das ist North Eleventh 275, in der Nähe von dem italienischen Deli. War kein so angenehmer Tag, Ostersonntag, wissen Sie noch? Viel Wind, sehr grau, sah nach Schnee aus. Am Morgen sind wir alle zur Kirche gegangen, genauer gesagt, zur Zwölf-Uhr-Messe, es war Ostern, und wir sind zu St. Kate's gegangen, wo Father Michael uns später weggejagt hat. Aber man kann ihm das nicht vorwerfen, er hat nicht gewußt, was passiert war. Er wußte nur, daß eine Horde junger Leute in seiner Kirche herumbrüllt und tobt.

Da waren wir also, ich weiß nicht, und haben vor den Mädchen eine Schau abgezogen und herumgealbert. Ich weiß noch, wie Allie seine Tony-Bennett-Parodie abgezogen und *I Lost My Heart in San Francisco* gesungen hat, aber es klang mehr nach Jerry Lewis, haben Sie mal Jerry Lewis singen hören? O Mann. Jedenfalls hatten wir unseren Spaß, Sie wissen schon, was ich meine. Das Wetter war schlecht, und Ostern ist ja eigentlich Frühling, die Sonne soll scheinen – *Ostern*, ja? Jdenfalls haben wir versucht, das Beste daraus zu machen.

Und ganz plötzlich war er da.

Ich habe meinen Augen nicht getraut.

Keiner von uns hat das.

Ich meine, da kommt Mr. Crack persönlich, dem wir wenigstens hundertmal gesagt haben, er soll seinen Dreck aus dem Viertel und aus der Grundschule rauslassen, und da kommt er die Straße hochstolziert, als hätte er sie grade gekauft. O Mann. Allie hat mit seiner Tony-Bennett-Nummer aufgehört, und wir alle haben nur dagesessen und gesehen, wie er immer näher kam. Er trägt sein Haar so, wie es jetzt alle tragen, direkt unter den Ohren rasiert und dann so was wie ein umgedrehter Blumentopf. Er hat sich rausgeputzt, schließlich ist Ostersonntag. Er kommt auf uns zu. Wir alle beobachten ihn, wie er die Straße entlangschleicht. Sitzen völlig perplex da. Überlegen, ob er verrückt geworden ist oder was. Er hat ein breites Grinsen auf dem Gesicht. Breites Melonenfressergrinsen. Hier kommt Mr. Crack, Jungs und Mädels, hier kommt er, um seine Zuckerchen zu verteilen. Holt eure Fünf-Dollar-Scheine raus, hier kommt der Mann, der all eure Sorgen vertreibt.

Tag auch, Ladies, sagt er und nickt den Mädchen zu.

Wissen Sie, als wäre er Eddie Murphy.

Und nicht so ein Nigger, der hier Crack verkaufen will.

Hallo, Jungs, sagt er, wie geht's denn so?

Einer der Jungs, Jimmy Gottardi, er kannte Hooper persönlich von damals, als sie die Aktion Großreinemachen an der Fifth durchgezogen haben. Die Leute aus dem Viertel haben ein Grundstück gereinigt, das voller Müll, Unrat und so war. Jimmy und ein paar andere aus dem Block, die an dem Sonntag aber nicht dabei waren, hatten sich freiwillig gemeldet, um mit anzupacken. Sie sehen also, es stimmt nicht, was über die Ereignisse von Ostersonntag erzählt wird. Ich meine, das waren *Weiße,* die in einem schwarzen Viertel geholfen haben, ein leerstehendes Grundstück sauberzumachen. Sie bekamen kein Geld dafür, sie taten es als einen Dienst an der Gemeinschaft. Wer da noch sagt, die Sache am Ostersonntag wäre rassistisch, ist nicht ganz bei Trost.

Jedenfalls kannte er Hooper von dieser Reinemach-Geschichte, und er sagt: Hey, Nate – Hoopers Vorname ist Nathan, er nennt sich Nate, wenn er nicht gerade Mr. Crack ist –, hey, Nate, wie geht's, so als ob er ihm die Chance geben will zu erklären, daß er nicht hier ist, um Crack zu verkaufen – im Zweifel für den Angeklagten. Und Hooper steht grinsend da und antwortet Jimmy: Ganz gut, Mann, alles cool, Mann – Sie wissen ja, wie die so reden –, und Jimmy sagt: Was treibt dich in die Eleventh, Nate, und Hoopers Blicke beäugen die Straße rechts und links, prüfend, wissen Sie, und dann werden seine Augen ganz ernst und hart, und das Lächeln aus seinem Gesicht ist verschwunden, und er fragt: Braucht jemand was?

Natürlich meint er, ob jemand Crack braucht. Denn falls wir es brauchen, ist er hier, um es zu verkaufen. Er wendet sich an eins der Mädchen . . .

»Das habt ihr nur *interpretiert,* richtig?« fragte Carella. »Daß er damit sagen wollte, daß er Crack verkauft.«

»Interpretiert! Was meinen Sie mit *interpretiert*? Er hat gar nicht drum rumgeredet.«

»Ich dachte, er hätte nur gefragt . . .«

»Nein, nein, das war bloß am *Anfang.* Aber dann hat er eins der Mädchen angesprochen und gesagt: ›Honey, bist du auf 'ne Ration bestes Crack scharf?‹

Das ist ein fünfzehnjähriges Mädchen, das er anspricht, Laurel Perucci, sie wohnt im selben Haus wie ich. Fünfzehn Jahre, ich glaube, sie weiß nicht mal, was Crack überhaupt ist, und er fragt, ob sie eine Ration bestes Crack haben will. O Mann! Aber wir tun immer noch nichts, ehrlich. Er war hier, er wollte Dope verkaufen, aber niemand regte sich auf, niemand ging an die Decke. Im

Gegenteil, Jimmy, der beim Großreinemachen mitgemacht hat, sieht ihn an und sagt: Laß es doch, Nate, das hier ist nicht so ein Viertel, irgendwas in dieser Richtung, damit er weiß, daß wir hier leben und kein Dope hier haben wollen, okay, vergiß es. Und Hooper macht: Ooh, stimmt das, Mann? Und er quatscht wieder Laurel an und sagt: Honey, wie würde dir ein bißchen von diesem süßen Zeug gefallen, hm, Baby? Und er hält das Fläschchen mit dem Crack genau da, wo sein Schwanz ist, begreifen Sie? Er macht es zweideutig. Als will er uns ins Gesicht spucken. Er sagt nicht nur, daß er hier Crack verkaufen will, er beleidigt auch noch ein unschuldiges, fünfzehn Jahre altes Mädchen. Und da ist es passiert.«

»Was ist passiert?« fragte Carella.

»Eine Prügelei ging los, was denken *Sie* denn?«

»Jemand hat ihn mit dem Baseballschläger getroffen, stimmt das?«

»Nein, was für ein Baseballschläger? Da war kein Baseballschläger. Wir haben es mit den Fäusten ausgetragen. Es war Ostersonntag, wer würde da Baseball spielen? Wo sollte ein Baseballschläger herkommen?«

»Hooper sagt, er sei von einem Baseballschläger getroffen worden.«

»Hooper ist ein dreckiger Lügner.«

»Er sagt, er sei mit Baseballschlägern und Mülltonnendeckeln die Straße entlang gejagt worden.«

»Klar. Weil *er* das verdammte *Messer* hatte.«

»Er hatte ein Messer?«

»Ein Schnappmesser. Er hat's gezogen, als ihn der erste Fausthieb traf.«

»Wer hat ihm den ersten Fausthieb versetzt?«

»Ich. Ich geb's zu«, sagte Bobby und grinste.

»Und du sagst, er hat ein Messer gezogen?«

»Sofort.«

»Und dann?«

»Einer der Jungs hat ihn von hinten angegriffen, am Hinterkopf. Und er muß gemerkt haben, daß ihm das Messer hier nichts nützt und er sich besser so schnell wie möglich davonmacht. Deshalb fing er zu rennen an. Und wir sind hinter ihm hergerannt.«

»Zu der Kirche.«

»Ja, er ist in St. Kate's reingerannt. Wir haben ihn auch da drinnen gejagt. Und dann fing Father Michael zu brüllen an, wir wären Ganoven und all das und sollten aus der Kirche verschwinden, und wir haben versucht, ihm zu sagen, daß dies ein Crackdealer ist, daß er versucht hat, Dope in unserem Viertel zu verkaufen, daß er eins unserer Mädchen beleidigt hat, daß er ein *Messer* hat, Herrgott noch mal . . . Ich gebe zu, das hab ich in der Kirche gesagt, ich gebe zu, ich habe den Namen des Herrn mißbraucht. Father Michael kriegte einen Anfall. Was? Was hast du da gesagt? Wie kannst du es wagen? Raus hier, das ist ein Gotteshaus und so. Da sind wir gegangen. Manchmal entfernt man sich eben, Sie wissen schon, was ich meine. Manchmal kann man eben nicht gewinnen.«

»Und dann?«

»Und dann *was*? Wir sind nach Hause gegangen.«

»Hast du sonst jemanden in der Kirche gesehen? Als ihr dort wart?«

»Nein. Nur Father Michael.«

»Jemanden gehört?«

»Nein.«

»Hast du nicht zwei Leute streiten hören?«

»Nein. Was für zwei Leute?«

»Stimmt es, daß ihr geschworen habt, euch Hooper *und* Father Michael vorzunehmen? Wegen . . .«

»Wovon reden Sie? Was geschworen?«

»Wegen der Ereignisse am Ostersonntag.«

»Ach was. Das hör ich zum ersten Mal.«

»Ihr habt also nicht geschworen, sie euch vorzunehmen, ist das richtig?«

»Weshalb? Ist Hooper seitdem noch mal in das Viertel gekommen? Ist er nicht. Hat er sich bei der Schule rumgedrückt und mit Dope gedealt? Hat er nicht. Warum sollten wir ihn uns also vornehmen? Wir haben es ihm Ostern gründlich genug gezeigt.«

»Und der Priester? Father Michael?«

»Er hat bloß getan, was er für richtig hielt. Er hat geglaubt, er hilft dem armen, unschuldigen Jungen, der von einer Schlägerbande verprügelt wird. Ich würde dasselbe tun, das können Sie mir glauben. Wenn ich dächte, daß jemand im Recht ist? Ganz genau dasselbe. Warum sollten wir also sauer auf ihn sein. Ich bin seitdem sogar jeden Sonntag in der Kirche gewesen. Die andern Jungs auch. Die Kirche ist für uns wie ein Treffpunkt. Wir gehen jeden Sonntag zur Zehn-Uhr-Messe. Freitags gehen wir zum Tanzabend des Jugendclubs. Wir hatten nichts gegen Father Michael. Praktisch gehörte er zu uns, jedenfalls bis zu dem, was Ostern passiert ist. Eine schreckliche Sache, die man mit ihm gemacht hat. Ganz schrecklich.«

»Wenn du sagst, er gehörte praktisch zu euch . . .«

»Wissen Sie, er hat mit uns rumgeulkt, Witze erzählt, sich nach unsern Problemen erkundigt, ein richtig netter Kerl, ehrlich, manchmal hat man richtig vergessen, daß er ein Priester war. Ich glaub immer noch, was er Ostern gemacht hat, hat er gemacht, weil er die Situation mißverstanden hat. Er hat nicht gewußt, was für ein Mensch Hooper wirklich ist. Mich würd's nicht mal überraschen, wenn . . .«

Bobby verstummte, schüttelte den Kopf.

»Ja?« fragte Carella.

»Mich würde es nicht überraschen, wenn sich rausstellt, daß Hooper was mit dem Mord zu tun hat.«

»Wieso sagst du das?«

»Ein Gefühl, mehr nicht.«

»Aber woher kommt dieses Gefühl?«

»Ich weiß es nicht. Ich weiß nur, wenn einer Dope verkauft, kann *alles* passieren. Auch, daß jemand umgebracht wird. Mehr weiß ich nicht«, sagte Bobby und nickte in sicherer Gewißheit. »Mehr weiß ich nicht.«

Willis rief an dem Nachmittag kurz vor drei aus dem Wachraum an. Die Nachmittagssonne schien durch die Fenster, er saß an seinem Schreibtisch und wählte zuerst 0-1-1 und dann 5-4-1 und dann die Nummer, die in seinem internationalen Polizeiverzeichnis aufgelistet war. Er wartete. Das fremde Läuten klang irgendwie eindringlich. Auf der anderen Seite des Raumes tippte

Andy Parker, mit beiden Zeigefingern auf die Maschine einhakkend, einen Bericht. Sonst war der Wachraum leer. Das Telefon läutete weiter. Er überlegte, was er wohl sagen könnte, wenn der Lieutenant ihn fragte, warum er in Buenos Aires . . .

»*Central de Policia*«, meldete sich eine Frauenstimme.

»Hallo«, sagte er, »sprechen Sie englisch?«

»*Perdóneme?*«

»Ich rufe aus den Vereinigten Staaten an«, sagte er, sorgsam das Wort *Amerika* vermeidend, weil sie dort unten sehr empfindlich damit waren. »*Los Estados Unidos*«, sagte er. »Ich bin Polizist, *un policía*«, versuchte er es radebrechend. »*Un detective*«, fügte er in mutmaßlich spanischer Aussprache an – Dee-teck-tie-weh. »Haben Sie jemanden, der englisch spricht, bitte, *por favor*?«

»Eine Momente, bittä«, sagte die Frau.

Er wartete.

Einen Moment, zwei Momente, drei Momente, volle *sechs* amerikanische Momente, die sich wahrscheinlich zu einem argentinischen Moment addierten, und dann sprach eine Männerstimme aus dem Telefon.

»*Teniente* Vidoz, wie kann ich Ihnen behilflich sein, bitte?«

»Mein Name ist Harold Willis«, sagte Willis. »Ich bin Detective dritten Dienstgrads beim 87. Revier hier . . .«

»*Sí, señor?*«

»Wir ermitteln in einem Fall, bei dem Sie uns möglicherweise helfen können.«

»Oh?«

Zurückhaltend.

Es gibt auf der ganzen Welt keinen Cop, der sich zu seiner ohnehin überlastigen Aufgabenflut eine ausländische Ermittlung hinzuwünscht. Ausländisch hieß, alles außerhalb des eigenen Reviers. Mochte es das Revier nebenan sein, es war trotzdem ausländisch. Bahia Blanca, dreihundert oder mehr Meilen südlich von Buenos Aires, war definitiv ausländisch. Rio Gallegos, ganz nahe bei der chilenischen Grenze, lag praktisch *innerhalb* eines anderen Lands. Und die Vereinigten Staaten? *So* weit da oben? Das lohnte nicht einmal die Frage.

Doch hier war jemand, der sich als Detective dritten Dienstgrads vorstellte, was nach Lieutenant Vidoz' Annahme eine niedere Charge im Polizeiapparat war, und er ermittelte in einem Fall, und er benötigte Hilfe. Hilfe. Von der Polizei in Buenos Aires. *Norteamericanos* waren eine nervige Bande.

»Welche Art Hilfe?« fragte Vidoz in der Hoffnung, seine Stimme übermittle den unmißverständlichen Eindruck, daß er in keiner Art, Weise und Form zu helfen wünschte. Er hatte nur den Wunsch, seine Freundin zu besuchen, bevor er nach Hause ging. In Argentinien war es bereits Viertel vor sechs. So sah seine Wunschlage aus.

»Ich habe zwei Namen«, sagte Willis. »Ich hatte gehofft, Sie könnten beide für mich durchlaufen lassen.«

»Durchlaufen durch *was*?« fragte Vidoz.

»Durch Ihren Computer. Ich dachte, Sie haben vielleicht ein Vorstrafenregister. Falls ja, können Sie es mir ja vielleicht faxen und . . .«

»Um was für einen Fall geht es?« fragte Vidoz.

»Mord«, sagte Willis.

Das geheime Losungswort.

Mord.

Kein Cop auf der Welt will sich mit einem ausländischen Fall belasten, aber ebensowenig würde irgendein Cop auf der Welt einen Mordfall ignorieren. Willis wußte das. Vidoz wußte das. Beide Cops seufzten schwer. Willis in gespielter Erschöpfung nach Tagen und Nächten der Arbeit an einem Mordfall, den er gerade erst erfunden hatte, Vidoz, weil es über die Maßen lästig, aber dennoch unerläßlich war, dieser Bitte zu entsprechen.

»Wie lauten die Namen?« fragte er.

»Ramon Castaneda und Carlos Ortega«, sagte Willis.

»Geben Sie mir Ihre Fax-Nummer«, sagte Vidoz.

Willis gab sie ihm.

Die Information aus Buenos Aires kam kurz nach sieben per Fax, das hieß, kurz nach acht in Argentinien, wo Lieutenant Francisco Ricardo Vidoz die fotokopierten Akten in das Gerät einfütterte und darüber fluchte, daß er seine Abend-*Cita* mit einer gewissen Carla de Font-Alba versäumt hatte. Im Schreibbüro des 87. Polizeireviers zog Sergeant Alfred Benjamin Miscolo die Seiten aus dem Fax-Gerät, bemerkte zu seinem Assistenten, Juan Luis Portoles, daß sie in Spanisch seien, und sah dann, daß sie an »Det/3 Harlow Wallace« adressiert waren, womit vermutlich Hal Willis gemeint war. Nach einem Blick über die Seiten – es waren insgesamt acht – pfiff Portoles und sagte: »Das sind wirklich ein paar schlimme *hombres,* Sarge.«

Wahrscheinlich bezog er sich auf ein paar Worte, die ihm aufgefallen waren, Worte wie . . .

Robo . . .

Asalto con Lesiones . . .

Violación . . .

. . . und vor allem *Homicidio.*

8

Der Anruf von Kristin Lund am Montagvormittag kam überraschend. Samstag nacht, an ihrer Tür, hatte sie betont die Hand zum Gute-Nacht-Gruß ausgestreckt, und Hawes hatte den Eindruck, das sei auch schon das Ende der Geschichte. Doch hier war sie nun, temperamentvoll und sprühend, und fragte ihn, ob er schon zu Mittag gegessen habe.

»Nein«, sagte er.

»Weil ich hier in der Kirche ein paar Sachen aufräume, und ich dachte, da ich schon mal in der Gegend bin . . .«

»Liebend gern«, sagte er. »Soll ich Sie dort abholen?«

»Aber ich kann doch auch am Revier vorbeikommen«, sagte sie. »Vielleicht können Sie mir wieder die Fingerabdrücke abnehmen.«

»Vielleicht«, sagte er und rätselte über den Händedruck von Samstag nacht. Schauspielerinnen, dachte er und schüttelte den Kopf.

»In einer halben Stunde, okay?«

»Prima«, sagte er.

»Ich war mir gar nicht sicher, ob Sie heute arbeiten«, sagte sie.

»Wieso?«

»Memorial Day.«

»Ach, ja.«

Für Cops kamen und gingen Feiertage wie jeder andere Tag.

»Aber ich freue mich, daß Sie dort sind«, sagte sie. »Bis später.«

Und hängte ein.

Er legte den Hörer auf die Gabel und sah auf die Uhr. Es war jetzt Viertel nach elf. Einige Sekunden starrte er, immer noch rätselnd, ausdruckslos in das durch die vergitterten Fenster hereinströmende Sonnenlicht.

Zehn Minuten nachdem Hawes das Büro verlassen hatte, übergab ein uniformierter Cop Carella den Umschlag von Federal Express. Er erklärte, er sei unter anderem Kram unten in der Verteilerstelle vergraben gewesen, und Sergeant Murchison habe ihn erst jetzt entdeckt. Als er sich für die Verzögerung entschuldigte, die das möglicherweise verursachte, hörte er sich leicht sarkastisch an.

Das rot-blaue Päckchen enthielt den Brief, den Father Michael seiner Schwester am zwölften Mai geschrieben hatte. Er war auf Kirchen-Briefpaper geschrieben, oben auf der Seite stand in erhabenen schwarzen Lettern *St. Catherine's Roman Catholic Church*, direkt darunter die Adresse. Father Michael hatte den Brief mit der Hand geschrieben, doch in seiner Handschrift war nichts, das die erkennbar emotionale Belastung verriet, die ihn veranlaßt hatte, seiner älteren Schwester das Herz auszuschütten. Sie war vielmehr klein und präzise, die Worte marschierten wie zum steten Rhythmus eines verborgenen Trommlers über die Seiten.

Meine liebe Schwester,

es ist lange her, daß Du und ich uns bedeutungstragend über etwas unterhalten haben, und ich vermute, das hat mit dem ungleichen – und entfernten – Leben zu tun, das wir führen. Was immer der Grund sein mag, ich vermisse die intensiven persönlichen und privaten Gespräche, die wir noch führten, als ich aufwuchs, ebenso wie die guten Ratschläge, die Du mir bei mehr als einer Gelegenheit erteilt hast. Wobei übrigens Dein Rat, dem Ruf meines Herzens zu folgen und in den Dienst unseres Herrn Jesus Christus zu treten, nicht der geringste war.

Ich schreibe diesen Brief in der Hoffnung, daß ich Dir noch immer meine tiefsten Empfindungen offenbaren darf.

Irene, ich bin sehr beunruhigt.

Seit einer Weile, genauer gesagt, seit kurz vor Ostern, hege ich höchst ernsthafte Zweifel an meiner Fähigkeit, Gott zu lieben und ihm so ergeben zu dienen, wie ich es gelobt habe. Mittlerweile habe ich einen Punkt erreicht, an dem ich mich nicht in der Lage fühle, am Sonntag vor eine Gemeinde zu treten, die Beichte abzunehmen oder junge Menschen nach den Erfordernissen geistlicher Anleitung zu führen – kurz gesagt, Pflichten und Aufgaben des Priestertums nachzukommen.

Der Abscheu vor mir selbst hat seinen Gipfel am Ostersonntag erreicht, als ich dabei scheiterte, mich einer Situation zu entziehen, die allverzehrend

und lähmend geworden ist. Da wurde mir bewußt, daß ich mich in den Fallstricken des Teufels verfangen habe und zu einer Bedrohung geworden bin, zu einer Bedrohung für mich selbst, für die Schäfchen meiner Herde und, mehr noch, zu einer Bedrohung für Gott.
Irene, ich weiß nicht, was ich tun soll. Hilf mir! Bitte.

Dein Dich liebender Bruder
Michael

Carella las den Brief ein zweites Mal und nahm dann den ersten Absatz von Irenes Antwortbrief in Augenschein:

Mein liebster Bruder,
gerade erhalte ich Deinen Brief vom 12. Mai, und ich kann Dir gar nicht sagen, mit welch kummervollem Herzen ich mich sofort an die Antwort mache. Michael, wie ist es Dir nur gelungen, Dir einen solchen Turm des Zweifels zu errichten? Und hast Du nicht das Gefühl, Du solltest Deine Ängste dem Bischof Deiner Diözese offenbaren? Ich weiß einfach nicht, wie ich Dir raten oder beistehen kann.

Dies von einer Schwester, die Michael Birney in dessen jungen Jahren gute Ratschläge »bei mehr als einer Gelegenheit erteilt« hatte. Für Carella las sich ihr Brief wie eine Abfuhr. Verschone mich mit deinen Problemen, ich bin unterwegs nach Japan. Ich rufe dich vor unserer Abreise an, dann können wir etwas plaudern. Bis dahin scheint sowieso wieder die Sonne. Außerdem weiß ich, daß du durch dein Gebet zur Erleuchtung und Errettung finden kannst. Der arme Hund hat, wie sich später herausstellt, eine Affäre mit einer Frau, aber seine Schwester möchte nicht belästigt werden. Gestern bei der Beerdigung Tränen in den Augen. Carella schüttelte den Kopf.

Und dann ging er zum Schreibbüro, machte eine Kopie von Father Michaels Brief und strich mit einem gelben Markierstift die Worte und Satzteile an, die er in dem Fall für möglicherweise hilfreich hielt:

Seit einer Weile, genauer gesagt, seit kurz vor Ostern . . .

Also hatte die Affäre »kurz vor Ostern« begonnen. »Kurz« war ein relativer Begriff, das konnte zwei *Tage* oder zwei *Wochen* oder sogar zwei *Monate* vor Ostern bedeuten. Jedenfalls hatte er nicht »Seit langer Zeit« geschrieben. Seine genauen Worte lauteten »Seit einer Weile«. Das war immerhin etwas.

Der Abscheu vor mir selbst hat seinen Gipfel am Ostersonntag erreicht . . .

Wieder der Ostersonntag. Der Tag, an dem Nathan Hooper Zuflucht in der Kirche gesucht hatte. Der Tag, an dem er Father Michael mit einem Unsichtbaren hatte streiten hören. Der Tag, an dem der Priester Bobby Corrente und seinen Freunden wütend die Tür gewiesen hatte.

. . . als ich dabei scheiterte, mich einer Situation zu entziehen, die allverzehrend und lähmend geworden ist.

Meinte er damit den Streit, den er mit dem unsichtbaren, unbekannten Mann hatte? Hatten sie über die Affäre gestritten . . .

. . . die allverzehrend und lähmend geworden ist?

Was hatte dieser Mann ihm gesagt, als Hooper in die Kirche stürzte, blutend und von einem wütenden Mob gehetzt?

Da wurde mir bewußt, daß ich mich in den Fallstricken des Teufels verfangen habe . . .

Die Fallstricke des Teufels, sinnierte Carella und fragte sich, was der Priester damit gemeint hatte.

»Was hatten Sie in der Kirche aufzuräumen?« fragte Hawes.

»Ach, nur ein paar Sachen in meinem Schreibtisch. Der Priester, der Father Michaels Stelle einnimmt, bringt seine eigene Sekretärin mit.«

»Father Oriella? Ich dachte, er kommt nur vorübergehend.«

»Tja, anscheinend nicht«, sagte Krissie und warf ihr Haar, wie Schauspielerinnen es tun. Hawes nahm an, es gab Schauspielunterricht, in dem man beigebracht bekam, wie man sein Haar warf. »Morgen such ich mir was anderes. Es sei denn, mir wird eine Rolle angeboten«, sagte sie achselzuckend.

Samstag abend hatte sie ihm aufrichtig und ernsthaft erklärt, manchmal bezweifle sie, daß sie überhaupt jemals eine Rolle bekäme. Doch Hoffnung lebte offenbar ewig. Jetzt war Montag, und sie sang wieder das alte traurige Lied der Schauspielerin. Eine Rolle. Und wenn sie kommt, bin ich *bereit.* Und wenn ich sie verliere, dann deshalb, weil sie jemanden suchten, der größer ist. Oder kleiner. Oder blonder. Oder dunkler. Schauspielerinnen, dachte er und fragte sich, was er hier eigentlich machte.

Sie aßen in einem neuen italienischen Restaurant an der Culver. In dieser Stadt schossen Restaurants wie Pilze (oder, in manchen Fällen, wie Giftpilze) aus dem Boden, und die meisten neuen waren italienisch. Der amerikanische Fimmel für Pizza schien keine Grenzen zu kennen. Einige der Restaurants überlebten. Die meisten gingen nach zwei oder drei Monaten Überlebenskampf unter. Krissie hatte die Kalbs-Piccata bestellt. Hawes hatte die Cannelloni bestellt. Nach dem Geschmack der Sauce zu urteilen, gab er dem Laden zwei oder drei *Wochen.*

»Würde es Ihnen was ausmachen, wenn ich über den Fall spreche?« fragte er.

Heute morgen hatte Carella ihn damit gefüttert, was er gestern auf dem Friedhof erfahren hatte. Daß der Priester eine Affäre hatte. Hawes hatte stumm zugehört. Die Neuigkeit schien ihn zu belasten, aber er wußte nicht genau, warum.

»Nur zu«, sagte Krissie.

»Ich habe mich gefragt . . . Hat Father Michael mit Ihnen jemals über persönliche Dinge gesprochen?«

»Zum Beispiel?«

»Nun . . . persönliche Dinge.«

»Zum Beispiel, zu welchem Zahnarzt er gehen sollte? Oder ob er sich einen neuen Wagen leisten könnte?«

»Nein, ich dachte eher an . . . Zweifel . . . Ängste.«

»Nein. Nie.«

»Haben Sie schon mal seine Post aufgemacht? Oder seine Anrufe entgegengenommen?«

»Ja, selbstverständlich. Ständig.«

»Gab es dabei Briefe oder Anrufe von ...?« Er zögerte und dachte dann: Vorwärts, da mußt du durch. »Gab es dabei Briefe oder Anrufe von Frauen?«

»Ja, natürlich.«

»Von Frauen im besonderen?«

»Ich weiß nicht, was Sie meinen«, sagte sie.

»Frauen, die öfter schrieben oder anriefen, als ... nun ... als man für angemessen halten konnte.«

»Ich weiß immer noch nicht, worauf Sie hinauswollen.«

»Nun ...« Er zögerte. »Wir haben Grund zu der Annahme, daß Father Michael möglicherweise in etwas verwickelt war, mit dem er nicht fertig werden konnte. Etwas, das ihn zur Verzweiflung trieb. Wenn Sie irgend etwas drüber wissen, würden Sie uns sehr helfen, wenn ...«

»Nein, ich weiß nicht, was ihn derart hätte belasten können«, sagte sie.

»Hat er nie von Problemen gesprochen oder ...«

»Nie.«

»Und die Frauen, die angerufen oder geschrieben haben ...«

»Verschiedene Frauen. Zumeist Frauen aus der Gemeinde«, sagte sie.

»Können Sie sich noch an die Namen erinnern?«

»Nicht aus dem Stegreif. Aber alle Briefe müßten abgeheftet sein ...«

»Ja, ich habe sie gesehen.«

»... und über die Anrufe hab ich eine Liste geführt – wenn die neue Sekretärin sie nicht schon weggeworfen hat.«

»Wo müßte die Liste sein?«

»Auf meinem Schreibtisch. Rechts vom Telefon.«

»Ein Buch, ein Block ...?«

»Einer von den vorgedruckten Telefonblocks. Rosa. Während Sie außer Haus waren und so weiter. Und dann Platz für die Nachricht und den Namen und die Nummer des Anrufers.«

»Die Frauen, die angerufen haben ... hat eine von ihnen Father Michael jemals aufgesucht?«

»Ihn aufgesucht?«

»Ja. Ist eine zu ihm in die Kirche gekommen? Um ihn zu sehen. Mit ihm zu sprechen.«

»Da gab es Frauen, die ins Büro gekommen sind, ja«, sagte Krissie und sah ihn an. »Wissen Sie«, sagte sie, »ich habe allmählich das Gefühl, daß Sie ... nun ... ach was, ich bin sicher, ich irre mich.«

»Vielleicht irren Sie nicht«, sagte er. »Was denken Sie denn?«

»Daß ... nun ... nach den Fragen, die Sie mir stellen ... nun, Sie scheinen anzudeuten, daß Father Michael eine ... nun ...«

»Ja?«

»Nun, daß er eine *Affäre* oder so was hatte.«

»Meinen Sie, das hätte der Fall sein können?«

»Nein.«

»Das klingt sehr eindeutig.«

»Ich glaube, Father Michael widmete sich ausschließlich Gott und der katholischen Kirche. Ich bezweifle, daß er Frauen überhaupt als solche *bemerkte*. Oder in dieser Weise an sie dachte.«

»In welcher Weise?«

»In sexueller Weise. Wissen Sie, er war ein gutaussehender Mann ... nun, Sie haben ihn ja gesehen ...«

Hawes hatte eine Leiche gesehen.

Einen Mann, dem zahlreiche Messerstiche versetzt worden waren.

»... die Mädchen aus der Gemeinde waren ganz verrückt nach ihm, das klassisch dunkel-irische Aussehen, das Gene-Kelly-Lächeln ...«

Der Körper auf dem Steinboden des Gartens hatte nicht gelächelt.

Sie hatten es mit einem Mord zu tun, Punkt.

Das Opfer war ein Weißer Anfang Dreißig, dunkle Haare, dunkle Augen.

Gutaussehend?

Hawes konnte sich nicht erinnern.

»... das meine ich. Er war einfühlsam und wunderbar verständnisvoll, und das sind Züge, die Frauen von Natur aus anziehend finden. Aber er war ein Priester, begreifen Sie? Und als solcher konnte er sich nicht auf . . . nun . . . auf fleischliche Dinge . . . einlassen. Er konnte sich nicht als anziehend auf Frauen sehen. Und ganz bestimmt konnte er es sich nicht erlauben, von ihnen angezogen zu werden.«

»Seine Schwester ist da anderer Meinung«, sagte Hawes.

»Ach?« sagte Krissie.

»Sie scheint überzeugt zu sein, daß ihr Bruder eine Affäre mit jemand hatte.«

»Jemand in der Gemeinde?«

»Das hat er nicht gesagt, und sie weiß es nicht.«

»Ich bin überrascht«, sagte Krissie. »Wirklich.«

»Und Sie haben nie ein Anzeichen dafür gesehen, daß er vielleicht . . .«

»Nicht das geringste.«

»Obwohl es Anrufe und Briefe gab . . .«

»Auch von *Männern*.«

»Und Besuche . . .«

»Ja, von Männern *und* Frauen. St. Catherine's ist eine rührige Gemeinde, und er war ein engagierter Pfarrer. Ich weiß noch, wie überrascht ich war, als ich dort zu arbeiten anfing, über die Zahl der Leute, für die er Zeit fand. Seine Energie war . . . nun . . . erstaunlich. Wirklich, ich glaube, der Mann hat nie geschlafen.«

»Wann war das?«

»Als ich mit dem Job anfing? Anfang März, ich weiß noch, daß es geschneit hat. Ich bin von der U-Bahn-Station zur Kirche gegangen . . .«

. . . und hatte Schwierigkeiten, den Eingang zu finden. Wissen Sie, man kommt von der Culver Avenue, Sie haben es ja gesehen. Die Kirche hat einen kreuzförmigen Grundriß, wie *alle* Kirchen, mit dem Hauptportal gegenüber dem Altar. Das Pfarrhaus von St. Catherine's befindet sich an der Ostseite der Kirche, man kommt durch die kleine Bogentür und geht durch die Sakristei und dann durch einen holzverkleideten Korridor ins Pfarrhaus. Father Michaels Büro ist in einer Ecke, die früher mal Teil der Küche war. Wo jetzt die Aktenschränke stehen, vor der südlichen Wand, befand sich früher ein Ofen, in dem Holz verfeuert wurde.

Es ist komisch, doch hat Krissie das Gefühl, sie würde für eine Rolle vorsprechen.

Vielleicht, weil bei ihrem Eintreffen noch ein anderes Mädchen im Büro ist. Wenn man ins Theater geht, um sich für etwas zu bewerben, sind immer hundert und mehr Mädchen dort. Beim Theater nennt man natürlich jede Frau unter dreißig Mädchen, aber das Mädchen in Father Michaels Büro an jenem stürmischen Märzmorgen ist wirklich ein Mädchen, allenfalls dreizehn, bekleidet mit Jeans, grauem Pulli und gelben Gummistiefeln. Als die Kleine sich über den Schreibtisch lehnt, fällt ihr das lange dunkle Haar übers Gesicht. »Du hast den Preis für die Eintrittskarten nicht aufgeführt, Gloria«, sagt er, und wie sich herausstellt, besprechen sie eine große Tanzveranstaltung, die erst Anfang Juni stattfinden soll, und die hübsche dunkelhaarige Gloria hat das Plakat dafür entworfen und es mitgebracht, damit Father Michael es sich anschauen soll. »Wie finden Sie es?« fragt er Krissie und hält das Plakat in die Höhe.

Sie hat ihm noch gar nicht gesagt, wer sie ist, hat nicht mal gesagt, daß sie wegen der Teilzeitstelle als Sekretärin hier ist, aber er bezieht sie sofort in Kirchenangelegenheiten ein. Sie betrachtet das Plakat, das viele junge Mädchen und Jungen beim Tanzen zeigt; dicke schwarze Noten schweben über ihren Köpfen, und Sprechblasen kündigen den Tanz in den Juni an, der Freitagabend, am 1. Juni, in St. Catherine's Hall stattfindet. Es ist erst Anfang März, aber Father Michael mag es, wenn seine Jugendlichen lange im voraus in ein geplantes Ereignis einbezogen werden. »Nun?« fragt er und strahlt sie an . . .

»Er hatte wirklich ein Gene-Kelly-Lächeln . . .«

. . . und wartet auf ihre Antwort, als hinge die Zukunft der gesamten katholischen Kirche von ihr ab. Die Kleine – sie ist in Wahrheit nicht *klein,* mindestens eins fünfundsechzig, doch für Krissie ist sie nur ein kleines Mädchen, zwölf, vielleicht dreizehn – wartet ebenfalls auf ihre Entscheidung; Kritiker, überall Kritiker. Das ist ein großes Eröffnungsfest hier oben an der North Eleventh Street, und sie warten darauf, daß die Kritikerin von Kanal

4 ihrer Meinung Ausdruck gibt. Gloria, so hat er sie genannt, ist ein attraktives kleines Mädchen mit ovalem Gesicht und hohen Wangenknochen, straffem schwarzen Haar, das glatt und ordentlich bis auf die Schultern fällt, leicht geöffneten Lippen und stahlblauen Augen, die erwartungsvoll geweitet sind.

Krissie empfindet spontane Sympathie für Gloria, die offenbar das Plakat gemalt hat und jetzt sehnsüchtig auf die Zustimmung des Priesters wartet, die möglicherweise davon abhängt, was Krissie über ihre Bemühungen zu sagen hat. Krissie weiß jedoch, wie es ist, dreizehn zu sein, und sie weiß auch, was eine lobende Kritik für eine Show bedeuten kann, deshalb gibt sie der Meinung Ausdruck, daß das Plakat wirklich den Wunsch erweckt, dort zum Tanzen hinzugehen, und an dieser Stelle stößt Gloria ein lautes »Yippie!« oder etwas ähnlich Jugendliches aus, wirft ihre Arme um Krissie und drückt sie ganz fest.

Krissie ist, wohlgemerkt, eines Jobs wegen hier. Und sie fängt an zu denken, daß es kein sehr vornehmer erster Eindruck ist, wenn ein Teenager in ihren Armen jubelnd auf und ab hüpft und sie sich noch nicht mal vorgestellt hat. Also hört sie zu, als Father Michael der Kleinen sagt, das Plakat sei bis auf die Tatsache, daß sie den Eintrittspreis vergessen hat, phantastisch, und die Kleine ist durch Krissies schwärmerische Kritik und das beifällige Gene-Kelly-Lächeln des Priesters und seine Das-wird-eine-tolle-Party-Attitüde so aufgeregt, daß sie sich mitten im Büro fast ins Höschen macht. Aber schließlich greift sie sich ihr Plakat, bedankt sich noch einmal bei Krissie und verläßt, ganz Teenagerglück und Dauerlächeln, das Büro. Der gutaussehende junge Priester schüttelt den Kopf, als sie gegangen ist, und sagt etwas über die prachtvollen Kinder in dieser Pfarrei, und *endlich* kommt Krissie dazu, sich vorzustellen und ihm zu sagen, daß sie wegen des Jobs hier ist. Und wissen Sie, was er sagt?

»Er sagt: ›Können Sie heute anfangen?‹ Einfach so«, sagte Krissie und schüttelte den Kopf. »Ich schätze, ihm hat gefallen, was da mit Gloria passiert ist, wie ich mit Gloria umgegangen bin – die übrigens ein phantastisches Kind ist, Präsidentin des katholischen Jugendclubs, ein kluges Köpfchen und hübsch dazu.«

»Ich weiß«, sagte Hawes. »Carella hat es mir gesagt.«

»Worauf ich hinauswill ... nun ... er war ein großartiger, anständiger Mann und ... sehen Sie, ich kenne seine Schwester nicht, ich kann nicht sagen, ob sie die Wahrheit sagt oder nicht. Aber wenn sie Ihnen sagt, daß er ... eine Beziehung zu einer Frau hatte ... ich meine, ich kann das kaum glauben. Daß er eine *Affäre* mit einer Frau hatte ... ich meine, sie hat wohl gemeint, daß es ein sexuelles Verhältnis war, oder?«

»Ja. Er hat ihr gesagt, er habe sein Keuschheitsgelübde gebrochen.«

»Mit einer Frau.«

»Ja. Eine Frau, die er nach seinen Worten liebte.«

Bekümmert schüttelte Krissie den Kopf.

»Wie schade«, sagte sie. »Daß er es nicht lösen konnte. Daß er diese Frau liebte und es nicht lösen konnte.«

»Ja«, sagte Hawes.

Memorial Day.

Genau, was Marilyn brauchte.

Ein nationaler Feiertag.

Die Banken geschlossen, das Büro ihres Finanzmaklers geschlossen, und zwei Ganoven aus Argentinien erwarteten bis drei Uhr heute nachmittag eine Antwort. Sie sah auf die Uhr. Fünf nach zwei. Und sie tickte weiter.

Einer der Männer, den sie kannte, bevor sie mit Willis ausging, war ein Anwalt namens Charles Ingersol Endicott, Jr., ein Mann von Ende Fünfzig, der als Souvenir seiner Oberschultage den Spitznamen »Chip« mit sich herumtrug – als bürde einem das Leben nicht schon genug auf. Jetzt wählte sie seine Nummer und hoffte, er sei zum Wochenende nicht auf dem Boot – Segeln war Chips Leidenschaft. Das Telefon läutete viermal, fünfmal, sechsmal. Sie wollte gerade auflegen, als ...

»Hallo?«

»Chip?« fragte sie. »Ich bin's. Marilyn.«

Sie hatte seit Monaten nicht mehr mit ihm gesprochen, und plötzlich stellte sie sich mit einem merkwürdigen Panikgefühl die Frage, ob er sich überhaupt noch an sie erinnern könne. Und dann dröhnte seine Stimme in der Leitung, tief, klangvoll und herzlich – »Marilyn, mein Gott, wie *geht* es dir?« –, und sie stellte sich sofort den guten Freund vor, mit dem sie in einer Stadt, in der gute Freunde und gute Menschen rar waren, so viele schöne Stunden verbracht hatte.

»Mir geht's gut, Chip. Und dir? Ich hoffe, ich störe nicht.« Und sie erinnerte sich an sein freundliches, ansehnliches Gesicht mit den intelligenten braunen Augen, ein Mann, der einunddreißig Jahre älter als sie war, der Vater, den sie nie gekannt hatte, vielleicht . . .

»Stimmt etwas nicht?« fragte er sofort.

»Nein, nein«, sagte sie. »Ich habe nur grade an dich gedacht und . . .«

Sie konnte ihn nicht anlügen. Er war ein zu guter Freund gewesen, und sie hoffte, er war noch immer ein guter Freund. Doch so oder so konnte sie niemanden anlügen, der ihr einmal so viel bedeutet hatte.

»Ich brauche einen Rat«, sagte sie.

»Juristischen Rat?«

»Nicht ganz.«

»Okay«, sagte er, hörte sich jetzt aber verwirrt an.

»Chip . . . was meinst du, könnte ich eine zweite Hypothek auf mein Haus bekommen?«

»Warum? Was hast du für Probleme?«

»Keine Probleme. Ich brauche etwas Geld, das ist alles.«

»Wieviel Geld?«

»Eine Menge. Ich würde dich damit nicht belästigen, aber die Banken sind heute geschlossen, und es ist einigermaßen dringend.«

»Du beunruhigst mich, Marilyn.«

»Das wollte ich nicht. Ich versuche bloß, eine Schätzung zu bekommen . . .«

»Wieviel hat das Haus gekostet?«

Jetzt ganz geschäftlich.

»Siebenfünfzig.«

»Wie hoch ist die derzeitige Hypothek?«

»Fünfhundert.«

»Du könntest mit etwa 135 000 rechnen.«

»Wie lange würde es dauern?« fragte sie.

»Üblicherweise einen ganzen Monat. Wie rasch brauchst du es?«

»Gestern«, sagte sie.

»Marilyn, ich will nicht wissen, worum es geht, aufrichtig. Aber wenn du Geld brauchst, brauchst du nicht zu einer Bank zu gehen. Ich kann dir so viel leihen, wie du willst.«

»Danke, Chip, aber . . .«

»Das meine ich ernst.«

»Hast du zwei Millionen Dollar rumliegen?« fragte sie und fand es erstaunlich, daß sie immer noch lächeln konnte.

Seine Antwort war Schweigen.

»Worum geht's?« fragte er schließlich.

»Alte Schulden wurden präsentiert.«

»Spielschulden?«

»Nein.«

»Was dann?«

»Eine andere Zeit, ein früheres Leben.«

»Etwas, über das du gerne reden möchtest?«

»Nein, Chip, ich glaube, nicht.«

»Ich kann bis fünfhunderttausend gehen«, sagte er. »Zahl es mir zurück, sobald du kannst.«

»Chip . . .«

»Keine Zinsen, keine Auflagen.«

»Das kann ich nicht.«

»Du wirst niemals wissen, wieviel du mir bedeutet hast«, sagte er. »Komm morgen in meine Kanzlei, ich bereite eine Kapitalübertragung vor.«

»Das kann ich nicht, Chip. Aber trotzdem, danke.«

»Wenn du deine Meinung änderst . . .«

»Das glaube ich nicht.«

»Wir waren so gute Freunde«, sagte er mit stockender Stimme.

»Ja«, sagte sie.

»Ich vermisse dich, Marilyn.«

»Ich vermisse dich auch«, sagte sie und merkte, daß sie es auch meinte.

»Marilyn, es ist mein Ernst«, sagte er. »Wenn du das Geld brauchst, ruf mich an. Es ist hier. Ich bin auch hier. Ruf mich an, ja? Ich würde gern ab und zu mit dir reden. Das ist doch erlaubt, oder?«

»Das ist es, Chip.«

»Gut«, sagte er. »Alles Gute, Darling.« Und hängte ein.

Sanft legte sie den Hörer auf die Gabel.

Ihr Finanzmakler war ein Mann namens Hadley Fields, aber es war sinnlos, ihn heute im Büro anzurufen, und seine Privatnummer hatte sie nicht. Sie ging zu den Aktenschränken im Arbeitszimmer im ersten Stock des Hauses, und aus dem Ordner mit der Aufschrift WERTPAPIERE (sie glaubte an Artenkennzeichnung) fischte sie die aktuellsten Auszüge. Ein Blick auf die letzte Zahl in der Spalte »Marktwert« zeigte ihr, daß sich die Vermögenswerte ihres Wertpapierkontos auf 496 394 Dollar summierten. Davon waren 443 036 Dollar in Aktien angelegt, und der Rest mit einem Barwert von etwas mehr als 50 000 Dollar in einem sogenannten kurzfristigen Einkommensfonds, der die Einlagen mit 8,6 Prozent verzinste. Sie ging die Liste der Wertpapiere durch, die sie besaß:

500 Abbott Laboratories, gekauft vor zwei Jahren im Juni zu 45,125 Dollar pro Aktie für insgesamt 22 793 Dollar. Jetzt waren sie pro Aktie 54,75 Dollar oder insgesamt 27 435 Dollar wert – fast 5000 Dollar Zuwachs.

300 Walt Disney Co., gekauft vor zwei Jahren im April zu 57 Dollar pro Aktie, jetzt pro Aktie 78,50 Dollar wert, eine Gesamtzunahme von 6270 Dollar ...

500 Morton Thiokol Inc., gekauft im Februar letzten Jahres zu 40,625 Dollar pro Aktie mit einem aktuellen Verkaufswert von 44,375 Dollar, was einen Gesamtgewinn von 1657 Dollar ausmachte ...

Verlierer gab es auch:

1000 Republic New York Corp., vor eineinhalb Jahren zu 46,058 Dollar erworben, jetzt 44,750 Dollar wert, ein Verlust von 1308 Dollar ...

500 Sprague Technologies Inc., erworben für 7872 Dollar, jetzt 5812 Dollar wert, machte einen Verlust von knapp über 2000 Dollar ...

... doch alles in allem hatten die Investitionen, die sie getätigt hatte, seit sie in diese Stadt gekommen war, einen Wertzuwachs von über 60 000 Dollar zu verzeichnen. Hadley Fields hatte für sie gute Arbeit geleistet, sie würde nicht mit Verlust verkaufen. Nicht, daß dies eine Rolle spielte, der Gewinn würde nicht in ihre Tasche fließen. Er würde nach Argentinien zurückfließen.

Morgen früh würde sie Hadley anrufen und ihn beauftragen, alle ihre Papiere zu verkaufen und die Erlöse telegrafisch auf ihr Bankkonto zu überweisen.

Bis dahin könnte sie noch einmal mit Shad Russell telefonieren.

Der Mann, mit dem sich Willis am Memorial Day beim Erkennungsdienst unterhielt, sprach fließend Spanisch, da er von Eltern in die Welt gesetzt worden war, die zu einer Zeit aus Puerto Rico in diese Stadt verschlagen worden waren, als Neuankömmlinge von der Insel noch *Marine Tigers* genannt wurden. Das kam daher, weil das Schiff, das sie aufs amerikanische Festland brachte, *Marine Tiger* hieß. Die übrige Mannschaft nannte Sergeant Miguel Florentino Morente einfach Mike. Er bat Willis jetzt, ihn Mike zu nennen. Das war nett von ihm, denn in dieser Stadt waren Sergeants sogar höher eingestuft als Detectives im ersten Dienstgrad. Willis war bloß im dritten Grad.

Morente überflog die von Vidoz gefaxten Berichte, merkte an, daß dieser Carlos Ortega vielleicht der häßlichste Mensch sei, den er je in seinem Leben gesehen habe (doch vielleicht war es ein schlechtes Fax), und rasselte dann für Willis alle Verbrechen herunter, die Ortega und Castaneda während der letzten zwölf Jahre im Tandem begangen hatten. Die Liste der Verbrechen – Tätlichkeit, Körperverletzung, bewaffneter Raubüberfall, Vergewaltigung, Mord und Ähnliches – steigerte nur seine Befürchtungen. Das waren die Männer, mit denen Marilyn zu tun hatte. Das waren die Männer, die Geld von ihr wollten.

»Was mich wirklich interessiert, Mike«, sagte er höflich, »ist die Frage, ob wir *hier* was über sie haben.«

»In dieser Stadt, meinen Sie?«

»Oder meinetwegen in diesem *Land*«, sagte Willis.

»Das sind häufige Namen«, sagte Morente. »Im Spanischen. Sehr häufig. Castaneda? Ortega? Sehr häufig. Hätten Sie mir Namen wie Hoyas de Carranza oder Palomar de las Heras gegeben, oder . . .«

»Aber das sind nun mal die Namen«, sagte Willis.

»Ja, sicher, ich meine ja nur. Der Computer wird mit den Namen seinen Spaß haben. In der ersten Runde kriegen sie viertausend Ortegas, warten Sie's nur ab.«

In Wirklichkeit gab es in der stadtweiten Straftäterkartei nur 83 Eintragungen für Ortega, Carlos, und 47 für Castaneda, Ramon. Ausgestattet mit den Berichten aus Buenos Aires, kannte Morente jedoch die Geburtsdaten beider Männer, und er verfügte über die Informationen bezüglich Größe, Gewicht, Haarfarbe, Augenfarbe, Narben, Tätowierungen und so weiter, und erstaunlicherweise – wie standen die Chancen, zehn Millionen zu eins? – stieß er auf die Unterlagen über zwei Männer namens Carlos Ortega, die am selben Tag zur Welt gekommen waren und beide so häßlich zu sein schienen wie der Carlos Ortega, der Marilyn vermutlich aus Argentinien nachgereist war. Einen Ramon Castaneda, dessen Daten zu dem Gutaussehenden in dem Pärchen paßte, gab es nicht.

»Am besten, Sie rufen B. A. an und bitten sie, Ihnen per Luftpost einen guten Satz Fingerabdrücke zu schicken«, sagte Morente. »Denn eins kann ich Ihnen jetzt schon sagen: Vom Fax kriegen wir keine vernünftige Vorlage. Unmöglich.«

»Sonst noch ein Weg, auf dem wir ans Ziel kommen?«

»Wenn Sie nicht in Gefängnissen suchen, können Sie *den* hier aussortieren«, sagte Morente. »Er sitzt gut fünf Jahre in Castleview ab.«

»Und der andere?«

»Carlos Ortega«, las Morente laut vom Computerterminal, blickte auf den gefaxten Bericht, sagte: »Carlos Ortega«, und wechselte, wie der Zuschauer bei einem Tennismatch, ständig zwischen Bildschirm und Papier, wobei er die Daten laut aussprach, »Zweiundvierzig Jahre alt, geboren am 15. Oktober«, und sagte wie nebenbei zu Willis: »Geburtsdatum großer Männer«, verkniff sich jedoch nähere Erläuterungen, »eins neunzig groß, einhundertundzwanzig Kilo, braune Augen, kahlköpfig mit schwarzen Koteletten, das grenzt an ein Wunder, Nasenbein gebrochen, Messernarbe über dem rechten Auge, hören sich an wie Zwillinge, nur daß *Ihr* Mann in Argentinien und *der* hier in El Salvador geboren ist.«

»Inwieweit stimmen ihre Haftdaten überein?«

»Das eine Mal, als *Ihr* Mann aus dem Knast war, war *der* hier drin.«

»Sie *könnten* also ein und derselbe sein.«

»Wenn Sie zweckmäßigerweise El Salvador vergessen.«

»Das könnte ein Übertragungsfehler sein.«

»Klar, alles könnte ein Übertragungsfehler sein.«

»Wie lange ist Ihr Mann in Amerika?« fragte Willis.

»Zwei Jahre«, sagte Morente, schaute auf den Terminal und wandte seine Aufmerksamkeit wieder dem Fax zu. »Etwa seit der Zeit, als *Ihr* Mann aus dem Knast kam.«

»Warum wurde *Ihr* Mann eingelocht?«

»Dope.«

»Wo ist er jetzt?«

»Draußen natürlich.«

»Gibt's in der Akte *meines* Manns etwas über Drogen?«

»Nichts. Aber hier ist die ganze Familiengeschichte. Sein Onkel war Zuhälter, ein Typ namens Alberto Hidalgo, hat ihn als Taschendieb losgeschickt, als er noch ein kleiner . . .«

»Ein Typ namens *wie*?« fragte Willis und griff nach dem Fax.

»Reißen Sie das nur nicht kaputt!« sagte Morente.

»Wo steht das?«

»Genau hier. Das heißt es auf spanisch: Von den Einnahmen anderer leben. Und sehen Sie sich das hier an. Er ist tot.«

»Ortega?«

»Nein, der Onkel.«

Willis hielt den Atem an.

»Hidalgo. Wurde vor ein paar Jahren umgebracht. Zyankali.«

»Weiß man . . . weiß man, wer es war?« fragte Willis.

»Steht hier nicht. Das ist die Ortega-Akte, nicht die vom Onkel.«

»Sein Onkel«, sagte Willis leise.

»Ja. Genau das habe ich gesagt.«

Willis schwieg einige Sekunden, dann sagte er: »Wann ist *Ihr* Mann aus dem Knast rausgekommen?«

»Oktober.«

»Dann ist es zumindest möglich.«

»Daß sie ein und dieselbe Person sind? Aber sicher«, sagte Morente, »aber Haus und Hof würde ich nicht drauf setzen.«

»Haben Sie eine Adresse von ihm?« fragte Willis.

Es war der Häßliche, der sie Punkt halb vier anrief.

Wie der Gutaussehende sprach auch er nur spanisch. In seiner Stimme schwelte eine kaum verhehlte Wut. Er mußte sich zwingen, kultiviert zu bleiben. Sie wußte, er würde die Demütigung nie vergessen, der sie ihn unterworfen hatte. Daher wußte sie, er würde auf Rache sinnen und sie töten, sobald sie die geforderte Geldsumme übergeben hatte. Sie wußte aber nicht, wie sie damit umgehen würde. Eins nach dem anderen, mahnte sie sich. Aber seine Stimme ließ sie frösteln.

»Hast du das Geld schon?« fragte er.

»Ich hatte vergessen, daß heute Feiertag ist«, sagte sie. »Alles ist geschlossen.«

»Wann hast du es?« fragte er.

»Ich bin sicher, die fünfhundert kann ich morgen bekommen«, sagte sie. »Dann muß ich erst mal sehen . . .«

»Das sind keine zwei Millionen«, sagte er.

Seine Stimme war gesenkt. Sie fühlte, daß er die Worte schreien wollte, doch sie wurden leise ausgesprochen und waren um so angsteinflößender: Das sind keine zwei Millionen.

»Das ist mir klar«, sagte sie. »Aber ihr seid doch diejenigen, die Kokain vorgeschlagen haben . . .«

»Ustedes fueron los que sugierieron la cocaína . . .«

»Sí.«

»Ich hatte schon überlegt . . . Ich bin sicher, ihr habt Kontakte . . .«

»Nein.«

»Weil es viel einfacher wäre, wenn ich euch . . .«

»Nein.«

». . . die fünfhundert übergebe . . .«

»Nein, das ist nicht zufriedenstellend.«

». . . und dann könntet *ihr* das Geschäft mit dem . . .«

»Nein. Fünfhundert sind keine zwei Millionen.«

»Natürlich nicht. Aber ihr begreift doch sicher . . .«

Der Versuch, an seinen Sinn für Fairneß und Gerechtigkeit zu appellieren . . .

». . . wie schwierig es für eine Frau ist, eine solche Transaktion . . .«

»Daran hättest du denken sollen, bevor du meinen Onkel getötet hast.«

»Was?« sagte sie.

»Nada«, sagte er.

»Nein, was hast du . . .?«

»Wann hast du die zwei Millionen?« fragte er.

Hatte er *Onkel* gesagt? War der Dreckskerl sein Onkel gewesen? Ging es darum? Eine kleine Familien-Vendetta? Klar hätten wir gern die zwei Mio, Honey, aber da ist noch die Angelegenheit mit meinem Onkel, dem berühmten Luden Hidalgo.

»Ich versuche noch immer, mit jemand Kontakt aufzunehmen«, sagte sie. »Wie ich schon sagte, es ist *Feiertag*. Doch ich habe einen Vorschlag: Sobald ich den Deal eingeleitet habe, warum wollen du und dein Freund dann nicht . . .«

»Bist du blöde?«

Das spanische Wort hieß *pesada* und bedeutete so viel wie »dickköpfig« oder »stur«. *Qué pesada eres.*

»Wir haben Kokain als einen Ausweg aus unserem Problem vorgeschlagen. Aber es ist *dein* Problem, nicht unseres. Wir wollen nicht in illegale Handlungen verwickelt werden.«

Fast hätte sie laut aufgelacht.

»Begreifst du, was ich dir sage?« fragte er.

Sie begriff vollkommen. Er wollte keinerlei Risiko eingehen. Sie war die Schuldnerin, sollte sie doch die Kartoffeln aus dem Feuer holen.

»Und wenn ich nicht mehr als fünfhundert auftreiben kann?« sagte sie.

»Du hast gesagt, du hast schon Kontakt mit . . .«
»Nein, ich habe gesagt, ich *versuche* . . .«
»Dann tu, was du zu tun hast, und tu es rasch!«
»Es gehört nicht zu meinen Gewohnheiten, Dope zu kaufen und zu verkaufen. Ich bin . . .«
»Miss?«
Nur das eine Wort.
Señorita?
Geladen. Kurz vor der Explosion.
»Wann wirst du das Geld haben?«
Wieder bei der zentralen Frage. Keine Ausflüchte mehr. Wir haben kein Interesse, die fünfhundert zu nehmen und sie in Dope oder in Schweinebäuchen zu investieren. Der einzige verhandelbare Aspekt dieses Deals ist *Zeit*. Wann wirst du das Geld haben?
»Ich weiß es noch nicht. *Falls* ich den Stoff kaufen kann . . . Ich weiß es einfach nicht. Ich habe versucht, diesen Mann zu erreichen . . .«
»Wann *wirst* du es wissen?«
»Das ist es ja. Bis ich . . .«
»Wann?«
»Wenn ihr mir bis zum Ende der Woche Zeit lassen könntet . . .«
»Nein.«
»Bitte. Ich versuche, es zusammenzubekommen, bestimmt. Wenn ich nur Zeit bis Freitag haben könnte . . .«
»Morgen.«
»Für morgen kann ich nichts verspre . . .«
»Dann Mittwoch.«
»Kannst du es nicht auf Donnerstag festlegen?« bat sie. »Bitte.« Vor diesem Hundesohn kriechen. »Donnerstag, okay?«
»Keinen Tag später«, sagte er und legte auf.

Am heutigen Tag säumten Bürger in ganz Amerika die Bürgersteige von Metropolen, Städten und Gemeinden und schauten den Paraden zu Ehren ihrer Kriegstoten zu. Am heutigen Tage übten sich Veteranen aller Altersstufen in Erinnerungen an ihre

Infanteriezüge, ihre Bomberstaffeln, ihre Minenräumer oder ihre Fallschirmabsprünge. Es war Memorial Day. Ein Tag, dazu bestimmt, den Toten Tribut zu zollen. Auch ein Tag, der den Beginn des Sommers einläutete. Überall in Amerika waren heute die Schwimmbäder und die Tennisplätze geöffnet worden, und überall in Amerika war die Verheißung des Sommers unübersehbar. Es war der 28. Mai, der Juni war nur noch vier Tage entfernt, der Sommer war auf dem Weg, im Grunde war der Sommer schon hier – es war Memorial Day.

Die Stadt war voller Touristen.

Es war Memorial Day, es war der symbolische Sommeranfang, es war die Zeit, in der die meisten Amerikaner nicht Erinnerungen an Krieg und Blutvergießen, sondern an vergangene Sommer ausgruben ... an den Sommer des ersten Kusses, den Sommer einer verlorenen Liebe, den Sommer, in dem alle Lichter ausgingen, den Sommer einer fernen Musik, den Sommer der Mädchen in gelben Kleidern. Sommer um Sommer schwebte in frischer Erinnerung vorbei – es war Memorial Day. Die Touristen kamen nicht in die Stadt, um sich an tote Soldaten oder tote Sommer zu erinnern. Sie kamen, um eine Saison mit Maiskolben, gekochten Hummern, Gin und Tonic und schäumendem Bier zu *starten.* Sommerzeit. Hochgefühle und schöne Frauen.

Carella war seine Berichte über die Gespräche mit Hooper und Corrente noch einmal durchgegangen, und es war außer Frage, daß die beiden in absolutem Gegensatz zueinander standen. Ihm schien, eine dritte Perspektive könne sich als wertvoll erweisen, und er war zur Wohnung der Hoopers gegangen, um sich diesmal mit Seronia zu unterhalten. Ihre Mutter sagte ihm, wo er sie finden könne. Ihre Mutter putzte für ihren Lebensunterhalt die Häuser und Büros der Weißen. Ging auf Händen und Knien, um Fußböden zu wischen. Ihre Tochter ging auf Händen und Knien, um eine ganz andere Dienstleistung zu erweisen. Carella hätte nicht erwartet, daß das Mädchen auf den Strich ging. Das war der erste Schock.

»Verhaften Sie sie«, sagte Mrs. Hooper zu ihm. »Sonst lernt sie's nie.«

Der zweite Schock war, sie dann tatsächlich zu sehen.

Er fand sie in Downtown. Sie stand unter der Markise eines Kinos, in dem Hardcore-Pornofilme liefen. Sie trug einen violetten Satinmini und eine lavendelblaue Satinbluse. Elfenbeinkugeln um den Hals. Gelbe Blume im Haar. Hochhackige violette Pumps, die zu Rock und Bluse paßten. Eine Hand auf die Hüfte gestützt, in der anderen ein schmales violettes Ledertäschchen. Lippen geschürzt, um die Luft zu küssen, wenn fremde Männer sich umdrehten, um sie in Augenschein zu nehmen, und Worte flüsterten. Sie sah aus wie siebenundzwanzig. Sie war dreizehn.

»Willst du mitkommen?« fragte sie Carella und küßte die Luft, als er näher trat, dann erkannte sie ihn, wollte sich abwenden, merkte jedoch, daß es zu spät war, ihm zu entkommen, blieb stehen, eine Hand auf der Hüfte. »Was is denn?« fragte sie.

»Ein paar Fragen«, sagte er.

»Wolln Sie mich hopsnehmen?«

»Sollte ich?«

»Kein Verbrechen, vor 'nem Kino rumzustehen«, sagte sie.

»Ganz meine Meinung«, sagte er. »Kann ich dich zu einer Tasse Kaffee einladen?«

»Ein Eis wär mir lieber«, sagte sie.

Sie fanden ein Eiscafé mit Tischen an der Rückwand. An der Theke servierten schwarze Mädchen mit frischen Gesichtern in rot-blauen Uniformen Doppelportionen auf Zuckerkegeln und verdienten sieben Dollar pro Stunde. An einem Tisch beim Fenster sah Carella zu, wie Seronia Hooper einen Bananensplit mit Schokoladensauce, Schlagsahne und einer Maraschinokirsche aß, und er hörte ihr zu, als sie die Mädchen hinter der Theke als Arschlöcher titulierte.

»Mit 'n bißchen Glück könnten sie zwei*hundert* die Stunde machen«, sagte sie.

Vermutlich sprach sie von 50 Dollar je Freier.

»Ich will wissen, was Ostersonntag passiert ist«, sagte er.

»Nate hat Ihnen doch erzählt, was passiert is«, sagte Seronia.

»Ich will wissen, was er *dir* erzählt hat.«

»Dasselbe wie Ihnen.«

»Das glaube ich nicht.«

»Hey, Mann, was *wolln* Sie von mir? Nate hat Ihnen die Story erzählt, warum verhaften Sie nich die Schwanzlutscher, die ihm fast den Schädel eingeschlagen ham?«

»Hatte dein Bruder ein Messer?«

»Nein. Wer hat gesagt, daß er ein Messer hatte?«

»Ist er zur Eleventh Street gegangen, um Crack zu verkaufen?«

»O Mann, jetzt bringen Sie mich aber zum Lachen.«

»Nennt man ihn draußen Mr. Crack?«

»Mann, wo ham Sie den ganzen Scheiß gehört?«

»Irgend jemand lügt, Seronia. Entweder dein Bruder oder ein Junge namens Bobby Corrente, der . . .«

»Ach, *dieser* Schweinehund.«

»Kennst du ihn?«

»Klar kenn ich ihn. Er hat doch zuerst mit dem Baseballschläger zugehaun.«

»Hat dein Bruder dir das gesagt?«

»Er hat mir dasselbe wie Ihnen gesagt.«

»Mir hat er nicht gesagt, daß Bobby Corrente als erster zugeschlagen hat. Nach dem, was er mir erzählt hat, waren die Jungen, die ihn überfallen haben, Fremde.«

»Dann stimmt das auch.«

»Aber *du* kennst Corrente, hm?«

Schweigen.

»Seronia? Wieso kennst *du* Bobby Corrente?«

»Ich hab ihn mal in der Gegend gesehn, mehr nich.«

»Wo?«

»In der Gegend.«

»Was verbirgst du?«

»Nix. Sie kennen Corrente, verhaften Sie ihn. Er hat Nate den Schädel eingeschlagen.«

»Woher weißt du das?«

»Ich nehm das nur an.«

»Hat dir dein Bruder das erzählt? Daß Corrente den ersten Schlag geführt hat?«

»Da müssen Sie Nate fragen.«

»Ich frage *dich.*«

»Ich hab keine Lust, meine Zeit hier zu verplempern«, sagte Seronia, wischte sich den Mund mit der Papierserviette ab und war im Begriff aufzustehen, als Carella fragte: »Wie würde es dir gefallen, ein bißchen Zeit in Uptown zu verplempern?«

Er empfand kein Schuldbewußtsein darüber, daß er eine dreizehnjährige Stricherin einschüchterte.

»Wir warten nur auf den Wagen, der dich zur zentralen Erfassung bringt«, sagte er.

»Unter was für 'ner Anklage?« fragte Seronia höchst zuversichtlich. »Außerdem holt mein Typ mich da in 'ner halben Stunde wieder raus.«

»Gut. Gehen wir also. Ich bin sicher, er wird die Kaution nur zu gerne hinblättern.«

»Meinen Sie, Sie können mich bluffen?«

»Nicht doch. Ich nehme dich wegen eines Zwei-dreißigers fest.«

»Mann, niemand hat Ihnen Geschlechtsverkehr angeboten.«

»Dann steht dein Wort gegen meins«, sagte er und stand auf. »Gehen wir.«

»Setzen Sie sich«, sagte sie, »Sie machen hier großen Wirbel.«

»Sprechen wir über Ostersonntag oder nicht?«

»Sie lügen *beide*«, sagte sie.

Dies ist nicht *Rashomon*, nicht ganz.

Der Film *Rashomon* handelte, wenn Carella sich recht erinnerte, nicht von Menschen, die *logen*. Er handelte von Menschen, die ein und dasselbe Geschehen erlebten, es aber unterschiedlich wahrnahmen, so daß sich das Geschehen jedesmal deutlich veränderte, wenn es geschildert wurde. Als er jetzt Seronia zuhörte, in einem Eiscafé neben einer dreizehnjährigen Stricherin saß, die an ihrem Bananensplit löffelte und sich bewußt war, daß Männer, dreißig und vierzig Jahre älter als sie, sie durch das Tafelglasfenster beäugten, begann Carella sich zu fragen, ob diese Version der Geschichte, *Seronias* Version, wie Nate sie ihr kurz nach dem Zwischenfall geschildert hatte, tatsächlich die *wahre* Version war. Oder log *sie* auch?

Im Mörderspiel darf nur der Mörder lügen, alle anderen Spieler müssen die Wahrheit sagen. Aber das hier ist kein Mörder*spiel*, das hier ist der Tod eines Menschen, der zufällig auch noch Priester war, und nun scheint es, daß *jeder* lügt, zumindest über das, was sich Ostersonntag ereignet hat. Und doch gibt es Bereiche, in denen alle drei übereinstimmen, so daß es zunehmend schwierig wird zu entscheiden, wer genau über welchen Aspekt der Ereignisse auf der Eleventh Street log – oder *lügt*.

Seronia, beispielsweise, gibt zu, daß man ihren Bruder tatsächlich Mr. Crack nennt, und weiß, daß er sich bei der Grundschule an der Ninth Street herumdrückt und kleine Kinder überredet, ein bißchen Crack zu probieren, ein Nickel pro Blow, das ist nicht viel Geld für Kinder von zehn, elf Jahren. In dieser Stadt geben sich, wie vielleicht in jeder amerikanischen Großstadt, Kinder immer häufiger Handlungen hin, die einst exklusiv für Erwachsene reserviert waren. Seronia – und ihre Beschäftigung macht sie wahrscheinlich zu einer Expertin in dem Thema – berichtet Carella, daß in den letzten drei Jahren Sexualverbrechen, begangen von Jungen zwischen zwölf und siebzehn Jahren, nur um 28 Prozent zugenommen haben, wogegen Sexualverbrechen, begangen von Jungen *unter* zwölf, um 200 Prozent zugenommen haben. Und da der Vergewaltiger gewöhnlich jemanden auswählt, der *schwächer* als er selbst ist, sind die weiblichen Opfer dieser New-age-Sexualverbrecher zwischen drei und sieben Jahre alt. Seronia hat sogar das Gefühl, der Öffentlichkeit einen Dienst zu erweisen, indem sie Sex mit potentiellen Vergewaltigern hat, die sonst vielleicht im Park Jagd auf minderjährige Mädchen machen würden.

Aber darum geht es hier und jetzt nicht.

Tatsache ist, daß ihr Bruder, ja, ein Dealer ist, ja. Aber das macht ihn nicht zu einem schlechten Menschen. Das macht ihn zu einem Geschäftsmann, der ein Bedürfnis in der Gesellschaft befriedigt, so wie sie eine Geschäftsfrau ist – mit dreizehn sieht sie sich als Frau, und wieso eigentlich nicht, wenn man ihre Tätigkeit in Betracht zog? –, die ein ähnliches Bedürfnis in einem anderen Teil der Gesellschaft befriedigt. All das wird Carella in einem Englisch vorgetragen, das zwar nicht ganz schwarzes Englisch ist, aber auch mit Oxford wenig gemein hat.

Und am Ostersonntag geht Nathan Hooper wie an *jedem* Sonntag, bei Regen oder Sonne, Weihnachten, Jom Kippur oder Ramadan, nach Uptown, zur Eleventh Street, aber nicht, um an die jungen Spaghettis, die an der Treppe versammelt sind und sich in ihrem Osterstaat den Arsch abfrieren, Crack zu *verkaufen,* sondern um Crack von seinem Lieferanten Bobby Corrente zu *kaufen* . . .

»Hast du dir das ausgedacht?« fragte Carella.

»Mann, hör ich mich so an, als denk ich mir das aus?«

Sie hörte sich nicht so an, als denke sie sich das aus.

»Bobby gibt Mengenrabatt«, sagte sie. »Stelln Sie sich vor . . .«

. . . Sie können ein Phiole Crack für fünf Dollar verkaufen, aber dafür muß man den Kunden hinterherrennen, und das kostet Zeit und Energie. Bobby verkauft es an Nate für vier Dollar pro Phiole, aber er gibt bei einem einzigen Deal hundert Phiolen ab und geht mit vier Scheinen nach Hause, ohne sich die Hacken ablaufen zu müssen. Nate verdient an jeder Phiole, die er verkauft, einen Dollar, bekommt also bei der Anfangsinvestition von vier Scheinen mit einem zusätzlichen Hunderter aus dem Geschäft, und das macht eine Rendite von 25 Prozent, besser als alles in Wall Street.

An diesem fraglichen Sonntag, der zufällig Ostersonntag ist, geht Nate mit drei Scheinen plus weiteren hundert in Zwanzigern in der Tasche nach Uptown, um die üblichen hundert Phiolen Crack von seinem üblichen Dealer zu kaufen, Mr. Robert Corrente, falls Sie seinen vollständigen Namen nicht kannten. Doch es passiert etwas, das den gesamten Ablauf des Deals verändert. Passiert ist, daß Nate das Geld rüberreicht und nach der Plastiktüte mit den Crack-Phiolen greift, so wie sie es immer gemacht haben . . .

»Und, übrigens, 'türlich nich auf der Treppe im vollen Tageslicht vor den Augen der blöden Spaghetti-Teenies. Das spielt sich im *Flur* ab . . .«

. . . als Nate nach der Plastiktüte greift, sagt Bobby ihm, er soll verschwinden, verpiß dich, Nigger. Nate weiß natürlich sofort, was Sache ist, aber er stellt sich dumm, also hält Bobby ihm den Vortrag. Sache ist (O Mann, du willst mich auf den Arm nehmen, sagt Nate), daß Nate *letzten* Sonntag, als er seinen üblichen Einkauf gemacht hat, mit Blüten bezahlt hat (Nein, Mann, du irrst dich, Mann, bestimmt), also behält Bill *diesen* Sonntag die Scheine, gibt Nate aber kein Dope dafür, und er sagt Nate, er soll sich sein Geschäft sonstwo hinstecken, er macht nicht gern Geschäfte mit jemandem, der für Ware mit Geld bezahlt, das im Keller gedruckt wurde.

Hey, Mann, nein, Mann, was soll das, Mann? sagt Nate, aber er weiß, daß Bobby ihn erwischt hat und ist sich klar darüber, daß dies hier das Ende ihrer Beziehung ist und er sich anderswo nach einem Lieferanten umsehen muß. Aber ohne Cash kann man kein Dope kaufen, und Bobby hat die Scheine bereits in seiner Tasche, und das einzige, was hier entfernt an Cash erinnert, ist die Plastiktüte voller Crack. Hundert Phiolen. Und da ihre Geschäftsbeziehung ohnehin aus und vorbei ist, und da Nate ein schneller Läufer mit einem guten Rhythmusgefühl ist . . .

»Greift er nach der Tüte«, sagte Carella.

»Genau das hat er getan«, sagte Seronia.

. . . und rennt wie vom Teufel gehetzt los. Eleventh Street will er künftig meiden, bis Gras über die Sache gewachsen ist. Wenn Bobby Corrente ihn suchen will, denkt Nate, muß er sich ins schwarze Revier begeben, wo *jeder* Rhythmus hat, Mann, und wo dein Leben keinen Nickel wert ist, wenn du dich mit einem Bruder anlegst. Und in diesem Augenblick zieht Bobby ihm den Baseballschläger über den Schädel.

Der Schlag wirft Nate nach vorn, fast läßt er die Tüte mit dem Crack los, aber er rennt weiter. Und er weiß, er schafft es nicht bis nach Hause, weiß, daß er zu sehr blutet, um es bis nach Hause zu schaffen, aber er will jetzt nicht aufgeben, nicht mit den hundert Phiolen Crack in der Hand. Und plötzlich taucht vor ihm die Kirche auf.

Er versucht es am Portal, es ist nicht abgeschlossen. Er rennt in die Kirche, schlägt die Tür hinter sich zu, dreht den großen Messingschlüssel, der aus dem massiven Schloß ragt, hört die Spaghettis draußen die Treppe hochrennen und weiß, als erstes muß er das Dope verstecken, denn es geht hier nur um das Dope, das Dope ist der Grund, daß er am Kopf verletzt ist und blutet. Und jetzt hämmern sie mit ihren Baseballschlägern gegen die Tür, werfen sich gegen das Holz, und vielleicht haben sie sogar etwas, das sie als Rammbock einsetzen können, Nate weiß es nicht. Er weiß nur, daß die Tür nachgeben wird und er das Dope verstekken muß. Und dann hört er Leute irgendwo in der Kirche streiten, und er weiß, er hat nicht mehr viel Zeit, er muß das Dope verstekken, bevor die Streithälse vorbeikommen und ihn finden, oder bevor die Tür nachgibt, was ungefähr drei Sekunden, nachdem er die hundert Phiolen versteckt hat, passiert.

»Wo?« fragte Carella.

»Ich hab kein Schimmer«, sagte Seronia.

»Aber irgendwo in der Kirche.«

»Irgendwo in der Kirche«, sagte sie. »Finden Sie das nich witzig? Daß Nate die Kirche zum Crack-Lager macht?«

»Ja, sehr witzig«, sagte Carella. »Und der Rest der Geschichte?«

»Der Rest is so, wie er Ihnen erzählt hat. Der Priester kommt raus und brüllt und tobt, und jemand ruft die Cops, und dann gehn alle nach Hause, und der Priester bringt Nate zum Krankenhaus, wo sie ein Verband um sein Kopf wickeln. Ende der Geschichte.«

Nicht ganz, dachte Carella.

»Was dagegen, daß ich geh?« sagte Seronia. »Ich muß schließlich Geld verdienen.«

9

Father Frank Oriella war ein Mann von Anfang Sechzig, der in die katholische Kirche hineingeboren worden war, als die Messe noch auf lateinisch gehalten, freitags Fisch gegessen wurde und es obligatorisch war, vor Einnahme der heiligen Kommunion zur Beichte zu gehen. Heutzutage war er häufig von den ökumenischen Veränderungen irritiert, die Platz gegriffen hatten, seit er zum Priester geweiht worden war. Erst letzte Woche, beispielsweise, hatte er einem Trauergottesdienst beigewohnt, in einer Kirche in Calm's Point, wo der Pastor – vermutlich, um dem Dahingegangenen seinen Weg in den Himmel zu beschleunigen – Gitarre gespielt und etwas gesungen hatte, das sich nach einem Popsong anhörte. Und das in einer katholischen Kirche! Das war nicht irgendeine kleine Kirche mit Wellblechdach unten im Süden. Das war eine große, solide katholische Kirche! Mit einem Priester, der Gitarre spielte und sang! Die Erinnerung ließ Father Oriella noch immer verwundert den Kopf schütteln.

An dem Dienstagnachmittag, als Carella und Hawes zu der Kirche kamen, schüttelte er den Kopf und versuchte, ein neues Büro in der Enge einzurichten, die einst Father Michael in Anspruch genommen hatte. Dies war eine kleine Kirche in einem armen Viertel. Das Pfarrhaus hier in St. Catherine's war mehr ein Cottage als ein richtiges Haus. Erbaut aus Stein, der mit dem Boden des angrenzenden Gartens korrespondierte, bestand es aus zwei Schlafzimmern, einer kleinen Küche und einem noch kleineren Büro, das in der kirchlichen Amtssprache »Kanzlei« hieß. Ein langer Gang verband das Pfarrhaus durch die Sakristei mit der Kirche. In Uptown hatte Father Oriella ein deutlich feudaleres Haus genossen.

Seine Sekretärin seit dreißig Jahren, eine Frau namens Marcella Palumbo, mit der er sich abwechselnd auf englisch und italienisch unterhielt, war eifrig damit beschäftigt, Kartons mit Akten auszupacken, die Father Oriella dann zu den offenen Schubladen der grauen Metallschränke trug. Beide, Oriella und Marcella, hatten weißes Haar, und beide trugen Schwarz. Fast wie verstädterte Pinguine hüpften sie geschäftig durch das kleine Büro, wobei der Priester sich beklagte, daß es unmenschlich sei, einen Mann aus der Gemeinde zu versetzen, in der er über vierzig Jahre gedient hatte, und seine Sekretärin voll Mitgefühl mit der Zunge schnalzte, während sie einen Karton nach dem anderen auspackte. Carella kam der Gedanke, daß die Akten, die sie auspackten, Oriellas bisherige Pfarrei betrafen und hier von geringem Wert waren. Aber vielleicht hatte er sie aus Sentimentalität mitgeschleppt.

»Ich kann die Denkweise des Bischofs verstehen«, sagte er, »doch macht das seine Entscheidung für mich keineswegs erträglicher.«

Sein Akzent war kein *basso profundo Italiano*, er klang nicht wie ein erst kürzlich gelandeter Einwanderer. Im Gegenteil, die Betonungen und Rhythmen ließen seine Sprechweise sorgsam einstudiert und förmlich klingen. Im Kontrast dazu sprach Marcella mit einem breiten neapolitanischen Akzent, der darüber hinwegtäuschte, daß sie schon über fünfzig Jahre an diesen Gestaden weilte.

»Der Bischof nimmt an«, sagte Oriella, »daß nach einer solchen Tragödie ein älterer, erfahrener Priester benötigt wird, um die Gemeinde wieder zusammenzubringen. Mir steht es nicht an, das in Frage zu stellen, aber hat man auch nur einen Gedanken darauf verwandt, was für ein Durcheinander in meiner *alten* Gemeinde entsteht? In St. John the Martyr leben Menschen, die dort schon in die Kirche gingen, als ich Priester geworden bin. Das war vor zweiundvierzig Jahren. Einige dieser Menschen sind achtzig, neunzig Jahre alt. Wie werden *die* auf einen solchen Wechsel reagieren? Auf einen neuen Priester?«

»*Vergogna, vergogna*«, sagte Marcella kopfschüttelnd und machte sich über den nächsten Karton her.

»Es wäre vielleicht klüger gewesen«, sagte Oriella, »den neu bestellten Priester *hierher* anstatt nach St. John's zu entsenden. Diese Gemeinde hat bereits einen Schock überstanden. Jetzt stehen zwei weitere Schocks bevor, einer hier und einer dort.«

»Ach, was wissen die schon!« sagte Marcella.

»Marcella Bella hier«, sagte er und freute sich daran, wie sie den verspielt schmeichelnden Kosenamen mit einer verlegenen Handbewegung registrierte, »hat für mich zu arbeiten angefangen, als die U-Bahnen noch sauber waren und man nicht sein Leben aufs Spiel setzte, wenn man sie nach zehn Uhr abends benutzte. Es war nicht einfach, sie zu überreden, mich hierher zu begleiten. Sie wohnt in Riverhead, nur ein paar Blocks von St. John's entfernt. Die Hin- und Rückfahrt ist für eine Frau, die in die Jahre kommt, nicht einfach. Und das Viertel ist, mit allem geziemenden Respekt für das, was Sie tun, nicht gerade das beste der Welt, oder?«

»Nein, nicht das allerbeste«, gab Hawes zu.

»Aber Klagen über das Weideland flicken den Zaun nicht, nicht wahr?« sagte er. »Diese Akten sind die Summe eines Lebens. Meine Predigten, Briefe von Priestern aus der ganzen Welt, Artikel über Jesus Christus und die Kirche, Besprechungen anregender Bücher, alles, was das geistliche Leben betrifft. Sie in St. John's zurückzulassen wäre dasselbe gewesen, als hätte ich meine eigenen Kinder dort zurückgelassen.«

»*Vergogna, vergogna*«, sagte Marcella wieder.

Hawes wußte nicht, was sie sagte, aber aus dem Zungenschnalzen und dem Kopfschütteln schloß er, daß sie über Father Oriellas Versetzung hierher alles andere als glücklich war. Carella wußte, daß sie »Schande, Schande«, sagte und damit die Dummheit der Diözese meinte, den Priester, die Sekretärin, die Akten, den ganzen Haufen zu versetzen. Sie würde sich hier nicht wohl fühlen, das hatte sie sofort gewußt, als sie das Pfarrhaus betrat, das halb so groß wie das in St. John's war. Und was für eine Haushälterin konnte eine Irin schon sein? Martha Soundso, hm? War das eine Person, die sich um einen italienischen Priester kümmern konnte? So etwa verstand Carella es. *Vergogna, vergogna.*

»Wir haben in Kürze noch ein paar Akten mehr für Sie«, sagte er.

»Ach?« sagte Oriella.

»*Cosa?*« fragte Marcella.

»Noch mehr Akten«, sagte der Priester. Dann: »*Anche più filze*«, und wieder auf englisch: »Was für Akten?«

»Father Michaels. Wir sind damit so gut wie fertig.«

»Sie werden Ihnen nützlich sein«, sagte Hawes. »Quittungen, Zahlungsbelege, Überweisungen . . .«

»Erinnern Sie mich, daß ich den Bischof anrufen muß«, sagte Oriella, an Marcella gewandt, und schnippte mit den Fingern. »Ich muß ihn fragen, ob ich das Konto in St. John's abschließen und hier ein neues eröffnen soll, oder ob Father Daniel und ich einfach die alten Konten benutzen können.« Er wandte sich wieder den Detectives zu: »Sie haben einen jungen Mann direkt aus dem Seminar hingeschickt, er ist vierundzwanzig, Daniel Robles, ein Puertoricaner. Er wird es mit achtzigjährigen Italienern zu tun haben, der junge Daniel – er betritt eine Löwengrube.«

Marcella brach in Gelächter aus.

»Ich hätte Sie dort lassen sollen, damit Sie ihm helfen können«, neckte Oriella sie.

»Ja, sicher«, sagte Marcella.

»Der Grund für unser Kommen«, sagte Carella, »ist, daß wir gern die Kirche durchsuchen würden, wenn Sie nichts dagegen haben.«

»Eine Durchsuchung?«

»Cosa?« fragte Marcella.

»Una cicera«, sagte Oriella. »Aber was suchen Sie denn?«

»Rauschgift«, sagte Hawes.

»Hier?« sagte Oriella.

Es war undenkbar, daß sich in der Kirche Rauschgift finden würde. Das war so, als kündige man an, daß der Teufel die nächste Sonntagsmesse lese. Das einzelne Wort »Hier?« drückte nicht nur Überraschung und Ungläubigkeit aus, sondern auch Abscheu. Hier? Rauschgift? Dope? *Hier?*

»Falls die Aussage, die uns vorliegt, verläßlich ist«, sagte Hawes.

Marcella, die das Wort offenbar verstand, schüttelte schon wieder den Kopf.

»Deshalb würden wir uns gern umschauen«, sagte Carella, »um zu sehen, ob wir etwas finden. Wenn tatsächlich Dope in der Kirche ist, wenn tatsächlich Dope hineinspielt, dann . . . nun, sagen wir, das könnte die Sachlage verändern.«

»Natürlich«, sagte Oriella und zuckte die Achseln, als wolle er sagen: Das ist völlig grotesk, Dope in einer Kirche, doch wenn Sie danach zu suchen wünschen, dann lassen Sie sich nicht aufhalten, aber ich bin nur ein ergebener Diener Gottes, versetzt aus meiner geliebten Uptown-Gemeinde in einen unerträglichen Teil der Stadt.

»Wir werden versuchen, nicht im Weg zu sein«, sagte Hawes.

»Ist Mrs. Hennessy hier?« fragte Carella. »Wir dachten, sie könnte uns die Örtlichkeiten zeigen.«

»Sie ist in der Küche«, sagte Marcella.

»Ich rufe sie«, sagte Oriella und ging zu seinem Schreibtisch. Er drückte einen Knopf auf der Konsole seines Telefons, wartete und sagte dann: »Mrs. Hennessy, könnten Sie bitte kommen?« Marcella runzelte die Stirn. »Danke«, sagte er und legte den Hörer auf. »Sie ist gleich hier«, sagte er, und im selben Augenblick erschien Alexis – das hübsche blonde Mädchen mit den ernsten braunen Augen und dem zurückhaltenden Auftreten – in der Tür zum Büro, sagte: »Entschuldigen Sie«, und erkannte dann Carella.

»Hallo, Mr. Carella«, sagte sie. »Ich bin Alexis O'Donnell, wir haben uns letzten Samstag kennengelernt.«

»Ja, ich erinnere mich«, sagte Carella. »Wie geht es dir?«

»Danke, gut«, sagte sie, zögerte und fragte dann: »Haben Sie schon was herausbekommen?«

»Einiges«, sagte er.

Alexis nickte, ihre braunen Augen wirkten nachdenklich, ihr Gesicht hatte den gleichen kummervollen Ausdruck, der am Samstag Vorbote ihrer Tränen gewesen war. Sie trug einen blauen Blazer mit einem goldgestickten Schulwappen auf der linken Brusttasche, einen grünkarierten Faltenrock, blaue Kniestrümpfe, braune Halbschuhe. Carella nahm an, daß sie direkt von der Schule kam. Sie wandte sich an Oriella und sagte: »Ich hoffe, ich störe nicht, Father . . .«

»Ganz und gar nicht«, sagte Oriella.

»Aber wir sind uns nicht sicher . . . die Kids im Jugendclub . . . wir sind uns nicht sicher, was wir wegen des Tanzabends am Freitag machen sollen.« Zu Carella gewandt sagte sie: »Das ist das große Tanzfest, das wir jedes Jahr Anfang Juni haben. Wir haben schon lange dafür geplant.« Und wieder zu Father Oriella: »Den *regelmäßigen* Tanzabend letzten Freitag haben wir abgesagt, aber wir wissen nicht, was wir jetzt tun sollen. Wir wollen nichts tun, was Father Michaels Andenken mißachten könnte. Aber Gloria hat den Scheck, den Father Michael ihr gegeben hat, und sie weiß nicht, ob sie ihn Kenny geben soll. Für die Band am Freitagabend.«

»Kenny?« sagte Father Oriella.

»Kenny Walsh«, sagte sie. »Er ist der Chef der Wanderers, der Band, die am Freitag spielen soll. Er hat um eine Anzahlung von hundert Dollar gebeten, und Father Michael hat Gloria den Scheck gegeben, aber jetzt wissen wir nicht.«

»Hmm«, sagte Oriella und dachte eine Weile über das Problem nach. Dann fragte er: »War Father Michael an der Planung für das Tanzfest beteiligt?«

»O ja«, sagte Alexis. »Er war es sogar, der es ins Leben gerufen hat. Der Tanz in den Juni.«

»Für welchen Zweck?« fragte Oriella. »Wie werden die Einnahmen verwendet?«

Direkt zum Kern, dachte Carella und fragte sich, was Arthur L. Farnes – der sich über die Geldwechsler im Tempel aufgeregt hatte – von dem neuen Gemeindepriester halten würde.

»Wir kaufen Körbe für die Armen«, sagte Alexis.

»Körbe?«

»Lebensmittelkörbe, ja, Father. Um sie am Weihnachtsmorgen zu verteilen.«

»Aha«, sagte Oriella und nickte zu Marcella, die sein Nicken erwiderte.

»Letztes Jahr haben wir ungefähr zweitausend Dollar eingenommen«, sagte Alexis.

»Und du sagst, der Tanz in den Juni war Father Michaels Idee?«

»O ja, Father. Er hat vor drei Jahren damit angefangen.«

»Dann würde ich es für ein angemessenes Andenken halten, das Tanzfest wie geplant durchzuführen. Zu Ehren von Father Michaels Hingabe an die Bedürftigen dieser Gemeinde. Du kannst Kenny den Scheck geben«, sagte Oriella. »Und ich werde beim Tanzfest selbst zugegen sein und jedem dort meinen Segen erteilen.«

»Danke, Father«, sagte sie. »Ich werde es Gloria sagen.«

Sie wollte gerade gehen, als Martha Hennessy im Türrahmen erschien. Allmählich wurde es eng in dem winzigen Büro. Während seiner Dienstzeit bei der Marine war Hawes auf zu vielen kleinen Schiffen gewesen; er spürte beginnende Platzangst. »Mrs. Hennessy«, sagte er, »wir würden gern die Kirche durchsuchen und hoffen, Sie können uns herumführen.«

»Sehr gern«, sagte sie, und dann zu Alexis: »Hallo, Schätzchen, wie geht's dir?«

»Danke, gut, Mrs. Hennessy«, sagte Alexis. »Nochmals vielen Dank, Father, wir freuen uns auf Ihre Anwesenheit am Freitag.« Damit trat sie in den kleinen Vorraum, den die Kanzlei vom übrigen Pfarrhaus trennte. Als Hawes und Carella sich von Father Oriella verabschiedeten, begann sie mit Mrs. Hennessy zu plaudern und unterhielt sich noch immer mit ihr, als die beiden Detectives herauskamen. Sofort drehte sie sich zu Carella um und vermittelte den Eindruck, als habe sie auf ihn gewartet.

»Da ist etwas, was ich Ihnen erzählen möchte«, sagte sie.

»Ja, sicher«, sagte er.

»Können wir uns allein unterhalten?«

Etwas in ihren dunklen Augen signalisierte Dringlichkeit.

»Wir treffen uns in der Kirche«, sagte er zu Hawes und ging mit Alexis nach draußen in den Garten, wo der Priester ermordet worden war. Die Rosen standen noch in Blüte, ihr Duft war überwältigend. Wo die Kreideumrisse des Priesters auf dem unebenen Steinboden gewesen waren, war jetzt nur noch der graue, verwitterte Stein. Sie gingen zu dem Ahornbaum und setzten sich auf die Bank. Auf dem Stamm hinter ihnen wuchs Moos. Efeu kletterte die Steinmauer des Hauses hoch. Es hätte ein Innenhof in einem englischen Dorf sein können.

»Ich möchte niemand in Schwierigkeiten bringen«, sagte Alexis.

Er wartete.

»Aber . . .«

Das notwendige Wort.

Dennoch wartete er.

»Es war Ostersonntag«, sagte sie, »ich war unterwegs, um meine Freundin Gloria vor dem Kino an der Ecke Eleventh und Stem zu treffen. Es muß kurz nach zwei Uhr gewesen sein, ein sehr windiger Tag, weiß ich noch . . .«

. . . der Rock flattert ihr um die Beine, das lange blonde Haar weht im Wind. Sie ist mit Gloria um drei am Kino verabredet, wo sie einen Film mit Eddie Murphy spielen. Gloria und Alexis sind seit kurzem in einer Privatschule an der Ecke Seventh und Culver. Die Graham School. Eine der wenigen guten Schulen im Revier, nur einen halben Block entfernt von der öffentlichen Schule, wo erst kürzlich ein Konrektor niedergestochen wurde, als er versuchte, einen Faustkampf zu unterbinden. Sie hat noch fast eine Stunde bis zur verabredeten Zeit. Zwar war sie schon am Morgen in der Messe, doch nun kommt sie wieder bei St. Catherine's vorbei, auf der Tenth Street, wo jemand einen eigenartigen roten Stern auf das grüne Tor gemalt hat, das in den Garten und zum Pfarrhaus führt. Sie hat vor, weiter zum Stem und zum Kino zu gehen, doch statt dessen biegt sie an der Culver nach rechts, sie hat schließlich Zeit, und betritt aus einem Impuls die Kirche durch das große Hauptportal, das zwar zu, aber nicht abgeschlossen ist . . .

»Ich dachte, ich bete noch etwas. Es war ja Ostersonntag, wissen Sie . . .«

. . . kommt durch die innere Vorhalle und geht den Mittelgang entlang, die Kirche ist leer, ihre Absätze klappern auf dem polierten Holzboden – es ist Ostersonntag, und sie trägt Lacklederschuhe mit halbhohen Absätzen –, klappern, als sie sich dem Kreuzgang nähert, das Querschiff links von ihr, die Sakristei rechts, das Messinggeländer der Kanzel direkt vor ihr, und dahinter der Altar und das große Kreuz, an dem Jesus hängt und aus einem Dutzend Wunden in seiner Seite und seiner Brust blutet, und . . .

». . . plötzlich waren da Stimmen. Father Michaels Stimme und eine andere . . .«

. . . die Stimmen kommen aus dem holzverkleideten Korridor, der von der Sakristei in das kleine Steincottage des Priesters, sein

Pfarrhaus, führt, und die Stimmen lassen sie aufschrecken, denn es ist das erste Mal, daß sie Father Michael wütend schreien hört. Sie bleibt in der Mitte des Kreuzgangs stehen, hier, wo sich die Mitte von Jesus' Brust befände, wenn es ein wirkliches Kreuz wäre statt einer traditionellen architektonischen Darstellung des Kreuzes aus Stein und Holz, dort steht sie schockiert und stumm, als die Stimme des Priesters wie durch einen Trichter aus dem Korridor kommt, sich in der Kirche ausbreitet, an der gewölbten Decke widerhallt. Das ist Erpressung, schreit er, *Erpressung!*

Sie weiß nicht, was sie tun soll. Sie fühlt das plötzliche Schuldbewußtsein eines Kinds – sie trägt zwar Schuhe mit hohen Absätzen, ist aber erst dreizehn –, das Erwachsene belauscht und Angst hat, im nächsten Moment ertappt und für seine Ungezogenheit bestraft zu werden, entweder von dem Priester oder von der Frau, mit der er . . .

»Eine Frau?« fiel Carella ihr ins Wort. »Kein Mann? Eine *Frau* war bei ihm?«

»Ja.«

»Und du hast gehört, daß er das Wort Erpressung benutzt hat?«

»Ja. Und sie hat gesagt: ›Ich tu das zu deinem eigenen Besten.‹«

»Und dann?«

Alexis steht dort in der Mitte des Kreuzes aus Stein und Holz, in der Mitte der Kirche von St. Catherine's, schaut zu der riesenhaften Gipsgestalt von Christus hinauf, die hinter dem Altar an einem echten Eichenkreuz hängt, von der rechten Seite kommt wieder die Stimme des Priesters, sie hat Angst, den Kopf zu wenden, um die Quelle der Stimme zu lokalisieren, sie hat Angst, einen Father Michael zu sehen, der voller Wut auf sie zustürzt und sie so anschreit, wie er jetzt die Frau anschreit: Geh mir aus den Augen, wie kannst du es wagen, wie kannst du es wagen – und plötzlich lacht die Frau, das Lachen wird von den Wänden zurückgeworfen, und dann ist das Geräusch eines Schlags zu hören, Fleisch, das auf Fleisch trifft. Alexis dreht sich um, rennt entsetzt los, jetzt schreien *beide* hinter ihr, sie läuft auf den Eingang zu, ihre Absätze wirbeln ein Stakkato auf dem Holzboden, sie rutscht, verliert beinahe das Gleichgewicht, greift nach der nächsten Kirchenbank, richtet sich wieder auf, läuft wieder, läuft und läuft, sie ist die hohen Absätze nicht gewohnt, stößt das Hauptportal auf und steht Auge in Auge mit einem Schwarzen, dem das Blut über . . .

»Nathan Hooper«, sagte Carella.

»Ich habe geschrien, ich hab mich an ihm vorbeigeschoben, da waren noch mehr Männer, die ihn gejagt haben, und ich bin weggerannt, so schnell ich konnte.«

Sie hatte sie als Männer bezeichnet. Und in ihren verängstigten Augen mußten die dunkelhäutigen Jugendlichen in der Tat wie Männer ausgesehen haben. Aber hatte sie nicht . . .?

»Sagt dir der Name gar nichts?« fragte er. »Nathan Hooper?«

»Doch, natürlich, *jetzt* schon, ich hab sein Foto in der Zeitung gesehen, sogar im Fernsehen hab ich ihn gesehen. Aber damals war er nur dieser . . . dieser große Schwarze, dem das Blut übers Gesicht lief, und ich hatte nur den einen Gedanken, von dort fortzukommen. Ich glaube, in Gedanken habe ich zwischen dem Schreien von Father Michael, dem Schreien der Frau und dem ganzen Geschrei draußen vor der Kirche eine verrückte Verbindung geknüpft. Ich hatte in meinem ganzen Leben noch nie solche Angst. Das ganze Blut. Und die ganze Wut.«

»Hast du *gesehen*, wer die Frau war?« fragte Carella.

»Ich will niemand in Schwierigkeiten bringen«, sagte Alexis und blickte zur Seite.

Er wartete.

»Aber . . .« sagte sie.

Und er wartete noch immer.

»Wenn sie was mit dem Mord an Father Michael zu tun hat, dann . . .«

Ihr Blick begegnete seinen.

»Wer war sie?« fragte er. »War sie jemand, den du kennst?«

»Ich hab sie nur von hinten gesehen«, sagte Alexis.

»Wie hat sie ausgesehen?«

»Sie war eine ziemlich große Frau mit glatten blonden Haaren«, sagte Alexis. »Wie meine.«

Und wie Kristin Lunds, dachte Carella.

»Was hast du gemacht?« fragte Shad Russell. »Eine Bank ausgeraubt?«

»Nicht ganz«, sagte Marilyn.

»Was dann? Samstag hast du mit mir noch über den Preis für eine Pistole gefeilscht – mit der du, ganz nebenbei, einen guten Handel gemacht hast –, und am Dienstag bist du wieder hier mit, *wieviel*, hast du gesagt?«

»Fünfhunderttausend.«

»Hast du soviel Kleingeld in deinem Handtäschchen?«

»Sicher«, sagte Marilyn.

»Ich würd drauf wetten«, sagte Russell wissend. »Und wie bist du an das Geld gekommen?«

»Liquidierung«, sagte sie.

»Ach? Und *wen* hast du abserviert, Honey?«

»Soweit ich weiß, beträgt die normale Rendite bei einer Drogeninvestition acht zu eins«, sagte sie, direkt auf den Punkt gezielt. »Ich brauche zwei Millionen Dollar. Ich nehme an, wenn ich eine halbe Million investiere . . .«

»*Darüber* reden wir hier?« sagte Russell überrascht. »Dope?«

»Ich habe Ihnen am Telefon gesagt, daß ich vorhabe, eine Investition zu tätigen.«

»Ich dachte, du wolltest *Zeit* investieren. Ich dachte, du hättest plötzlich doch Interesse an einem meiner vermögenden Kunden.«

»Das habe ich. Der kolumbianische Kaufmann.«

»Aber nicht das Interesse, das ich erhofft hatte.«

»Nein, *das* Interesse nicht«, sagte Marilyn und fragte sich, ob sie das ganze Ex-Nutten-Thema noch einmal durchkauen mußte, bevor sie sich dem aktuellen Geschäft zuwandten. Sie waren in einer kleinen Bar in der Nähe der St. Sebastian Avenue, drei Blocks von Russells Hotel entfernt. Hier fanden sich auch um diese frühe Tageszeit genügend Strichmädchen, um die Bedürfnisse eines jeden kolumbianischen Kaufmanns in der Stadt zu befriedigen. Aber sie waren alle entweder schwarz oder hispanisch, und vielleicht bevorzugten kolumbianische Herren Blondinen.

Wie ein Krokodil lächelnd, lehnte Russell sich über den Tisch und sagte: »Vielleicht kannst du ein bißchen Vergnügen mit dem Geschäft mischen, was hältst du davon?«

»Nichts, und hören wir jetzt, bitte, mit dem Mist auf! Wie viele Kilo Kokain kann ich für die fünfhundert kriegen?«

»Solche Summen sind heute Peanuts«, sagte Russell, der sofort aufs Praktische umschaltete. »Keine Chance auf einen Rabatt, du müßtest den gängigen Satz bezahlen, der bei dem ganzen Druck heute sehr hoch ist. Vierzig, fünfzig Riesen fürs Kilo, kommt auf die Qualität an. Wie weit kommen wir also damit? Fünfhundert geteilt durch fünfzig, was kommt dabei raus?«

»Zehn«, sagte sie und fragte sich, wo er zur Schule gegangen war.

»Okay. Also, wenn wir fünfzig zahlen, kriegen wir zehn Kilo. Wenn wir vierzig zahlen, was kriegen wir dann?«

»Zwölfeinhalb.«

»Nehmen wir also die Mitte, sagen wir, du zahlst fünfundvierzig, sagen wir, du kriegst elf Kilo für die fünfhundert, das wär für die heutigen Verhältnisse nicht schlecht.«

»Und wieviel wären die elf Kilo auf der Straße wert?«

»Du redest von einer hohen Quote, acht zu eins, das ist hoch.«

»Also was?«

»Streckst du das Kilo einmal, kommst du auf zehntausend Tütchen Crack. heutzutage verkauft sich das Tütchen für fünfundzwanzig Kröten. Damit kommst du auf eine Viertel Mio für ein Kilo. Für das du fünfundvierzig bezahlt hast. Damit kriegst du ungefähr fünfeinhalb zu eins. Du kannst dir also ausrechnen, daß du die fünfhundert in zwei Millionen sieben verwandelst, irgendwo in dieser Größenordnung. Genau die Summe, die du brauchst«, sagte Russell und setzte sein Krokodillächeln auf.

»Nein, ich brauche nur zwei.«

»Plus meine Kommission«, sagte er, immer noch lächelnd.

»Klingt mir sehr unverschämt.«

»Siebenhundert sind *unverschämt?*« sagte Russell mit gekränktem Blick. »Kennst du jemand, der billiger ist? Kennst du *überhaupt* jemand . . .«

»Ich kann immer noch in Houston anrufen. Sam kann sicher jemand finden, der . . .«

»Ja, klar, ruf ihn an. Eigentlich hatte ich das Gefühl, daß es dir auf den Nägeln brennt.«

»Trotzdem ist es unverschämt«, sagte sie kopfschüttelnd. »Siebenhunderttausend? Das ist sehr unverschämt.«

Feilschen. Dabei stand ihr Leben auf dem Spiel.

Einige dich mit dem Mann, dachte sie.

»War's das also?« sagte Russell. »Ist unser kleines Gespräch jetzt zu Ende?«

»Für so viel Geld erwarte ich, daß Sie die ganze Transaktion abwickeln«, sagte sie.

Immer noch feilschen.

»Das heißt?«

»Die Vorbereitung, den Kauf, die Umwandlung des Dope in . . .«

»Ich kann dir versichern, niemand wird elf Kilo an einen Unsichtbaren verkaufen.«

»Ach? Sind Sie plötzlich unsichtbar geworden?«

»Ich rede davon, daß die Uzis rauskommen, sobald sie riechen, daß ich den Kauf für jemand andern tätige. Die wissen gern, mit wem sie Geschäfte machen.«

»Ich kann darin nicht verwickelt werden«, sagte sie.

Diesmal kein Feilschen. Sie dachte nur an Willis. Dachte, falls bei der Transaktion etwas schiefging, falls die Polizei eingriff, könnte dies Willis irgendwie weh tun. Dachte . . .

»Dann laß dich nicht drauf ein, Dope zu verschieben«, sagte Russell. »Wenn du einen Deal machen willst, arrangier ich den Kauf für dich. Du kreuzt mit dem Geld auf, du machst den Kauf selber. Dann kümmer ich mich um den Vertrieb.«

»Ich muß absolut sicher sein, daß Sie den Vertrieb erledigen.«

»›Ich sag dir was: Wenn ich den Stoff nicht absetze, schuldest du mir keinen Cent. Ist das fair?«

»Und was mache ich dann mit den elf Kilo?«

»Schnupf sie«, sagte Russell und lächelte sein Krokodillächeln. »Wann brauchst du das Geld?«

»Wie wär's mit morgen nachmittag?«

»Unmöglich.«

»Wann denn?«

»Den Kauf kann ich nicht vor Donnerstag abend arrangieren. Frühestens. Hast du das Geld schon an der Hand?«

»Ich habe einen Bankscheck.«

»Honey, bring mich nicht zum Lachen. In dieser Branche? Ein Scheck?«

»Ein Bankscheck ist so gut wie Bargeld.«

»Dann lös ihn ein!«

»In Ordnung.«

»Weißt du über hochgradiges Koks Bescheid?«

»Ein bißchen.«

»Genug, um zu wissen, ob sie dir statt dessen Puderzucker andrehen?«

»Nein.«

»Ich bring's dir bei. Sie werden erwarten, daß du den Stoff testest. Alles läuft auf ein Scheiß-Ritual raus. Du testest den Stoff, du schmeckst ihn, du gibst ihnen den Schotter, sie geben dir den Stoff, und ihr geht eurer Wege. Wenn du vom Ritual abweichst, halten sie dich für eine Undercover und nieten dich um. Das Geschäft läuft nicht ganz ohne gewisse Risiken ab«, sagte er trocken.

»Wann wissen Sie es genau?«

»Morgen.«

»Ich rufe Sie an«, sagte sie.

»Nein, laß mich anrufen.«

»Nein«, sagte sie.

»Warum nicht?«

»Eben nein.«

»Okay, du weißt, wo du mich erreichst«, sagte Russell und schüttelte den Kopf, als wolle er sagen: Wer versteht schon die Wünsche schöner Weiber, die sich ihren Lebensunterhalt früher auf der Couch verdient haben? »Ruf mich morgen um diese Zeit an. Wenn alles so läuft, wie ich's mir vorstelle, löst du den Scheck am Donnerstag ein, und ich geb dir Bescheid, wo sie sich mit dir treffen wollen.«

»Nein«, sagte sie. »Machen Sie's Zug um Zug. Und ich bestimme den Treffpunkt.«

»Kann sein, daß sie sich nicht drauf einlassen.«

»Ich zahle Spitzengeld. Wenn denen die Bedingungen nicht passen, dann sagen Sie ihnen, sie können mich mal, und dann finden wir jemand anderen.«

»Du bist ein harter Brocken«, sagte er und lächelte. »Hast du die Pistole noch, die ich dir verkauft habe?«

»Nein.«

»Willst du einen Rat? Kauf dir 'ne neue. Von mir oder einem anderen, das spielt keine Rolle. Diesmal 'ne größere.«

»An was für eine Pistole haben Sie gedacht?« fragte sie.

»Wissen Sie, wir haben das schon mal gemacht«, sagte Mrs. Hennessy. »Father Michael und ich. Wir haben jeden Winkel in der Kirche nach dem Dope durchsucht.«

»Ja«, sagte Carella. »Seine Schwester hat es mir gesagt.«

»Eine nette Frau, nicht? Die Schwester.«

»Ja«, sagte Carella, »sehr nett.«

»Das habe ich schon gemerkt, als ich sie das erste Mal sah«, sagte Mrs. Hennessy und lächelte bei der Erinnerung.

»Wann war das?«

»Kurz vor Ostern«, sagte sie. »Um den St. Paddy's Day.«

Der jedes Jahr auf den siebzehnten März fiel. Und ganz bestimmt als »kurz vor Ostern« gelten konnte, denn Ostern war dieses Jahr auf den fünfzehnten April gefallen. Ob Father Michael zu diesem Zeitpunkt schon mit seiner geheimnisvollen Lady engagiert war? Wenn das der Fall war, wieso hatte er es seiner Schwester gegenüber bei deren Besuch hier nicht erwähnt?

». . . eine Suche nach Dope?« fragte Hawes.

»Ja, wir hatten einen Anruf«, sagte Mrs. Hennessy.

»Was für einen Anruf?«

»Krissie hat eines Nachmittags einen Anruf entgegengenommen. Ich war im Büro, als . . .«

»Wann war das?«

»Letzten Monat.«

»Wann letzten Monat?«

»Ungefähr eine Woche nachdem der junge Schwarze verprügelt worden ist«, sagte Mrs. Hennessy. »Der Anruf war für Father Michael. Er hat ihn angenommen, eine Zeitlang zugehört, gesagt: ›Ich weiß nicht, wovon Sie reden‹, und aufgelegt.«

»Wer war es?«

»Wer war wer?«

»Der Anrufer.«

»Oh. Das weiß ich nicht. Aber Father Michael hat zu Krissie gesagt: ›Kris, dieser Bursche sagt . . .‹«

»Hat er sie so genannt?« fragte Hawes. »Kris?«

»Ja. Oder manchmal Krissie.«

Hawes nickte und sagte nichts. Aber Carella sah, wie sich sein Gesichtsausdruck kurz veränderte.

»›Kris, dieser Bursche sagt, in der Kirche sei Dope versteckt, und er will es zurück haben‹«, sagte Mrs. Hennessy und nickte.

»Also war ein *Mann* am Telefon«, sagte Hawes.

»Das nehm ich an.«

»Hat Father Michael gesagt, wer er war?« fragte Carella.

»Nein, Sir.«

»Er hat nicht gesagt, ob es Nathan Hooper war?«

»Nein, Sir.«

»Hat er gesagt, daß es sich nach einem Schwarzen anhörte?«

»Nein, Sir. Er hat nicht mehr als das gesagt, was ich Ihnen gerade gesagt habe. ›Dieser Bursche sagt, in der Kirche sei Dope versteckt, und er will es zurückhaben.‹ Das hat Father Michael gesagt. Und da haben wir danach gesucht.«

»Wo haben Sie gesucht?«

»Überall.«

»Das heißt?«

»Das heißt, *überall.* Da gab es Ecken, die seit dem Bau der Kirche nicht geputzt worden sind, Staub von hundert Jahren. Winkel und Ritzen, von denen ich gar nicht wußte, daß es sie gibt. Geheimgänge . . .«

»Geheimgänge?«

»Diese Kirche gehörte früher zu der Organisation, die entflohene Sklaven weitergeleitet hat. Sie haben sich hier versteckt.«

»Alles schon mal dagewesen«, sagte Hawes und nickte.

Carella, tief in Gedanken, überhörte Hawes' Hinweis auf die kleinen Wiederholungen der Geschichte. Er erinnerte sich daran, daß Marilyn Hollis Verdächtige bei einem Giftmord gewesen war und Willis sich hoffnungslos in sie verliebt hatte. Es hatte alles kompliziert – auch wenn es schließlich ein Happy-End gab. Carella mochte Happy-Ends. Aber nach Hawes' Gesichtsausdruck, als er hörte, daß der Priester seine Sekretärin Kris oder Krissie und nicht Kristin oder Miss Lund oder sonstwie nannte, vermutete Carella, daß es seinen *jetzigen* Partner auf ähnliche Weise erwischt hatte, und er hoffte inbrünstig, daß Krissie Lund sich am Ende als ebenso unschuldig erwies.

Denn *falls* sie die Frau war, die Ostersonntag versucht hatte, Father Michael zu erpressen ...

Oder, schlimmer noch, *falls* sie die Frau war, die ein intimes Verhältnis mit dem Priester gehabt hatte ...

Oder, *noch* schlimmer, *falls* sie Verführerin *und* Erpresserin in einer Person war ...

»Zeigen Sie uns zuerst die einfachen Stellen«, sagte Hawes zu Mrs. Hennessy.

Sie bekam es immer mit der Angst zu tun, wenn er vor dem Abendessen zu trinken anfing. Es hatte jedesmal damit angefangen, daß er vom Geschäft direkt nach Hause gekommen war und den Feierabend damit begonnen hatte, sich einen starken Drink einzugießen. Jetzt war es erst kurz nach sechs, er hatte bereits zwei nicht zu kleine Gin auf Eis getrunken und goß sich in der Küche neben dem Spülbecken einen dritten ein. Die Schale mit den Eiswürfeln stand offen auf der Küchenplatte. Tanqueray-Gin, er trank nur vom Besten. Tanqueray oder Beefeater. Einen billigeren Gin ließ er nicht ins Haus. Er hatte sie einmal gefragt, ob sie wisse, daß Gin aus Wacholderbeeren hergestellt werde. Und wußte sie auch, daß Wacholderbeeren giftig waren? Sie hatte nicht gewußt, ob es ein Scherz sein sollte. Manchmal sagte er solche Sachen nur, um sie zu verwirren. Er konnte auf diese Weise sehr gemein sein.

Sie wußte nie, ob seine trunkenen ... Anfälle, so konnte man sie wohl nennen ... dadurch ausgelöst wurden, daß tagsüber im Geschäft etwas vorgefallen war, oder ob sie mit dem Kalender, mit dem Mond oder den Gezeiten zu tun hatten – wie die Periode einer Frau. Sie nahm an, daß an seinen Anfällen etwas Sexuelles war, daß sie eine Art Ersatz für Sex waren, daß es ihm zuerst abging, indem er sich betrank, und dann ...

»Es paßt dir nicht, richtig?« sagte er.

»Ich mach uns ein nettes Abendessen«, sagte sie.

»Was heißt, daß es dir nicht paßt, richtig?«

Großzügig goß er den Gin über die Eiswürfel in dem kurzen, dicken Glas. Finger schmiegten sich um das Glas. Im Osten donnerte es. Es hatte seit Tagen nicht mehr geregnet. Regen wäre eine Wohltat.

»Ich hab dich was gefragt, Sally.«

Sie fragte sich, ob er schon betrunken war. Gewöhnlich waren dafür mehr als zwei Gläser nötig, wie schnell er sie auch runterschüttete. Sie wollte keinen Streit. Doch immer, wenn es so ablief, schien sie nicht verhindern zu können, was als nächstes folgte, unabhängig davon, wie vorsichtig sie sich auf Zehenspitzen um ihn herum bewegte. Es war, als werde ein Knopf in seinem Innern gedrückt, und dann setzte sich das ganze Getriebe in Bewegung und griff ineinander, und es gab nichts, was die Maschine aufhalten konnte. Außer vielleicht, daß sie von hier fortkonnte. Fort von der Maschine. Weit fort von ihr. Sie dachte, vielleicht sollte sie jetzt, in diesem Augenblick, fortgehen, bevor die Maschine sich wieder in Gang setzte.

»Sally?«

»Ja, Art?« sagte sie und spürte im selben Augenblick, als Sie es aussprach, daß es ein Fehler war. Sein Name war Arthur, er wurde gern bei seinem vollen Namen genannt. Arthur. Weder Art, noch Artie. Arthur. Arthur klinge majestätisch, sagte er, König Arthur, wogegen Art oder Artie sich nach Automechaniker anhörten. »Tut mir leid«, sagte sie sofort.

»Du hast meine Frage noch nicht beantwortet«, sagte er.

Gut. Er ignorierte die Tatsache, daß sie ihn Art statt Arthur genannt hatte. Vielleicht würde es doch nicht so schlimm werden, vielleicht würde die Maschine bloß knirschend zum Stillstand kommen, bevor sie . . .

»Hast du meine Frage gehört, Sally?«

»Entschuldige, Arthur . . .«

Sie achtete diesmal darauf, ihn Arthur zu nennen.

». . . wie lautete die Frage?«

»Paßt es dir nicht, daß ich trinke?«

»Nicht, wenn du es in Maßen tust. Denn ich mache uns heute abend ein nettes Essen, Arthur, und . . .«

»Was für ein nettes Essen machst du uns heute abend?« fragte er spöttisch, hob das dicke Glas an seine Lippen und leerte es in einem Zug.

Draußen war ein Blitz zu sehen, gefolgt von einem Donnern.

»Lachssteak«, sagte sie rasch. »Mit ein wenig hübschem Spargel, den ich frisch vom Koreaner habe.«

»Ich hasse Spargel«, sagte er.

»Ich dachte, du magst Spargel«, sagte sie. »Ich dachte, Brokkoli haßt du.«

»Ich hasse Spargel *und* Brokkoli«, sagte er, ging wieder zur Küchentheke, nahm zwei Eiswürfel aus der Schale und ließ sie ins Glas fallen. Sie hoffte, er würde sich nicht noch einen weiteren Drink eingießen.

Er goß sich einen weiteren Drink ein. »Spargel, Brokkoli, Blumenkohl und alle anderen beschissenen Gemüse, die du machst – ich hasse sie alle«, sagte er. »Rosenkohl . . .«

»Ich dachte, du magst . . .

». . . und Weißkohl und alle anderen«, sagte er und hob sein Glas an die Lippen. »Ein Mann wird neunundvierzig Jahre alt, er ist seit fünfundzwanzig Jahren mit derselben Frau verheiratet, und glaubst du, sie *weiß*, was er gern ißt und was er *nicht* gern ißt? Oh, nein, nicht die dicke Sally . . .«

Die dicke Sally tat weh.

Heute abend wollte er ihr weh tun.

». . . die dicke Sally macht sich dicke, kocht, was sie kochen *will*, ohne einen Gedanken daran, was ihr Mann vielleicht . . .«

»Ich habe mir oft Gedanken gemacht, was . . .«

»Halt's Maul!« sagte er.

Ich muß hier raus, dachte sie. Beim letzten Mal habe ich zu lange gewartet, ich habe gewartet, bis es aus dem Ruder lief, und dann gab es kein Rauskommen mehr. Mir ist egal, dachte sie, ob das Abendessen verschmort, mir ist es egal, ob im Backofen ein Feuer ausbricht, ich muß hier raus. Jetzt.

Aber sie wartete.

Ließ ihm noch eine Chance.

Denn nach dem letzten Mal, als sie zu Father Michael gegangen war, um ihm zu erzählen, was passiert war, schien es ein bißchen besser zu werden, das war wie lange ... fast zwei Monate her, Anfang April, kurz vor Ostern, direkt nachdem er den schrecklichen Brief geschrieben hatte. Sie hatte ihn gebeten, den Brief nicht zu schreiben, sie hatte ihm gesagt, er würde sich vor der ganzen Gemeinde zum Narren machen, doch er hatte darauf bestanden, ihn hier in der Wohnung aufzusetzen, und dann hatte er ihn zum Fotokopieren mit in die Bank genommen und gesagt, er habe etwas dagegen, wie der Priester aus der Kirche ein Finanzinstitut mache, genau das hatte er gesagt. Und die Gemeinde hielt ihn selbstverständlich für einen Narren, weil er den albernen Brief geschrieben hatte, und am nächsten Sonntag hielt Father Michael eine weitere Predigt über das Geld und erwähnte diesmal den Brief, den er erhalten hatte, den Brief, den Arthur geschickt hatte ... ja, es stimmte, das war exakt eine Woche vor Ostersonntag, es war der zweite Sonntag im April. Am Abend hatte er sich betrunken. Und am nächsten Tag war sie zu Father Michael gegangen, die Augen verquollen, die Lippen aufgesprungen ...

»Deine schlechteste Angewohnheit, Sally, ist es, Leute zu unterbrechen«, sagte er.

»O ja, ich weiß« sagte sie heiter, ließ ihm noch immer die Chance, hoffte noch immer, ihr Besuch beim Priester hätte die Situation hier zu Hause verändert. Daß Arthur jetzt *bewußt* war, daß jemand anders wußte, was hier vorging ...

Aber der Priester war tot.

Jemand hatte den Priester getötet.

»... schon als junges Mädchen«, sagte sie mit leiser werdender Stimme, »habe ich immer ...«

Und verstummte.

Unterbrochen, dachte sie.

Ständig, dachte sie.

Er stand an der Küchentheke und schüttete neue Eiswürfel ins Glas. Sie hatte die Übersicht darüber verloren, wie viele Drinks er schon gehabt hatte. Draußen blitzte es, dann folgte der Donner, und dann schüttete der Regen, von einem wütenden Wind gepeitscht, in den Straßen. Unverwandt starrte sie auf seinen Rükken. Er stand immer noch an der Küchentheke, die Hand um den Heber gelegt, mit dem man die Eiswürfel heraushebelt. Kleine Eierschachtelvertiefungen in der Schale, in denen der Heber steckte. Die Schale war jetzt leer. Alle Eiswürfel fort. Draußen schüttete der Regen.

»Miss *Saftig*«, sagte er. »Hat dich nicht der kleine Judenjunge so genannt?«

»Es stimmt, er hat mich als *saftig* bezeichnet, aber er hat mich nie *Miss* Saftig genannt.«

Widerspreche ihm nicht! dachte sie. Stimme allem zu, was er sagt!

»Die kleine Miss Saftig«, sagte er, »rennt zu dem Scheiß-Priester.«

»Wenn du nicht . . .«

»Wäscht unsere schmutzige Wäsche in aller Öffentlichkeit.«

»Es hätte keine schmutzige Wäsche . . .«

»Bringt unsere schmutzige Wäsche zur Kirche und wäscht sie vor dem Priester.«

»Dann darfst du beim nächsten Mal nicht . . .«

Sein Arm traf wie ein Rückhandschlag. Seine Hand lag noch um den Heber, der die Eiswürfel heraushebelte, das Metall umgab jetzt zwölf leere Vertiefungen, die Metallkanten trafen ihr Gesicht, kratzten aber kaum die Haut an, weil es eine wirklich wirkungslose Waffe war, eine dumme Waffe, die Aluminiumabdeckung der Eisschale, die am Ende des Hebers hing, praktisch gar keine Waffe.

Ganz anders war die Ginflasche.

Die Ginflasche war grün und gedrungen, und ein kleines rotes Siegel kennzeichnete sie als echt: Tanqueray, der gute Stoff. So schnell, wie er den Heber geschwungen hatte, so schnell ließ er ihn jetzt klappernd auf den gekachelten Küchenfußboden fallen, packte fast im selben Moment die Flasche beim Hals und riß sie mit einer Bewegung von der Küchentheke, als bereite er sich auf einen Vorhandschlag beim Tennis vor, die Flasche schwang herum, als sei sie ein Schläger, der dem Ball in Schulterhöhe entgegenging, hochgeschwungen, Auge auf den Ball, Schulterhöhe dort, wo ihr Kopf war.

Ein roter Kreis aus Blut spritzte neben dem Siegel auf die Flasche. Aus dem offenen Flaschenhals floß Gin auf sein Handgelenk, auf den Boden, Blut strömte aus der Platzwunde, die die Flasche neben ihrem linken Auge geöffnet hatte. Das Blut erschreckte ihn. Plötzlich schien ihm aufzugehen, daß er sie mit einer tödlichen Waffe angriff, daß die schwere Flasche aus dikkem grünen Glas sie ganz leicht umbringen konnte, wenn er nicht aufpaßte. »Ach, *wirklich*«, sagte er, als werfe er *ihr* vor, daß *er* so dumm gewesen war, die Flasche zu nehmen und sie damit zu attackieren. »Ach, *wirklich?*« und warf die Flasche in das Spülbekken, zerschmetterte sie ganz bewußt, jagte grüne Glasscherben in die Luft, Scherben, einen Moment lang eingefangen vor einem blendenden Hintergrund aus gelbweißem Licht, als hinter dem Fenster erneut der Blitz aufzuckte.

Donner grollte.

Merkwürdigerweise schien er jetzt gefährlicher zu sein.

Aller Waffen bis auf seine Hände beraubt und die Kraft und Gefährlichkeit dieser Hände unterschätzend (sie kannte sie allerdings nur zu gut), trat er ganz nahe an sie heran, als sie sich vor der Kühlschranktür duckte. Blut floß aus der Wunde an ihrem Kopf, die rechte Hand hielt sie mit weit gespreizten Fingern wie ein Verkehrspolizist ausgestreckt. »Nein, Arthur«, sagte sie, »bitte tu's nicht!« Aber er sagte immer wieder nur in stupider Wiederholung: »Ach, *wirklich?*« als widerspreche er einer Behauptung, die sie gerade geäußert hatte, oder als frage er vielleicht nach einer näheren Erklärung dazu, »Ach, *wirklich?*«, während er sie immer wieder methodisch schlug und seine große Hand sie für eine Sünde bestrafte, die er sich in seiner betrunkenen Phantasie einbildete.

Sie griff nach dem Messer auf dem Ablauf.

Und stach ganz ruhig zu.

10

Die Vernehmung fand in Lieutenant Byrnes' Büro im 87. Revier statt, keine halbe Stunde nachdem Arthur Llewelyn Farnes aus dem Greer General entlassen worden war. Er war dort wegen einer Stichverletzung in der linken Schulter behandelt und direkt danach wegen schwerer Körperverletzung festgenommen worden: »Mit der Absicht, einer anderen Person schweren körperlichen Schaden zuzufügen, und zwar mittels einer tödlichen Waffe oder eines gefährlichen Gegenstandes.« Nach amerikanischem Strafrecht eine Straftat der Klasse C mit einer Mindeststrafe von drei und einer Höchststrafe von fünfzehn Jahren.

Als Draufgabe wurde ihm versuchter Mord zur Last gelegt, eine Straftat der Klasse B, Mindeststrafe drei, Höchststrafe fünfundzwanzig Jahre. Seiner Frau, Sally Louise Farnes, wurden die gleichen Straftaten zur Last gelegt, aber im Reviergebäude herrschte die Meinung vor, daß sie beide Beschuldigungen mit Berufung auf Notwehr leicht abschmettern konnte. Die Detectives und eine stellvertretende Bezirksstaatsanwältin namens Nellie Brand waren an dem Mittwochmorgen um zehn nicht in erster Linie angetreten, um ihren Fall gegen Farnes zu untermauern – sie wußten, die Fakten sprachen für sich –, sondern um herauszufinden, was er über den Mord an Father Michael Birney wußte.

Carella hatte Nellie angerufen, sobald ihm klar war, daß sie es hier mit einem zur Gewalt neigenden Mann zu tun hatten, dessen Frau vor einiger Zeit Father Michael aufgesucht hatte, um ihm von früheren Gewalttätigkeiten zu berichten. Derselbe Mann hatte dem Priester einen Brief geschrieben, der – wie verschleiert auch immer – eine Bedrohung zu enthalten schien. Und nach eigenem Eingeständnis war er am Nachmittag des Ostersonntags in der Kirche gewesen, wo mindestens ein Zeuge – Nathan Hooper – den Priester im heftigen Streit mit einem Mann gehört haben wollte.

Nellie war zweiunddreißig Jahre alt, hatte wache blaue Augen und sandfarbene Haare in einer kecken Kurzhaarfrisur, die ihrem forsch-fröhlichen Stil zu entsprechen schien. An diesem Morgen trug sie einen dunkelblauen Rock mit einer grauen Jacke, ein pinkfarbenes, maßgeschneidertes Herrenhemd mit einer schmalen, rot-blauen Seidenripskrawatte und blaue Pumps mit mäßig hohen Absätzen. Carella mochte sie sehr, irgendwie erinnerte sie ihn an seine Schwester Angela, obwohl sie ihr nicht im mindesten ähnlich sah.

Auf der Kante des Schreibtischs von Lieutenant Byrnes sitzend, informierte sie Farnes erneut über seine Rechte und fragte ihn dann, ob er sicher sei, daß er auf die Anwesenheit eines Anwalts verzichten wolle. Wie die meisten Amateure, die sich plötzlich mit dem Gesetz konfrontiert sehen, entgegnete Farnes ihr, er benötige keinen Anwalt, weil er nichts *getan* habe, seine *Frau* sei es, die hier das gottverdammte Verbrechen begangen habe! Carella mußte daran denken, daß jeder kleine Eierdieb nach einem Anwalt fragte, sobald sich die Handschellen um seine Handgelenke schlossen.

Pflichtgemäß informierte Nellie Farnes, daß er trotzdem zu jeder Zeit die Vernehmung unterbrechen oder nach einem Anwalt verlangen könne, wenn er das Gefühl habe, rechtlichen Beistand zu brauchen, auch wenn er ihn jetzt abgelehnt habe, und sie fragte ihn erneut, ob er alles verstanden habe, und Farnes erwiderte gereizt: »*Natürlich* habe ich alles verstanden, sehe ich aus wie ein Schwachkopf? Meine Frau hat versucht, mich *umzubringen*!«

Nachdem der Miranda-Escobedo-Vorschrift Genüge getan war, schaltete Nellie das Tonbandgerät ein, nickte der Stenographin zu, die die Vernehmung mitschrieb, sagte fürs Tonband, daß es zehn Uhr sieben am Morgen des 30. Mai sei, nannte Ort und alle Beteiligten und begann dann mit der Vernehmung:

F: Würden Sie mir bitte Ihren vollständigen Namen nennen?«
A: Arthur Llewellyn Farnes.
F: Und Ihre Anschrift.
A: 157 Grover Park South.
F: In welcher Wohnung, bitte?
A: 12 C.

F: Wohnen Sie in der Wohnung unter dieser Anschrift zusammen mit Ihrer Frau, Sally Louise Farnes?

A: Ja. Sie hat gestern abend versucht, mich umzubringen.

F: Mr. Farnes, Sie wurden gestern in der Unfallstation des Greer General wegen einer Stichwunde in der linken Schulter behandelt?

A: Allerdings!

F: Und Sie wurden zur Beobachtung über Nacht im Greer General behalten und ...

A: Ja.

F: ... und heute morgen unter Obhut der Detectives Hawes und Carella entlassen ...

A: Ja.

F: ... die Sie zur Vernehmung hier aufs 87. Revier brachten, ist das korrekt?

A: Das ist korrekt.

F: Sie sind doch darüber informiert worden, daß man Ihnen schwere Körperverletzung, eine Straftat der Klasse C zur Last legt ...

A: Das bin ich.

F: Und außerdem versuchten Mord, eine Straftat der Klasse B.

A: Es war meine *Frau*, die versucht hat, *mich* umzubringen!

F: Aber Sie sind über diese Beschuldigungen gegen *Sie* informiert worden.

A: Das bin ich.

F: Und Ihnen wurden Ihre Rechte gemäß den Entscheidungen des obersten Gerichtshofes in den Fällen Miranda und Escobedo vorgelesen, und Sie haben erklärt, Sie verstünden diese Rechte, nicht wahr?

A: Sie haben Sie mir vorgelesen, und ich habe gesagt, ich verstehe sie.

F: Und Sie haben die Hinzuziehung eines Rechtsanwalts abgelehnt, trifft das auch zu?

A: Ja.

F: Also gut, Mr. Farnes ...

Jetzt lehnte sie sich weiter vor und vermittelte den Eindruck, nachdem nun der ganze Formalkram abgehakt war, sei sie bereit, die Samthandschuhe abzulegen.

F: . . . können Sie mir sagen, was dazu geführt hat, daß Sie die Stichverletzung in Ihrer Schulter erhielten?
A: Sie ist durchgedreht.
F: Wen meinen Sie, bitte?
A: Sally.
F: Ihre Frau, Sally Louis Farnes.
A: Ja.
F: Sie ist durchgedreht, sagen Sie?
A: Ja.
F: Können Sie mir sagen, was Sie damit meinen?
A: Sie ist durchgedreht, was *glauben* Sie wohl, was ich damit meine? Wir saßen in der Küche, und plötzlich hat sie das Messer genommen und zugestochen. Verrückt! Total verrückt.
F: Wo saßen Sie in der Küche?
A: Am Tisch.
F: Was haben Sie gemacht?
A: Uns unterhalten.
F: Über was?
A: Das weiß ich nicht mehr.
F: Versuchen Sie sich zu erinnern.
A: Wie soll ich mich daran erinnern, worüber wir uns unterhalten haben? Verdammt noch mal, sie hat mit dem Messer auf mich eingestochen!
F: Erinnern Sie sich daran, daß Sie Ihrer Frau sagten, sie habe die schlechte Angewohnheit, Sie zu unterbrechen, wenn Sie . . .?
A: Nein.
F: So wie Sie mich gerade unterbrochen haben.
A: Tut mir leid, wenn ich Sie unterbrochen habe. Ich dachte, Sie wären mit Ihrem Satz zu Ende.
F: Das war ich nicht.
A: Dann tut es mir leid.

F: Aber haben Sie das nicht zu Ihrer Frau gesagt? Daß sie die schlechte Angewohnheit habe, Sie zu unterbrechen?

A: Mag sein, daß ich das gesagt habe, ich weiß es nicht. Es *ist* eine schlechte Angewohnheit. Das haben Sie selbst gesagt.

F: Ich glaube nicht, daß ich das gesagt habe.

A: Jedenfalls schienen Sie sich zu ärgern, als ich *Sie* eben unterbrochen habe.

F: Haben Sie sich geärgert, als Ihre Frau Sie unterbrochen hat?

A: Man sollte andere nicht unterbrechen.

F: Ärgert Sie das? Wenn Ihre Frau Sie unterbricht?

A: Das würde jeden ärgern. Unterbrochen zu werden. Ich nehme an, Ihnen ist klar, daß sie mit dem Messer auf mich eingestochen hat, oder? Ich meine, ich begreife nicht, wieso das wichtig ist, ob sie mich oder ich sie unterbrochen habe, denn schließlich war *ich* es doch, der einen Messerstich erhielt, die Krankenhausberichte beweisen das, Sie selbst haben gesagt, daß ich eine Stichverletzung in der linken Schulter habe, und die ist nicht von selbst dorthin gekommen, verdammt noch mal, *meine Frau hat auf mich eingestochen*!

F: Erinnern Sie sich auch, daß Sie Ihrer Frau gesagt haben . . .?

A: Haben Sie gehört, was ich gerade gesagt habe?

F: Ja, Mr. Farnes, das habe ich gehört.

A: Ich meine, haben Sie auch *verstanden*, was ich gesagt habe?

F: Jedes Wort, ja.

A: Dann haben Sie auch verstanden, daß meine Frau auf mich *eingestochen* hat?

F: Ja, Sir, das habe ich verstanden. Sie hat sogar zugegeben, auf Sie eingestochen zu haben.

A: Na, prächtig, wenigstens hat sie den Anstand, es zuzugeben!

F: Erinnern Sie sich, daß Sie ihr gesagt haben, sie habe auch die schlechte Angewohnheit, Ihre schmutzige Wäsche in aller Öffentlichkeit zu waschen?

A: Nein, daran erinnere ich micht nicht.

F: Daß sie Ihre schmutzige Wäsche mit in die Kirche nimmt und sie vor dem Priester wäscht?

A: Nein, wieso hätte ich so was sagen sollen?

F: Sie vor Father Michael Birney wäscht.

A: Nein. Nein.
F: Ihm von gewissen persönlichen Problemen erzählt.
A: Wir hatten keine persönlichen Probleme.
F: Mr. Farnes, haben Sie Ihre Frau mit dem Metallheber einer Eiswürfelschale geschlagen?
A: Nein.
F: Mr. Farnes, ich zeige Ihnen jetzt diesen Heber, der aus der Wohnung 12 C von 157 Grover Park South stammt und von den Detectives Carella und Hawes vom 87. Revier als Beweisstück markiert wurde. Erkennen Sie ihn?
A: Tu ich nicht.
F: Mr. Farnes, Ihnen ist doch bewußt, daß Ihnen eben Fingerabdrücke abgenommen wurden, oder?
A: Ja, das weiß ich.
F: Und Ihnen ist natürlich auch bewußt, daß das Polizeilabor Abdrücke von Gegenständen abnehmen und diese beispielsweise mit den Fingerabdrücken vergleichen kann, die Ihnen eben abgenommen wurden.
A: Das ist mir bewußt.
F: Behaupten Sie immer noch, den Heber nicht zu kennen.
A: Ich habe ihn nie im Leben gesehen.
F: Mr. Farnes, ich zeige Ihnen den abgebrochenen Flaschenhals, der im Spülbecken in Wohnung 12 C von 157 Grover Park South gefunden und von den Detectives Carella und Hawes vom 87. Revier als Beweisstück markiert wurde. Wenn Sie daran denken, was ich Ihnen soeben über Fingerabdrücke gesagt habe – haben Sie Ihre Frau mit der Flasche geschlagen, zu der dieser Flaschenhals einmal gehört hat?
A: Das habe ich nicht.
F: Genauer gesagt, mit einer Flasche, die noch zu einem Fünftel mit Tanqueray-Gin gefüllt war?
A: Das habe ich nicht.
F: Mr. Farnes, wo waren Sie am Ostersonntag?
A: Was?
F: Ich habe Sie gefragt, wo Sie am Ostersonntag waren?
A: Zu Hause, was denken *Sie* denn? Ostern? Selbstverständlich war ich zu Hause.

F: Den ganzen Tag?
A: Den ganzen Tag.
F: Haben Sie den Detectives Carella und Hawes nicht gesagt, im Laufe des Nachmittags wären Sie zur St.-Catherine's-Kirche gegangen?
A: Ach, ja. Das hatte ich vergessen.
F: *Waren* Sie an dem Nachmittag in der Kirche?
A: Ja.
F: Warum?
A: Um mit Father Michael zu reden.
F: Worüber?
A: Über einen Brief, den ich ihm geschrieben hatte. Zwischen uns gab es ein Mißverständnis wegen des Briefs. Ich wollte das mit ihm klären.
F: Um welche Uhrzeit sind Sie zur Kirche gegangen?
A: Das weiß ich nicht mehr.
F: War es vielleicht zwischen zwei und halb drei?
A: Ich weiß es wirklich nicht mehr. Draußen stand ein Streifenwagen.

Herrgott, dachte Carella, da geht's ab durch den Kamin! Sowohl Nathan Hooper als auch Alexis O'Donnell behaupteten, zwischen zwei und halb drei einen Streit gehört zu haben, und zwar zwischen dem Priester und einem Mann *oder* einer Frau, was davon abhing, wessen Geschichte man glaubte. Aber wenn der Streifenwagen schon da war, als Farnes zur Kirche kam, mußte das irgendwann *nach* diesem Streit gewesen sein. Wenn Farnes also nicht log . . .

F: Können Sie mir den Wagen beschreiben?

Versuchte sich zu vergewissern, daß der Streifenwagen wirklich schon da war, als er zur Kirche kam. Sie war vor der Vernehmung eingewiesen worden und wußte, daß die halbe Stunde zwischen zwei und halb drei die kritische Zeit war. Wenn Farnes *nach* dieser Zeit zur Kirche gekommen war, konnte es sich bei ihm nicht um die Person handeln, mit der Father Michael gestritten hatte.

A: Es war ein *Polizei*auto. Was kann man an einem Polizeiauto beschreiben?

F: Erinnern Sie sich an besondere Kennzeichen?

A: Nein. Ein blau-weißer Wagen, wie jedes Polizeiauto in der Stadt.

F: Mr. Farnes, wo waren Sie am Abend des vierundzwanzigsten Mai zwischen neunzehn Uhr und neunzehn Uhr dreißig?

Der Abend des Mords. Jetzt ging sie aufs Ganze. Schluß damit, um den heißen Brei herumzureden. Entweder konnte Farnes belegen, wo er sich aufgehalten hatte, als der Priester umgebracht wurde – oder er konnte es nicht.

A: Wann? Am vierundzwanzigsten Mai?

F: Letzten Donnerstag. Wissen Sie noch, wo Sie waren?

A: Letzten Donnerstag.

F: Ja.

A: Ich versuche, mich zu erinnern. Ich glaube, letzten Donnerstag habe ich gearbeitet. Ich glaube, ich war im Geschäft, um Inventur zu machen.

F: Was meinen Sie mit dem Geschäft?

A: *Mein* Geschäft. Ich verkaufe Herrenbekleidung.

F: Wo befindet sich dieses Geschäft, Mr. Farnes?

A: Am Stem. Zwischen Carson und Coles. Es heißt ›C & C Herrenausstatter‹. Wegen der angrenzenden Straßen. Carson und Coles. Hinter der Twentieth. Gegenüber von dem neuen McDonald's.

F: Und Sie sagen, am Abend des vierundzwanzigsten Mai haben Sie Inventur gemacht.

A: Ja, da bin ich mir ziemlich sicher.

F: Auch abends um sieben?

A: Wenn ich an dem Tag Inventur gemacht habe, dann auch abends um sieben, ja.

F: Und um acht?

A: Ja.

F: Und um neun?

A: Ja. Den ganzen Abend.

F: *Falls* es der Tag war.
A: Ja. Aber da bin ich mir ziemlich sicher.
F: Aber nicht hundertprozentig.
A: Nein, nicht hundertprozentig.
F: War jemand bei Ihnen?
A: Nein.
F: Sie waren allein.
A: Ja.
F: Machen Sie die Inventur immer allein?
A: Ja.
F: *Falls* Sie also an diesem Abend im Geschäft waren, dann waren Sie allein.
A: Ja.
F: Was bedeutet, wir haben über Ihren Aufenthalt am Abend des vierundzwanzigsten Mai einzig und allein Ihr Wort.
A: Wenn ich im Geschäft war, dann läßt es sich belegen.
F: Ach ja? Wodurch, Mr. Farnes?
A: Meine Inventurlisten sind mit Datum versehen. Sehen Sie, eine Inventur ist sinnlos, wenn sie kein Datum trägt. Der ganze Sinn und Zweck einer Inventur ist es, den Bestand zu einem bestimmten Zeitpunkt zu erfassen. Das ist der ganze Sinn und Zweck.
F: Ja. Und wo würden Sie das Datum registrieren?
A: Im Bestandsverzeichnis. Datum, Anzahl, Größe und Farbe eines jeden einzelnen Artikels. Damit ich weiß, wann ich nachbestellen muß. Das ist Sinn und Zweck der Inventur.
F: Ja. Haben Sie dieses Bestandsverzeichnis noch?
A: Bestimmt.
F: Wo ist es?
A: Höchstwahrscheinlich im Laden. Normalerweise bewahre ich es im Laden auf.
F: Und ist es für Sie jederzeit greifbar? Um das Datum zu überprüfen? So daß Sie eindeutig feststellen können, daß Sie am vierundzwanzigsten Mai den ganzen Abend im Geschäft waren, um Inventur zu machen?
A: Es sei denn, es fehlt aus dem einen oder anderen Grund.
F: Fehlt? Warum sollte es fehlen?

A: Sie kennen doch diese Stadt. Hier wird ständig gestohlen.
F: Wollen Sie damit sagen, jemand hat möglicherweise Ihr Bestandsverzeichnis *gestohlen*?
A: Möglich ist es.
F: Warum sollte jemand ein Bestandsverzeichnis stehlen?
A: In dieser Stadt – wer weiß?
F: Sie sagen also, Mr. Farnes, falls dieses Bestandsverzeichnis gestohlen wurde, hätten Sie keine Möglichkeit festzustellen, wann die Inventur gemacht worden ist.
A: Oder verlorengegangen ist. Das Bestandsverzeichnis.
F: Gestohlen, verlorengegangen oder verlegt, jedenfalls hätten Sie keine Möglichkeit festzustellen, wo Sie sich am Abend des vierundzwanzigsten Mai aufgehalten haben.
A: Was hat das damit zu tun, daß meine Frau mit dem Messer auf mich losgegangen ist?
F: Es hat damit zu tun, daß jemand mit einem Messer auf einen *Priester* losgegangen ist, Mr. Farnes.
A: Soll das eine Überraschung sein?
F: Wie bitte?
A: Ich meine, Sie sind hier so superclever, nicht, mit Ihren Trickfragen und um den heißen Brei herum, aber meinen Sie denn, Sie haben es hier mit einem Schwachkopf zu tun? Ich habe ein sehr erfolgreiches Geschäft, ich habe seit fünfzehn Jahren denselben Standort, ich bin kein Schwachkopf.
F: Niemand hat das behauptet, Mr. Farnes.
A: O nein, natürlich haben Sie es nicht so einfach und direkt ausgesprochen. Wie denn auch, bei laufendem Tonband? Und mit der Stenographin hier? Natürlich nicht. Aber meinen Sie denn, ich merke nicht, was Sie hier versuchen? Sie versuchen, aus einer Mücke einen Elefanten zu machen. Sie versuchen zu sagen, weil ich einen Streit mit Father Michael hatte ...
F: Hatten Sie einen Streit mit ihm?
A: Ich habe Ihnen doch gesagt, es gab zwischen uns ein Mißverständnis.
F: Ja, aber Sie haben nicht gesagt, daß Sie einen Streit hatten.
A: Ein Mißverständnis, habe ich gesagt, ein Mißverständnis. Wegen eines Briefs, den ich an die ganze ...

F: Ja, aber jetzt gerade haben Sie gesagt, Sie hätten einen Streit gehabt. Wann hatten Sie diesen Streit, Mr. Farnes?

A: Ein Mißverständnis. Hören Sie zu, eins will ich klarmachen ... Läuft das Band noch mit? Ich will es auf diesem Band eindeutig klarmachen, daß ich Mißverständnis sagen *wollte*, nicht Streit. Mißverständnis. Ihre Detectives sind wegen des verdammten Briefs bei mir gewesen, ich habe ihnen *gesagt*, das Mißverständis ist bereinigt worden, Father Michael und ich haben die ganze Angelegenheit am Ostersonntag beigelegt. Es hat keinen Streit gegeben, ist das klar?

F: Am Ostersonntag, meinen Sie.

A: Am Ostersonntag oder sonstwann. Wir haben uns nicht gestritten. Punktum.

F: Nie?

A: Nie.

F: Mr. Farnes, ich kann einen Durchsuchungsbefehl beantragen, um das von Ihnen angeführte Bestandsverzeichnis herbeizuschaffen, aber ich habe das sichere Gefühl, Sie wollen uns helfen, es zu finden. Meine Frage ist, ob Sie diese beiden Detectives zu Ihrem Geschäft begleiten würden und ...

A: Nein. Ich will einen Anwalt.

Nellie blickte Carella an. Carella blickte Hawes an. Die Stenographin blickte von ihrem Block hoch. Lieutenant Byrnes zuckte die Achseln. Das einzige Geräusch in dem Zimmer war das Surren des Tonbandgeräts.

»Mr. Farnes«, sagte Nellie schließlich, »verstehe ich Sie richtig, daß ...?«

»Sie haben's geschnallt, Schwester.«

»Und ich verstehe Sie richtig, daß Sie uns nicht helfen wollen, das Verzeichnis zu finden.«

»Erst wenn mir ein Anwalt sagt, daß Sie das tun können.«

»Was, denken Sie, wollen wir tun?«

»Mich gegen meinen Willen zum Geschäft bringen.«

»Also gut, Mr. Farnes, wir werden einen Durchsuchungsbefehl beantragen. Verstehe ich Sie weiterhin richtig, daß Sie diese Vernehmung jetzt zu beenden wünschen.«

»Sie haben's geschnallt, Schwester.«
Nellie schaltete das Tonbandgerät aus.
»Wir sind vom Sender«, sagte sie. »Wenn Sie mich noch *einmal* Schwester nennen, treten ich Ihnen in die Eier. Geschnallt?«
»Ich werde das meinem Anwalt berichten.«
»Ich bitte darum«, sagte Nellie und verließ das Zimmer.

Es wurde dreizehn Uhr, bis Carella und Hawes vom Richter eines Superior Court den Durchsuchungsbefehl und von Sally Farnes den Schlüssel zu ›C & C Herrenausstatter‹ erhielten. Sally gab ihrer Hoffnung Ausdruck, es möge sich herausstellen, daß ihr Mann tatsächlich Father Michael umgebracht habe, und außerdem hoffte sie, er werde für den Rest seines Lebens hinter Gitter geschickt. Außerdem erwähnte sie, daß er sein Bestandsverzeichnis normalerweise in der unteren rechten Schublade seines Schreibtischs in seinem Büro an der Rückseite seines Ladens aufbewahrte.

Sie fanden das Büro, sie fanden den Schreibtisch, und sie fanden das Verzeichnis in der unteren rechten Schublade.

Das Verzeichnis gab preis, daß Farnes am vierundzwanzigsten Mai seine Warenbestände inventarisiert hatte.

»Nellie wird enttäuscht sein«, sagte Carella. »Sie hatte gehofft, wir würden ihn einer Lüge überführen.«

»Es könnte trotzdem eine Lüge sein«, sagte Hawes. »Daß er den vierundzwanzigsten Mai eingetragen hat, heißt noch nicht, daß er an diesem Tag tatsächlich Inventur gemacht hat. Genausogut hätte er es eine Woche vorher oder drei Tage vorher machen können. Irgendwann.«

»Angenommen, er hat den Priester umgebracht«, sagte Carella. »Was siehst du als sein Motiv an?«

»Er ist verrückt«, sagte Hawes. »Er *braucht* kein Motiv.«

»Selbst ein Verrückter hat etwas, das er für sein Motiv *hält.*«

»Okay, er war sauer, weil ihn seine Frau auflaufen ließ.«

»Warum bringt er dann nicht *sie* um? Warum den Priester?«

»Weil er mit dem Priester noch in einer anderen Sache über Kreuz lag.«

»Die Sache mit dem Brief, hmm?«

»Ja. Und weil er in den Augen der Gemeinde zum Narren abgestempelt worden war. Verrückte nehmen sich selber sehr ernst, Steve.«

»Ja«, sagte Carella.

Einen Moment lang schwiegen beide Männer.

Dann sagte Carella: »Glaubst *du*, er war es?«

»Nein«, sagte Hawes.

»Ich auch nicht«, sagte Carella.

So wie Martha Hennessy es später beschrieb, war es nur eine von den üblichen Jugendbanden. Man las ständig darüber, daß diese Gangs völlig durchdrehten und unaussprechliche Dinge taten. Diesmal waren es ungefähr ein Dutzend kräftige junge Männer, alle weiß – Mrs. Hennessy hätte es verstanden, wenn sie schwarz oder hispanisch gewesen wären, aber *weiß*? Kamen in die Kirche gestürmt, es mußte so gegen drei Uhr gewesen sein, und sie war im Pfarrhaus, hörte den Lärm im Kirchengebäude, eilte durch den holzverkleideten Korridor in die Sakristei, wo schon drei von ihnen waren, Gegenstände herumwarfen, alles auf den Kopf stellten. Father Oriella schrie auf englisch und auf italienisch, und seine Sekretärin, die alte Italienerin mit dem gräßlichen Englisch, kreischte, sie sollten aufhören. Mrs. Hennessy lief zurück ins Pfarrhaus und wählte vom Büro aus die 911. Knapp drei Minuten später war ein Streifenwagen da.

Es war ein Edward-Wagen, weil die Kirche im Sektor Edward lag, und die beiden Polizisten im Wagen waren derselbe Mann und dieselbe Frau, die bei dem Tumult am Ostersonntag hier gewesen waren. An diesem Nachmittag war der Unterschied – und der Grund für ihr rasches Auftauchen –, daß sie nach dem Mord an dem Priester ins Hauptquartier zitiert worden waren und eine Menge Fragen über ihr Verhalten am Ostersonntag beantworten mußten, welches Inspector Brian McIntyre von der Innenabteilung für eine Gemeinde, in der schwarz-weiße Spannungen herrschten, alles andere als vorbildlich fand. In Erinnerung an die bissigen Tadel des Inspectors schalteten die Polizeibeamten Joseph Esposito und Anna Maria Lopez die Sirene ein, sobald sie den Einsatz – von der Leitstelle als »Aufruhr in der St.-Catherine's-Kirche« gekennzeichnet – erhielten, und fuhren mit quietschenden Reifen zu St. Catherine's, wo es in der Tat nach Aufruhr aussah. Officer Lopez rief über ihr Walkie-talkie Hilfe herbei, und binnen drei Minuten waren Streifenwagen aus den angrenzenden Sektoren David und Frank zur Stelle, und ein halbes Dutzend Beamte vom CPEP-Fußstreifendienst schwärmten in Kirche, Garten und Pfarrhaus aus und brachten letztlich sechs Jugendliche auf, alle weiß, alle mit italienischen Namen, unter ihnen Robert Victor Corrente.

Bobby und seine Kumpanen schienen äußerst scharf auf eine nicht näher benannte, gesetzlich verbotene Substanz zu sein. Ihm schien es völlig gleichgültig zu sein, daß er jetzt in Handschellen in einer Polizeiwache war und verschiedener Straftaten beschuldigt wurde, darunter eine Tätlichkeit gegen Father Frank Oriella mit einem Messingkerzenleuchter, den Bobby sich vom Hauptaltar geschnappt hatte, während seine Freunde dabei waren, den Altar umzuwerfen, die Altartücher abzureißen und andere Teile der Kirche zu plündern. Bobby schrie, daß er einen Anwalt haben wolle. Seine diversen Freunde, einige mit Handschellen an Schreibtischbeine in verschiedenen Teilen des Wachraums gefesselt, andere bereits in der Haftzelle in einer Ecke des Raums, wiederholten papageienhaft jedes Wort, das er sagte. Bobby wollte einen Anwalt haben, *sie* wollten einen Anwalt haben. Er schrie nach seinem Vater, sie schrien nach *ihren* Vätern. Es war eine Oper im Wachraum, alle Beteiligten in höchster Stimmlage. Carella wünschte sich Ohrenstöpsel.

Als Vincent Corrente um sechzehn Uhr beim Revier eintraf, sah er fast genauso aus wie an dem Tag, als Carella mit ihm gesprochen hatte, nur daß er jetzt kein Pullunder-Unterhemd trug. Oder falls doch, war es unter dem kurzärmligen Sporthemd mit dem bunten Hawaii-Druck, das über seiner beigen Hose hing, nicht sichtbar. Ansonsten war er immer noch dickwangig, dickbäuchig und ungekämmt, und er rauchte immer noch eine Zigarre der Marke El Ropo, die eine besondere Geruchsdimension in den Wachraum einbrachte, der von schreienden Teenagern, klappernden Schreibmaschinen, klingelnden Telefonen und lauten Cops widerhallte, die alle und jeden, verdammt noch mal, zum Maulhalten aufforderten. Corrente war fuchsteufelswild. Allerdings war kaum zu unterscheiden, ob er wütender auf seinen Sohn oder auf die Leute war, die ihn festgenommen hatten.

»Du blöder Hund«, sagte er zu Bobby, »was hast du in der Kirche zu suchen, hä?« Und versetzte ihm eine schallende Ohrfeige. »Sie da!« schrie er Carella an. »Nehmen Sie meinem Sohn die Handschellen ab, oder Sie sitzen bis zum Hals in der Scheiße!«

Carella sah ihn gefaßt an.

»Haben Sie mich verstanden? Ich kenne Leute!« brüllte Corrente.

»Mr. Corrente«, sagte Carella, »Ihr Sohn wird beschuldigt . . .«

»Mir ist egal, was man ihm vorwirft, er ist *Heranwachsender*!«

»Er wird als Erwachsener beschuldigt.«

»Er ist erst siebzehn!«

»Damit ist er Erwachsener, Mr. Corrente. Und er wird beschuldigt . . .«

»Ich will einen Anwalt!« brüllte Bobby.

»Halt's Maul, du blöder Hund!« sagte Corrente. Und zu Carella: »Er sagt kein Wort, bevor mein Anwalt nicht hier ist.«

»In Ordnung«, sagte Carella ruhig.

Er fragte sich, wann Bobby von seinem hohen Roß herunterkommen würde.

Der Anwalt, den Corrente anrief, hieß Dominick Abruzzi.

Es entwickelte sich allmählich zur Jahresversammlung des Weltordens zur Bewahrung italienischer Namen, ein Verein mit der einzigen Aufgabe, darüber zu wachen, daß ein Amerikaner, der mit italienischem Namen geboren wurde, diesen Namen für immer behielt, ihn weder vollständig änderte, noch anglisierte. Abruzzi sah so italienisch wie Richard Nixon aus. Carella vermutete, daß seine Zähne überkront waren.

Fünfunddreißig, sechsunddreißig Jahre alt, maßgeschneiderter Anzug, Buttondown-Hemd und dunkle Krawatte, kam er in den Wachraum geweht, als wäre er schon tausendmal hier (oder in ähnlicher Umgebung) gewesen. Er grüßte Corrente, winkte Bobby zu, der immer tiefer in einen depressiven Morast zu sinken schien, und fragte dann vergnügt: »Was haben wir denn für ein Problemchen hier?«

Carella sagte ihm, was für ein Problemchen man hier hatte. Das Problemchen schien aus Körperverletzung, Einbruchdiebstahl, Hausfriedensbruch und Sachbeschädigung zu bestehen.

»Das scheint hier das Problemchen zu sein«, sagte er.

»Nun, das ist *Ihre* Behauptung, Detective«, sagte Abruzzi.

Carella spürte, in welchem Sinn Abruzzi das Wort »Detective« verwandte. Seine Betonung ließ es wie »Schwein« klingen.

»Nein, das ist nicht *meine* Behauptung, Herr Rechtsanwalt«, sagte er. »Das ist es, was Robert Corrente zur Last gelegt wird.«

Er mochte keine Rechtsanwälte, die Verbrecher verteidigten. Vor allem mochte er keine italo-amerikanischen Rechtsanwälte, die Verbrecher verteidigten, vor allem, wenn sie wie Richard Nixon aussahen und nach Schlangenöl rochen, und vor allem, wenn der Verbrecher selbst Italo-Amerikaner war.

Abruzzi spürte, in welchem Sinn Carella das Wort »Rechtsanwalt« verwandte. Seine Betonung ließ es wie »Rechtsverdreher« klingen. Abruzzi haßte anmaßende italo-amerikanische Polizeibeamte, die ihre Berufung als so rein und erhaben wie die eines Priesters ansahen. In einer Demokratie hatte jeder das Recht auf juristischen Beistand, und jeder war so lange unschuldig, bis seine Schuld bewiesen war, und Abruzzi war hier, um sicherzustellen, daß kein amerikanischer Bürger jemals seiner Rechte beraubt wurde, Gott segne Amerika!

»Falls Sie nichts dagegen haben, Detective«, sagte er, »würde ich mich gern mit meinem Mandanten und seinem Vater allein unterhalten.«

»Sicher«, sagte Carella. »Nur zu. Herr Rechtsanwalt.«

Ein uniformierter Beamter eskortierte Abruzzi und die Correntes zum Vernehmungsraum. Carella ging zu der Haftzelle, ließ den Riegel aufschnappen, öffnete die Tür und sagte: »Einer nach dem anderen, du zuerst, mein Sohn. Würdest du bitte rauskommen?« Der Junge war achtzehn und sah aus wie fünfzehn. Dunkle Haare, große braune Augen, ein hübscher Mund. Wie Bobby war er von ganz oben gekommen, high von irgendwas, das sie geschluckt hatten, und jetzt sah er aus, als wäre er von einer Lokomotive überrollt worden. Carella nahm ihn mit an seinen Schreibtisch. Hawes kam mit einer Tasse Tee aus dem Schreibbüro. Er nahm gern einen Nachmittagstee.

»Wie heißt du, mein Sohn?« fragte Carella den Jungen.

»Rudy Perucci«, sagte der Junge.

»Rudy, du steckst in der Klemme«, sagte Carella und las ihm seine Rechte vor. Ernsthaft hörte Rudy zu. Carella fragte ihn, ob er alles verstehe, was er gehört hatte. Rudy bejahte. Carella fragte ihn, ob er einen Anwalt wolle.

»Brauche ich einen?« fragte Rudy.

»Mir ist nicht erlaubt, dir in dieser Frage zu raten«, sagte Carella. »Du kannst einen haben oder nicht, es liegt ganz bei dir. So oder so sagt das nichts über deine Schuld oder deine Unschuld aus.«

»*Ich* habe den Priester nicht geschlagen«, sagte Rudy.

»Rudy, bevor du irgend etwas sagst, muß ich wissen, ob du einen Anwalt willst oder nicht. Wenn du einen willst, kannst du einen haben. Entweder deinen eigenen, oder wir sind von Gesetz wegen verpflichtet, dir einen zu holen, wenn du keinen eigenen hast. Also sag mir jetzt bitte, ob du einen Anwalt willst.«

»Was soll ich sonst noch getan haben?« fragte Rudy.

Carella las die Liste der Beschuldigungen vor.

»Das ist ernst, was?« sagte Rudy.

Carella begann ihm zu erklären, wie ernst es war. Auf Körperverletzung stand eine Höchststrafe von fünfzehn Jahren. Der Einbruchdiebstahl . . .

»Wir haben nichts gestohlen«, sagte Rudy.

»Rudy, bitte, sag nichts mehr, okay?« sagte Carella. »Laß dir erklären, was diese Beschuldigungen bedeuten, und dann kannst du entscheiden, ob du einen Anwalt willst. Du kannst bis zu fünfzehn für die Körperverletzung kriegen, bis zu fünfzehn für den Einbruch. Dann noch Hausfriedensbruch und Sachbeschädigung.«

»Ich bin nur mitgegangen«, sagte Rudy, »ich hab nichts gemacht.«

»Willst du einen Anwalt, Rudy?«

»Wenn ich nichts gemacht habe, wieso brauch ich dann einen Anwalt?«

»Ja oder nein, Rudy?«

»Nein, ich brauch kein Anwalt.«

»Bist du gewillt, Fragen ohne Anwesenheit eines Anwalts zu beantworten?«

»Ja. Ich brauch kein Anwalt, ich hab nichts gemacht.«

»Kannst du mir sagen, was vorgefallen ist?«

»Ich bin nur mitgegangen«, sagte Rudy.

»Wie hat es angefangen?«

»Wir haben von dem Stoff probiert, den Bobby mitgebracht hat.«

»Welchen Stoff? Was habt ihr genommen, Rudy?«

»Ich weiß nicht mal, wie es heißt. Wir haben einfach ja gesagt.«

Er grinste. Er hatte gerade einen Witz über Nancy Reagans berühmten und einfältigen Slogan gemacht – Sag einfach nein. Jeder, der auch nur einen einzigen Joint geraucht hatte, wußte, wie einfältig die Sag-einfach-nein-Kampagne gewesen war. Rudy testete Carella. Um zu sehen, ob *er* wußte, wie blöd die Kampagne gewesen war. Carella gab das Grinsen zurück. Zwei alte Kumpel, die sich mit Drogen auskannten. Doch nur einer von beiden war in einer Kirche Amok gelaufen.

»Es war wirklich gut, Mann«, sagte Rudy, immer noch grinsend.

Carella hätte drauf gewettet, daß es wirklich gut gewesen war.

»Was also ist passiert?« fragte er freundlich.

»Bobby wollte seinen Stoff wiederhaben.«

»Welchen Stoff?«

»Den Stoff, den der Nigger geklaut hat.«

»Geklaut?«

»Klar, Sie wissen schon.«

»Nein, weiß ich nicht. Erzähl.«

Das ist die fünfte *Rashomon*-Episode. Danach wird es keine weiteren Varianten geben. Dies ist das letzte Kapitel. Zumindest *hofft* Carella, daß es das letzte Kapitel ist. Es ist wieder Ostersonntag, derselbe windige, beschissene Tag, beim Wetter scheinen sich alle einig. Und es ist immer noch halb drei, drei am Nachmittag. Und der Hauptdarsteller – oder zumindest *einer* der Hauptdarsteller in diesem öden, unendlichen kleinen Melodram – kommt wieder die Eleventh Street entlang, tanzt seinen, wie Rudy es nennt, Nigger-Shuffle und grinst in den Wind, als gehöre ihm die Welt. Über *diesen* Teil der Saga hat Alexis nichts gesagt, weil sie ihn nicht verfolgt hat, aber bisher stimmen Hoopers, Bobbys und Seronias Versionen überein. Doch sie kommen wieder zu der Dope-Szene; das Dope, das Hooper zuerst *verkaufen* sollte, dann sollte er es *kaufen*, und dann rannte er damit weg, nachdem Bobby ihn beschuldigt hatte, bei ihrem letzten Deal mit Falschgeld bezahlt zu haben. Und sie gehen wieder in den Flur, und wieder findet eine Dope-Transaktion statt, die beiden – Bobby und Hooper – sind es *gewohnt*, Geld gegen Dope auszutauschen, und umgekehrt, Mrs. Reagan, und deshalb sollten kleine Mädchen mit roten Käppchen nicht im Wald herumspazieren, wo das Böse und die Verderbnis lauern, hä?

Sie sind also im Flur, und das Crack kommt heraus. Hundert Phiolen, identisch mit den winzigen Parfümröhrchen, nur daß *diese* Phiolen kein *Eau de Printemps* enthalten. Diese Phiolen enthalten kleine Kristalle, die wie vergrößerte Salzkörnchen aussehen, in Wirklichkeit aber Kokainbase sind, die man herstellt, indem man eine Mixtur aus Backpulver, Chlorhydrat und Wasser erhitzt und sie dann abkühlen läßt. *Diese* kleinen Phiolen sind tödlich.

Das Crack kommt heraus . . .

»Und das Eisen kommt heraus«, sagte Rudy.

»Das was?«

»Das Eisen.«

»Eine Schußwaffe?«

»Eine Schußwaffe.«

»Bobby hat eine Schußwaffe gezogen?«

»Nein, nein. Der *Nigger* hat die Knarre gezogen.«

. . . denn, sehen Sie, er hatte vor, die hundert Phiolen im Wert von vierhundert Dollar zu nehmen und Bobby keinen Cent dafür zu geben. Dafür hat er das Eisen dabei. Das bei näherem Hinsehen wie ein Smith & Wesson vom Kaliber .38 aussieht, das Polizeimodell 33, eine Waffe, die große Löcher in den Kopf eines jeden machen kann, der dumm genug ist, Hooper die Plastiktüte mit Crack wegzunehmen. Es sei denn, jemand steht seitlich kurz hinter dem Nigger, und es sei denn, in einer Ecke des Flurs ist ein Baseballschläger (und ein Ball und ein Fanghandschuh, aber nur der Schläger ist von Bedeutung), den einer der Jungen hat liegen lassen, als seine Mutter ihn zum Ostermenü nach oben gerufen hat. Der Schläger lehnt an der Wand, der Handschuh und der Ball liegen auf dem Boden, der Ball in der Fangtasche des Handschuhs (auch wenn das ein unbedeutendes Detail ist), und der Junge, der kurz hinter Hooper steht, ist nicht Bobby Corrente, sondern sein kleiner Bruder Frank Corrente, der die Regeln der Straße rasch lernt und vor allem jetzt begreift, wie man eine Gelegenheit beim Schopfe packt.

Ganz zu schweigen vom Griff eines Baseballschlägers.

Den er jetzt packt.

Und er schwingt den Schläger mit geübter Leichtigkeit gegen das Ziel, das Nathan Hoopers Kopf darstellt. Aus den Augenwinkeln sieht Hooper den Schläger kommen, und er zieht irgendwie die linke Schulter hoch, duckt den Schlag irgendwie ab, dreht sich gleichzeitig, versucht, den Schlag abzulenken, was ihm zum Teil insofern gelingt, daß der Schläger zuerst seine Schulter trifft und dann abprallt und seinen Kopf streift. Das reicht nicht, eine ernsthafte Wunde zu verhindern, aber es reicht, Gehirnerschütterung und mögliche Bewußtlosigkeit zu verhindern. Außerdem reicht es, seinen Griff um die Waffe zu lockern, bevor er einen Schuß abfeuern kann. Und die Waffe fällt klappernd auf den Boden, der junge Frankie holt mit dem Schläger zu einem zweiten Schlag aus, Hooper erkennt, daß es an der Zeit ist, von hier zu verschwinden, aber nicht ohne das Dope, für das er jetzt mit einer offenen Kopfwunde bezahlt hat. Also rennt er los, in der linken Hand die Tüte mit dem Dope und im Rücken die johlende Meute, und der Rest der Story endet in der Kirche – nicht einmal, sondern zweimal.

»Das zweite Mal ist heute«, sagte Rudy. »Als wir zurückgekommen sind, um den Stoff zu suchen.«

Denn wirklich, es stimmt, Hooper hat das Dope irgendwo in

der Kirche verstaut. Bobby und seine Kumpel wissen, daß es so ist. Nicht, weil sie die Tüte mit dem Crack nirgendwo sehen konnten, als er mit dem Priester auf dem Weg zum Krankenhaus herauskam – er hätte es auch in seiner Tasche haben können, richtig? Sondern weil Hooper sehr bald nach dem österlichen Zwischenfall in der Gegend der Fifth anfing herumzutönen, sobald er risikolos zu St. Kate's zurückkönne, sei er ein reicher Nigger. Und dann, das muß so drei, vier Tage vor dem Mord an dem Priester gewesen sein, haben sie mit einem Mamasöhnchen namens Fat Harold herumgejuxt, Sie wissen schon, Kopfnüsse, Pferdeküsse, leichte Schläge auf den Hinterkopf und so, das war in der Nähe der Schule, und Harold hat ihnen gesagt, daß er mit Hooper zusammen war, als er bei der Kirche angerufen und den Priester gewarnt habe, daß er sein Dope zurückhaben wollte.

Folglich ist das Dope da drinnen in der Kirche, richtig?

Irgendwo in der Kirche.

Crack im Wert von vierhundert Dollar.

Und noch kein Schwarzer hat dort herumgeschnüffelt, weil erstens keine Schwarzen nach St. Catherine's gehen und sie zweitens wissen, was Hooper an Ostern passiert ist, und sie nicht von derselben Medizin probieren wollen.

Das heißt nicht, daß Bobby und die Jungs nicht ein halbes Dutzendmal dort herumgeschlichen sind und gesucht haben, aber sie können den verdammten Stoff nicht finden, der Nigger hat ihn zu gut versteckt. Also sieht's allmählich so aus, als würden vierhundert Dollar im Klo runtergespült.

Bis heute.

Heute ist Bobby wütend geworden.

Und er sagt ihnen, daß sie zu der Kirche gehen und alles auf den Kopf stellen, bis sie das verdammte Dope finden.

Und das haben sie getan.

»Aber ich nicht«, sagte Rudy. »Ich bin nur mitgegangen. Ich hab den Priester nicht geschlagen, ich hab nichts umgeworfen, die Kerzenleuchter, die Altäre, das Ding mit dem Weihrauch, ich hab nichts gemacht. Und wieso ist es Einbruch, wenn keiner was gestohlen hat?«

Carella erklärte ihm, daß es Einbruch sei, wenn jemand wissentlich in ein Gebäude eindringe oder widerrechtlich dort bleibe, um eine Straftat zu begehen.

»Aber wir sind dort nicht gewesen, um eine Straftat zu begehen«, sagte Rudy. »Wir waren dort, um das Dope zu suchen, das von Rechts wegen Bobby gehört.«

Carella erklärte ihm, daß Körperverletzung eine Straftat sei. Und Hausfriedensbruch. Und Sachbeschädigung.

Rudy schüttelte über die Ungerechtigkeit des Gesetzes den Kopf.

»Gut, daß ich nichts davon gemacht hab«, sagte er.

»Wer *denn*?« fragte Carella.

Der einzige Grund für diese kleine Übung. Einen von ihnen zum Reden zu bringen, ihn dazu zu bringen, einen der anderen ans Messer zu liefern. Dann einen anderen zum Reden zu bringen, der seine Haut retten will und den nächsten ans Messer liefert. Die Dominotherorie praktischer Polizeiarbeit.

»Ich bin bloß mitgegangen«, sagte Rudy.

»Wirklich schlimm, daß du beschuldigt wirst«, sagte Carella mitfühlend. »Aber so geht's nun mal, wenn ein Haufen Jungs gemeinsam handelt . . .« Jetzt schüttelte *er* den Kopf über die Ungerechtigkeit des Gesetzes.

»Ich seh nicht ein, daß ich die Prügel für was einstecken soll, was ich nicht gemacht hab«, sagte Rudy, der zum ersten Mal ein bißchen empört klang.

»Ja, wirklich zu dumm«, sagte Carella. »Aber wenn du, zum Beispiel, nicht gesehen hast, wer den Altar umgekippt hat oder den Priester geschlagen hat . . .«

»Bobby hat den Priester geschlagen.«

»Bobby Corrente?«

»Ja. Ich hab gesehen, wie er den Kerzenständer gepackt und ihn damit geschlagen hat. Und Jimmy Fava hat den Altar umgekippt, den großen. Und . . .«

Und das war der Anfang.

Als Dominick Abruzzi in den Wachraum zurückkam, nachdem er mit seinem Mandanten gesprochen hatte, sagte er: »Kann ich mich kurz mit Ihnen unterhalten, Detective?«

Das Wort »Detective« jetzt ohne höhnischen Unterton.

»Sicher«, sagte Carella.

»Mein Mandant ist in die Kirche gegangen, weil er einen allergischen Anfall hatte«, sagte Abruzzi.

Carella sah ihn nur an.

»Um diese Jahreszeit sind viele Pollen in der Luft. Die Kirche ist relativ pollenfrei. Für ihn war es eine Erlösung.«

»Da bin ich sicher«, sagte Carella. »Und wahrscheinlich auch staubfrei.«

Abruzzi sah ihn nur an.

»Der Transportwagen kommt um sechs«, sagte Carella. »Danach können Sie sich in Downtown mit Ihrem Mandanten unterhalten. Guten Abend, Mr. Abruzzi«, sagte er, ging zur Tür des Lieutenants und klopfte.

»Herein!« brüllte Byrnes.

11

Hier in dieser Kirche, hier an diesem geheiligten Ort, *Vater unser, der Du bist im Himmel, geheiligt sei Dein Name,* suchend hinter der lebensgroßen Gipsstatue der Jungfrau Maria mit dem gekreuzigten Jesus in ihren Armen, hier an dieser Stätte, auf Händen und Knien, aber nicht betend, statt dessen die Altartücher hebend, um unter sie zu schauen, sich Zentimeter um Zentimeter an Steinwänden entlangtastend, Nischen inspizierend, in denen Statuen von Heiligen standen, die er nicht erkannte oder an die er sich nicht erinnerte, hier und jetzt wurde Carella in eine Zeit zurückversetzt, da ein Junge, der dem Mann, zu dem er mittlerweile herangewachsen war, ähnlich sah, in einer Kirche nicht weit von dieser hier saß – die Familie war noch nicht Uptown nach Riverhead gezogen –, Sonntag um Sonntag hier saß und dem Singsang der Riten lauschte, kaum fähig, die Augen offenzuhalten.

Sonntag um Sonntag.

Heute war er wieder in einer Kirche, nicht auf der Suche nach Erlösung, sondern auf der Suche nach Dope. Weil Lieutenant Byrnes ihm aufgetragen hatte, das Dope zu finden. Weil das schwarze Mädchen, falls es hier in der Kirche Dope gab, die Wahrheit gesagt hatte, daß ihr Bruder es versteckt hatte, und Mrs. Hennessy die Wahrheit gesagt hatte, daß jemand angerufen hatte und es zurückhaben wollte, und weil die Möglichkeit bestand, daß Corrente oder sonst jemand irgendwann *vor* diesem Nachmittag zurückgekommen war, um es zu holen. Und wenn dies der Fall war, dann war dieser Jemand, der danach gesucht hatte, vielleicht mit dem Priester zusammengestoßen. Und eine solche Begegnung beschwor viele Möglichkeiten herauf, deren geringste Gewalt war. Wo es Dope gab, existierte stets die Möglichkeit von Mord. Also finden Sie das verdammte Dope, dann haben Sie wenigstens Ihr verdammtes Motiv!

Sonntag um Sonntag.

Sonntage, an denen die Sonne durch die hohen Fenster auf beiden Seiten der Kirche strahlte und farbiges Glas erleuchtete, das ein einheimischer Künstler in diesem italienischen Teil der Stadt (der ganz gewiß nicht Florenz war) gestaltet hatte, während Staubkörnchen zur Decke trieben, während von der Orgelempore leise, satte Töne auf der funkelnden Luft schwebten, und ein Junge mit schrägstehenden Augen und unbändigem Haar dem Priester zuhörte und sich fragte, was das alles solle.

Am Tag seiner ersten heiligen Kommunion, als er zehn oder elf war – ein christliches Leben war ihm jetzt so fremd, daß er sich nicht mehr an die exakten Daten der wichtigsten Ereignisse im Leben eines jungen Katholiken erinnern konnte –, pappte seine Mutter das widerspenstige Haar auf seinem Hinterkopf fest, und er ging mit ihr, seinem Vater und – wenn er sich richtig erinnerte – seinem Onkel Lou zur Kirche. Sein Onkel Lou, der später, zur Firmung, als sein Pate fungieren sollte, daher der zweite Name, Louis. Onkel Louis, dieser ehrenwerte Mann, vor so langer Zeit.

Carella – damals wurde er Stevie gerufen, ein Name, den er immer irgendwie gemocht hatte, bis ihn Jahre später ein Mädchen Stevie-Weevie getauft hatte, um ihn als kleinen Jungen zu verspotten. Er war zwölf, und sie war vierzehn, in diesem Alter ein gewaltiger Abstand, und er war in Tränen aufgelöst nach Hause gekommen. Aber am Tag seiner ersten heiligen Kommunion nahm Stevie Carella die Hostie auf die Zunge, ließ sie dort zerschmelzen und gab sich penibel Mühe, nicht daraufzubeißen, denn sie war das Fleisch und das Blut Jesu Christi, und die Hostie würde in seinem Mund bluten, Christi Blut würde in seinem Mund fließen, das jedenfalls hatte ihm eine der Nonnen zu verstehen gegeben, die ihn jeden Montag und Mittwoch nachmittag nach der Schule in Katechismus unterrichteten.

An jenem Tag empfand er eine tiefe und ehrerbietige Zuneigung zu Gott. Er wußte nicht genau, was er glaubte, irgendwie war für ihn alles Hokuspokus, aber er wußte, er spürte eine innere Glut, als die Hostie sich in seinem Mund auflöste, und er kniete dort mit gesenktem Kopf und der angepappten Haartolle vor dem Altar und fühlte sich bereichert von dem, was an dem Tag vor so langer Zeit geschehen war. Bereichert. Und irgendwie fröhlich. Am Tag vorher war er zur ersten Beichte gegangen, er war wahrhaft ohne Sünde, ein unschuldiges Kind . . . nun . . . ich habe gelogen, Father, und ich habe am Freitag Fleisch gegessen, und ich habe meiner Mutter Widerworte gegeben. Sünden. Sünden eines kleinen Jungen. Vergeben, Absolution durch eine Handvoll *Gegrüßet seist Du, Maria,* zwei *Vaterunser* und eine aktive Buße, wieder rein, wieder das Lamm, fröhlich in der Gegenwart Gottes am nächsten Tag, dem Sonntag seiner ersten heiligen Kommunion.

Ein oder zwei Jahre später – sich genau zu erinnern fiel ihm schwer – wurde er in derselben Kirche gefirmt, trug denselben blauen Anzug, aus dem er allmählich herauswuchs, ein rotes Band um den Ärmel, sein Onkel Lou groß und stattlich in einem blauen Anzug, der farblich zu seinem eigenen paßte, akkurat rasierter schmaler Schnurrbart, und sein Vater gab ihm einen goldenen Siegelring mit dem neuen Initial darauf, L für Louis, SLC für Stephen Louis Carella, heute bin ich ein Mann. Sonntag um Sonntag in der Kirche und dann in der kleineren Kirche in Riverhead, drei Blocks von dem Haus entfernt, das seine Eltern gemietet hatten, Carella hatte sein eigenes Zimmer, er war jetzt ein Mann, teilte sich nicht mehr das Schlafzimmer mit seiner Schwester Angela. Niemand nannte ihn mehr Stevie. Er war jetzt Steve. Sonntag um Sonntag.

Regensonntage in der neuen Kirche, Regenschlangen glitten die Fenster hinab, hier in Riverhead aus Tafelglas, er vermißte das bunte Glas, das sie in Isola gehabt hatten, die sonore Stimme des Priesters, über den Köpfen der Gläubigen schwebend, der Geruch von Weihrauch, der aus den Seitenschiffen kam, ein Blitzschlag, das Grollen des Donners, jetzt der Geruch von etwas anderem, eingebildet oder wirklich, das Parfüm junger Mädchen, sein Duft viel berauschender als der Weihrauch, wie er zu bemerken begann, seine Gedanken wanderten, er dachte an Unterhöschen, wenn er an Gott hätte denken sollen.

Jahre später, am Karsamstag – er mußte fünfzehn oder sechzehn gewesen sein, er konnte sich kaum noch erinnern –, überkam ihn der gleiche spirituelle Eifer wie am Tag seiner ersten Kommunion, und er stieg auf sein Fahrrad, ein schwarz-weißes Schwinn mit einer batteriebetriebenen Hupe, und er fuhr zur Kirche hinüber, schloß das Fahrrad an den gußeisernen Zaun . . .

Sein Vater erzählte früher Geschichten über die Zeit, als man nicht einmal die Haustür abschließen mußte, aber damals fuhren noch die Pferdewagen durch die Straßen ...

... und er nahm seine Kopfbedeckung ab ...

Er trug ständig seine verschlissene blaue Baseballkappe, die schon bessere Tage gesehen hatte, aber sie war seine Glücksmütze, die er getragen hatte, als er einen Ball getroffen hatte, der eigentlich nicht zu treffen war ...

... und er ging in die Kirche, tauchte die Hand ins Weihwasserbecken, machte das Kreuzzeichen, setzte sich und wartete, daß er an der Reihe war, den Beichtstuhl zu betreten. Und er kniete sich auf die gepolsterte Kniebank, das kleine Törchen wurde aufgeschoben, und er konnte undeutlich das Gesicht des Priesters hinter dem Trennschirm sehen, und er bekreuzigte sich und sagte: »Segne mich, Vater, denn ich habe gesündigt, seit meiner letzten Beichte sind es sechs Monate.«

Hinter der Abschirmung war es still.

Carella wartete.

Und dann sagte der Priester: »Und dann suchst du dir die geschäftigste Zeit des Jahres aus?«

Carella beichtete seine Sünden. Er hatte viele schlimme Sachen gemacht, die ihn sechs Monate von der Kirche ferngehalten hatten, weil er Angst hatte, all die Sachen dem Priester zu erzählen, böse Sachen, wie zum Beispiel ein irisches Mädchen namens Marge Gannon zu befingern, und ein bißchen zu onanieren ... na ja, ziemlich viel ... und Worte wie Ficken und Arschloch zu sagen. Der Priester sagte ihm, was er zur Buße tun solle, und Carella sagte: »Danke, Vater«, und verließ den Beichtstuhl und ging durch den Mittelgang zum Altar, absolut bereit, die Bußgebete zu sprechen, damit er am nächsten Tag die Kommunion empfangen und die gleiche Glut wie beim ersten Mal empfinden konnte, doch dann blieb er plötzlich mitten im Gang stehen und dachte: Was *meinst* du damit, die geschäftigste Zeit des Jahres? Hat Gott geschäftigste Zeiten des Jahres? Ich habe mich *gut* gefühlt, als ich hierherkam, ich wollte *Gott* nahe sein! Was, zum Teufel, meinst du also – genauso dachte er –, was, zum Teufel – hier in der Kirche, in der Mitte des Gangs auf halbem Weg zum

Altar –, was, zum Teufel, *meinst* du, die geschäftigste Zeit des Jahres?

Und er drehte dem Altar den Rücken zu, ging den Gang entlang und zur Kirche hinaus, drückte sich seine Glücksbringermütze auf den Kopf, schloß sein Fahrrad los und radelte von der Kirche weg, ohne sich noch einmal umzuschauen. Seitdem hatte er erst wieder zur Hochzeit seiner Schwester eine Kirche betreten.

Heute war er in einer Kirche.

Suchte nach Dope.

Father Michael hatte die Kirche gründlich durchsucht, und zweifellos hatte er Ritze und Winkel vollständiger als jeder Außenstehende gekannt. Und Carella hatte zusammen mit Hawes noch einmal gesucht, und Corrente und seine Freunde hatten eine weitere, rücksichtslosere Suche unternommen, und keiner war auf die hundert Phiolen mit Crack gestoßen. Vielleicht war das Crack also gar nicht hier, vielleicht waren *alle* Versionen des *Rashomon* falsch. Und selbst wenn das Crack hier war, um was ging es schon? Fünfhundert Dollar? Das war der Straßenwert des Crack, das Nathan Hooper angeblich in St. Catherine's versteckt hatte. Reichte das aus, um jemanden zu töten? In dieser Stadt, ja. In dieser Stadt reichten fünfhundert Pistazienkerne aus, um jemanden zu töten. Und wenn jemand zu dieser Kirche gekommen war, um das Dope an sich zu bringen ...

Und war von Father Michael überrascht worden ...

Vielleicht von ihm gestellt worden ...

Ja, es war möglich. Der Lieutenant hatte recht. Wo es Dope gab, gab es häufig Mord.

Mit einem schweren Seufzer begann er erneut zu suchen.

Von Beginn an.

Spielte seine eigene *Rashomon*-Melodie.

Versetzte sich in Nathan Hooper, der am Ostersonntag die Kirche betrat, die johlende Meute im Nacken.

Durch das schwere Holzportal. Weihwasserbehälter auf der linken Seite. Rostfreier Stahl auf einem schwarzen Gußeisenständer. Auf dem Deckel ein kleines, aufrecht stehendes Messingkreuz. Kleiner Messinghahn an dem Behälter darunter. Er drückte den Knopf auf dem Hahn. Ein Wassertropfen fiel auf seine rechte Hand. Er konnte sich an eine Zeit zurückerinnern, da alle Weihwasserbecken in einer Kirche an jedem Tag der Woche randvoll waren. Außer sonntags waren sie jetzt leer. Das Becken hier war einfacher. Es faßte ... zehn Liter Wasser, oder mehr? Man mußte nicht ständig durch die Kirche laufen und die vielen kleinen Becken füllen.

Rechts vom Eingang war ein Regal mit religiösen Veröffentlichungen. Zeitungen mit den Titeln *Katholisches Register, Unser sonntäglicher Gast* und *Katholische Doppelkreise.* Broschüren mit Titeln wie *Dem Gottesvolk mit einem Legat in Deinem letzten Willen dienen* und *Studenten folgen der unendlichen Weisheit Gottes* und *Verkündigung: Hilfen zur Deutung der Lehren des Kirchenjahres,* wobei diese spezielle Ausgabe den Untertitel *Fastenzeit* trug. Das Regal war aus Holz, die Druckschriften steckten in trogähnlichen Vertiefungen. Er hatte diese Vertiefungen abgetastet und hinter den Zeitungen gesucht, als er zusammen mit Hawes die Kirche durchsucht hatte. Jetzt machte er es noch einmal. Nichts.

Der Opferstock stand neben dem Zeitschriftenregal. Es wurde erwartet, daß man für die Druckschriften Spenden gab. In der ganzen Kirche waren zweiundzwanzig dieser Opferstöcke verteilt, bei der ersten Suchaktion hatte er sie gezählt. Jeder Opferstock ähnelte einer schwarzen Truhe, aus der ein schwarzer Eisenturm herauswuchs. Der Opferstock maß etwa dreißig mal dreißig Zentimeter, ein schweres Vorhängeschloß sicherte die vorn liegende Klappe. Der Turm entsprang der Mitte des Kastens und erhob sich bis etwa zu Carellas Gürtelschnalle. Er bestand aus einer drei Zoll breiten Hohlschiene mit einem Schlitz auf der Spitze. Der Schlitz war knapp drei Zoll lang und ein halbes Zoll breit. Ausreichend groß, um auch einen zerknüllten Geldschein aufzunehmen.

Oder eine Phiole mit Crack.

Aber hätte Father Michael nach Ostersonntag nicht alle Opferstöcke in der Kirche geleert? Und selbst wenn Hooper jeweils ein Dutzend Phiolen in den verschiedenen Opferstöcken in der Kirche verteilt hätte ...

Doch das hätte Zeit erfordert.

Er wurde von einer wütenden Meute gejagt.

Aber, Moment einmal! *Rashomon*, okay?

Er kommt in die Kirche gerannt, in der Hand die Plastiktüte mit den hundert kostbaren Phiolen darin. Die Phiolen sind identisch mit denen, die für Parfümproben Verwendung finden. Tatsächlich beziehen die meisten Dealer ihre Phiolen aus dem Fachgroßhandel. Der Verkauf dieser kleinen Behälter ist in phantastische Höhen geschnellt, seit Crack *en vogue* ist. Wenn man die Bücher dieser Großhändler prüft, könnte man zu der Ansicht kommen, die halbe Bevölkerung dieser Stadt sei plötzlich in die Parfümbranche eingestiegen. Kleine Parfümröhrchen, die die Crack-Kristalle enthalten, die meisten von ihnen weiß, einige mit gelblicher Färbung, kleine, klare Kristalle, die aussehen, als seien sie von einem größeren Stück abgesprengt. Ob weiß oder gelb, wenn man den Stoff raucht oder ihn schmilzt, um die Dämpfe zu inhalieren, produziert er sofort einen Rausch, der einem die Schädeldecke abhebt. Mit diesen hundert Phiolen Crack in einer kleinen Plastiktüte kann man . . .

Sie mußten in eine kleine Plastiktüte passen.

Wie groß sind sie, die Phiolen? Ein Zoll lang? Einen knappen Zentimeter im Durchmesser? Kleiner Plastikstöpsel als Verschluß, eben wie die Parfümphiolen, und genau das sind diese tödlichen kleinen Behältnisse ja. Also gut, sie waren klein genug, um in die kleinste der handelsüblichen Plastiktüten zu passen, eine von diesen sandwichgroßen Dingern, und praktisch das erste, was er sah, als er in die Kirche gerannt kam, waren die Opferstöcke mit ihren schwarzen Kommandotürmen. Er mußte mehr als nur eine Minute gebraucht haben, die Phiolen in den Schlitz oben auf dem Turm zu stecken, er hätte vielleicht die Tüte umdrehen müssen, um sie wie mit einem Trichter einzuführen, es war möglich, wenn er sie mit der freien Hand hineinschaufelte. Zwei, höchstens drei Minuten. Falls er zwei, drei Minuten hatte mit seinen Verfolgern auf den Fersen.

Aber angenommen, er hatte zuviel Angst, um dort in der Vorhalle stehenzubleiben, angenommen, er war in die Kirche hineingerannt . . .

Carella trat durch die Tür ins Kirchenschiff . . .

. . . und stand plötzlich vor einer überreichen *Fülle* von Opferstöcken. Rechts und links von ihm waren Schreine ... *Geweiht dem Dekan* ... dort waren weitere Heiligenstatuen, dort standen Regale mit Votivkerzen, und an der Wand waren Regale angebracht, die weitere Votivkerzen enthielten, und überall flackerten die Kerzen, und dort war ein Opferstock. Nathan Hooper mußte gesehen haben, was Carella jetzt sah. Überall Kerzen. Kerzen und Blumen. Die Stationen des Kreuzwegs begannen an der Nordwand der Kirche, rechts vom Altar ... *Jesus wird zum Tode verurteilt* ... *Jesus muß sein Kreuz auf sich nehmen* ... *Jesus wird ans Kreuz genagelt* ...

Carella folgte jetzt dem Gang ...

... ein Fenster aus farbigem Glas mit einer Klimaanlage.

Er strich mit den Fingern über die Kühlrippen. Etwa ein Zoll Abstand zwischen jeder Rippe. Hatte Hooper die Phiolen in eine der Klimaanlagenboxen gesteckt, die sich überall in der Kirche unter den Fenstern befanden? Aber er wurde *gejagt*. Er hatte keine Zeit, zu suchen, zu finden, zu ...

Noch mehr Kerzen an der Wand.

Und noch ein Opferstock.

Vielleicht hatte Farnes mit der Besessenheit des Priesters vom Zehnten recht.

Jesus fällt zum ersten Mal unter dem Kreuz ...

Und noch mehr Kerzen.

Und ein Opferstock.

Und ein Schrein mit einer Statue von Jesus, in dessen offener Brust das Herz, blitzende Blattgoldstrahlen, frische Blumen unter der Statue. Und Votivkerzen. Und ein Opferstock.

Jesus begegnet seiner leidenden Mutter ...

Ein Kerzenständer, der ganz oben mit einer Metallklammer an der Wand befestigt war und in schrägem Winkel von der Wand abstand. Er fühlte hinter der Klammer. Nichts.

Doppelreihen flackernder Kerzen.

Wo? dachte er.

Überall in der Kirche gab es Nischen, kleine runde Vertiefungen im Stein, und jede enthielt eine Statue.

Zum dritten Mal fühlte er hinter jeder Statue, suchte mit weitgespreizten Fingern. Nichts.

Überall Nischen.

Er kam an einem Becken vorbei, das für Weihwasser gedacht war, ein kleines Stahlbassin in einer Steinaushöhlung. Er hob das leere Bassin. Es paßte genau in die Aushöhlung, ohne einen Millimeter Abstand. Hier konnte das Crack nirgends versteckt werden, und außerdem enthielt das Becken am Ostersonntag Wasser, Hooper wurde *gejagt*, er hatte keine Zeit ...

He!

He, Moment mal!

Nur einen Moment.

Er lief auf der rechten Seite der Kirche zurück, kam an den Stationen des Kreuzwegs in umgekehrter Reihenfolge vorbei ...

Jesus wird ins Grab gelegt ...

... kam an der Türöffnung vorbei, die zur Sakristei und dem Pfarrhaus dahinter führte ...

... *Jesus wird vom Kreuz abgenommen ...*

... kam an einem anderen kleinen Schrein mit der Statue eines wieder anderen Heiligen mit Blumen zu seinen Füßen vorbei ...

Jesus stirbt am Kreuz ...

... öffnete die mittlere Innentür, trat in die Vorhalle und wandte sich dort sofort nach rechts.

Wenn der Opferstock mit seinem schwarzen Turm eins der ersten Dinge sein mußte, die Hooper sofort bei Betreten der Kirche gesehen hatte, dann war der *nächste* Gegenstand, den er gesehen hatte, gesehen haben *mußte,* der Weihwasserbehälter.

Rostfreier Stahl auf einem schwarzen Gußeisenständer. Kleines, aufrecht stehendes Messingkreuz oben auf dem Deckel. Kleiner Messinghahn am Behälter darunter. Er wußte nicht, wie oft der Behälter nachgefüllt wurde, aber er sah zu schwer aus, um zum Wasseranschluß getragen zu werden, und er war bereit zu wetten, daß er regelmäßig hier an Ort und Stelle gefüllt wurde. Was, sollte es zutreffen, bedeutete, daß man einfach den Deckel abhob und Wasser in den Behälter goß. Er zog die Jacke aus, öffnete den Knopf seines rechten Hemdsärmels, schob den Ärmel über den Ellbogen und griff mit der linken Hand nach dem Messingkreuz auf dem Deckel des Behälters. Er hielt buchstäblich den Atem an, als er den Deckel hob und mit der rechten Hand ins Wasser griff. Herumtastete. Und ...

Da.

Er hob die wassertriefende Plastiktüte heraus.

Sie war mit einer kleinen gelben Plastikspange verschlossen.

Er löste die Spange.

Knieend schüttelte er den Inhalt der Tüte auf den Steinboden. Die Tüte war nicht wasserdicht, deshalb ergoß sich zuerst eine kleine Pfütze auf den Boden. Als nächstes rutschten die Phiolen heraus. Er sah sofort, daß in einige von ihnen Wasser eingedrungen war und viele der Kristalle zum Teil aufgelöst und andere völlig geschmolzen hatte. Doch der Rest sah aus wie eine Menge Crack.

Ihm kam der Gedanke, wenn der Behälter seit Ostersonntag nachgefüllt worden war ...

Und wenn Father Michael das Wasser vor seinem Tod geweiht hatte ...

Dann war auch das *Crack* geweiht. Es war heilig.

Was im heutigen Amerika in gewisser Weise wahrscheinlich zutrifft.

Gegen Abend, als Willis zu einem Laden mit Namen *El Castillo de Palacios* unterwegs war, begann es wieder zu regnen. Er ging dorthin, weil in 1147 Hillsdale niemand einen Carlos Ortega kannte. Das war die Adresse, die Ortega dem Bewährungsausschuß genannt hatte, als er im Oktober letzen Jahres aus dem Gefängnis entlassen wurde. Wenn es jetzt eine neue Anschrift gab, war sie der Bewährungsbehörde nicht bekannt. Einen Carlos Ortega in einer Stadt zu finden, die in jüngster Zeit dreiundachtzig Männer diesen Namens eingelocht hatte, war beinahe so schwierig, wie im Staate Israel einen Schweinebraten zu finden.

El Castillo de Palacios wäre auf spanisch grammatisch falsch gewesen, wenn *Palacios* nicht der Name einer Person wäre, was hier der Fall war. *Palacio* heißt auf spanisch »Palast«, und *palacios* heißt »Paläste«, und wenn man ein Pluralsubstantiv hatte, mußten Artikel und Präposition korrespondieren, anders als im Englischen, wo alles eher nachlässig zusammengesetzt wird. *»El Castillo de los Palacios«* wäre das korrekte Spanisch für »Das Kastell der Paläste«

gewesen, aber da Francisco Palacios eine Person war, war *El Castillo de Palacios* in der Tat korrekt und hieß übersetzt »Palacios' Kastell«.

Francisco Palacios war ein gutaussehender Mann mit sauberem Lebenswandel (jetzt, nachdem er drei Jahre wegen Einbruchs abgesessen hatte), und er besaß und betrieb den netten kleinen Laden, in dem Heilkäuter, Traumbücher, religiöse Statuen, kabbalistische Bücher, Tarotkarten und Ähnliches verkauft wurden. Seine stillen Teilhaber hießen Gaucho Palacios und Cowboy Palacios, und sie betrieben *hinter* dem Laden einen anderen Laden, und dieser hielt medizinisch erprobte »Ehehilfen« feil wie Dildos, französische Kitzler, Schlüpfer mit offenem Schritt (*bombacha con apertura en la horqueta*), Plastikvibratoren (acht und zehn Zoll in der weißen, zwölf Zoll in der schwarzen Ausführung), lederne Scharfrichtermasken, Keuschheitsgürtel, Peitschen mit Lederriemen, chrombesetzte Fußringe aus Leder, Penisstrecker, Aphrodisiaka, aufblasbare lebensgroße weibliche Puppen, Kondome in jeder Farbe des Regenbogens, braunrot eingeschlossen, Bücher darüber, wie man unwillige Frauen hypnotisierte oder auf andere Art herumkriegte, Ben-wa-Kugeln in Plastik oder mit Goldauflage und ein äußerst beliebtes mechanisches Gerät, das unter Garantie Befriedigung verschaffte und den phantasievollen Namen »Lutschikus« trug.

Diese Dinge in dieser Stadt zu verkaufen war nicht illegal, der Gaucho und der Cowboy verstießen nicht gegen das Gesetz. Das war also nicht der Grund, daß sie ihren Laden *hinter* dem Laden betrieben, der Francisco gehörte. Sie taten es vielmehr aus Verantwortungsgefühl für die puertoricanische Gemeinde, der sie angehörten. Zum Beispiel wollten sie nicht, daß eine kleine alte Dame mit schwarzer Stola in ihren Hinterzimmerladen spazierte und angesichts der Spielkarten, die Männer, Frauen, Polizeihunde und Liliputaner in zweiundfünfzig verschiedenen Stellungen zeigten, in Ohnmacht fiel. Sowohl Gaucho als auch Cowboy besaßen einen Gemeinschaftssinn, der dem von Francisco in nichts nachstand. Francisco, der Gaucho und der Cowboy waren schließlich ein und dieselbe Person, und sie waren kollektiv ein Polizeiinformant.

Natürlich hatte die Polizei gegen Palacios in allen seinen Inkarnationen etwas in der Hand. Niemand – nun ja, kaum jemand – wird nur deshalb zum Dieb, weil er glaubt, der Gemeinschaft einen Dienst zu erweisen, und führt gleichzeitig ein Leben romantischen Abenteurertums. Gegen Palacio hatten sie einen kleinen Steuerbetrug in der Hand, der ihn für Jahre in ein Bundesgefängnis brächte, wenn sie sich für die Option entschieden, ihn zu verhaften. Palacios nahm den Griff, in dem die Polizei ihn hatte, mit heiterem Gemüt hin und versuchte, ein vorbildliches Leben zu führen. Wenn er hier und da etwas Illegales tat – zum Beispiel heiße CD-Geräte zusammen mit Dildos und Vibratoren transportierte –, konnte er nach seiner Einschätzung nicht viel verlieren. Mit einer Bundesanklage, die wie ein Damoklesschwert über ihm hing, schien alles andere geringfügig.

Willis ging nicht zu ihm, weil er ein besserer Informant als Fats Donner war – wenn es um qualitativ hochwertige Informationen ging, hatte Donner sogar einen leichten Vorteil –, sondern deshalb, weil Donners Vorliebe für junge Mädchen immer untragbarer geworden war; mit ihm im selben Zimmer zu sein war so, als inhaliere man eine Mischung aus Babypuder und Spermizidal-Gel. Der Cowboy war dagegen angenehme Gesellschaft. Vor allem war Carlos Ortega hispanischer Herkunft, ebenso wie der Cowboy, dessen Laden in einem als *El Infierno* bekannten Abschnitt des 87. lag, einem Viertel, das bis zum jüngsten Zustrom von Jamaikanern, Koreanern und Vietnamesen fast ausschließlich puertoricanisch gewesen war.

Er kämmte sich gerade, als Willis, tropfnaß von den zwei Blocks zwischen Bushaltestelle und Laden, das *Castillo* betrat. Pompadourfrisur, wie die Kids sie in den fünfziger Jahren zu tragen pflegten. Dunkelbraune Augen. Zähne wie ein Matinee-Idol. Im *Inferno* ging das Gerücht, Palacios hätte drei Frauen, was zwar auch gegen das Gesetz war, aber sie hatten ihn ja schon wegen des Steuerbetrugs am Wickel. Eine seiner Frauen war angeblich vor Castro ein Filmstar in Kuba gewesen. Das hieß, sie mußte an die sechzig Jahre alt sein, schätzte Willis. Er kam ohne Umschweife zum Kern.

»Carlos Ortega«, sagte er.

»Gönn mir eine Hilfe«, sagte Palacios. »Ihr kommt hier mit spanischen Namen rein, die sich alle ähnlich anhören.«

»Zweiundvierzig, häßlich wie die Nacht.«

»Was hat er angestellt?«

»Nichts, von dem wir aktuell wissen, außer, daß er nicht da ist, wo er sein sollte.«

»Und das ist wo?«

»1147 Hillsdale.«

»Beinhartes Viertel«, sagte Palacios, was eine gewisse Komik barg, denn er lebte selbst in einem Viertel, das es seit Jahresbeginn auf eine Strecke von drei Dutzend Leichen gebracht hatte.

»Er ist wegen einer Drogensache aufgeflogen«, sagte Willis, »hat einige Zeit abgesessen und ist seit Oktober auf Bewährung draußen. Er ist wirklich *sehr* häßlich, Cowboy, da könntest du ansetzen.«

»Hätte ich einen Nickel für jeden häßlichen Menschen in dieser Stadt . . .«

»Groß und kahlköpfig, Messernarbe über dem rechten Auge . . .«

»Popeye Ortega«, sagte Palacios.

So ging es eben manchmal.

Palacios hatte nur vergessen, ihm zu sagen, daß es ein Crackhaus war.

»Hier findest du ihn«, hatte er gesagt und ihm eine Adresse samt Apartmentnummer gegeben. Hätte Willis gewußt, wohin er sich begab, wäre ihm vielleicht aufgegangen, daß der Zwölfjährige, der vor dem Haus stand, ein Aufpasser war. So aber spazierte er in aller Unschuld an dem Jungen vorbei, was vielleicht der Grund war, daß dieser ihn anstandslos passieren ließ. Oder vielleicht lag es daran, daß er absolut nicht wie ein Cop aussah. Eins zweiundsiebzig groß, schmal und zierlich, am Hals offenstehendes Sporthemd mit bis zu den Ellbogen hochgekrempelten Ärmeln, blaue Leinenhose und abgewetzte Halbschuhe, hätte er gut und gerne ein Mieter in einer der Sozialwohnungen hier sein können, wo Schwarze, Weiße, Hispanier und Asiaten Tür an Tür in einer brisanten Mischung lebten. Der Zwölfjährige bedachte ihn nur mit einem flüchtigen Blick.

Immer noch arglos betrat Willis die Eingangshalle und nahm den Aufzug zum dritten Stock. Apartment 37, hatte Palacios ihm gesagt. Frag nach Popeye. Ein Junge von sechzehn, siebzehn Jahren lehnte gegenüber von den Aufzugtüren an der Wand. Als Willis auf den Flur hinaustrat, fragte er sofort: »Suchen Sie was?« Großer, dunkelhäutiger weißer Junge, bekleidet mit T-Shirt und Jeans. Das Hemd war mit der Telefonnummer eines Rock-Rundfunksenders bedruckt. Suchen Sie was? Im selben Moment ordnete er den Zwölfjährigen unten vor dem Gebäude ein. Willis ging auf, daß Cowboy ihn zu einem Crackhaus geschickt hatte.

»Ich soll hier Popeye Ortega treffen«, sagte er.

Der Junge nickte.

»Wissen Sie die Apartmentnummer?«

»Ja«, sagte Willis. »Siebenunddreißig.«

»Ende vom Flur«, sagte der Junge und ließ ihn passieren.

Er wollte hier nicht als Cop auftreten. Wenn er die Dienstmarke aufblitzen ließ, würde ihm das Dach um die Ohren fliegen. Aber die prüfenden Blicke eines Zwölfjährigen draußen und eines Sechzehnjährigen hier im Flur zu überstehen war nicht ganz dasselbe, als schlüpfe man unentdeckt durch die feindlichen Linien. Sofort kam ihm der Gedanke, er solle wieder gehen, das Haus unter Überwachung stellen und ein anderes Mal mit einem Überfallkommando zurückkommen. Aber er wollte Popeye Ortega.

Er ging zur Tür Apartment 37 und klopfte.

Ein Guckloch öffnete sich.

»Ich soll mich mit Popeye Ortega treffen«, sagte er.

Wenn es einmal funktionierte, dachte er, könnte es auch ein zweites Mal funktionieren. Die Tür ging auf. Der Mann im Türrahmen war ein großer, gutaussehender Schwarzer, der in einer Polizeiserie gut den Part des kumpelhaften Cops hätte übernehmen können. Als erstes sagte er: »Hab ich dich hier schon mal gesehen?«

»Nein«, sagte Willis.

»Hab ich mir doch gedacht.«

»Popeye hat mir gesagt, ich soll mich hier mit ihm treffen.«

»Er ist oben. Was kann ich dir bringen?«

»Im Moment nichts«, sagte Willis.

Der Mann sah ihn an.

»Ich muß bloß mit ihm reden«, sagte Willis und ging an ihm vorbei in die Wohnung. Links die Küche. Geradeaus, ursprünglich das Wohnzimmer, saßen drei junge Männer um einen Tisch. Einer schwarz, einer weiß, einer hispanisch. Crackpfeifen auf dem Tisch. Butanbrenner. Butangas. Crackphiolen. Drei cremefarbene Kristalle – »Rocks« in der Drogensprache – in einer Phiole, kosten dich hier und in L.A. fünf Dollar, fünfzehn in D.C., der Bundeshauptstadt. Drei Rocks. Gut für einen raschen Rausch, der ungefähr dreißig Minuten anhielt. Dann war man bis zum nächsten Hit wieder im Arsch.

An der Küste nannten sie es Rock. In D.C. nannten sie es ein Stück vom Berg. In dieser Stadt gab es ein Dutzend verschiedener Bezeichnungen dafür. Man stellte den Stoff in der eigenen Küche her. Man mischte in einem Topf Kokainpulver mit Backpulver und rührte es um, bis man eine zähe Paste hatte. Dann buk man die Paste auf dem Herd und ließ sie trocknen, bis sie einem runden Seifenriegel ähnelte. Den zerbrach man in Chips. Auch ein Name dafür. Chips. War man Großhändler, verpackte man es und verkaufte es unter dem eigenen Markennamen. Verwendete man Crack aus Kokspuder, das schon mit einem tödlichen Dreck wie Ephedrin oder Amphetamin verschnitten war, konnte man im Leichenschauhaus enden. User wußten gern, was sie rauchten. Sie suchten die Marken, auf die sie rechnen konnten. Lucky Eleven. Oder Mister J. Oder Royal Flush. Oder Paradise. Oder Tease Me.

Eigentlich *rauchte* man den Stoff nicht, man *inhalierte* ihn.

Auch wenn man die Rocks zerbröseln und in eine Marihuana-Zigarette einstreuen konnte. Das nannte man einen »Whoolie«, Pot mit einem Schuß Crack darin, und es war eine Methode, wie man das Produkt tatsächlich rauchen konnte.

Doch normalerweise verbrannte man es nicht so wie man Tabak oder Pot verbrennt. Normalerweise *schmolz* man es.

Die drei jungen Männer am Tisch waren soweit.

Jeder hielt eine Glaspfeife. Sie ähnelten keiner *richtigen* Pfeife. Diese »Pfeife« bestand aus einer durchsichtigen Glaskugel, aus der auf entgegengesetzten Seiten zwei Glasröhrchen im rechten Winkel zueinander herausragten, eines vertikal, eines horizontal. Die Vorrichtung sah eher wie ein Laborinstrument denn wie ein Rauchutensil aus. Man erwartete, es über einem Bunsenbrenner zu sehen, dahinter irre Wissenschaftler, die ein übles Gebräu aufkochten. Die Kugel hatte etwa die Größe eines Tennisballs und wies ein Loch auf, durch das man Wasser hineingießen konnte. Jedes Glasröhrchen war bei einem Durchmesser von rund einem Zentimeter etwa zehn Zentimeter lang. Man schob die Rocks – jedes Kristall wog ungefähr hundert Milligramm – in die Spitze des vertikalen Glasröhrchens, das sich schon nach geringer Benutzung schwärzte, und steckte das horizontale Glasröhrchen in den Mund, und dann nahm man den Butanbrenner . . .

»Beam mich hoch, Scotty«, sagte einer der jungen Männer.

Ganz versunken in das, was sie jetzt taten. Flamme ins Röhrchen saugen. Die Kristalle beginnen zu schmelzen. Die Dämpfe werden durch das Wasser in der Glaskugel gesaugt. Nach oben durch das andere Röhrchen, die Lippen fest um die Spitze gepreßt, die Dämpfe werden inhaliert, eine Fünf-Sekunden-Reise von der Lunge zum Gehirn, und *wommmm*!

Wie ein Orgasmus, sagten die meisten Süchtigen.

Verzückung.

Euphorie.

In Labortests ignorierten Ratten Elektroschocks, um an ihre Kokaindosis zu gelangen, zogen Kokain Nahrung und Sex vor, ließen ihre gesamte Lebensführung vom Kokain diktieren. Ende des Monats waren neun von zehn tot.

Willis sah zu, wie die jungen Männer den Tod einsogen.

Das eigentliche Crackhaus bestand aus drei getrennten Apartments im zweiten, dritten und vierten Stock des Gebäudes. Decke und Fußboden des Apartments im dritten Stock waren aufgestemmt worden, so daß über eigens eingebaute Leitern Zugang zu den Wohnungen im zweiten und vierten Stock bestand. Natürlich gab es in jedem Stockwerk Eingangstüren, aber jeder, der vorbeikam, um sich die Zeit zu verrauchen, mußte in den dritten

Stock kommen, wo er das Geld für seine Phiole und die Pfeife bezahlte. Außerdem diente die Drei-Stockwerke-Lösung einem praktischeren Zweck. Im Falle einer Razzia konnten die Wohnungen im zweiten und vierten Stock blitzschnell geräumt werden, während die Cops sich im Eingangsgeschoß des Dope-Sandwichs tummelten.

Er fand Popeye Ortega im vierten Stock.

Er saß im zweiten Zimmer an einem Tisch in der Ecke und sah durch ein regengepeitschtes Fenster nach draußen. Vor ihm lagen mindestens ein Dutzend leere Crackphiolen ausgebreitet. Willis wußte nicht, wie lange er schon hier war. Es sah aus, als habe er die Kleider seit Tagen nicht gewechselt und sich ebenso lange nicht rasiert, und er stank nach seinem eigenen Urin. Er starrte durch das Fenster in den Regen hinaus, als erspähe er irgendwo in dem streifigen Grau Farben und Bilder, die gewöhnliche Sterbliche nicht zu sehen vermochten.

»Ortega?« sagte Willis.

»Scotty hat den Chip, Mann«, sagte er.

Er war wahrhaftig so häßlich, wie Marilyn ihn beschrieben hatte, so häßlich wie sein Foto und seine Beschreibung in den Unterlagen von Buenos Aires. Aber irgend etwas fehlte hier.

Willis verließ das Zimmer, öffnete im Flur ein Fenster und ließ den kühlen, frischen Geruch nach Regen in die Wohnung. Er wollte warten, bis Ortega von seinem Trip zurückkam, und dann wollte er ihn ausquetschen. Aber er wußte jetzt schon, daß der Mann, der dort saß, aus dem Fenster starrte und nach seiner eigenen Pisse stank, nicht derselbe Mann war, der Marilyns Leben bedrohte. Dem Mann fehlte die Vitalität, die Marilyn beschrieben hatte. Der hünenhafte, häßliche Mann dort drinnen hatte schon vor langer Zeit jede Zielrichtung, jeden Ehrgeiz und jeden Antrieb verloren. Crack hatte ihm die Lebensenergie gestohlen. Er war praktisch schon tot.

Willis nahm eine Zigarette aus dem Päckchen in seiner Tasche, zündete sie an, stand bei dem Fenster und schaute in den Regen hinaus. Wie lange mochte es dauern, bis Ortega wieder an die Oberfläche zurückkehrte? Durch das Loch, das in die Decke gestemmt worden war, drangen Stimmen von unten herauf. Der gutaussehende Schwarze begrüßte einen Kunden. Willis überlegte. Damit sein Besuch hier nicht völlig nutzlos war, könnte er ein paar Kissen aufschütteln, solange er hier war. Er stieg die Leiter zum dritten Stock hinab und ging an den drei jungen Männern an dem Tisch vorbei. Ihnen hatte sich ein vierter zugesellt, der gerade seine Dosis inhalierte. Dies mußte das China des 19. Jahrhunderts sein, dachte Willis. Dies mußte eine Nation von Drogensüchtigen sein. Dies mußte die Schande des Planeten sein. Dies mußte ein Amerika sein, das einem die Schamröte ins Gesicht trieb.

Der gutaussehende Schwarze saß in der Küche am Tisch.

Willis ging hinein, seine Waffe in der einen, die Plakette in der anderen Hand.

»Was ist los?« sagte der Schwarze.

»Was glaubst du wohl?« fragte Willis.

»He, Mann, laß es.«

»Was heißt das?«

»Das heißt, du weißt Bescheid.«

»Nein, ich weiß *nicht* Bescheid. Erzähl's mir.«

»Laß es, Mann.«

Was natürlich hieß, daß Schmiergeld im Spiel war. So einfach war das. He, Mann, laß es, es ist alles in besten Händen, hä? Red mit deinen Leuten, Mann, sie werden dir schon sagen, daß du's vergessen sollst, hä, Mann? Bei den Summen, die im Drogenhandel steckten, würde es immer jemanden geben, der es vergaß, jemanden, der in eine andere Richtung blickte.

»Wie heißt du?« fragte Willis.

»Laß es, Mann.«

»Wie heißt du, verdammt noch mal!«

»Warren Jackson.«

»Hast du was dagegen, Warren, daß ich das Telefon hier benutze?«

»Du begibst dich tief in die Scheiße, Mann.«

»Warte erst mal ab, wohin *du* dich begibst«, sagte Willis, riß das Telefon vom Wandhaken und wählte die Nummer des Reviers. Nach fünf Minuten war der Streifenwagen – Charlie-Car – da. Der Fahrer machte einen überraschten Eindruck. Ebenso der Beifahrer. Beide kannten Willis.

»He, Hal«, sagte der eine von ihnen, »wann hat *der* Laden denn aufgemacht?«

»Jeden Tag der Woche eine andere Überraschung«, sagte Willis.

Warren Jackson starrte die beiden Streifenpolizisten finster an. Willis vermutete, daß sie beide beteiligt waren. Partner. Halfen dem jungen Amerika, sich das verdammte Hirn wegzurauchen.

»Es sind noch mehr Detectives auf dem Weg«, sagte er im Plauderton.

»Gut«, sagte der Beifahrer.

»Kennt ihr Detective Meyer? Er ist auf dem Weg.«

»Ja, sicher«, sagte der Fahrer. »Meyer Meyer. Der mit der Glatze, richtig?«

»Richtig. Er hat Kinder.«

Beide Cops starrten ihn an.

»Er hat ganz speziell was gegen Crack«, sagte Willis freundlich.

Bislang hatte Warren Jackson noch gar nichts gesagt. Möglicherweise wartete er darauf, daß jemand kam und Willis aufforderte, sich zu verpissen. Doch das tat niemand. Noch nicht. Die jungen Cracksüchtigen, die um den Tisch herumsaßen, wußten, daß etwas vorging, aber sie waren so weit entrückt, so hoch oben auf dem dritten Mond des Planeten Belix in der Galaxis Romitar, daß in ihrer Vorstellung die blauen Uniformen vielleicht die Palastwache waren, die da mit dem großen, schwarzen Eunuchen und dem kleinen, gelockten Hofnarren standen, und sie alle gemeinsam bewachten den Harem des Kaisers – wirklich ein guter Film.

»Wo ist euer Sergeant?« fragte Warren schließlich.

Das war der Abschnitt Charlie, der zuständige Sergeant war Mickey Harrigan, ein großer, rotgesichtiger und rothaariger Haudegen, der schon seit Olims Zeiten bei der Truppe war. Es war durchaus möglich, daß auch Harrigan in der Sache steckte. Vielleicht steckte jeder Cop in dem Abschnitt mit drin, einschließlich der Fußstreifen-Cops von CPEP.

»Ruft euern Scheiß-Sergeant an«, sagte Warren. »Sagt ihm, hier gibt's 'n Mißverständnis.«

Die Charlie-Car-Cops sahen sich an. Sie überlegten, wie das Protokoll hier aussah. Sie wußten, ihr Sergeant hatte einen höheren Rang als Willis, aber wenn es zu einem Fall der Abteilung Interne Angelegenheiten wurde, hatte ein Rang keine Bedeutung. Es sei denn, Willis selbst steckte in dem Deal. In diesem Fall ...

»Klar, ruft ihn an«, sagte Willis.

Sie kamen zu dem Schluß, daß er nicht in dem Deal steckte.

»Nur zu«, sagte Willis.

Der Beifahrer im Charlie-Car hieß Larry Fitzhenry. Er funkte Harrigan über sein Walkie-talkie an und fragte ihn, ob er, bitte, Sarge, bei dieser Wohnung hier an der Ainsley, Ecke Fifth vorbeikommen könne, Apartment 37, Sarge, hier scheint irgendein Mißverständnis vorzuliegen. Harrigan sagte, er komme sofort. Sein Tonfall verriet nichts. Mit den Jahren hatte Willis gelernt, daß man nie jemandem namens Mickey trauen sollte, es sei denn, sein Nachname war Maus.

Meyer traf vor Harrigan ein.

Was er sah, gefiel ihm nicht. Willis nahm ihn beiseite und sagte ihm, der Besitzer sei möglicherweise bereit, das Arrangement auffliegen zu lassen. Einige Uniformen würden dran glauben müssen, mindestens eine von ihnen mit einer Goldplakette dekoriert. Meyer wirkte jetzt noch ärgerlicher. Die Charlie-Car-Polizisten wirkten äußerst nervös. Warren Jackson wurde wegen der Unzuverlässigkeit der Polizeibehörde immer wütender.

Als Harrigan auftauchte, sagte er: »Was ist denn los? Was ist denn los?«

Warren Jackson forderte ihn auf, seine Männer auf Vordermann zu bringen, weil für so etwas zahle man keine drei Riesen die Woche.

Harrigan sagte den Detectives, er wisse nicht, wovon Jackson rede.

Meyer sagte: »Mickey, Sie sind total beschissen.«

Willis ging nach oben, um mit Ortega zu reden.

Shad Russell lehnte es ab, am Telefon darüber zu sprechen.

Als sie sich später am Abend in einem *Delicatessen* am Stem trafen, nannte er ihr den Grund.

»Mir kam der Gedanke, daß du mir vielleicht eine Falle stellst«, sagte er.

Es war schon neun Uhr. Der große Ansturm aufs Abendessen war vorbei, aber Menschen aus der Nachbarschaft drängten noch immer herein und suchten sich Plätze beim Fenster, wo sie zuschauen konnten, wie der Frühlingsregen den Bürgersteig draußen putzte. In dieser Stadt gab es noch immer angenehme Dinge.

»Sie meinen immer noch, ich wäre ein Cop, hm?« sagte sie.

»Oder daß du für die Cops *arbeitest,* ja«, sagte er.

»Und wie soll die Falle funktionieren?«

»Erst einmal Waffenhandel, dann folgt Drogenhandel.«

»Seien Sie nicht albern«, sagte sie.

»Vielleicht bin ich albern«, sagte er und zuckte die Achseln. »Vielleicht aber auch nicht.«

»Ich dachte, Sie haben Houston angerufen.«

»Das hab ich.«

»Ich dachte, Sie haben mit Sam Seward gesprochen. Wie kann ich ein Cop sein?«

»Vielleicht haben sie *ihn* auch in der Tasche, die Cops in Houston. Und vielleicht haben sie dich hier an der Leine, die Cops hier. Ich weiß nur, zuerst kommst du und willst eine Knarre kaufen, und als nächstes zauberst du plötzlich fünfhundert Riesen herbei und willst Dope kaufen. In meinen Ohren klingt das nach 'ner Falle.«

»Ist es aber nicht.«

»Was weiß ich, ob du verkabelt bist. Was weiß ich, ob du ein Mikro zwischen den Titten hängen hast. Ich arrangier für dich 'n Drogendeal und lande in der Haftzelle.«

»Ich bin nicht verkabelt.«

»Beweis es!«

»Wie?«

»Zieh dich aus«, sagte er.

Sie sah ihn an.

Sie seufzte tief.

»Sind wir also wieder bei *dem* Thema«, sagte sie.

»Nein, wir sind *nicht* wieder bei *dem* Thema«, äffte er sie nach, »vergiß mal die Gosse. Ich ruf 'ne Freundin von mir an, wir fahren zu ihr, du strippst vor *ihr,* nicht vor mir. Sagt sie mir, daß du sauber ist, reden wir.«

»Haben Sie einen Deal für mich gefunden?«

»Ohne Strip kein Wort«, sagte er.

»Ich habe heute den Scheck eingelöst«, sagte sie.

Shad blickte sie an und sagte nichts.

»Na los, seien Sie nicht so stur«, sagte sie.

»Lady«, sagte er und stand auf, »es war nett, Sie kennengelernt zu haben.«

»Setzen Sie sich«, sagte sie.

»Meine Freundin wohnt an der Darrow«, sagte er. »Bei dem alten Franklin-Trust-Gebäude. Ja oder nein?«

Erstaunt schüttelte Marilyn den Kopf.

»Ja oder nein?« sagte Shad.

Russels Freundin war eine Stricherin, das war sicher, aber ihre Wohnung war sauber und gut möbliert, und Marilyn nahm an, daß sie solo arbeitete. Sie hieß Joanne, zumindest hatte sie sich so vorgestellt. Es war ein üblicher Nuttenname. Wie Kim oder Tracy oder Julie oder Deborah. Sie sah aus wie Mitte Dreißig, doch Marilyn schätzte, daß sie mindestens zehn Jahre jünger war. Sie sagte Marilyn, sie könne sich im Bad ausziehen.

Das Badezimmer war tadellos sauber. Aus dem Zwang der Gewohnheit überprüfte Marilyn das Medizinschränkchen und fand mehrere Flaschen Mundwasser, drei Kondompackungen und eine Flasche Johnson's Babyöl. Sie zog ihre Kleidung aus und faltete sie ordentlich auf dem kleinen Holztisch gegenüber vom Waschbecken. An der Tür hingen zwei Hausmäntel. Marilyn zog einen davon über. Seide. Parfümduft haftete an dem Stoff. Ein Duft, den sie kannte, aber nicht benennen konnte. Kein billiger Duft. Sie zog den Gürtel um ihre Taille fest und betrat das Schlafzimmer, nur mit ihren Pumps und dem Hausmantel bekleidet.

Joanne betrachtete den Hausmantel und sagte: »Mach's dir doch bequem.«

»Pardon, ich dachte . . .«

»Hast du was dagegen, ihn auszuziehen?«

Shad saß auf der Bettkante.

Marilyn sah ihn an.

»Das ist eine *Durchsuchung*«, sagte Joanne, »zieh den verdammten Mantel aus!«

Shad stand auf und ging ins Nebenzimmer. Marilyn zog den Hausmantel aus. Joanne musterte sie vom Scheitel bis zur Sohle.

»Hübsch«, sagte sie.

»Danke.«

»Alles echt?«

»Ja.«

»Hübsch«, wiederholte sie. »Dreh dich um.«

Marilyn drehte sich.

»Hübsch«, sagte Joanne erneut. »Bist du lesbisch?«

»Nein.«

»Bi?«

»Nein.«

»Eine Schande. Zieh die Schuhe aus, ja?«

Marilyn schlüpfte aus den Pumps. Joanne nahm sie in die Hand, tastete sie innen ab, probierte, ob die Absätze sich bewegen ließen, und gab ihr die Schuhe zurück.

»Ich kontrolliere deine Kleider«, sagte sie und ging ins Bad.

Marilyn zog den Mantel wieder an und setzte sich mit übereinandergeschlagenen Beinen auf die Bettkante. Sie sehnte sich nach einer Zigarette. Im Badezimmer nahm Joanne jedes einzelne Kleidungsstück in die Hand – Rock, Bluse, BH, Schlüpfer, Strumpfhose – und tastete es ab. Dann öffnete sie Marilyns Handtasche und pfiff, als sie auf den 38er stieß.

»Shad hat ihn mir verkauft«, sagte Marilyn.

»Das will ich nicht wissen«, sagte Joanne und stöberte weiter in der Tasche. Schließlich klappte sie sie zu und sagte: »Ich sag ihm, daß du sauber bist. Du kannst dich jetzt anziehen.« Sie ging in den Wohnraum, Marilyn ging ins Bad, suchte ihre Zigaretten, zündete sofort eine an, zog die Tür zu und schloß sie ab. Aus dem Wohnraum hörte sie gedämpfte Stimmen. Immer wieder an der Zigarette ziehend, kleidete sie sich stumm an und spülte die Zigarette dann in der Toilette hinunter. Als sie das Wohnzimmer betrat, war Joanne fort.

»Sie hat gesagt, wir können uns hier unterhalten.«

»Fein.«

»Setz dich.«

»Danke.«

Er saß auf einem Sofa, das mit einem hellblauen Stoff bezogen war. Hinter ihm hing ein Van-Gogh-Poster, ganz gelb, orange und eindringlich blau. Sie nahm einen Sessel gegenüber und legte ein Bein über das andere. Am anderen Ende des Zimmers peitschte Regen an das Fenster.

»Was hältst du von ihr?« fragte er.

»Nette Frau«, sagte sie.

»Sie hat mir gesagt, sie würde gern mit dir ins Bett.«

»Sorry, kein Interesse.«

»Du bist 'ne schwierige Person«, sagte er seufzend.

»Shad, können wir zum Geschäft kommen? Bitte!«

»Das *ist* ihr Geschäft«, sagte er und lächelte sein Krokodillächeln. »Ich bin froh, daß du sauber bist. Mir hat der Gedanke, daß du ein Bulle bist, wirklich Sorgen gemacht.«

»Gut, kommen wir zur Sache. Wie haben Sie . . .«

»Hast du den Scheck wirklich eingelöst?«

»Ja.«

»Was haben sie gesagt?«

»Wie meinen Sie das?«

»Was hast du ihnen *gesagt*? Wieso du Hunderter willst?«

»Sie haben nicht gefragt.«

»Aber hattest du kein komisches Gefühl? Den ganzen Schotter in Hundertern zu kassieren?«

»Ich hab ihnen gesagt, ich will eine antike Vase kaufen, und der Besitzer würde nur Bargeld akzeptieren.«

»Eine antike Vase, hä?«

»Ja. Ming-Dynastie.«

»Ming-Dynastie, hä?«

»Museumsqualität.«

»Und das haben die dir abgenommen, hä?«

»Ich bin Stammkunde bei der Bank, sie haben mich noch nie gefragt, warum ich . . .«

»Aber du hast es ihnen trotzdem gesagt, hä?«

»Ja.«

»Weil du ein komisches Gefühl gehabt hast, richtig?«

»Nein, weil es eine ungewöhnliche Transaktion war.«

»Und weil du früher auf den Strich gegangen bist, richtig?«

Marilyn sah ihn an.

Der Regen trommelte einen steten Rhythmus auf das Fenster.

»Ich kann begreifen, daß du sie um den Finger gewickelt hast«, sagte er.

»Ich habe sie nicht um den Finger gewickelt«, sagte sie. »Die Bank *kennt* mich. Aber ich hatte das Gefühl, meine Bitte wäre ein wenig . . .«

»Aber bestimmt wissen sie nicht, daß du früher auf den Strich gegangen bist.«

Breites Lächeln auf seinem Gesicht. Kleiner Mann mit einem breiten Lächeln und einem großen Geheimnis. Sie wünschte, er würde das Thema endlich fallenlassen, aber er kam immer wieder darauf zurück, auf die Blondine, die früher auf den Strich gegangen war, und wer weiß?

»Sie haben also einen Deal für mich gefunden?« fragte sie.

»Ja«, sagte er, »ich hab 'n Deal für dich gefunden.«

»Gut. Wer?«

»Ein Mann aus Kolumbien. Ich hab mit ihm schon Geschäfte gemacht.«

»Wann?«

»Er hat die elf Kilo bis morgen abend.«

»Gut. Haben Sie ihm gesagt, daß ich den Platz aussuchen will?«

»Ich hab's ihm gesagt. Gefallen hat's ihm nicht, aber . . .«

Shad zuckte die Achseln und lächelte wieder.

»Haben Sie ihm gesagt, Zug um Zug?«

»Ich hab's ihm gesagt. Er ist einverstanden.«

»Was haben Sie verabredet?«

»Er ruft mich morgen abend an, wenn er den Stoff zusammen hat. Ich ruf dich an, du sagst mir, wo er hinkommen soll, er ist innerhalb von zehn Minuten dort, wenn's nicht grade in Thailand liegt.«

»Wie heißt er?«

»Wozu brauchst du seinen Namen?«

»Den brauche ich wohl nicht, denke ich.«

»Da denkst du richtig. Alles, was du brauchst, ist das Geld.«

»Wenn ich den Stoff habe . . .«

»Ja, erst mal mußt du ihn kriegen.«

»Ja, aber *wenn* ich ihn habe, was denken Sie, wie lange dauert es, ihn zu verteilen?«

»Hängt davon ab, wen ich auftreiben kann. Zwei Tage, vielleicht. Jemand, der ihn streckt . . . das kostet dich einiges, das weißt du . . .«

»Ja.«

»Und dann ein anderer, der ihn dir abnimmt. Alles genau abgestimmt. Zwei, drei Tage.«

»Denn es geht darum, daß ich nicht viel Zeit habe.«

»Hab ich mir gedacht.«

»Sehen Sie, ich kriege reichlich Druck.«

»Mmm.«

»Je eher wir den Stoff absetzen, desto froher bin ich.«

»Ja, sicher«, sagte er. »Aber erst mal mußt du einkaufen, oder?«

»Ja. Aber das ist morgen abend.«

»Vorausgesetzt«, sagte Shad.

»Was meinen Sie damit, *vorausgesetzt*? Sie haben *gesagt*, morgen abend.«

»Ja, dann triffst du dich mit ihm.«

»Ja.«

»Testest den Stoff, schmeckst ihn . . .«

»Ja.«

»Obwohl du noch gar nicht weißt, wie das geht.«

»Nun . . . das sollte kein Problem sein. Sie haben gesagt, Sie würden . . .«

»Ja. Ich hab gesagt, ich bring's dir bei.«

»Ja.«

»Den Stoff abzuschmecken«, sagte er und lächelte.

Sie sah ihn an.

Ein aufgefrischter Wind trieb Regengüsse gegen das Fenster.

»Du willst wirklich, daß ich dich mit diesem Mann zusammenbringe, nicht wahr?« sagte er.

Lächelnd.

Sie blickte ihn unverwandt an.
»Das willst du doch, oder?« sagte er.
»Sie wissen, daß ich das will.«
»Weil der Deal für dich sehr wichtig ist, richtig?«
»Ja«, sagte sie.
»Sehr wichtig.«
»Ja.«
»Klar.«
Lächelnd.
»Nur keine Sorge«, sagte er, »es wird alles klappen.«
»Ich hoffe es«, sagte sie.
»Aber sicher«, sagte er. »Vorausgesetzt.«
Seine Augen begegneten ihrem Blick.
Regen und Wind ließen das Fenster klappern.
»Komm her, Baby«, sagte er und begann seine Hose aufzuknöpfen.
Sie ging sofort zur Tür.
Sie war abgeschlossen.
Ein Schließriegel.
Der Schlüssel war fort.
Beim ersten Mal, damals im Gefängnis, war die Tür von außen abgeschlossen gewesen. Der Direktor – *El Alcaide*, ein vierschrötiger kleiner Mann mit Reithosen, braunen Lederstiefeln und einer Reitgerte in der Hand – hatte sie aufgefordert, ihren Kittel für ihn hochzuziehen. Sie war zur Tür gelaufen, doch sie war abgeschlossen. Sie hatte den Türknauf immer wieder gedreht, »Hilfe!« geschrieen, auf englisch, dann auf spanisch, »*Socorro*!«, der Gefängnisleiter war hinter sie getreten, die Reitgerte erhoben . . .
Nie wieder, dachte sie.
Sie nahm den 38er aus ihrer Handtasche.
»Schließen Sie die Tür auf!« sagte sie.
Er blickte auf die Waffe in ihrer Faust.
»Sofort«, sagte sie.
»Du bist 'ne Nutte«, sagte er. »Ob du nun einen mehr oder weniger bläst, was . . .«
Beinahe hätte sie ihn auf der Stelle erschossen. Beinahe be-

wegte sich ihr Finger auf dem Auslöser den letzten Millimeter. Beinahe hätte sie sein Gehirn über die Wand verspritzt. Doch dann drehte sie sich zur Tür um, senkte die Waffe und feuerte mehrmals in das Holz, das rund um das Schloß zersplitterte. Shad saß wie erstarrt auf dem Sofa, die Schüsse schnitten seine Worte ab, seine Augen waren untertassengroß, sein Hosenschlitz stand offen. Marilyn drehte den Knauf und riß die Tür auf. Der Riegel steckte noch in der Anschlagplatte im Türrahmen, als er vom Holz wegsplitterte.

»Jetzt kommen die Cops«, sagte er, beinahe pikiert.

»Gut«, sagte sie. »*Sie* werden es ihnen erklären.«

Überall auf dem Flur wurden Türen geöffnet. Neugierige Mieter, die wußten, daß in 6 C eine Prostituierte wohnte und früher oder später mit Problemen rechneten, und jetzt waren sie an einem regnerischen Frühlingsabend im Haus. Mit raschen Schritten ging sie an ihnen vorbei, lief die Treppe hinab und trat auf die Straße hinaus. Vor der Haustür versammelten sich Menschen, die die Schüsse gehört hatten. Aus der Ferne war eine Polizeisirene zu hören. Mit raschen Schritten ging sie durch den Regen davon.

Jetzt, dachte sie, mußte sie die beiden Männer aus Argentinien töten.

12

Die beiden Detectives standen vor Lieutenant Byrnes' Schreibtisch wie ein paar ängstliche Schuljungen, denen die Rute des Rektors droht. Die Tatsache, daß es an dem Donnerstag immer noch regnete, trug nur wenig dazu bei, das eindringliche Gefühl kommenden Verhängnisses zu dämpfen. Es war der letzte Tag im Mai. Jetzt war es zwei Uhr nachmittags. Noch fünf Stunden, und seit dem Tod des Priesters war eine volle Woche vergangen.

Silbrige Regenschlangen glitten über die Eckfenster des Zimmers, das Grau dahinter war noch matter als das Grau der Haare des Lieutenants, die kurz geschnitten waren, aber mit den Jahren zunehmend weißer wurden. Stirnrunzelnd saß er hinter seinem Schreibtisch, die Hände vor sich gefaltet. Die Knöchel waren übergroß, ein Vermächtnis aus seinen jungen Jahren als Straßenkämpfer. Seine zotteligen weißen Brauen senkten sich über harten blauen Augen. Auf beiden Seiten von ihm rann der Regen.

»Laßt hören«, sagte er.

»Gestern abend bin ich zu Bobby Corrente gegangen«, sagte Carella. »Er ist gegen Kaution wieder entlassen . . .«

»Natürlich.«

». . . und war mit seinen Eltern zu Hause. Ich dachte, da wir ihn schon wegen der Sachbeschädigung in der Kirche und tätlichen Angriff auf einen Priester am Haken haben . . .«

»Ja, ja«, sagte Byrnes ungeduldig.

»Aber für die Nacht des Mordes hat er ein Alibi.«

»Ein zuverlässiger Zeuge?«

»Sein Vater.«

»Wertlos«, sagte Byrnes.

»Hooper hat auch ein Alibi«, sagte Hawes. »Ich habe heute morgen mit ihm gesprochen.«

»Wer ist *sein* Zeuge?«

»Seine Schwester.«

»Auch wertlos«, sagte Byrnes.

»Aber sie haben gewußt, daß das Crack in der Kirche ist . . .«

»Wo war es übrigens?«

»Im Weihwasserbehälter.«

»Mein Gott!« sagte Byrnes und schüttelte den Kopf. »Was ist mit der Waffe? Habt ihr die schon gefunden?«

»Nirgendwo in der Kirche. Und wir haben sie schon hundertmal durchsucht. Der Punkt ist, wenn Hooper *oder* Corrente wegen des Dope zurückgekehrt sind . . .«

»Nur daß Sie mir gerade sagen, daß beide ein Alibi haben.«

»Von dem *Sie* sagen, daß es wertlos ist«, sagte Carella.

»Was zutrifft«, sagte Byrnes. »Was ist mit dieser Type, diesem Farnes, so heißt er doch, oder?«

»Farnes, ja.«

»Was ist *sein* Alibi?«

»Sein Inventurverzeichnis«, sagte Carella.

»Das er selbst datiert hat«, sagte Hawes.

»Bisher gebt ihr mir ausschließlich Alibis, die gar keine Alibis sind«, sagte Byrnes. »Was habt ihr sonst noch?«

»Nur noch *mehr* Alibis, die keine Alibis sind«, sagte Carella. »Der schwule Bursche, der den Stern aufgemalt hat . . .«

»Wie hieß er noch?«

»Hobbs. Andrew Hobbs. Er behauptet, am Abend des Mordes mit einem Mann namens Jeremy Sachs im Bett gewesen zu sein.«

»Na toll!«

»Seine Mutter haben wir noch nicht ausfindig gemacht.«

»Ihr Name?«

»Abigail. Denke ich. Er nennt sie Abby, ich denke, Abigail ist richtig.«

»Okay, Abigail Hobbs. Was ist mit ihr?«

»Sie hat sich hilfesuchend an Father Michael gewandt. Wir wollten sie fragen, wie wütend es ihn gemacht hat.«

»Den Sohn?«

»Ja. Meyer sagt, er sei *immer* noch sauer drüber. Der Priester hat siebzehn Stichverletzungen, Pete. Das ist Wut.«

»Einverstanden. Also findet sie!«

»Wir versuchen es.«

»Was ist mit der Sekretärin?« fragte Byrnes.

»Was soll mit ihr sein?« fragte Hawes.

Abwehrend, wie es Carella schien.

»Könnte sie die Frau sein, die der Priester gebumst hat?«

»Ich glaube nicht«, sagte Hawes.

»Worauf gründet sich das?«

»Nun . . . sie macht einfach nicht den Eindruck einer Frau, die in so was verwickelt wird.«

Byrnes blickte ihn an.

»Sie macht einfach nicht den Eindruck«, sagte Hawes und zuckte die Achseln.

»Der Kandidat für die Abschlußrede der Klasse, richtig?« sagte Byrnes.

»Was?« sagte Hawes.

»Klügster Junge in der Klasse, sieht gut aus, ist intelligent, ehrgeizig, bringt seine Mutter und seinen Vater um, seine beide Schwestern und seinen Goldfisch. Aber er hat einfach nicht den *Eindruck* gemacht, richtig?«

»Nun . . .«

»Verschonen Sie mich mit *Eindrücken*«, sagte Byrnes. »Und erzählen Sie mir nicht, es gebe keine Sekretärinnen, die mit ihren Chefs rummachen. Findet raus, wo sie am Abend des Mords war und was sie gemacht hat.«

»Ja, Sir«, sagte Hawes.

»Und macht die Mutter des Schwulen ausfindig, Hobbs. Und findet raus, wie das alles zusammenhängt!«

»Ja, Sir«, sagte Carella.

»An die Arbeit!« sagte Byrnes.

Ein Regentag, dachte Carella, ist eine gute Zeit für den Besuch einer Kirche, die sich der Teufelsanbetung verschrieben hat. Als er die Straße entlangkam, sah er durch den Regenvorhang die alten, rußgeschwärzten Steine des Gebäudes, das vor sehr langer Zeit einmal eine katholische Kirche gewesen war, dann, während des Bürgerkriegs, ein Lagerhaus für Getreide, kurze Zeit eine Baptistenkirche, dann ein Lager für Nähmaschinen, dann eine angemessene Umgebung für Antik- und Handwerkermessen, bis das ganze Viertel rundherum zu zerbröseln begann. Jetzt war es die Kirche des Ungeborenen, obschon den zufälligen Beobachter nichts auf diese Tatsache hinwies.

Er sah nur nasse, rußgeschwärzte Steine vor einem blaugrauen Himmel, die Umrisse eines Gebäudes, das wie sprungbereit zu kauern schien, von Strebebögen an die Erde gefesselt. Er ging die flachen Stufen zum Eingang hinauf und drehte an den Knaufen beider Türen. Beide waren verschlossen. Er ging um das Gebäude herum zu der Tür, die vermutlich ins ehemalige Pfarrhaus führte. Ein Klingelknopf war in den Stein eingelassen. Darüber stand auf einem stumpf gewordenen Wappenschild aus Messing *Hier läuten.* Er läutete hier. Und wartete im Regen.

Die Frau, die die Tür öffnete, hatte lange blonde Haare, eine mit Sommersprossen gesprenkelte Stupsnase und kobaltfarbene Augen. Sie trug Bluejeans und ein weißes T-Shirt mit einem winzigen roten Teufelskopf als diskretes Logo auf der linken Brust. Offenbar war er hier richtig, dachte Carella.

»Ja?« sagte sie.

»Ich suche Mr. Lutherson«, sagte er und zeigte seine Dienstmarke.

»Sie sind nicht der, mit dem wir gesprochen haben«, sagte sie.

»Nein, der bin ich nicht«, gab Carella zu. »Kann ich bitte reinkommen? Hier draußen ist es ein bißchen naß.«

»Aber *ja*«, sagte sie. »Verzeihen Sie mir, kommen Sie rein, bitte, kommen Sie rein.«

Sie trat zurück und machte ihm den Weg frei. Er bemerkte, daß sie barfuß war. Jetzt standen sie in einem schmalen ovalen Foyer aus Stein, gesäumt von Nischen wie die in St. Catherine's, nur daß diese hier keine Statuen enthielten.

»War Andrew Hobbs nicht bei Ihnen?« fragte sie sofort.

»Nicht bei mir persönlich«, sagte Carella. »Aber er hat mit uns gesprochen, ja.«

»Dann wissen Sie, daß er derjenige ist, der . . .«

»Ja, den Stern gemalt hat.«

»Das Pentagramm, ja.«

»Ja.«

»Ich werde Sky sagen, daß Sie hier sind«, sagte sie. »Wie war noch der Name?«

»Carella. Detective Carella.«

»Ich sag ihm Bescheid«, sagte sie, drehte sich um und tappte in die Düsternis.

Er wartete im Foyer. Draußen platschte das Wasser geräuschvoll aus einem Speier. Er fragte sich, ob sie hier gegen irgendwelche Gesetze verstießen. Man las ja ständig Geschichten über diese sensationellen Ritualmorde, Menschen, die für den Teufel Menschen töteten, und glaubte allmählich, die ganze *Welt* bete den Teufel an. Schlitzte kleinen Kindern die Kehle auf, fing ihr Blut in Opferbecken auf. Die meisten dieser Kulte opferten Hühner oder Ziegen, kaum einer von ihnen war dumm oder rücksichtslos genug, sich mit Menschenopfern abzugeben. In dieser Stadt gab es kein Gesetz gegen die Opferung von Tieren. Wer wollte schon behaupten, daß es nicht auch eine Art Opfer war, wenn man einen Hummer in einen Topf mit kochendem Wasser warf? Es gab allerdings Gesetze gegen unmenschliche Schlachtmethoden, und falls man Lust verspürte, einen Kult auffliegen zu lassen, der Tieropfer praktizierte, konnte man seine Betreiber immer wegen irgendeiner Übertretung festnageln. Er war nicht hier, um einen Kult auffliegen zu lassen. Er war hier, um ein wenig mehr darüber zu erfahren, wie . . .

»Mr. Carella?«

Ein großer blonder Mann erschien im Foyer, trat jäh aus der Dunkelheit hinter einem der Bogenportale hervor. Wie die Frau, die die Tür geöffnet hatte, trug er Jeans und das weiße T-Shirt mit dem Teufels-Logo. Auch er war barfuß. Ein Körperbau wie ein Gewichtheber, schlank und geschmeidig, und Carella war bereit, sein nächstes Monatsgehalt darauf zu verwetten, daß dieser Knabe schon hinter Gittern gesessen hatte. Ein Knick in der ansonsten perfekten Nase, Andenken an einen Bruch. Ein Mick-Jagger-Mund. Perlweiße Zähne. Augen so blau wie die der Frau. Ob sie Geschwister waren?

»Ich bin Schuyler Lutherson«, sagte er lächelnd, »willkommen in der Kirche des Ungeborenen.«

Er streckte die Hand aus. Carella nahm sie und drückte sie kurz. Luthersons Griff war fest und trocken. Irgendwo hatte Carella gelesen, daß ein fester, trockener Griff ein Charaktermerkmal sei. Im Gegensatz zu einem schlaffen, weichen Händedruck, nahm er an. Er war bereit, noch ein Monatsgehalt darauf zu verwetten, daß viele, viele Mörder in dieser Welt einen festen, trokkenen Händedruck hatten.

»Kommen Sie mit rein«, sagte Lutherson und führte ihn durch ein Bogenportal gegenüber von dem, durch das er eingetreten war, durch einen steinernen Gang mit weiteren leeren Nischen in der Wand, und dann öffnete er eine schwere Eichentür, die in einen holzgetäfelten Raum führte, der früher einmal eine Bibliothek gewesen war, jetzt aber nur noch leere Regale enthielt. Mitten in dem Raum stand ein Flohmarkt-Schreibtisch. Ein Sessel dahinter, zwei Sessel davor. Eine Stehlampe mit einem cremefarbenen Schirm stand in einer Ecke Raums. Lutherson setzte sich hinter den Schreibtisch. Carella setzte sich ihm gegenüber.

»So«, sagte Lutherson. »Ich hoffe, Sie machen bei Ihrem Fall Fortschritte.«

Fingerspitzen leicht gegeneinandergelegt. Über die Hände ein Blick auf Carella. Freundliches Lächeln.

»Nicht sonderlich«, sagte Carella.

»Tut mir leid, das zu hören. Sehen Sie, ich hatte gedacht, als wir unsere Kooperationsbereitschaft offerierten, würde das zumindest alle Zweifel in *dieser* Richtung aufklären. Daß jemand hier aus der Kirche des Ungeborenen damit zu tun haben könnte. Mit dem Mord an dem Priester.«

»Hmhm«, sagte Carella.

»Deshalb haben wir ihn aufgefordert, zur Polizei zu gehen. Hobbs. Sobald wir herausfanden, daß er es war, der das Tor verunstaltet hat.«

»Genau das ist der Grund, warum ich heute hier bin.«

»Ach?«

Blaue Augen, die sich weit öffneten.

»Ja. Wir haben versucht, seine Mutter ausfindig zu machen, aber wir finden keinen Telefoneintrag für sie, und wir . . .«

»Warum fragen Sie nicht Hobbs?«

»Haben wir. Er kennt sie nicht.«

»Er kennt die Telefonnummer seiner eigenen Mutter nicht?«

»Sie verstehen sich nicht. Sie ist vor sechs Monaten ausgezogen, und seitdem hat keiner von beiden einen Versuch unternommen, mit dem anderen in Kontakt zu treten.«

»Nun, ich wünschte, ich könnte Ihnen helfen, aber ...«

»Hat Hobbs sie Ihnen gegenüber jemals erwähnt?«

»Nein. Ich habe letzten Samstag zum ersten Mal mit Hobbs gesprochen.«

»Ich dachte, er sei ordentliches Mitglied Ihrer Gemeinde. Laut Jeremy Sachs ...«

»Ja, ich kenne Jere ...«

»... hat er Hobbs irgendwann im März in Ihre Kirche eingeführt.«

»Ich kenne Jeremy, und das mag stimmen. Aber Leute kommen und gehen, sehen Sie, das ist eine lockere Gruppierung. Viele Menschen werden von dem Neuigkeitswert hier angezogen, und dann stellen sie fest, daß es sich hier um eine ernsthafte *Religion* handelt, wir sind hier ernsthafte *Gläubige*, und dann scheiden sie wieder aus.«

»Aber vor dem letzten Samstag haben Sie noch nie mit Hobbs gesprochen.«

»Korrekt.«

»Aber Sie haben ihn hier gesehen, oder?«

»Nicht daß ich mich erinnern könnte. Aber ich bin sicher, wenn Jeremy sagt, daß er seit März hierherkommt, dann habe ich keinen Grund, sein Wort anzuzweifeln. Nur war ich mit ihm nicht persönlich bekannt.«

»Und deshalb haben Sie auch keinerlei Informationen über seine Mutter.«

»Nein.«

»Abigail Hobbs.«

»Nein, tut mir leid.«

»Sie sind ihr noch nie begegnet ...«

»Wie hätte ich ihr begegnen sollen?«

»Nun, sie hätte hierher kommen können, um zu versuchen ...«

»Nein, ich habe nie jemanden namens Abigail Hobbs kennengelernt.«

»Ich schätze, Sie würden sich erinnern, wenn sie hiergewesen wäre.«

»Ja, daran würde ich mich sicher erinnern.«

»Bevor sie Father Michael aufgesucht hat. Um ihn zu bitten, mit ihrem Sohn zu sprechen und ihn davon zu überzeugen, die Kirche zu verlassen. Sie erinnern sich an nichts dieser Art, richtig?«

»Nichts dieser Art, nein. Ich kann definitiv sagen, daß ich niemanden namens Abigail Hobbs kenne.«

»Nun gut, vielen Dank, Mr. Lutherson«, sagte Carella und seufzte. »Danke, daß Sie mir Ihre Zeit geopfert haben.«

»Keine Ursache. Kommen Sie jederzeit vorbei, wenn Sie möchten«, sagte Lutherson, stand hinter seinem Schreibtisch auf und streckte wieder die Hand aus.

Die Männer schüttelten sich die Hand. Fest und trocken, der Griff eines Teufelsjüngers.

»Ich begleite Sie hinaus«, sagte Lutherson, was es sonst nur, dachte Carella, in Filmen gab.

Sie hatte ihm gesagt, sie müsse am Nachmittag vorsprechen, und sie könnten sich etwa um fünf vor dem Alice-Weiss-Theater treffen, sie hoffte, um diese Zeit durch zu sein. Jetzt wartete Hawes unter der Theatermarkise, sah in den strömenden Regen und beobachtete die Fußgänger auf ihrem eiligen Weg zu den U-Bahnen und nach Hause. Er wollte auch nach Hause gehen. Statt dessen stand er hier und wartete auf Krissie Lund.

Direkt nach ihrer Besprechung im Büro des Lieutenants hatte Carella ihm gesagt, daß Alexis O'Donnell am Ostersonntag eine blonde Frau bei Father Michael gesehen hatte. Ob die Blondine Krissie gewesen war oder nicht, war jedoch eine andere Frage; in dieser Stadt gab es ziemlich viele Blondinen, Alexis eingeschlossen. Doch es quälte Hawes, daß sie es sein *könnte*. Denn wer die Blondine auch war, Father Michael hatte sie der Erpressung bezichtigt. Und Erpressung war in Abschnitt 850 des Strafrechts dieses Bundesstaates als »Erlangung des Eigentums eines anderen durch ungerechtfertigte Anwendung von Zwang oder Angst« definiert. Und unter den Drohungen, die den Tatbestand der Erpressung erfüllten, war aufgelistet: *Ein ihn betreffendes Geheimnis zu offenbaren.*

Wenn beispielsweise die blonde Frau, die am Ostersonntag mit Father Michael im Streit lag, gedroht hatte, seine Liebesaffäre zu offenbaren, wenn er ihr nicht eine beträchtliche Geldsumme zahlte oder ihr geldwertes Eigentum gab – ein Haus auf dem Land, ein Diamantarmband, ein arabisches Zirkuspferd –, dann wäre das Erpressung gewesen.

Das ist Erpressung, hatte der Priester geschrien.

Laut Alexis O'Donnell.

Die eine blonde Frau gesehen hatte.

Auf Erpressung stand eine Höchststrafe von fünfzehn Jahren.

Eine ganz schöne Strecke, wenn man jemandem damit drohte zu plaudern, falls er nicht zahlte. Was nach aller Erfahrung ein gutes Motiv für Mord darstellte. Doch zumeist war es natürlich das Opfer, das seinen Erpresser umbrachte. Lieber Mord als Bloßstellung. Doch wenn das Opfer alle Vorsicht außer acht ließ und damit drohte, den Erpressungsversuch anzuzeigen? Ach, wirklich? Nimm das, du dreckige, verkommene Ratte!

Gar nicht so komisch, wenn es sich im richtigen Leben ereignete.

Wenn Alexis O'Donnell richtig gehört und gesehen hatte, war am Ostersonntag eine blonde Frau bei Father Michael gewesen, und sie hatte ihn mit etwas bedroht, das er als Erpressung angesehen hatte. Wenn diese blonde Frau Krissie war . . .

»Hi. Warten Sie schon lange?« sagte sie und hakte sich bei ihm unter.

Carella wartete vor dem Gebäude der First Fidelity Savings & Trust, als Andrew Hobbs um Viertel nach fünf aus der Bank kam. Ohne Hut und Schirm, zog er den Kragen seines Regenmantels hoch und tauchte tapfer in den strömenden Regen.

»Mr. Hobbs?« sagte Carella und fiel in Gleichschritt mit ihm. »Tut mir leid, daß ich Sie noch einmal belästigen muß . . .«

»Das tun Sie allerdings«, sagte Hobbs.

»Aber wir können Ihre Mutter leider nicht erreichen.«

»Ich will über die Hexe kein Wort mehr hören.«

Der Regen war unerbittlich. Beide Männer trabten praktisch

hindurch, Hobbs offenbar in der Absicht, die U-Bahnstation an der Ecke zu erreichen, Carella bloß bemüht, mit ihm Schritt zu halten. Als sie schließlich die Zuflucht des Bahnhofs erreichten, packte Carella Hobbs am Arm, zog ihn herum und knurrte gereizt: »Würden Sie *bitte* einen Moment stehenbleiben, ja?«

Hobbs wollte gerade eine Münze für die U-Bahn aus der Hosentasche holen. Sein blondes Haar klebte auf der Stirn, Mantel, Hosenbeine und Schuhe waren durchnäßt. Ungeduldig schüttelte er Carellas Hand ab, fand die Münze, schaute zum Bahnsteig hinüber, wo aber noch kein Zug einfuhr, und sagte: »Was wollen Sie von mir?«

»Die Telefonnummer Ihrer Mutter.«

Durchnäßte Pendler auf dem Heimweg hasteten auf dem Weg zu den Schaltern und den Drehkreuzen an ihnen vorbei. Vor der nur wenige Schritte entfernten graffitibesprühten Kachelwand waren zwei junge Männer; einer von ihnen spielte sehr schlecht Akustikgitarre, der andere saß mit einem Pappschild um den Hals an der Wand. Auf dem Schild stand: WIR HABEN KEIN HEIM – DANKE FÜR IHRE HILFE. Erneut blickte Hobbs zum Bahnsteig, drehte sich dann wieder zu Carella und sagte mit ungeduldiger Stimme: »Ich *habe* ihre Nummer nicht, das hab ich Ihnen doch schon gesagt. Warum gucken Sie nicht in das verdammte Telefonbuch?«

»Das haben wir, sie steht nicht drin.«

»Machen Sie sich nicht lächerlich! Abby nicht im Telefonbuch? Abby soll es riskieren, den Anruf eines *Manns* zu verpassen? Also wissen Sie!«

»Mr. Hobbs«, sagte Carella, »Ihre Mutter war einer der Menschen, die mit Father Michael in den Wochen vor seinem Tod Kontakt hatten. Wir würden gerne mit ihr sprechen.«

»Sie glauben doch nicht, daß *sie* ihn umgebracht hat, oder?«

»Wir wissen nicht, wer ihn umgebracht hat, Mr. Hobbs. Wir gehen nur jeder Möglichkeit nach.«

»Wäre *das* nicht zum Schießen? Abby legt das Arschloch um, das mich vor dem Teufel erretten soll!«

»Es geht darum ...«

Und hier stieg Carella in eine einigermaßen kreative Improvisation ein, denn der *wirkliche* Grund für seinen Wunsch nach einem Gespräch mit Abigail Hobbs war, daß er mehr über die Wut ihres Sohns und seine Neigung zu Gewalttätigkeit in Erfahrung bringen wollte . . .

». . . was Father Michael ihr gesagt hat, mag es damals auch noch so belanglos erschienen sein, könnte heute, im Rückblick, von großem Wert für uns sein, falls es ein Licht auf Ereignisse der Vergangenheit wirft, die möglicherweise mit dem Mord in Verbindung stehen, auch wenn sie damals vielleicht unbedeutend erschienen.«

Hobbs versuchte, das zu verarbeiten.

Dann sagte er: »Sie wollen doch nicht sagen, daß er sich Abby *anvertraut* hat? Denn das wäre, ganz offen gesprochen, Mr. Carella, dasselbe, wie sich einer Boa Constrictor anzuvertrauen.«

»Das wissen wir erst, wenn wir mit ihr gesprochen haben, nicht?« sagte Carella.

»Haben Sie denn keine Möglichkeit, an die nicht verzeichneten Nummern heranzukommen?«

»Das haben wir. Und wir haben sie ausprobiert. Aber die Telefongesellschaft hat nirgendwo in der Stadt einen Anschluß auf den Namen Abigail Hobbs registriert.«

»Kein Wunder«, sagte Hobbs und lächelte.

Carella blickte ihn fragend an.

»Sie heißt nicht Abigail Hobbs.«

»Der Name Ihrer Mutter . . .«

»Sie ist vor zehn Jahren von meinem Vater geschieden worden«, sagte Hobbs. »Seitdem benutzt sie ihren Mädchennamen.«

Das Hotel hatte einen französischen Namen, aber das Personal war ausnahmslos amerikanisch, und als der Oberkellner im sogenannten *Café du Bois* sagte: »Bong Swa, Mössjö, zwei Personen?« fühlte Hawes sich nicht gerade nach O-là-là-Parie versetzt. Der Oberkellner geleitete sie durch eine Lichtung mit echten Birken unter einem Glasbaldachin, durch den gewöhnlich die Sonne hereinströmte, doch nicht heute, heute trommelte ständiger Regen herab. Am anderen Ende der Lounge spielte ein

Mann französisch klingende Lieder auf dem Klavier. Krissie hängte ihre Tasche über die Rücklehne ihres Stuhls, warf ihr Haar zurück und sagte: »Ich muß meine Agentin anrufen, sobald ich die Gelegenheit habe. Sie wird wissen wollen, wie's gelaufen ist.«

Auf ihrem Weg hierher durch den Regen hatte sie Hawes gesagt, man habe sie gebeten, *zwei* Szenen zu lesen, während alle übrigen Schauspielerinnen nur *eine* Szene lesen sollten. Sie betrachtete das als gutes Zeichen. Hawes sagte, er hoffe, sie bekäme die Rolle. Jetzt bestellte er für beide etwas zu trinken – den Gin-Tonic, den Krissie gewünscht hatte, und für sich eine Diet-Pepsi, weil er noch im Dienst war – und sagte dann: »Ich muß Ihnen noch einige Fragen stellen, Krissie. Ich hoffe, das macht Ihnen nichts aus.«

»Schauen Sie nicht so ernst«, sagte sie.

»Ich möchte, daß Sie mir als erstes sagen, wo sie am Abend des vierundzwanzigsten Mai zwischen halb sieben und halb acht waren.«

»O Gott«, sagte sie und verdrehte die Augen. »Das ist wirklich ernst, nicht?«

»Ja.«

»Das war die Zeit, in der Father Michael umgebracht worden ist, nicht wahr?«

»Ja.«

»Und Sie wollen wissen, wo ich . . .«

»Wo Sie waren, als er getötet wurde, ja.«

»Herrje.«

»Ja«, sagte er.

»Was werden Sie als nächstes fragen? Ob ich eine Affäre mit ihm hatte?«

»Hatten Sie eine?«

»Was den Abend angeht«, sagte sie, »kann ich Ihnen sofort Auskunft geben.«

»Bitte, tun Sie es«, sagte er.

»Denn ich schreibe alles in meinen Terminkalender«, sagte sie, griff in ihre Schultertasche und zog ein gebundenes Buch mit schwarzem Plastikumschlag heraus. »Obwohl ich sagen muß, daß es mir gar nicht gefällt, wenn Sie mich unter einem falschen Vorwand zu einem Drink einladen.«

»Krissie«, sagte er müde, »ich untersuche einen Mord.«

»Dann hätten Sie mir am Telefon sagen sollen, daß dies eine *dienstliche* Verabredung ist.«

»Ich habe Ihnen gesagt . . .«

»Sie haben gesagt, Sie wollen sich mit mir treffen«, sagte sie, gereizt die Seiten umblätternd, »und nicht, daß sie sich mit mir treffen wollen, um mich zu *verhören*. Hier«, sagte sie. »Mai«, sagte sie. »Sehen wir nach, was ich am Vierundzwanzigsten gemacht habe, okay?«

Der Ober kam wieder an den Tisch.

»Gin-Tonic?« fragte er.

»Die Dame«, sagte Hawes.

Ihm fiel auf, daß sie noch nicht gesagt hatte, ob sie eine Affäre mit Father Michael gehabt hatte oder nicht.

Der Ober stellte ihr Glas hin, wandte sich dann Hawes zu und sagte: »Und eine Diet-Pepsi.« Sein Blick deutete an, daß *echte* Männer Alkohol tranken. »Lassen Sie es sich schmecken«, sagte er, lächelte freundlich und entfernte sich. Am anderen Ende des Raums spielte der Pianist ein Lied, das von Abschied handelte. Krissie nahm einen Schluck aus ihrem Glas und wandte ihre Aufmerksamkeit wieder ihrem Kalender zu.

»Vierundzwanzigster Mai«, sagte sie.

Hawes wartete.

»Also, der Vierundzwanzigste war ein Donnerstag, da habe ich also gearbeitet, dienstags und donnerstags habe ich in der Pfarrei gearbeitet, erinnern Sie sich?«

»Ja.«

»Das heißt, ich war von neun bis fünf dort. Und mein erster Termin war um halb sechs, sehen Sie, hier?« sagte sie. »Mit Ellie, hier steht ihr Name.« Sie drehte das Buch so, daß Hawes hineinblicken konnte. »Das ist meine Agentin, Ellie Weinberger und Partner, ich habe sie um halb sechs im Red Balloon getroffen.«

»Okay«, sagte Hawes. Er las bereits die nächsten Eintragungen für Donnerstag, den vierundzwanzigsten Mai. Krissies nächster Termin an dem Tag war . . .

»Um acht, da habe ich mich mit diesem Mann zum Abendessen getroffen. Er bereitet eine Off-Broadway-Revue mit berühmten Varieté-Nummern vor und wollte mit mir drüber sprechen, daß ich eine davon inszeniere. Ich hab noch nie Regie geführt, und das wäre eine wunderbare Gelegenheit für mich gewesen. Er heißt Harry Grundle, wir haben uns in einem Restaurant getroffen, das ... Sehen Sie, hier. Zwanzig Uhr, Harry Grundle, Turner's. Dort waren wir.«

»Um welche Zeit haben Sie Ihre Agentin verlassen?«

»Etwa halb sieben.«

»Wo ist der Red Balloon?«

»Am Circle.«

»Wohin sind Sie von dort aus gegangen?«

»Nach Hause, um zu duschen und mich für meine Verabredung umzuziehen.«

»Und wo ist das Turner's?«

»Im Quarter. Nicht weit von meiner Wohnung.«

»Haben Sie einen Wagen?«

»Nein.«

»Wie kamen Sie von einem Ort zum anderen?«

»Mit der U-Bahn von der Kirche zum Red Balloon. Nach Hause hab ich ein Taxi genommen, und vom Turner's bin ich zu Fuß zu meiner Wohnung gegangen.«

»Erinnern Sie sich noch, was Sie anhatten?«

»Bei der Arbeit und dem Treffen mit Ellie ein Baumwollkleid. Dann hab ich etwas Kleidsameres angezogen.«

»Und zwar?«

»Ein blaues Kostüm, glaube ich. Auch Baumwolle. Es war ein sehr warmer Tag.«

»Welche Farbe hat das Kleid, das Sie bei der Arbeit getragen haben?«

»Blau.«

»Beides blau also.«

»Das ist meine Lieblingsfarbe«, sagte sie und klappte das Buch zu.

Von der Kirche zum Grover Park Circle, überlegte er, konnte es mit der U-Bahn nicht länger als zwanzig Minuten dauern. Wenn sie, wie sie es gesagt hatte, ihre Agentin um halb sieben verlassen hatte, hätte sie zehn Minuten vor sieben wieder an der Kirche sein können. Der Priester wurde kurz nach sieben getötet. Und sie hätte immer noch Zeit gehabt, mit dem Taxi pünktlich zu ihrer Verabredung mit Grundle zu kommen.

Mrs. Hennessy würde er, überlegte er weiter, um eine Beschreibung des Kleids bitten, das Krissie an dem Tag bei der Arbeit getragen hatte, und er würde Harry Grundle aufsuchen und ihn fragen müssen, was sie am Abend getragen hatte. Denn wenn sie *nicht* zu Hause gewesen war, um zu duschen und sich umzuziehen . . .

»Und Ostersonntag?« sagte er. »Steht in Ihrem Kalender etwas über Ostersonntag?«

»Ich mag es nicht, wenn Sie so sind«, sagte sie.

»Wie bin ich denn?«

»So wie jeder miese Cop, den ich kennengelernt habe.«

»Tut mir leid«, sagte er, »aber ich *bin* ein Cop.«

»Aber Sie müssen kein mieser sein.«

»Wo waren Sie am Ostersonntag zwischen zwei und halb vier nachmittags?«

»Wissen Sie, mir kommt der Gedanke, daß ich einen Anwalt hinzuziehen sollte.«

»Soll ich Ihnen Ihre Rechte vorlesen?« fragte er und versuchte zu lächeln. Hier ging etwas vor, das ihn ernsthaft beunruhigte. Nicht die Tatsache, daß sie für die Zeit zwischen halb sieben und acht Uhr am vierundzwanzigsten Mai kein echtes Alibi hatte, sondern ihr auffallend abwehrendes Verhalten, seit er begonnen hatte, ihr Fragen zu stellen. Vielleicht war seine Taktik gemein, vielleicht war es das. Oder vielleicht . . .

»Ich glaube wirklich nicht, daß Sie einen Anwalt brauchen«, sagte er. »*Wissen* Sie denn, wo Sie am Ostersonntag waren?«

»Ja, natürlich weiß ich, wo ich war«, sagte sie und schlug das Buch wieder auf. »An welchem Datum war denn Ostersonntag?«

»Am fünfzehnten, glaube ich. April.«

»Ich bin ziemlich sicher, daß ich auf dem Land war. Meine Freunde haben ein Haus auf dem Land, und ich bin mir ziemlich sicher, daß ich Ostern bei ihnen war.«

Sie blätterte die Seiten um, bis sie zum April kam.

»Der fünfzehnte«, sagte sie.

»Ja«, sagte er.

»Für den Tag habe ich nichts«, sagte sie und blickte auf. »Merkwürdig. Denn ich könnte schwören, daß ich auf dem Land war. Daß ich Ostersonntag allein war, kann ich mir nicht vorstellen. Es sei denn, ich habe für was geprobt. In diesem Fall . . .« Sie schaute wieder in das Buch. »Doch, sicher, hier ist es ja. Am einundzwanzigsten, einem Samstag, hatte ich einen Auftritt. Wahrscheinlich hab ich am Sonntag vorher den Text gelernt, denn – hier, sehen Sie das? – die Proben haben am nächsten Tag angefangen, Montag, dem sechzehnten, hier.«

Sie klopfte mit dem Zeigefinger auf die Kalenderseite.

Probe, stand dort.

YMCA.

19 Uhr.

»Waren Sie mit jemand zusammen?« fragte er.

»Ja, sicher. Wir haben eine Szene aus einem neuen Stück geprobt, wir waren mindestens . . .«

»Ostern. Als Sie Ihren Text gelernt haben.«

»Ich war, glaube ich, allein.«

»Niemand, der die Stichworte gab?«

»Nein, ich war, glaube ich, allein.«

»An dem Tag sind Sie nicht zu St. Catherine's gegangen?«

»Was sollte ich da?«

»Ich habe keine Ahnung. Waren Sie dort?«

»Nein.«

»Wie war Ihre Beziehung zu Father Michael?«

»Ich hatte *keine* Affäre mit ihm, falls wir wieder bei *dem* Thema sind.«

»War zwischen Ihnen und ihm jemals etwas, was über eine rein dienstliche Beziehung hinausging?«

»Ja«, sagte sie zu seiner Überraschung.

»In welcher Weise?« fragte er.

»Ich fand ihn äußerst attraktiv. Und ich nehme an . . . wenn ich mir selbst gegenüber ganz ehrlich sein soll . . . ich nehme an, gelegentlich habe ich mit ihm geflirtet.«

»*Wie* geflirtet?«

»Nun, der Gang . . . Sie wissen schon.«

»Welcher Gang?«

»Nun, Sie wissen doch, wie Frauen gehen, wenn sie Aufmerksamkeit erregen wollen.«

»Mhm.«

»Und Blickkontakt, schätze ich. Ab und zu ein bißchen Bein zeigen, solche Sachen. Ach, Sie wissen doch, wie Frauen flirten.«

»Sind Sie katholisch?« fragte er.

»Nein.«

»Dann haben Sie es, nehme ich an, völlig in Ordnung gefunden, mit einem Priester zu flirten.«

»Sie klingen gereizt«, sagte sie und lächelte ihn an.

»Nein, ich bin nicht gereizt, ich versuche nur . . .«

»Aber Sie klingen gereizt.«

»Es war in Ordnung, mit einem Priester zu flirten, ist das richtig? Der Gang, der Blickkontakt, ab und zu ein bißchen Bein zeigen, so haben Sie es doch genannt, oder? Das war alles völlig in Ordnung.«

»Ach, kommen Sie, wir haben uns doch alle schon solche Sachen ausgemalt, oder? Nonnen? Priester? Worum ging's denn in den *Dornenvögeln,* wenn nicht um den Wunsch, mit einem Priester ins Bett zu gehen? Haben Sie *Die Dornenvögel* gelesen?«

»Nein«, sagte er.

»Oder die Serie gesehen?«

»Nein.«

»*Jeder* hat die Serie gesehen.«

»Aber ich nicht. Haben Sie sich das ausgemalt? Wollten Sie mit Father Michael ins Bett?«

»Ich habe dran gedacht, ja.«

»Und offenbar darauf hingearbeitet.«

»Eigentlich war es Schauspielerei. In mancher Hinsicht war es fast so, als spiele ich die Meggie in den *Dornenvögeln.* Oder Sadie Thompson in *Rain,* kennen Sie *Rain?* Ich hatte es letztes Jahr im Unterricht. Wissen Sie, man muß *alle* möglichen Rollen ausprobieren, wenn man seine natürliche Begabung fördern will. Diese Frauen, die Beziehungen zu Priestern haben, sind sehr interessant. Oder die Bette-Davis-Rolle in *Of Human Bondage*, kennen Sie den Film? Natürlich ist er kein Priester, er ist ein Krüppel, aber das ist doch irgendwie das gleiche, nicht? Ich will damit nicht sagen, daß ein Priester ein Krüppel ist, aber er ist ein Mensch, der durch sein Gelübde behindert ist, der seinen natürlichen Instinkten oder Begierden keinen Ausdruck geben kann, weil er durch sein Gelübde gebunden ist, insofern ist er behindert . . . nun, eigentlich ist er tatsächlich irgendwie verkrüppelt. Deshalb war es . . . ja, sehr interessant. Eine solche Rolle zu spielen und . . . nun . . . seine Reaktion zu beobachten. Es hat den Job interessanter gemacht. Ich meine, der Job war eigentlich *sehr* langweilig. Und dadurch wurde er interessant.«

»Sicher«, sagte Hawes.

Schauspielerinnen, dachte er.

»Aber es ist nie weiter gegangen«, sagte er.

»Nie.«

»Sie haben nie . . .«

»Na ja«, sagte sie und zögerte.

Er wartete.

»Wissen Sie, ich konnte erkennen, daß er Interesse hatte.«

»Mhm.«

»Ich meine . . . ihm war meine Anwesenheit *bewußt*, sagen wir es mal so.«

»Mhm.«

»Er hat mich beobachtet.«

»Mhm.«

»War sich meiner Anwesenheit bewußt.«

Sie nahm einen Schluck und blickte dann nachdenklich in ihr Glas, als suche sie unter Limone und Eiswürfeln die Wahrheit.

»Ich muß zugeben«, sagte sie und zögerte erneut. »Hätte er den kleinsten Schritt getan . . . wäre er nur ein bißchen weiter gegangen . . . Sie wissen schon . . . als nur zu *schauen* . . . es hätte passieren können. Denn, um Ihnen die Wahrheit zu sagen, ich bin ganz ehrlich zu Ihnen, ich habe heutzutage schreckliche Angst vor Sex. Wegen Aids. Während der letzten zwölf Monate bin ich mit niemand mehr im Bett gewesen, ich sage Ihnen die reine Wahrheit. Und ich dachte . . . vielleicht hab ich deswegen damit angefangen, mit dem Flirten, wissen Sie ... ich dachte, wenigstens *das* wäre sicher. Sex mit einem Priester muß doch völlig sicher sein.«

Sie sah ihm ins Gesicht.

Ihr Blick begegnete seinem.

»Ich weiß nicht«, sagte sie, »halten Sie mich für furchtbar?«

»Ja«, sagte er.

Aber das hieß nicht, daß sie ihn umgebracht hatte.

»Ich laß nur eben die Rechnung kommen«, sagte er.

Abigail Finch war eine attraktive Blondine. Sie trug eine gelbe Stretchhose, ein schwarzes Trikot-Top und hochhackige schwarze Lederpumps, die ihrer ohnehin beträchtlichen Größe weitere drei Zoll hinzufügten. Als sie Carella abends um sieben in ihre Wohnung in Calm's Point einließ, erklärte sie ihm, bei seinem Anruf sei sie gerade von der Gymnastikstunde gekommen und habe noch keine Zeit gefunden, sich umzuziehen. Bis auf die Schuhe, dachte er, sprach es aber nicht aus.

Miss Finch ...

»Nennen Sie mich Abby«, sagte sie sofort ...

... mußte mindestens vierzig sein (schließlich war ihr Sohn über zwanzig), sah aber nicht älter als zweiunddreißig, dreiunddreißig aus. Stolz auf ihre sorgfältig gepflegte Erscheinung ging sie ihm voraus in das Wohnzimmer, bot ihm einen Platz an, fragte ihn, ob er etwas zu trinken wünsche und drehte sich dann auf dem Sofa zu ihm. Ihre Knie berührten sich kurz, bevor sie eine neue Stellung einnahm, ihre langen Beine unter sich zog und die Hände sittsam in den Schoß legte. Irgendwo im Zimmer brannte Weihrauch, und Miss Finch – *Abby* – trug ein Parfüm voller Anspielungen. Carella hatte das Gefühl, versehentlich in ein Bordell in Singapur geraten zu sein. Er beschloß, rasch zur Sache zu kommen und sich davonzumachen. So bedroht fühlte er sich.

»Nett von Ihnen, daß Sie sich die Zeit für mich nehmen, Miss Finch«, sagte er. »Ich will versuchen, es ...«

»Abby«, sagte sie. »Bitte.«

»Ich will versuchen, es nicht zu lange zu machen«, sagte er. »Soweit wir wissen ...«

»Sind Sie sicher, daß Sie keinen Drink möchten?«

Sie beugte sich vor, legte eine Hand sanft auf seinen Arm. Eine Grapscherin, dachte er.

»Danke, nein«, sagte er, »offiziell bin ich noch im Dienst.«

»Haben Sie etwas dagegen, daß ich mir einen nehme?«

»Ganz und gar nicht«, sagte er.

Sie wand sich aus dem Sofa hoch, bewegte sich wie eine Tänzerin zu einem Barschrank, öffnete ihn, blickte wie Betty Grable auf dem berühmten Plakat aus dem Zweiten Weltkrieg über die Schulter zu ihm, lächelte und sagte: »Etwas Mildes?«

»Nein, danke«, sagte er.

Sie goß etwas Dunkles in ihr Glas, gab einige Eiswürfel dazu und kam zum Sofa zurück.

»Auf das gute Leben«, sagte sie und lächelte geheimnisvoll, als habe sie einen Witz gemacht, den er niemals begreifen würde.

»Miss Finch«, sagte er, »soweit wir . . .«

»Abby«, sagte sie und hob tadelnd die Augenbrauen.

»Abby, ja«, sagte er. »Soweit wir wissen, haben Sie Father Michael aufgesucht, um ihn um seine Hilfe bei . . .«

»Ja, irgendwann im März. Gegen Ende März. Weil ich erfahren hatte, daß mein Sohn sich mit Hexerei abgibt . . .«

»Nicht direkt Hexerei . . .«

»Das ist doch dasselbe, oder? Teufelsanbetung? Eher noch schlimmer.«

Und lächelte wieder geheimnisvoll.

»Und Sie wollten seine Hilfe, wollten, daß er mit Ihrem Sohn redet . . .«

»Ja, sicher, würden Sie wollen, daß *Ihr* Sohn mit so was zu tun hat? Ich bin zu Father Michael gegangen, weil die Kirche des Ungeborenen so nah bei St. Catherine's war. Und ich dachte, wenn Andrew von einem Priester angesprochen wird . . . er ist katholisch erzogen worden, müssen Sie wissen . . . könnte das einiges Gewicht haben.«

»Wie haben Sie entdeckt, daß er den Gottesdienst besucht . . . falls man das so nennt . . .«

»Messe«, sagte sie. »Glaube ich jedenfalls. Ich habe vergessen, wer es mir gesagt hat. Eine Frau, die ich zufällig traf und die mich fragte, ob ich weiß, daß mein Sohn bei einem Satanskult mitwirkt. Eine Frau, die uns beide kannte, mich und Andrew.«

»Aber wieso hat es Ihnen etwas ausgemacht?«

»Bitte?«

»Sie und Ihr Sohn sind einander entfremdet. Warum haben Sie sich darum gesorgt, was er machte?«

»Mein Sohn als *Teufels*anbeter?« sagte sie mit erstauntem Blick. »Wie würde es Ihnen gefallen, wenn *das* zum Stadtgespräch würde? daß Ihr schwuler Sohn auch noch bei einem Satanskult mitwirkt?«

»Sie meinen . . . nun, ich bin mir nicht sicher, was Sie meinen. Hatten Sie Angst, es würde irgendwie auf Sie zurückfallen?«

»Natürlich würde es das. Ich bin weiß Gott keine gute Katholikin mehr, aber ein Mensch kann seine Herkunft doch nicht *völlig* vergessen, oder?«

Und lächelte wieder geheimnisvoll, als wolle sie ihre eigenen Worte Lügen strafen.

»Sie sind also zu Father Michael gegangen . . .«, sagte Carella.

»Ja. Das war die Kirche, die ich früher besucht habe. Bevor ich in Ungnade gefallen bin«, sagte sie und senkte den Blick wie eine Nonne. Erneut hatte er das Gefühl, daß sie ihn verspottete, konnte sich aber absolut nicht vorstellen, warum.

»Ich verstehe«, sagte er. »Und Sie haben ihm gesagt . . .«

»Ich habe ihm gesagt, daß mein Sohn den Teufel anbetet. Drei, vier Blocks von seiner Kirche entfernt! Und ich habe ihn gebeten, mit Andrew Kontakt aufzunehmen . . .«

»Was er getan hat.«

»Ja.«

»Was Ihren Sohn sehr wütend gemacht hat.«

»Ist mir egal, wie *wütend* es ihn gemacht hat. Ich wollte nur, daß er aufhört, zu dieser verdammten Kirche zu gehen.«

»Und das war Ende März? Als Sie ihn aufgesucht haben?«

»Ja, das erste Mal.«

»Ach? Es folgten noch andere Besuche?«

»Nun, ich . . .«

Plötzlich registrierte er ihre blonden Haare.

Die blonden Haare und ihre unverfrorene Sexualität.

»Wie oft haben Sie ihn aufgesucht?« fragte er.
»Ein- oder zweimal.«
»Einschließlich des ersten Besuchs gegen Ende März?«
»Ja.«
»Dann war es nur zweimal.«
»Nun, ja. Nun, vielleicht dreimal.«
»Was nun?«
»Dreimal. Schätze ich.«
»Angefangen irgendwann gegen Ende März.«
»Ja.«
»*Wann* im März?«
»Würden Sie mir bitte sagen . . .«
»Wissen Sie noch, wann?«
»Warum ist das wichtig für Sie?«
»Weil er umgebracht wurde«, sagte Carella tonlos.

Ihr Blick, von einem kaum wahrnehmbaren Achselzucken begleitet, sagte: *Was hat das mit mir zu tun?*

»Wann im März?« wiederholte er.

»An einem Freitag«, sagte sie. »Genau weiß ich es nicht mehr.«

Carella zog sein Notizbuch heraus und blätterte die Kalenderseite auf. »Der letzte Freitag im März war der dreißigste. War es an dem Tag?«

»Nein. Davor.«
»Der dreiundzwanzigste.«
»Möglich.«
»Und das nächste Mal?«
»Irgendwann im April.«
»Erinnern Sie sich an das Datum?«
»Nein, tut mir leid. Sehen Sie, ich weiß, der Mann ist umgebracht worden, aber . . .«
»Waren Sie Ostersonntag bei ihm?« fragte Carella.

Manchmal, wenn man es direkt ansteuerte, glaubten sie, man sei bereits im Besitz aller Fakten. Man habe sie. Sie wußten nicht, wieso, aber sie wußten, daß man es schon wußte und es keinen Zweck hatte zu lügen.

»Allerdings«, sagte sie.

Rashomon hört niemals auf.

Carella hatte bereits fünf Darstellungen – tatsächlich, *fünf* – der Ostersonntag-Saga gehört, wie sie jetzt der gesamten literarischen Welt bekannt ist, doch hier kommt noch eine weitere Version, und diesmal ist es die von Abigail Finch, *ihre* Geschichte, und sie wird sie ohne jede Einschränkung erzählen, ohne etwas zurückzuhalten, eine Verheißung, die in ihren ersten acht Worten offenbar war: »Ich bin hingegangen, um mit ihm zu schlafen.«

Mittlerweile ...

Es ist jetzt der fünfzehnte April, ein stürmischer Tag, wie dazu geschaffen, sich in den gemütlichen Steinecken eines Pfarrhauses körperlicher Liebe hinzugeben ...

Mittlerweile haben sie *genau das* – hier und dort, hin und wieder, sozusagen – seit gut zwei Wochen getan, seit dem ersten April, als sie den Priester das *zweite* Mal aufsuchte. Wie sie es jetzt berichtet, hatte sie am ersten April, dort im Pfarrhaus, den boshaften Drang, die Gelegenheit beim Schopf zu packen und den ehrwürdigen Gottesdiener zu verführen. Bei ihrer ersten Begegnung von seinem Gene-Kelly-Lächeln und seinem forschen, unpriesterlichen Verhalten angezogen, hatte sie sich gefragt, was er unter der albernen Soutane tragen mochte, und jetzt war sie entschlossen, es herauszufinden. Allerdings erstaunte es sie, daß ...

Zwar *weiß* sie, daß sie eine höchst begehrenswerte Frau ist, sie pflegt sich schließlich sorgfältig, nicht nur durch die Gymnastikstunden, sondern sie radelt auch im Park, nimmt Milchbäder für ihre Haut, und Leute, die es wissen müßten, haben ihr gesagt, daß sie womöglich zu den großen Schönheiten der Stadt zählt, von denen es gewiß viele gibt, gewiß, sie will ja auch nicht unbescheiden sein ...

... aber trotzdem war sie an diesem ersten Tag im April von seinem extremen Zustand der *Bereitschaft* überrascht. Es war fast, als hätte eine Intrigantin ihn für sie *präpariert*, ihn bearbeitet, sozusagen den Boden beackert, denn wie sich herausstellte, war der ehrwürdige Gottesdiener ein absolut willfähriges Opfer, Fallobst fürs Bett, Kopf über Soutane, ein funkelnder Blick, ein bißchen Bein, und schon war er auf ihr, fingerte an den Knöpfen ihrer

Bluse und gestand ihr, daß er früher, bevor er sich der Theologie zuwandte, es zum ersten und letzten Mal mit einer Vierzehnjährigen namens Felicia Randall auf einem Dach getrieben hatte.

Abby gesteht Carella jetzt, daß etwas köstlich Sündiges daran war, es mit einem Priester zu machen, etwas, das sie dazu brachte, immer wieder zu kommen . . .

»Sehen Sie mir den Ausdruck nach«, sagte sie.

. . . immer wieder zur Kirche zu kommen, drei-, viermal in der Woche, morgens, mittags und abends . . .

»Das war eine Lüge, daß ich ihn nur einige Male gesehen habe . . .«

. . . etwas, das sie auch am Ostersonntag wieder dorthin trieb. Und schließlich ist Ostern ein Feiertag, ein Tag, um zu feiern, nicht? Die Auferstehung Christi und so. Also warum nicht feiern? Aus diesem Grund ist sie an diesem heiligen Tag dort, die sechste Darstellung von *Rashomon,* Ostersonntag, der fünfzehnte April im Jahre unseres Herrn, Amen.

Aus Anlaß der zwölften Beraubung des Priesters – sie hat mitgezählt, wie oft sie es seit dem ersten April gemacht haben – trägt sie ein schlichtes Wollkostüm, der kühlen Witterung angemessen, darunter einen Hüftgürtel und ein Seidenhöschen mit offenem Schritt, das sie bei Victoria's Secret gekauft hat, Seidenstrümpfe mit Nähten und sonst nichts, denn der Priester hat ihr bei mehr als einer Gelegenheit gesagt, wie er es liebt, wenn ihre nackten Brüste hervorquellen, jedesmal, wenn er ihre Bluse aufknöpft, was ihn vielleicht an sein frühes Erlebnis mit der jungen, aber fülligen Felicia oben auf dem Dach erinnert. Doch zu ihrer völligen Überraschung sagt er Abby, daß er es beenden will, daß ihre Beziehung ihn mit Schuldgefühlen und Gewissensbissen erfüllt, daß er sich als ein Verräter an seiner Kirche, seinem Gott und seinem Gelübde fühlt, und daß er schon an Selbstmord gedacht hat . . .

»Viele Männer haben mir das gesagt«, sagte sie.

. . . also, Ab, bitte, wir müssen es beenden, es treibt mich in den Wahnsinn, Ab . . .

»Er hat mich immer Ab genannt, das war ein Kosename . . .«

. . . bitte, hab Erbarmen mit mir, laß es mich beenden, bitte, meine Teuerste.

»Seine Teuerste, so hat er mich auch genannt . . .«

. . . was Ab, seine Teuerste, aber gar nicht zulassen will. Daß es beendet wird. Sie genießt sie viel zu sehr, die sündige Expedition ins dunkelste Herz der Religiosität, die Korrumpierung eines Priesters, die Vorstellung, es sozusagen Gott in seinem eigenen Haus zu zeigen, o nein, sie will es jetzt nicht beenden. Nicht jetzt, da ihr Vergnügen so erfüllend ist, da sie auf dem Gipfel ihres Feuers und er auf dem Gipfel seines Deliriums ist. Also sagt sie ihm . . .

»Ich habe ihm gesagt, wenn er es jetzt beendet, laß ich es die ganze Welt wissen.«

Sie lächelte Carella an, geheimnisvoll.

»Und da fing er an . . .«

»Und da fing er an, Erpressung zu schreien«, sagte Carella.

»Ach?« sagte Abby.

»Man hat Sie gesehen, und man hat Sie gehört«, sagte Carella. Es war nur eine kleine Lüge, da Alexis ihr Gesicht nicht gesehen hatte.

»Nun ja, genau das hat er geschrien. Erpressung. Das ist Erpressung, das ist Erpressung, wie kannst du es wagen . . . wie *dumm*, wirklich! Ich hab ihm gesagt, es wäre zu seinem eigenen Besten. Denn, wirklich, ich war unglaublich gut für ihn.«

»Was ist dann passiert?« fragte Carella.

»*Alles*«, sagte Abby. »Ein junger Schwarzer kam in die Kirche gerannt, blutüberströmt, und gegen das Portal wurde gehämmert, und die Türen wurden aufgedrückt, und ein Haufen junger Weißer kam hinter ihm hergerannt, und, Mister, ich sag Ihnen, ich war aus der Hintertür raus, so schnell meine Füße mich tragen konnten.«

»Wann haben Sie ihn wiedergesehen?«

»Wen?«

»Father Michael.«

»Nie mehr. Ich habe mir gedacht, wenn er nicht mehr will, dann kann er mich.«

Sie blickte Carella an und lächelte.

»Hätten *Sie* nicht mehr gewollt?« fragte sie.

Er ignorierte die Frage.

»Wo waren Sie am Abend des vierundzwanzigsten Mai zwischen halb sieben und halb acht?« fragte er.

»Eins ist sicher, ich war nicht unterwegs, um den Priester zu töten.«

»Okay, jetzt, da wir wissen, wo Sie *nicht* waren«, sagte er, »können Sie mir vielleicht sagen, *wo* Sie waren.«

»Nicht ohne persönlich zu werden«, sagte sie und lächelte schon wieder das gleiche aufreizende, geheimnisvolle Lächeln.

»Miss Finch . . .« sagte er.

»Ich war genau hier«, sagte sie. »Die ganze Nacht. Mit einem Mann namens Dwight Colby. Sie können es nachprüfen«, sagte sie. »Er steht im Telefonbuch.«

»Danke«, sagte er, »das werde ich.«

»Er ist schwarz«, sagte sie.

Wieder der Häßliche.

»*Qué tal?*«

Seine ersten Worte. Ein Signal, daß sie nur spanisch sprechen würden, *seine* Sprache. Sie ließ sich darauf ein. Morgen würde es vorbei und erledigt sein. Für immer.

Auf spanisch sagte sie: »*Yo tengo el dinero.*«

Ich habe das Geld.

»Ach?« sagte er überrascht. »Das ging aber schnell.«

»Gestern habe ich meinen Mittelsmann getroffen. Der Deal ist zu kompliziert, um ihn zu erklären, aber . . .«

»Nein. Erklär ihn!«

»Nicht am Telefon. Das begreifst du doch. Ich sage nur eins: Daß es einfacher abläuft, als ich gedacht habe.«

»Nun, das ist doch sehr nett, oder?«

Gezwungene Leutseligkeit in seiner Stimme.

Pero, eso está muy bien, no?

»Ja«, sagte sie. »Könnt ihr morgen nachmittag hierher kommen?«

»Ich bin nicht sicher, daß wir kommen *wollen*«, sagte er. »Du lebst in einem gefährlichen Haus. In dem Haus können Menschen zu Schaden kommen.«

Damit erinnerte er sie daran, daß sie ihm noch *zusätzlich* etwas schuldete. Weil sie den Gutaussehenden verletzt hatte. Die zwei Millionen würden den Tod Alberto Hidalgos begleichen . . . vielleicht. Aber sie wußte, der Häßliche würde nicht zufrieden sein, bevor nicht auch die Messerwunde beglichen war. *Machismo* war von spanisch sprechenden Menschen erfunden worden. Sie war *venganza.*

»Tut mir leid«, sagte sie, »aber ich habe nicht vor, mit zwei Millionen Dollar in bar auf die Straße zu gehen.«

Lock sie mit dem Geld.

»Du hast den vollen Betrag, eh?«

»Komplett.«

»In was für Scheinen?«

»Hunderter.«

»Wie viele Hunderter?«

Fast hätte er sie hereingelegt. Ganz bestimmt würde sie eine solche Summe nachzählen, ganz bestimmt würde sie wissen, wie viele Hundert-Dollar-Scheine zwei Millionen ausmachten. Ihr Kopf funktionierte wie eine Rechenmaschine. Zwei Nullen abstreichen, dann kommt man . . .

»Zwanzigtausend«, sagte sie rasch und schmückte die Lüge noch aus. »Zweihundert Päckchen mit Bankbanderolen, hundert Scheine in jedem Päckchen.«

»Gut«, sagte er.

»Könnt ihr morgen um drei hier sein?«

Willis würde morgen wieder auf Tagschicht arbeiten. Um Viertel nach acht würde er das Haus verlassen und nicht vor Viertel nach vier, halb fünf zurück sein. Bis dahin wäre es vorbei.

»Halb vier«, sagte er.

»Nein, das ist zu . . .«

»Halb vier«, wiederholte er.

»Also gut«, sagte sie seufzend. »Ihr habt fünfzehn Minuten, das Geld zu zählen und das Haus zu verlassen.«

»Ich hoffe, diesmal gibt es keine Tricks«, sagte er. »Keine Pistolen, keine Messer, eh?«

Erinnerte sie wieder an ihre Schuld.

Die Verletzung des Gutaussehenden.

»Keine Tricks«, sagte sie. »Ich will's hinter mich bringen.«

»Ja, wir auch.«

Wieder das Etwas in seiner Stimme. Das Versprechen. Tief, dunkel und eiskalt unter der Oberfläche seiner Worte.

»Ich seh euch morgen um halb vier«, sagte sie und legte auf.

Und merkte plötzlich, daß sie zitterte.

13

Freitag mittag, am ersten Tag im Juni, ging er wieder zu der Kirche. Er hatte vorher angerufen und gefragt, ob er die Unterlagen des toten Priesters noch einmal durchsehen könne, und Father Oriella hatte ihm gesagt, er werde überhaupt nicht stören, er selbst habe jedoch eine Besprechung bei der Erzdiözese in Downtown und sei die meiste Zeit nicht im Büro. »Wenn Sie Hilfe brauchen«, hat er hinzugefügt, »fragen Sie einfach Marcella Bella.«

Marcella Palumbo war, wie es sich fügte, zum Essen, als Carella eintraf. Mrs. Hennessy führte ihn ins Pfarrhaus und dann nach hinten in das enge Büro. Wo am Abend des Mordes Papiere über den ganzen Boden verstreut gelegen hatten und überall Kartons gestapelt waren, als der neue Priester einzog, herrschte jetzt Ordnung und Übersicht.

»Wonach suchen Sie?« fragte Mrs. Hennessy.

»Da bin ich mir nicht sicher«, sagte Carella.

»Woher wissen Sie dann, wo Sie suchen sollen?«

Gute Frage.

Er war hier, nahm er an, um noch einmal die Papiere durchzuakkern. Für einige Menschen bestand die Hölle aus ewigen Flammen, für andere war es die Hölle, in der Innenstadt im Stau zu stekken, aber für Carella war Papierkram die Hölle. Jetzt wurde er dafür bestraft, daß er vor vielen Jahren aus der Kirche gegangen war, ohne sein Bußgebet zu sprechen. Ein rachsüchtiger Gott überhäufte ihn mit noch mehr Papierkram.

Er fragte Mrs. Hennessy, ob sie wisse, wo Father Oriella Kalender, Schecks und entwertete Schecks, die von der Polizei zurückgegeben worden waren, abgelegt hatte. Sie glaubte, Mrs. Palumbo habe sie in die Schublade M–Z gesteckt, aber warum die Frau gerade diese Schublade genommen habe, wisse sie auch nicht. Jedenfalls fand Carella die Unterlagen vorne in der Schublade M–Z. Er bedankte sich bei Mrs. Hennessy, lehnte ihr Angebot auf eine Tasse Kaffee ab, setzte sich an den Schreibtisch und nahm sich die Papiere zum wiederholten Male vor.

Wie schon vorher, verriet ihm der Terminkalender des Priesters nichts von Bedeutung. Am Tag seines gewaltsamen Todes hatte er um acht und um zwölf die Messe gelesen und dann die Novene zelebriert, die der Mittagsmesse folgte. Um zwei hatte er sich mit der Altargesellschaft getroffen und um vier mit der Rosenkranzgesellschaft. Die Besprechung mit dem Gemeindevorstand war für acht Uhr abends, wahrscheinlich nach dem Abendessen, angesetzt, ein Termin, den er nicht mehr wahrnehmen sollte. Das war es für den vierundzwanzigsten Mai. Carella blätterte die Seiten der vorausgegangenen Woche durch, und erneut ergab sich nichts von Bedeutung.

Er legte den Terminkalender beiseite, holte das Scheckbuch aus der Schublade und nahm die Abschnitte aller Schecks in Augenschein, die der Priester im Mai ausgestellt hatte. Und wieder waren hier die Schecks für Fotokopierarbeiten und Werkstatt, Hypothek und Unterhaltungsarbeiten, Krankenversicherung, Blumen, Meßbücher und so weiter. Carella wandte seine Aufmerksamkeit den Scheckabschnitten vom vierundzwanzigsten Mai zu.

Der erste Abschnitt auf der Seite trug die Nummer 5699. In einer Handschrift, die nicht Father Michaels war und nach Carellas Vermutung Kristin Lund gehörte, war auf dem Abschnitt aufgeführt, daß der Scheck über die Summe von 37,50 Dollar für Spritzen am 19. 5. auf die Bruce Macauley Baumpflege, Inc. ausgestellt worden war. Wie letzten Freitag im Wachraum ging Carella jetzt alle Abschnitte nacheinander durch, alle vom 24. Mai datiert, alle durchgehend numeriert:

5700

An: US Sprint
Für: Leistungen bis 17. 5.

$ 176.80

5701

An: Isola Bank and Trust
Für: Hypothek Juni

$ 1480.75

5702

An: Alfred Hart Insurance Co.
Für: Honda Accord LX, Police # HR 9872724

$ 580.00

5703

An: Orkin Schädlingsbekämpfung
Für: Leistungen Mai

$ 36.50

5704

An: The Wanderers
Für: Anzahlung Band

$ 100.00

Das war der letzte Scheck, den Father Michael am Tag seines gewaltsamen Todes ausgestellt hatte.

Carella schloß das Scheckheft.

Nichts.

Papierkram, dachte er. Deshalb war er hier. Bestrafung. Der geplünderte Aktenordner G–L. Im achten Kreis der Hölle würde er zum wiederholten Male diese Akte durchgehen und zu entdecken versuchen, was *fehlte*. Denn niemand konzentriert sich auf einen einzelnen Ordner, zieht die Schublade heraus, durchsucht in aller Hast die Akten und schmeißt die Papiere ungeordnet auf den Boden, wenn dieser jemand nicht etwas *sucht*. Und wenn dieses Etwas tatsächlich gefunden und aus dem Büro des Priesters entfernt wurde, dann konnte dieses Etwas der Grund für die Ermordung des Priesters sein. Wenn er also die Papiere in ihrer ursprünglichen Ordnung, so wie sie vorher abgelegt waren, untersuchte, könnte er vielleicht auf einen Bruch, eine Lücke, ein Loch in der Abfolge stoßen. Und dann, indem er die *umgebenden* Papiere untersuchte und seine zugegeben schwach entwickelte Fähigkeit zu logischen Ableitungen einsetzte, hoffte er, möglicherweise daraus folgern zu können, was das entwendete Etwas gewesen war. Kurz gesagt, er hatte vor, den Käse zu untersuchen, um das Loch zu definieren.

Ihm kam der Gedanke, daß Father Oriella vielleicht die G–L-Akten des toten Priesters durch seine eigenen G–L-Akten ersetzt hatte. Doch nein, die penible Marcella hatte die Unterlagen des toten Priesters genau dort abgelegt, wo sie am Abend des Mords gewesen waren, damit sein Nachfolger, sollte es sich jemals als notwendig erweisen, sie jederzeit zu Rate ziehen konnte. Carella öffnete die Schublade – die untere auf der linken Seite –, nahm das vorderste Hängeregister heraus, machte es sich wieder am Schreibtisch bequem und begann, die Ordner nacheinander durchzugehen.

An einer Stelle glaubte er, in einer Mappe mit der Aufschrift GARTENPFLEGE durch ein fehlendes Schriftstück einen bedeutungsvollen Hinweis gefunden zu haben, doch dann stellte sich heraus, daß der Brief unter einem falschen Stichwort, nämlich HOLY NAME SOCIETY, abgeheftet war. Er steckte zwischen den Versammlungsprotokollen der Gesellschaft von Januar und Februar.

Der letzte Hängeordner trug die Aufschrift LIEFERANTEN.

Carella las jedes einzelne Schriftstück aus diesem Ordner.

Sonst war nichts in der G–L-Schublade.

Aufseufzend hängte er den Ordner wieder in der unteren Schublade ein und schob sie in den Schrank. Sie schloß nicht vollständig. Er zog sie wieder auf. Schob sie mit Gefühl hinein. Sie schloß immer noch nicht ganz. Die Schublade ragte mehr als einen Daumenbreit heraus. Er zog sie wieder auf und begutachtete den Gleitmechanismus. Die Schublade saß fest auf ihren Rollen, nichts schien haken zu können. Wieso also . . .?

Erneut versuchte er, sie zu schließen. Sie glitt in den Schrank und stoppte dann abrupt. Irgend etwas an der Rückwand der Schublade oder hinter der Schublade hinderte sie daran, ganz in den Schrank zu gleiten. Wieder zog er die Schublade heraus, kniete sich vor den Schreibtisch, bückte sich über die Schublade nach vorn, griff mit der Hand in den Aktenschrank. Irgend etwas steckte dort fest. Er konnte nicht sehen, was es war, aber . . .

Ein plötzlicher, sengender Schmerz ließ seine Hand zurückzucken.

Ein dünner Blutfaden lief über seine Fingerspitzen.

Das Etwas da hinten war ein Messer.

Er hatte die Mordwaffe gefunden.

Der Verteidiger, ein Anwalt namens Oscar Loring, beugte sich näher zu Willis vor und fragte: »Um welche Zeit war das genau, Detective?«

Er hatte einen Stoppelschnurrbart, und sein Atem roch wie der eines Löwen, der gerade ein Warzenschwein gefressen hatte. Es war jetzt Viertel vor drei. Willis war am Vormittag eineinhalb Stunden im Zeugenstand gewesen und jetzt wieder seit zwei Uhr. Zuerst hatte er zu erklären versucht, warum er einen Durchsuchungsbefehl beantragt hatte, und als nächstes, warum er auf einen Mann geschossen hatte, der versucht hatte, ihn mit einem AR-15 umzubringen. Das war im Oktober letzten Jahres gewesen, bei einer Razzia auf ein Drogenlager. Der Fall war soeben zur Verhandlung gekommen. Loring war bemüht darzulegen, daß Willis in seiner eidesstattlichen Versicherung gelogen habe, als er den Durchsuchungsbefehl beantragte, daß er keinen hinreichenden Grund zu der Annahme gehabt habe, daß sich entweder Waffen *oder* Drogen in der verdächtigen Wohnung befanden, und daß er sowohl die Waffen als auch das Diebesgut dort *untergeschoben* habe, nachdem er die Tür eingetreten hatte!

Jetzt wollte er den *exakten* Zeitpunkt wissen, wann Willis – *und* Bob O'Brien *und* vier uniformierte CPEP-Polizisten – die Tür zu der Wohnung eingetreten hatte.

»Es war um neun Uhr morgens«, sagte Willis.

»*Exakt* neun Uhr?« fragte Loring.

»Ich weiß nicht, ob es *exakt* neun war. Wir hatten die Razzia auf neun Uhr angesetzt, ich glaube, wir haben uns um neun gesammelt und sind um neun Uhr hinein.«

»Aber Sie wissen nicht, ob es *exakt* . . .«

»Verzeihen Sie«, sagte der Richter, »aber worauf wollen Sie hinaus?«

Sein Name war Morris Weinberg, er hatte einen kahlen Schädel mit ein paar Schläfenfransen, und er erzählte gerne, daß er alle seine Haare in dem Augenblick verloren hatte, da er sein Richteramt antrat.

»Euer Ehren«, sagte Loring, »für den Fall meines Klienten ist es von essentieller Bedeutung, daß wir wissen, um welche Zeit *genau* die Wohnung . . .«

»Einspruch!«

Der Vertreter der Anklagebehörde. Junger, kluger Kopf aus dem Büro des Bezirkstaatsanwalts, der Lorings billige Tricks schon im Ansatz zu bremsen verstand.

»Stattgegeben. Welchen Unterschied würde es ausmachen, Mr. Loring, wenn die Polizei eine Minute *vor* oder eine Minute *nach* neun Uhr in die Wohnung eindrang? Was soll . . .«

»Wenn Euer Ehren mir gestatten . . .«

»Nein, ich bin mir nicht sicher, ob ich gestatte. Sie haben diesen Beamten inzwischen fast zweieinhalb Stunden im Zeugenstand und jedes einzelne Detail der Razzia beleuchtet, die er und weitere Polizeibeamte aufgrund eines Durchsuchungsbefehls durchführten, der ordnungsgemäß von einem Richter des Superior Court unterzeichnet wurde. Sie haben seine Integrität in Frage gestellt, seine Motive, seine Methoden und alles andere, nur nicht die Ehelichkeit seiner Geburt, doch ich bin sicher, darauf kommen Sie auch noch, bevor . . .«

»Euer Ehren, hier ist eine Jury anwesend . . .«

»Ja, ich bin mir dessen bewußt. Und ich bin mir auch der Tatsache bewußt, daß wir eine Menge Zeit vergeuden, und wenn Sie mir nicht sagen können, *warum* es so wichtig ist, den exakten Zeitpunkt des Eindringens in die Wohnung festzustellen, werde ich Sie bitten müssen, dieses Thema bei der Zeugenvernehmung zu verlassen.«

»Euer Ehren«, sagte Loring, »um neun Uhr war mein Mandant wach und nahm sein Frühstück zu sich.«

»Und?«

»Euer Ehren, der Zeuge behauptet, sie hätten die Tür um neun Uhr eingetreten und meinen Mandanten im Bett vorgefunden. Schlafend, Euer Ehren.«

»Und?«

»Ich will nur darauf hinweisen, Euer Ehren, falls der Detective bereit ist, einen Meineid über . . .«

»Einspruch!«

»Stattgegeben. Und nun Schluß damit, Mr. Loring.«

»Falls der Detective sich über das tatsächliche Geschehen am Morgen der Razzia *irrt*, dann hat er vielleicht in bezug auf die Begründung einen ähnlichen Irrtum begangen.«

»Beziehen Sie sich auf den wahrscheinlichen Grund für den Durchsuchungsbefehl?«

»Ja, Euer Ehren.«

»Detective Willis«, sagte Weinberg, »wie kamen Sie zu der Überzeugung, daß sich in der Wohnung Waffen und Drogen befanden?«

»Ein Undercover-Polizist hat dort mehrmals gekauft, Euer Ehren, im Vorfeld der Razzia. Drogen, Kokain. Und er hat berichtet, daß er dort Waffen gesehen hat. Waffen vom Typ, wenn ich das hinzufügen darf, mit dem auf uns geschossen wurde, als wir die Wohnung betraten.«

»Wie heißt er? Der Undercover-Mann?«

»Officer Charles Seaver, Euer Ehren.«

»Sein Revier?«

»Dasselbe wie meins, Euer Ehren. Das Siebenundachtzigste.«

»Befriedigt Sie das, Mr. Loring?«

»Ich höre das zum ersten Mal, Euer Ehren. In Detective Willis' Antrag war das nicht so festgestellt . . .«

»Ich habe gesagt, aufgrund meiner persönlichen Kenntnis und ...«

»Sie haben keinen Polizisten erwähnt ...«

»Wo ist der Unterschied? Der Durchsuchungsbefehl wurde ausgestellt, nicht wahr? Ich bin in die verdammte Wohnung mit ...«

»Einen Moment, einen Moment«, sagte Weinberg.

»Entschuldigung, Euer Ehren«, sagte Willis.

»Können wir Officer Seaver heute nachmittag vorladen?« fragte Weinberg.

»Ich brauche Zeit, mich vorzubereiten, Euer Ehren«, sagte Loring.

»Also morgen früh. Bereiten Sie sich darauf vor, daß Sie ihn um neun im Zeugenstand haben.«

»Euer Ehren ...«

»Die Sitzung ist bis neun Uhr früh vertagt«, sagte Weinberg, schlug mit seinem Hammer auf den Tisch und stand abrupt auf.

Die Uhr an der Wand zeigte fünf Minuten vor drei.

Für halb vier hatten sie sich angesagt.

Wenn sie sich über die Sprechanlage ankündigten, wollte sie ihnen sagen, die Haustür sei offen. Wenn sie die Diele betraten, wollte sie rufen: »Ich bin hier«, und wenn sie ins Wohnzimmer gingen ...

Das ganze Haus war bereits ein einziges Durcheinander.

Sie hatte die letzte Stunde damit verbracht, Kommodenschubladen aufzureißen und den Inhalt auf dem Fußboden zu verstreuen, Fernsehgeräte und die Stereoanlage auszustöpseln, Silberbesteck, Schmuck und Pelzmäntel in das Wohnzimmer zu schaffen, wo es aussehen sollte, als hätten sie alles zusammengetragen, nachdem sie das Haus geplündert hatten. Ihre Geschichte für die Polizei würde lauten, daß sie auf zwei bewaffnete Männer getroffen sei ...

Sie hoffte, daß sie bewaffnet waren. Falls nicht, mußte sie ihre Geschichte abändern ...

... zwei bewaffnete Männer, die sie in Notwehr erschossen

hatte. Zwei bewaffnete Eindringlinge erschossen, als sie ein Haus ausraubten, von dem sie glaubten, daß es leer stand. Beide hatten ellenlange Vorstrafenregister, Willis hatte ihr die Kopien gezeigt. Klappe zu, *don't cry for me, Argentina.*

Sie hatte keine Lizenz für die Waffe, die sie bei Shad Russell gekauft hatte, aber sie war bereit, sich diesem Vorwurf zu stellen, wenn es soweit war, selbst wenn das hieß, daß sie wieder ins Gefängnis mußte. Wichtig war, sicherzustellen, daß Willis unbeschadet aus der Sache hervorging. Es mußte gelingen. Die Tagschicht wurde um Viertel nach vier, halb fünf abgelöst. Dann wäre es schon vorbei.

Sie schaute jetzt auf die Kaminuhr.

Sieben Minuten vor drei.

Sie nahm die Waffe, die Russell ihr verkauft hatte.

Ein Colt Detective Special, Kaliber .38. Sechsschüssig. Drei für jeden. Sie mußte schnell schießen, und sie mußte genau schießen.

Sie klappte die Trommel heraus, vergewisserte sich, daß die Waffe voll geladen war, und ließ sie wieder einschnappen.

Die Uhr zeigte fünf Minuten vor drei.

Die beiden Mädchen kamen die Treppe der Graham School an der Seventh, Ecke Culver, herunter. Beide trugen grünkarierte Faltenröcke, weiße Blusen, blaue Kniestrümpfe, braune Halbschuhe und blaue Blazer mit dem Schulwappen auf der linken Brusttasche. Beide kicherten über etwas, das ein drittes Mädchen gesagt hatte. Bücher an ihren knospenden Busen gedrückt, mädchenhaftes Lachen, das in der Frühlingsluft perlte, die jetzt, nachdem der Regen aufgehört hatte, von funkelnder Klarheit war. Eines der Mädchen hatte gemordet.

»Hallo, Mädchen«, sagte Carella.

»Hi, Mr. Carella«, sagte Gloria. Blaue Augen, in denen das Lachen noch funkelte, lange schwarze Haare, die im Sonnenlicht tanzten, als sie die Stufen herabkam.

»Hi«, sagte Alexis. Selbst im Ausklang des Lachens trug sie den ernsten Blick, waren ihre braunen Augen nachdenklich, war das Gesicht ernst. Ich bin nichts, hatte sie ihm gesagt. Blonde Haare, die bis auf die Schultern fielen. Sie hätten Zwillinge sein können, die beiden, bis auf die Haarfarbe. Aber eine von ihnen hatte gemordet.

»Bis später«, sagte das dritte Mädchen und winkte zum Abschied.

Sie standen in der Sonne, der Detective und die beiden Schulmädchen. Es war genau drei Uhr. Schüler strömten aus der Schule. Überall um sie waren junge Stimmen zu hören. Keins der Mädchen schien besonders ängstlich. Aber eins von ihnen hatte gemordet.

»Alexis«, sagte er, »ich würde mich gern mit dir unterhalten.«

Sie sah zuerst ihn an, dann Gloria. Die ernsten braunen Augen wirkten plötzlich beunruhigt.

»Okay«, sagte sie.

Er nahm sie beiseite. Sie unterhielten sich ruhig, Alexis' Blick unverwandt auf seinem Gesicht; sie konzentrierte sich auf alles, was er sagte, nickte, hörte zu, sagte gelegentlich ein paar leise Worte. Ein Mädchen in der Schuluniform der Graham School und mit einer Kopfbedeckung, die wie eine griechische Fischermütze aussah, nur daß sie die Schulfarben Blau und Orange aufwies, kam die Treppe heruntergehüpft, sagte: »Hi, Lex«, und ging weiter zur U-Bahnstation an der Ecke.

Aus der Entfernung sah Gloria sie ins Gespräch vertieft. Sie hatte die Bücher an ihre schmale Brust gepreßt und kniff die Augen wegen der Sonne zusammen.

Carella ging zu ihr zurück.

»Einige Fragen«, sagte er.

»Sicher«, sagte Gloria. »Stimmt was nicht?«

Die Bücher noch immer an die Brust gepreßt.

Links hinter ihnen saß Alexis auf der Schultreppe, zog den Rock unter sich und sah ihnen verwirrt zu.

»Ich habe eben mit Kristin Lund gesprochen«, sagte Carella. »Ich habe sie gefragt, ob sie dich am Tag des Mords bei der Kirche gesehen hat. Sie sagt, das hätte sie nicht. Stimmt das?«

»Tut mir leid, aber ich verstehe die Frage nicht.«

»Bist du am Tag des Mords irgendwann vor fünf Uhr zu der Kirche gegangen?«

»Nein.«

»Ich habe auch mit Mrs. Hennessy gesprochen. Sie hat mir gesagt, sie hat dich *auch* nicht gesehen.«

»Weil ich nicht dort war, Mr. Carella.«

Blaue Augen, weit und unschuldig. Aber vor Intelligenz funkelnd.

»Gloria«, sagte er.

Der Blick aus diesen Augen unverwandt auf seinem Gesicht.

»Als ich mich letzte Woche mit Alexis unterhalten habe – und ich habe es grade noch mal mit ihr abgeklärt, damit ich sicher sein kann, daß ich es nicht falsch verstanden habe –, hat sie mir gesagt, daß du den Scheck für die Anzahlung der Band hattest und wissen wolltest, ob der Tanz noch stattfindet. Das war Dienstag nachmittag, am neunundzwanzigsten Mai. Ist das richtig? Warst du am Dienstag im Besitz des Schecks?«

»Ja.«

Wachsamkeit in diesen Augen.

»Wann hat Father Michael dir den Scheck gegeben?«

»Das weiß ich nicht mehr.«

»Versuche dich zu erinnern, Gloria.«

»Das muß am Mittwoch gewesen sein. Ja, ich glaube, ich habe nach der Schule vorbeigeschaut, und er hat mir dann den Scheck gegeben.«

»Du sprichst von Mittwoch, dem dreiundzwanzigsten Mai?«

»Ja.«

»Dem Tag vor dem Mord?«

»Ja.«

»Um wieviel Uhr am Mittwoch, weißt du das noch?«

»Nach der Schule. Drei, vier Uhr, etwa um diese Zeit.«

»Und da hat Father Michael dir den Scheck für die Wanderers gegeben, ist das korrekt? Über hundert Dollar.«

»Ja.«

»Gloria, als ich mit Kristin Lund gesprochen habe, habe ich sie gefragt, ob sie diejenige war, die den Scheck ausgeschrieben hat. Sie hat meine Frage bejaht. Sie hat den Scheck ausgestellt und dann Father Michael gebeten, ihn zu unterschreiben.«

Der Blick unverwandt auf seinem Gesicht.

»Sie hat den Scheck am vierundzwanzigsten Mai ausgefüllt, Gloria.«

Sie beobachtete ihn, wußte jetzt, wohin er steuerte.

»Das stimmt«, sagte sie sofort. »Es war der vierundzwanzigste, jetzt erinnere ich mich.«

»*Wann* am vierundzwanzigsten?«

»Nach der Schule. Wie ich Ihnen schon sagte. Ich bin direkt nach der Schule zur Kirche gegangen.«

»Nein, du hast mir gesagt, am Tag des Mords seist du *gar* nicht zur Kirche gegangen.«

»Da konnte ich mich noch nicht erinnern.«

»Und nun sagst du mir, du seist *doch* bei der Kirche gewesen.«

»Ja.«

»Vor fünf Uhr?«

»Ich bin nicht sicher.«

»Kristin ist um fünf gegangen. Sie sagt, du . . .«

»Dann muß es *nach* fünf gewesen sein.«

»Wieviel Uhr, Gloria?«

»Genau erinnere ich mich nicht, aber es war weit vor sieben.«

Er blickte sie an.

Die ermittelte Todeszeit des Priesters hatten sie in den Medien nicht genannt. Nur der Täter kannte sie. Er sah das Begreifen in ihren Augen. Blaue, intelligente Augen, die jetzt, am Rand der Panik, hin und her zuckten. Einer Dreizehnjährigen wollte er das nicht antun, aber jetzt zielte er direkt aufs Herz.

»Wir haben das Messer«, sagte er.

Die blauen Augen wurden starr.

»Ich weiß nicht, wovon Sie reden«, sagte sie.

Worte, die er schon oft gehört hatte, von Mördern, die viel älter und klüger waren als die kleine Gloria hier.

»Ich möchte, daß du mit mir kommst«, sagte er.

Und mit Rücksicht auf ihre Jugend fügte er hinzu: »Bitte.«

Vielleicht hatte Marilyn sie verscheucht, dachte er.

Sie hatten von beiden Argentiniern nichts mehr gehört, seit sie den Gutaussehenden verletzt hatte. Das war Samstag nachmittag gewesen. Vor sechs Tagen. Und kein Wort von ihnen. Jeden Abend der letzten Woche, wenn er von der Arbeit nach Hause gekommen war, war er ihrem Blick erwartungsvoll begegnet. Und jeden Abend hatte sie den Kopf geschüttelt. Nein, kein Wort. Vielleicht hatten sie sie als hoffnungslosen Fall aufgegeben. Vielleicht hatten sie die Hand des Gutaussehenden bandagiert, ihre Koffer gepackt und sich auf den Heimweg gemacht. Sinnlos, auf einer Tigerin zu reiten.

Vielleicht.

Er ging von der Straße vor dem Gerichtsgebäude die Treppe zu dem U-Bahngang hinunter und näherte sich den Drehkreuzen, als er die Rosen sah. Lavendelfarbene Rosen. Ein Mann verkaufte langstielige lavendelfarbene Rosen, direkt links vom U-Bahnschalter. Ein Dollar die Rose. In dem mexikanischen Gefängnis war eine Frau aus Veracruz gewesen, die wehmütig zu Marilyn gesagt hatte, alle Tage seien golden, alle Nächte lila. Hübsch auf spanisch. Hübsch, wie Marilyn die Worte wiederholte. *En Veracruz, todos los días eran dorados, y todas las noches violetas.*

Die Rosen waren nicht richtig lila, aber Lavendel würde es auch tun.

Vielleicht war es ja tatsächlich Zeit zum Feiern, wer wußte das schon?

Vielleicht waren sie wirklich endgültig verschwunden.

»Ich nehme ein Dutzend«, sagte er dem Blumenverkäufer.

Die Uhr an der Wand des Schalterhäuschens zeigte zehn Minuten nach drei.

In dieser Stadt hatten die afghanischen Taxifahrer ein privates Funknetz. Man stieg in ein Taxi, sagte ihnen, wohin man wollte, sie schalteten auf »Besetzt«, und danach hörte man nichts mehr von ihnen. Für den Rest der Fahrt ignorierten sie ihren Fahrgast vollständig und redeten pausenlos in ihr Funkgerät, und das in einer Sprache, die für die übergroße Mehrheit der Einwohner dieser Stadt unverständlich war. Vielleicht waren sie alle Spione. Vielleicht planten sie den Sturz der Regierung der Vereinigten Staaten. Doch das schien unwahrscheinlich. Begründeter war die

Vermutung, daß sie Heimweh hatten und andere afghanische Stimmen brauchten, um den mahlenden Tag durchzustehen.

Carlos Ortega war es gleichgültig, welche Bedürfnisse die afghanischen Menschen haben mochten. Er wußte nur, daß jemand mit einem unmöglichen Namen auf der Taxilizenz, die auf dem Armaturenbrett seines Taxis angebracht war, mit höchster Lautstärke in einer unverständlichen Sprache, die aggressiv und eindringlich klang, in das Funkgerät schrie.

»Du!« sagte er auf englisch.

Der Fahrer schrie weiter.

»Du!« brüllte er.

Der Fahrer drehte sich um.

»Sei still!« sagte Carlos.

»Was?« sagte der Fahrer.

»Halt den Mund!« sagte Carlos mit deutlichem Akzent. »Du machst zuviel Lärm.«

»Was?« sagte der Taxifahrer. »Was?«

Die ethnische Gruppe daheim im Wakhan-Korridor waren Kirgisen, auch wenn er eben nicht die Sprache jener Gegend gesprochen hatte, sondern Farsi – die *lingua franca* aller afghanischen Taxifahrer dieser Stadt. Seine Vorfahren allerdings waren aus der Türkei gekommen, und jetzt versuchte er, etwas von dem guten, alten türkischen Hochmut aufzubringen, der aber im selben Moment schwand, als er den häßlichen Riesen auf der Rückbank sitzen sah. Sofort drehte er sich wieder um, murmelte in Farsi etwas ins Funkgerät und verfiel augenblicklich in dumpfes Schweigen.

Carlos nickte bloß.

Er war es gewohnt, daß Leute den Mund hielten, wenn er ihnen sagte, sie sollten den Mund halten.

Nachdem das lärmende Plappern abgestellt war, sagte er jetzt auf spanisch: »Ich traue ihr nicht. Und du?«

»Schönen Frauen kann man niemals trauen«, sagte Ramon.

Er war immer noch wütend, weil sie ihn verletzt hatte. Seine Hände waren immer noch bandagiert, doch die Verletzung war größtenteils abgeheilt. Aber es gibt Wunden, die heilen nie. Man schnitt einem Mann, der so gutaussehend war wie Ramon Castaneda, nicht in die Hand. Man *berührte* Ramon Castaneda nicht einmal, bevor er nicht die Erlaubnis dazu gab. Für ihren Mangel an Feingefühl würde die blonde Hure bezahlen. Sobald sie ihnen das Geld gegeben hatte.

»Warum ihr Haus?« fragte Carlos.

»Weil sie dumm ist«, sagte Ramon.

»Nein, sie ist clever, das muß man ihr lassen.«

»*Das* hier werde ich ihr lassen«, sagte Ramon und griff an seine Genitalien.

»Ja«, sagte Carlos und lächelte. »Nachdem sie uns das Geld gegeben hat.«

»Und dann *das*«, sagte Ramon und zog aus seiner Tasche ein Fläschchen mit einem schwarzen Gummistöpsel. Die Flasche war mit einer blassen, gelblichen Flüssigkeit gefüllt. Die Flüssigkeit war Salpetersäure. Ramon hoffte, Marilyn würde lange genug leben, um viele Kinder und Enkel zu haben, damit sie ihnen erzählen konnte, wieso ihr Gesicht auf so gräßliche Weise entstellt war. Man verletzte niemanden, der wie Ramon Castaneda aussah, o nein.

»Steck das weg«, sagte Carlos.

Ramon steckte die Flasche weg.

»Warum ihr Haus?« fragte Carlos wieder. »Wird die Polizei dasein? Hat sie die Polizei benachrichtigt?«

»Sie hat deinen Onkel ermordet«, erinnerte Ramon ihn.

»Trotzdem.«

»Wenn du jemanden ermordet hast, würdest du die Polizei holen?«

»Die Polizei in Argentinien ist nicht hinter ihr her.«

»Sicher. Aber das weiß sie nicht. Glaube mir, Carlos, sie hat die Polizei nicht benachrichtigt.«

»Warum dann ihr Haus?«

»Wie ich schon sagte: Sie ist dumm«, sagte Ramon. »*Alle* schönen Frauen sind dumm.«

»Kann sie uns eine Falle stellen?«

»Dumme Menschen wissen nicht, wie man eine Falle stellt.«

»Ich denke, wir sollten vorsichtig sein.«

»Wieso? Wir überrollen sie wie ein Panzer. Nehmen das Geld, vögeln sie, schütten ihr die Säure ins Gesicht«, sagte Ramon und kommentierte die gradlinige Schlichtheit des Vorhabens mit einem Nicken.

Doch Carlos blieb besorgt.

»Warum, meinst du, hat sie ihr Haus gewählt?« fragte er erneut. »Warum nicht einen öffentlichen Platz?«

»Das hat sie dir doch *gesagt*. Sie hat Angst, das ganze Geld auf der Straße herumzutragen.«

»Ein öffentlicher Platz wäre sicherer für sie.«

»Frauen halten ihr Haus für den sichersten Platz der Welt. Sie glauben, ihr Haus ist ein Nest.«

»Sie wird in ihrem Haus bewaffnet sein«, sagte Carlos.

»Bestimmt. Beim letzten Mal war sie auch bewaffnet.«

Beide Männer schwiegen.

Carlos schaute auf seine Uhr.

Es war Viertel nach drei.

Plötzlich grinste er. Wenn er grinste, sah er ganz besonders häßlich aus.

»Weißt du noch, wie wir beim letzten Mal reingekommen sind?« fragte er.

Ramon grinste ebenfalls.

Es war genau zwei Minuten vor halb vier, als sie den Schlüssel in der Haustür hörte. Nur zwei Menschen hatten einen Schlüssel zu diesem Haus. An der Haustür konnte jetzt nur . . .

»Marilyn?«

Willis' Stimme. Aus der Diele. Und sie saß in dem roten Ledersessel gegenüber dem offenen Eingang zum Wohnzimmer, in der Faust den Colt Detective Special vom Kaliber .38.

Genau das, was sie nicht gewollt hatte. Willis zurück und die beiden anderen noch nicht da. Willis platzte mitten hinein. Der eine Mensch, den sie aus dieser Sache *raus*halten wollte . . .

»Hi, Honey«, sagte er und kam mit einem Blumenstrauß, der in weißes Papier gewickelt war, ins Wohnzimmer. Und sah die Waffe in ihrer Hand. Die Blumen brachten sie den Tränen nahe, sie waren so unpassend, da sie doch . . .

Plötzlich wanderte ihr Blick nach links, zur Treppe, und sie wußte, noch bevor seine Hand zu seinem Schulterholster fuhr, daß sie schon im Haus waren. Irgendwie waren sie wieder ins Haus gelangt.

Die Feder an Willis' Holster ließ die Pistole in seine Hand springen.

Sie kam im selben Moment aus dem Sessel hoch, als er feuerte.

Er mußte einen von ihnen getroffen haben – sie hörte, als sie sich zur Treppe drehte, jemanden vor Schmerz aufschreien –, und dann wurde von der Treppe aus geschossen und sie streckte den 38er von sich, wie sie es in Fernsehserien bei weiblichen Cops gesehen hatte, hielt ihn in beiden Händen, zielte. Der Große war getroffen und stolperte auf Willis zu. Während er in das Wohnzimmer hineintaumelte, feuerte er. Rechts von ihm war der Gutaussehende, kam, eine Waffe in der Hand, auf sie zu. Sie schoß sofort. Die Kugel traf tief. Sie hatte auf seine Brust gezielt, aber sie war sicher, ihn getroffen zu haben, denn sie sah einen dunklen Fleck, der sich auf seiner Jackentasche ausbreitete. Zuerst hielt sie es für Blut, doch für Blut war der Fleck nicht dunkel genug, und plötzlich fing er kreischend zu schreien an. Das Kreischen erschreckte sie, doch es blieb keine Zeit zu überlegen, warum er so schrie, es blieb nur Zeit, noch einmal zu schießen, weil der Treffer ihn nicht gestoppt hatte, er kam weiter auf sie zu, kreischend, das attraktive Gesicht vor Wut und Schmerz verzerrt. Der Große taumelte auf Willis zu. Beide rückten noch immer vor. Der Böse und der Beau, ein spektakuläres Heimfeuerwerk.

Willis hatte die Waffe weit vor sich gestreckt, er hielt sie in beiden Händen, wie sie es bei den Detectives im Fernsehen gesehen hatte, nur daß er ein *wirklicher* Detective und nicht Don Johnson war. Er zielte sorgfältig auf die Brust des Häßlichen, nahm sich Zeit, weil das der entscheidende Schuß war. Er drückte im selben Augenblick wie der Häßliche ab. Sie feuerte ebenfalls. Und sah, daß der Gutaussehende seine Arme hochwarf, wie es die Statisten im Film tun, und dann nach hinten flog, als wäre er von einem Football-Abwehrspieler gerammt worden. Der Fleck auf seiner Tasche schien sich auszubreiten, und aus seiner Brust schoß plötzlich Blut.

Aus ihrer auch.

Zuerst bemerkte sie gar nicht, daß sie getroffen war.

Und dann sah sie das Blut, sah, wie ihre weiße Bluse von Blut rot wurde, sah das Blut aus dem Loch in ihrer Brust hervorschießen, sich auf dem Stoff ausbreiten, die ganze Bluse rot färben, und wußte, sie war schwer getroffen worden, und spürte sofort den Schmerz, die Erregung des Schußwechsels klang jäh ab, sie spürte den Schmerz, als trampele ein Elefant auf ihrer Brust, und dachte: O Gott, er hat mich wirklich erledigt, und dachte bizarrerweise und verspätet daran, daß sie Eileen Burkes Anruf von letzter Woche noch nicht erwidert hatte. Und dann fiel sie mit offenem Mund zu Boden, und aus ihrer Brust schoß immer noch Blut.

Willis stand über dem Großen, die Pistole mit beiden Händen auf den Kopf gezielt, bereit, ihm den Kopf wegzupusten, sollte er auch nur mit der Wimper zucken, aber niemand zuckte, sie waren beide tot, und er drehte sich abrupt zu Marilyn um.

Und sah sie auf dem Perserteppich, blutüberströmt.

Sah Blut aus ihrer Brust schießen.

Ihr Herz pumpte das Blut nach draußen.

Und dachte: O Gott, nein.

Und lief zu ihr.

Und fiel neben ihr auf die Knie.

Und sagte: »Marilyn?«

Ein Flüstern.

»Marilyn?«

Und merkte plötzlich, daß er den Strauß lavendelfarbener Rosen immer noch in der linken Hand hielt.

In der Stadt und dem Bundesstaat, für die diese Männer und Frauen arbeiteten, trug der Abschnitt 30 der Strafrechtsvorschriften die Überschrift MINDERJÄHRIGKEIT, und der Unterabschnitt 1 dieses Gesetzes lautete: Eine Person, die jünger als 16 Jahre ist, ist für ihre Taten strafrechtlich nicht verantwortlich.

Im Februar war Gloria Keely dreizehn geworden.

Ihre Eltern bestanden auf Hinzuziehung eines Anwalts. Der Anwalt sagte, er werde sofort die Überweisung an die Jugendkammer beantragen. Sie erinnerten ihn daran, daß die Straftat ein

Mord war. Er erinnerte sie daran, daß sie gerade erst dreizehn war, und daß Kinder (das Wort *Kinder* betonte er) von dreizehn, vierzehn oder fünfzehn Jahren nach den Gesetzen dieses Bundesstaats als jugendliche Täter galten. Sie wiederum erinnerten ihn daran, daß sie mit ihrem dreizehnten Geburtstag nach den Gesetzen dieses Bundesstaats der Minderjährigkeit verlustig ging, wenn die Straftat ein Mord war, Unterabschnitt 1 oder 2. Ergo konnte sie nicht mehr als jugendlicher Täter angesehen werden, und sie würden sie als Erwachsene anklagen.

Glorias Anwalt sagte ihnen, die Gesetze dieser Stadt und dieses Bundesstaats untersagten es ausdrücklich, einen jugendlichen Täter auf einem Polizeirevier zu vernehmen. Sie erinnerten ihn erneut daran, daß die Straftat ein Mord und sie damit kein jugendlicher Täter mehr war. Außerdem erwähnten sie, dieser spezifischen Einschränkung liege die Absicht zugrunde, Jugendliche von abgefeimten Kriminellen zu trennen, und außerdem sei sie keine Jugendliche mehr – zum *dritten* Mal. Der Anwalt sagte, die Vernehmung sei ohnehin nur akademisch, da er seiner jungen Mandantin nicht erlauben werde, auch nur eine einzige Frage der Polizei zu beantworten.

Sie alle vollführten hier einen Eiertanz.

Gloria war erst dreizehn Jahre alt.

Sie sagten, sie habe einen Priester getötet, indem sie siebzehnmal mit einem Messer auf ihn eingestochen habe.

Die Polizei war im Besitz des Messers, das ihrer Überzeugung nach die Mordwaffe war, eines Messers, auf dessen Griff und Klinge Blut festgebacken war, so gut wie sicher das Blut des Priesters. Vermutlich fanden sich auf dem Messer auch die Fingerabdrücke. Und vermutlich würden sie mit Glorias Fingerabdrücken übereinstimmen. Aber ihr Anwalt argumentierte, wenn man ihr hier in dieser Polizeistation die Fingerabdrücke abnehme, wäre es dasselbe, als würde man sie verhören, und das wäre eine Verletzung ihrer Grundrechte nicht nur nach Miranda-Escobedos, sondern auch in Verletzung des Gesetzes, das ausdrücklich verbiete, eine Person unter fünfzehn Jahren in einer Polizeistation zu vernehmen.

Sie sagten ihm zum wiederholten Male, daß sie mit dem dreizehnten Geburtstag ihre Minderjährigkeit verloren habe, und nach Miranda-Escobedo würden sie *keine* belastende Aussage festhalten, wenn sie Gloria die Fingerabdrücke abnahmen, sie fotografierten, sie aufforderten, sich einem Alcotest oder einer Blutprobe zu unterziehen, ihren Köper untersuchten oder sie zu einer Gegenüberstellung heranzogen, weil der Unterschied zwischen diesen Handlungen und einer Aussage als Reaktion auf eine Befragung ganz einfach der Unterschied zwischen *nicht bezeugten* und *bezeugten* Antworten von seiten des Häftlings sei. Es stand außer Frage, daß Gloria Häftling war. Sie war in Gewahrsam. Sie würden sie wegen Mordes, Unterabschnitt 1, anklagen: Mit Absicht den Tod eines anderen verursachen, indem man den Tod der Person herbeiführt.

Aber es würde ein schwerer Fall werden.

Nellie Brand, die wegen ihrer Vertrautheit mit dem Fall hinzugezogen wurde, konnte keine Vernehmung durchführen, weil Glorias Anwalt sagte, er werde ihr nicht erlauben, irgendwelche Fragen zu beantworten. Und jetzt sagte der Anwalt, sie hätten ursprünglich gar kein Recht gehabt, sie hierherzubringen, ob sie vielleicht mit dem Begriff »unberechtigte Festnahme« vertraut seien? Carella hatte Nellie bereits kurz unterrichtet, warum er Gloria hergebracht hatte. Zwar sah sie seine Begründung als durchaus ausreichend ein, erkannte aber gleichzeitig, daß sie sich ohne einen Fingerabdruckvergleich auf schwankendem Grund bewegten. Carella nahm die Tatsache, daß das Mädchen den letzten Scheck des Priesters in Besitz hatte, als Beweis dafür, daß es am Tag des Mords in der Kirche gewesen war. Wenn sich ihre Fingerabdrücke auf dem Messer befanden, schön und gut. Wenn nicht . . .

Ein Vergleich der Fingerabdrücke war in ihrem Fall unabdingbar.

Und auch wenn Nellie sicher war, daß sie Glorias Fingerabdrücke abnehmen durften (und die Rechtsabteilung der Polizei stimmte damit überein), wollte sie es nicht riskieren, jemandem Anlaß zu geben, sich später über die Verletzung seiner Rechte zu beklagen; das waren unruhige Zeiten. Wie auch immer, sobald sie dem Mädchen die Anschuldigung vorgelesen und es formell in Haft genommen hatten – das würden sie Downtown bei der zentralen Erfassung machen, sobald dieser Eiertanz hier vorbei war –, würden die Fingerabdrücke abgenommen und Fotos gemacht werden, jugendlich oder nicht. Warum also jetzt Miranda-Escobedo?

Der Anwalt wollte nicht lockerlassen. Also argumentierten sie hin und her, Mr. und Mrs. Keely gaben ab und zu ihren Senf dazu, indem sie lautstark anmerkten, was für ein braves Mädchen und eine wie hervorragende Schülerin ihre Tochter sei (eine Untermauerung von Lieutenant Byrnes' These bezüglich der Kandidaten für die Abschlußrede der Klasse), Juristen und Detectives zitierten Paragraphen und Absätze verschiedener hier anwendbarer Gesetze, und mitten in dem Tumult, als die hitzige Diskussion und das wortreiche Gestikulieren ihren Höhepunkt erreichten, sagte Gloria plötzlich: »Ich habe ihn getötet.«

Ihr Anwalt sagte sofort: »Gloria, ich muß dir den Rat geben . . .«, doch sie rollte über ihn hinweg wie eine Dampfwalze über eine Fliege. Und da weder die Polizei noch der Bezirksstaatsanwalt nach Miranda-Escobedo oder durch irgendein anderes Gesetz im Land verpflichtet sind, einer Person ihre Rechte zu erläutern, wenn sie *freiwillig* aussagt, standen sie schweigend daneben und ließen sie erzählen.

Ich habe es nicht vorgehabt, sagte sie.

Ich bin nur hingegangen, um den Scheck abzuholen. Es war ungefähr sechs Uhr oder so, ich bin durch den Garten hineingegangen, das Tor stand auf, und ich habe es offengelassen, weil ich dachte, wer es zuletzt benutzt hatte, muß das vielleicht so gewollt haben. Die Tür zum Pfarrhaus, die aus Holz, stand ebenfalls auf. Ich bin hineingegangen. Ich hatte Kenny den Scheck versprochen, Kenny Walsh, dem Bandleader der Wanderers, er spielt Leadgitarre und schreibt die meisten Songs, er hat gesagt, er braucht den Scheck für die Anzahlung sofort, wenn er bei dem Tanz spielen soll. Ich bin also hingegangen, um den Scheck zu holen.

Ich bin ins Pfarrhaus gegangen, und . . .

Bevor man ins Büro kommt, macht der Flur einen kleinen

Knick, nachdem man aus der Diele herauskommt, und ich hörte die ... die Stimmen ... bevor ... bevor ich um die Ecke kam ... das Stöhnen ... die Frau stöhnte ... und Father Michael sagte; O Gott, o Gott, o Gott, und die Frau sagte: Gib ihn mir, *gib* ihn mir, Michael!

Und ...

Ich bin kein kleines Kind mehr. Ich weiß über solche Dinge Bescheid. Viele Mädchen an der Graham School *tun* solche Dinge, sie *reden* über diese Dinge, ich bin kein kleines Kind, und ich wußte, was sie tun, noch bevor ich ...

Ich hätte mich umdrehen sollen, nehme ich an.

Ich hätte wieder gehen sollen, sobald ich sie hörte.

Aber ich ...

Ich bin um die ... die Biegung dort herumgegangen ... die kleine Biegung, wo die ... die Bank ist ... auf der man sitzt und wartet, daß man bei dem Priester eintreten kann, und ich ...

Ich habe zugesehen.

Und er war ... sie waren ... ihr Rücken war mir zugewandt, ihr Rock war hoch, sie hielt ihren Rock hoch, unter dem Rock war sie nackt, ihr Schlüpfer hing um ihre Füße, ihre Beine waren gespreizt, seine Hände waren unter ihrem Rock, sie haben sich geküßt, oh, lieber Gott, und sie hat gestöhnt und sich gegen ihn gedrängt, sie haben, wissen Sie, sie haben, sie haben dort in seinem Büro Sex gemacht, ihre langen blonden Haare hingen ihr den Rücken hinab, sie verdrehte den Kopf, stöhnte, und er sagte: Ich liebe dich, Ab, o Gott, wie ich dich liebe, ein Priester! Und dann ist er irgendwie an ihr *runtergerutscht*, seine Hände sind über ihre Beine nach unten geglitten und er hat vor ihr gekniet, als würde er beten, und plötzlich habe ich gewußt, was er da tat, und ich habe mein Gesicht mit meinen Händen bedeckt und bin durch die Sakristei in die Kirche gelaufen und habe zu Gott um Hilfe gebetet.

Ich habe gewartet, bis sie fort war. Sie ist durch die Kirche gekommen, wahrscheinlich sollte niemand sehen, wie sie aus dem Pfarrhaus kam. Das war ungefähr eine halbe Stunde, nachdem ich sie gesehen hatte, vielleicht vierzig Minuten, ich weiß es nicht genau, sie kam auf klappernden Absätzen aus der Sakristei, groß und schön und eilig vorbeigehend, ein Lächeln auf dem Gesicht, sie hat gelächelt. Ich habe sie beobachtet, ich konnte die Umrisse des Schlüpfers unter dem gelben Rock sehen, ich habe mich umgedreht und zu Jesus hinaufgeschaut, der dort am Kreuz hängt, und ich habe seine traurigen Augen gesehen, wissen Sie, daß er traurige Augen hat? Ich weine, wenn ich in diese Augen sehe, und es kam mir vor, als würde er sagen, ich soll es mit Father Michael *diskutieren,* ihn danach fragen, herausfinden, was er, was er, warum er, er das *getan* hat, warum er das *getan* hat.

Ich wollte ihn nicht töten.

Ich wollte ihn nur fragen, warum er nicht nur Gott, sondern auch *mich* verraten hat, weil ich ihm vertraut habe, ich dachte, wir wären Freunde, ich dachte, wir könnten einander alles erzählen, was wir anderen nicht erzählen konnten, hatte ich im Beichtstuhl nicht Dinge gesagt, hatte ich ihm nicht Dinge gesagt, die ich keinem anderen Menschen sagen würde, nicht einmal Alexis? Das hatte ich also vor. Ihn fragen, wie er so etwas *tun* konnte. Er sollte ein Priester sein, aber er hat sich benommen wie ein, wie ein, ich wollte es ihm nur *sagen.*

Er saß allein im Pfarrhaus, hinter seinem Schreibtisch, das muß so, ich weiß nicht, um sieben gewesen sein, kurz vor sieben, zehn vor sieben, ungefähr. Er hat aufgeschaut, als ich kam, und er hat gelächelt und gesagt: Du bist wegen des Schecks hier, habe ich recht? Irgend so etwas. Und ich habe gesagt, ja, Father Michael, und er hat mir den Scheck gegeben, und ich habe ihn in mein Portemonnaie gesteckt, und ich, ich, ich habe gewartet, weil ich nicht wußte, wie ich anfangen sollte, und er hat gesagt: Ist noch etwas, Gloria? Und ich habe gesagt: Father Michael, ich habe Sie und die Frau gesehen. Und er hat gesagt: Welche Frau, Gloria? Und ich habe gesagt: Eine blonde Frau, Father Michael, die, die eben hier war. Und er hat mir in die Augen geblickt und gesagt: Ich weiß nicht, wovon du redest, Gloria. Ich habe gesagt: Father Michael, warum tun Sie das, es ist eine *Sünde*! Und er hat mir wieder in die Augen geschaut und gesagt: Du mußt dich irren, Gloria, bitte, geh jetzt.

Ich bin aus dem Büro gegangen.

Ich weiß nicht, warum ich das Messer aus der Küche mitgenommen habe.

Mrs. Hennessy war nicht da, ich weiß nicht, wo sie war.

Auf dem Herd kochte etwas.

Es roch gut in der Küche.

Ich habe das Messer genommen ...

Und bin ins Büro zurückgegangen, um ihn zu suchen, aber er war nicht da.

Das hat mich ...

Ich weiß nicht, aber es hat mich wütend gemacht. Ich meine, ich wollte ihm nicht *weh* tun, warum hat er sich dann vor mir versteckt. Und dann bin ich ... ich habe ihn draußen im Garten gehört ... er ist in den Garten hinausgegangen, und ich bin zur Pfarrhaustür gegangen, die Sonne wollte gerade untergehen, der Himmel war rot wie Blut, und ich habe bemerkt, daß er betete, und plötzlich habe ich die ganze *Heuchelei* gesehen, wie er zu Gott gebetet hat, die *Lüge,* die darin ...

Ich glaube, ich habe auf ihn eingestochen.

Ich weiß nicht, wie oft.

Gott, vergib mir.

Danach bin ich ... ich bin ... ich mußte das Messer loswerden. An meinen Kleidern und meinen Händen war kein Blut, müßte da nicht viel Blut sein? Das Blut war überall auf seinem Rücken, auf dem Messer, aber an mir war nichts. Ich konnte mit dem Messer nicht nach draußen ...

Ich bin wieder ins Pfarrhaus gelaufen.

Mrs. Hennessy hat mich nicht gesehen, sie war in der Küche ...

Alles ging so schnell ...

Ich bin in das Büro geschlichen.

Ich habe die untere Schublade aufgezogen und das Messer hinten hineingeworfen, hinter die Schublade, und dann habe ich die Akten aus der Schublade gerissen, damit es so aussieht, als wäre jemand hiergewesen, um die Kirche zu bestehlen, und der Dieb hat den Priester ...

Oh, lieber Gott.

Hat den Priester getötet.

Oh, lieber Gott.

Hat den lieben Father Michael getötet.

Carella hörte jetzt die dumpfe Rezitation, wie sie durch die schon dunklen Straßen nach Hause gegangen war, wie ihre Eltern sie lesend im Wohnzimmer vorgefunden hatten, als sie von der Arbeit nach Hause kamen, wie sie ihrer Mutter gesagt hatte, der Braten sei schon im Backofen.

Dreizehn, dachte er, sie ist erst dreizehn.

Und er erkannte mit großer Traurigkeit, daß die Nacht in dieser Stadt, die er so liebte, heutzutage viel zu schnell hereinbrach. Und er fragte sich, ob es nicht schon zu spät war, das Vespergebet zu sprechen.

Nellie Brand beobachtete ihn. Als lese sie seine Gedanken und denke genau das gleiche. Ihre Blicke begegneten sich. In der Ferne war die Sirene eines Rettungswagens zu hören.

Marilyn Hollis wurde zum Morehouse General gebracht, wo nur noch ihr Tod festgestellt werden konnte.

Die Nacht war gekommen.

Der Himmel war dunkel von Wolkenfetzen. Sie saßen in dem kleinen Garten hinter der Kirche. In der Ferne hörten sie die Sirene eines Rettungswagens leiser werden. Ein Blitz zuckte über den Himmel.

»Ich habe dich lange nicht gesehen«, sagte er.

Er trug ein schwarzes Baumwollgewand, auf das mit Seide schwarze Kiefernzapfen gestickt waren, die ein phallisches Symbol bildeten. Das Gewand war an beiden Seiten bis zu den Hüften geschlitzt, so daß seine muskulösen Waden und Schenkel sichtbar waren.

»Es gab ein paar Probleme«, sagte sie.

Sie trug einen roten, an den Schenkeln geschlitzten Lederrock. Schwarze Seidenbluse mit tiefem Ausschnitt. Rote hochhackige Schuhe. Blutroter Lippenstift. Große rote Ohrringe.

»Erzähl«, sagte er.

Sie erzählte ihm die Geschichte.

Nachdenklich hörte er zu.

Trank von seinem Glas und hörte zu.

»Es hätte einen einfacheren Weg gegeben«, sagte er schließlich.

»Das glaub ich nicht.«

»Ich hätte ihn rausgeschmissen. Schlicht und einfach.«

»Ich wollte nicht, daß du weißt, daß ich einen zweiundzwanzigjährigen Sohn habe.«

»Statt dessen bist du zu einem katholischen Priester gegangen.«

»Ja.«

»Um ihn zu bitten, einzugreifen.«

»Ja. Denn wie konnte ich noch hierher kommen, wenn *Andrew* mit seinem gottverdammten schwulen Freund hier war?«

»Andrew Hobbs.«

»Ja.«

»Ich hatte nicht die leiseste Ahnung.«

»Das war der Name meines Mannes. Hobbs.«

»Ein zweiundzwanzig Jahre alter Sohn«, sagte er.

»Ja.«

»Abigail Finch hat einen zweiundzwanzig Jahre alten Sohn«, sagte er und schüttelte verwundert den Kopf.

»Ja. Jetzt weißt du also, daß ich eine Hexe bin«, sagte sie und lächelte.

»O ja, und was für eine«, sagte er und erwiderte das Lächeln.

»Der Punkt ist«, sagte sie, »daß der Schuß nach hinten losging. Und das bereue ich aufrichtig.«

»Inwiefern ging er nach hinten los?«

»Ich habe nicht erwartet, daß er sich von seiner Kanzel über die Gemeinde des *Ungeborenen* ausläßt. Ich wollte nur, daß er sich Andrew zur Brust nimmt. Hör auf, dich mit dem Teufel einzulassen, mein Sohn, das schadet deiner Seele. So was.«

»Klar. Statt dessen hat er eine Staatsaktion daraus gemacht.«

»Ja.«

Einen Moment schwieg er und nahm nachdenklich einen weiteren Schluck. Dann blickte er auf und sagte: »Vielleicht solltest du bestraft werden, Ab. Du weißt, die Kirche kann dich strafen.«

»Ich weiß das, und es liegt ganz bei dir und deinen Diakonen, Sky. Aber ich bereue wirklich. Und weißt du . . .«

»Ja?«

»Ich hab ihn dazu gebracht, daß er wieder aufhört, wirklich. Als mir klar wurde, was passiert, seine Predigten und so, bin ich zu ihm gegangen und hab ihm gesagt, ich würde alles über uns ausplaudern, wenn er nicht aufhört, die Kirche des Ungeborenen zu belästigen. Er hat gesagt, das wäre Erpressung. Ich hab ihm gesagt, es wäre nur zu seinem eigenen Besten. Ich war sarkastisch. Zu seinem eigenen Besten. Mit Satan zu gehen wäre nur zu seinem eigenen Besten.«

Schuyler begann zu lachen.

»Ja«, sagte sie und fiel in sein Lachen ein. »Aber wirklich umgeworfen hat's ihn, daß ich ihm das sagte und ihm ins Gesicht lachte. Er hat mich geschlagen, das Schwein, kannst du dir das vorstellen? Noch fünf Minuten vorher hat er an meinem Schrein gebetet, und ganz plötzlich schlägt er mich. Weil ich seinen geliebten *Jesus* beleidigt habe, weißt du, und das von ihm, der ihn bloß seit dem ersten April verriet und mich seit dem Sonntag zigmal gevögelt hat. Ein Priester, kannst du das glauben! Ein schöner Priester! Ich hab ihn für diesen Schlag später bezahlen lassen. Aber mit den Predigten hat er aufgehört, Sky. Nach Ostern hat es keine Predigten mehr gegeben, ist dir das aufgefallen?«

»Um die Wahrheit zu sagen, Ab, die Predigten *vor* Ostern sind mir auch nicht aufgefallen.«

Beide lachten.

Und tranken.

Und blickten zum bedrohlich dunklen Himmel hoch.

Wieder zuckte ein Blitz.

»Regen kommt«, sagte er.

»Und da ist noch was«, sagte sie. »Falls du Milde erwägst.«

»Und das ist?«

»Ich habe für die Kirche wirklich was *erreicht*, Sky.«

»Wie begründest du das?«

»Ich habe einen katholischen Priester verführt. Ich habe einen Diener Christi verführt. Ich denke, das ist schon was, Sky.«

»Denkst du, hm?«

»Etwas, das man in Betracht ziehen sollte, ja. Falls du erwägst, mir zu vergeben.«

»Mal sehen.«

Wieder ein Blitz, näher diesmal. Ein leises Donnergrollen.

»Er hat mir gesagt, daß er mich liebt«, sagte sie und sah ihn an, ein leichtes Lächeln auf dem Gesicht.

»Kann ich ihm nicht vorwerfen.«

»Durch Liebe: Lust. Richtig?«

»Eigentlich umgekehrt.«

»Ich hab ihn dazu gebracht, mich zu begehren, Sky. Er hätte alles für mich getan. Ein katholischer Priester, Sky. Er hat nach mir gelechzt. Er war auf den Knien. Nicht vor Jesus, Sky. Vor *mir.*«

Sie sah ihm direkt in die Augen.

Es blitzte noch näher. Lautes Donnerkrachen.

»Wir werden gewinnen«, sagte sie ernst. »Am Ende werden wir gewinnen, Sky.«

»Ich glaube, wir haben schon gewonnen«, sagte er leise.

Jeden Moment würde es regnen.

Er nahm ihre Hand. Gemeinsam standen sie auf und gingen in die Kirche zurück, bevor die ersten großen Tropfen auf den Pfad prasselten.

»Würdest du morgen abend als Altar dienen wollen?« fragte er.

»Es wäre mir eine Ehre«, sagte sie.

Ed McBain – Die Romane aus dem 87. Polizeirevier

1956: Cop Hater (Polizisten leben gefährlich; UB 10412)
The Mugger (Clifford dankt Ihnen; UB 10183)
The Pusher (Der Pusher; UB 10389)
1957: The Con Man (Späte Mädchen sterben früher; UB 10461)
Killer's Choice (Die zehn Gesichter der Annie Boone; UB 10545)
1958: Killer's Payoff (Killers Lohn; UB 10575
Killer's Wedge (Die lästige Witwe; UB 10077)
Lady Killer (Nackt ist die beste Maske; UB 1710)
1959: 'Til Death (Schwarze Hochzeit; UB 10194)
King's Ransom (Kings Lösegeld; UB 10657)
1960: Give the Boys a Great Big Hand (Eine große Hand zum Gruß; UB 1540)
The Heckler (April, April; UB 1528)
See Them Die (Heißer Sonntagmorgen; UB 10284)
1961: Lady, Lady I Did It! (Ich war's, ich war's; UB 10206)
1962: The Empty Hours (Der Feiertagsmörder; UB 1613)
Like Love (Selbstmord kommt vor dem Fall; UB 10640)
1963: Ten Plus One (Neun im Fadenkreuz; UB 10128)
1964: Ax (Die Axt; UB 10065)
1965: He Who Hesitates (Das Unschuldslamm; UB 10260)
Doll (Puppe; UB 10065)
1966: Eighty Million Eyes (Vor achtzig Millionen Augen; UB 10065)
1968: Fuzz (Der Greifer; UB 10230)
1969: Shotgun (Schrot und Horn; UB 1310)
1970: Jigsaw (Schnapp-Schuß; UB 10218)
1971: Hail, Hail, the Gang's All Here (Nackt aus dem Fenster; UB 1448)
1972: Sadie When She Died (Sadie im letzten Moment; UB 1519)
Let's Hear It for the Deaf Man (Totes Ohr am Telefon; UB 1614)
1973: Hail to the Chief (Fahr langsam übers Massengrab; UB 1633)
1974: Bread (Alles für Geld; UB 1698)
1975: Blood Relatives (Die Blutschwestern; UB 1777)
1976: So Long As You Both Shall Live (So lang ihr zwei noch lebt; UB 1806)
1977: Long Time No See (Lange nicht gesehen; UB 1914)
1979: Calypso (Schüsse im Regen; UB 10669)
1980: Ghosts (Mordgespenster; UB 40101)
1981: Heat (Hitze; Knaur Kriminalromane Nr. 4950)
1983: Ice (Kalt bis ans Herz; Knaur Kriminalromane Nr. 4959)
1984: Lightning (Der Blitz schlägt zweimal zu; Knaur Kriminalroman Nr. 1358)
1985: Eight Black Horses (Acht schwarze Pferde; UB 10498)
1987: Poison (Reines Gift; UB 10554)
Tricks (Ausgetrickst, UB 10610)
1989: Lullaby (Stirb, Kindchen, stirb; UB 10646)
1990: Vespers (Priester, Tod und Teufel; UB 10695)
1991: Widows (auf deutsch noch nicht erschienen)